Die junge Tanja ist vollkommen aufgelöst, als sie zu einer langjährigen Gefängnisstrafe wegen eines Drogendelikts verurteilt wird. Immer wieder beteuert sie unter Tränen ihre Unschuld. Tanja bittet in ihrer Not die Gefängnispastorin Ingrid um Hilfe. Diese möge ihren Exfreund Peter aufsuchen und mit ihm sprechen. Doch Peter wünscht keinen Kontakt mehr zu Tanja. Schon bald erhält Ingrid Drohbriefe, und alle Leute, die Ingrid über Tanja befragen will, sind zu Tode verängstigt und schweigen. Ist Tanja wirklich unschuldig? Und wer bedroht Ingrid?

Ein psychologischer Spannungsroman, der die dunklen Seiten einer schicksalhaften Liebesbeziehung beschreibt.

Helena von Zweigbergk lebt mit ihrer Familie in Stockholm. Sie ist Journalistin und arbeitet als Autorin für das schwedische Fernsehen. Sie hat mehrere Kinderbücher verfasst und bisher drei Kriminalromane geschrieben. Im Fischer Taschenbuch Verlag ist lieferbar: ›Was Gott nicht sah‹ (Bd. 15793).

Unsere Adresse im Internet: www.fischerverlage.de

HELENA VON ZWEIGBERGK

Im Schatten der Sünde

KRIMINALROMAN

Aus dem Schwedischen
von Dagmar Lendt

Fischer TaschenbuchVerlag

Veröffentlicht im Fischer Taschenbuch Verlag,
einem Unternehmen der S. Fischer Verlag GmbH,
Frankfurt am Main, Juli 2007

Die schwedische Originalausgabe erschien 2002 unter dem Titel
›Kärleken skär djupa sär‹ im Verlag Bokförlaget Semic, Sundbyberg

Die Publikation erfolgt mit freundlicher Genehmigung der Bengt Nordin
Agency, Schweden, und der Agentur Literatur, Berlin
Für die deutsche Ausgabe:

Satz: ottomedien, Weiterstadt
Druck und Bindung: Nørhaven Paperback A/S, Viborg
Printed in Denmark
ISBN 978-3-596-15794-5

Ich danke Bengt Ohlsson, Nina Lekander, Annelie Lindqvist, Jonas Gardell, Birgitta Winberg, Christian Agdur, Måns Gahrton und Tomas Bodström.

Ich habe gesehen, wie es geschah.

Den Ausdruck in den Augen vergesse ich nie. Die Verwunderung. Obwohl er schon eine Weile mit dem Messer misshandelt worden war, schien der Mensch, der gefesselt vor mir lag, fest überzeugt zu sein, dass ihm nichts Schlimmes geschehen würde.

Nicht wirklich.

1. *Kapitel*

Ich mochte sie nicht. Herr, ich schaffte es einfach nicht, sie zu mögen.

Zuerst verstand ich nicht, warum. Sie hatte an ihrem ersten Tag in der Anstalt meinen Beistand gesucht. Schon am Morgen war sie mir aufgefallen, als die Türen zur Abteilung geöffnet wurden und Kvarnström, der Wärter, sie mit festem Griff hereinbrachte. Er sah ungewöhnlich zufrieden aus, als er sie herumführte. Barsch und zackig zeigte er ihr die verschiedenen Räume und Örtlichkeiten. Hier essen wir, hier ist der Aufenthaltsraum, da sind die Toiletten.

»Und das ist deine Zelle.« Bei diesen Worten verzogen sich Torkel Kvarnströms Lippen, es schien ihn nicht zu kümmern, dass die Frau die ganze Zeit über heftig geweint hatte.

»Ich gehöre nicht hierher«, schluchzte sie.

Ich gehöre nicht hierher.

Kvarnström ließ das kalt. Er schob sie hinüber zu ihrer Pritsche und überließ sie sich selbst, schärfte ihr nur noch ein, um welche Uhrzeit sie an ihrem Arbeitsplatz zu erscheinen hatte.

Ich blieb in der Nähe der Frau, die Tanja hieß, wollte mich aber nicht aufdrängen. Kaum hatte sie mich mit meinem Pastorenkragen erblickt, stürzte sie auf mich zu und brach in meinen Armen zusammen. Ich führte sie in einen kleinen Raum, der für mich, die Sozialarbeiterin Laila und die Psychotherapeutin Ingeborg reserviert ist, um Gespräche zu führen. Es dauerte eine Weile, bis sie sich wieder etwas beruhigt hatte.

Ich habe diese Reaktion schon oft erlebt. Bei der ersten Konfrontation mit der Anstalt, in der sie mehrere Jahre absitzen müssen, brechen die meisten zusammen. Das Untersuchungsgefängnis erscheint zuerst schlimmer. Enger, restriktiver. Die Haftanstalt ist weiträumiger. Aber alle, die hier einsitzen, wissen, dass das täuscht. Die langen Gänge mit den kalten Neonröhren an der Decke und den schallschluckenden Kunststoffböden. Das schwache Sausen der Ventilatoren. Fenster, die niemals geöffnet werden. Mauern, die das Leben aussperren.

Viele sind schon zum zweiten oder dritten Mal hier, und wenn sie zurückkommen, grüßen sie mit trotzigem Kopfnicken nach rechts und links. Machen Witze wie, sie seien auf den Knast abonniert. Aber die meisten von denen, die zum ersten Mal hierherkommen, brechen zusammen.

Trotzdem konnte Tanja von ihren Mitgefangenen keinen Trost erwarten. Auf dem Weg zum Sprechzimmer begegneten ihr verächtliche Blicke. Die Insassinnen werden mit der Zeit hart, sie bemitleiden niemanden.

Tanja ergriff meine Hände und wiederholte immer wieder, was sie zu Kvarnström gesagt hatte. Ich gehöre nicht hierher. Das ist alles ein Irrtum. Ich gehöre nicht hierher.

Ich strich ihr über den Rücken und versuchte, sie so gut ich konnte zu beruhigen. Nach einer ganzen Weile ließ das Schluchzen nach und sie hob den Kopf. Zum ersten Mal konnte ich ihr Gesicht sehen. Es war tränenüberströmt, die Wimpern verklebt und die Lider um die blassblauen Augen rot geschwollen. Die zitternden Lippen ausgeprägt voll. Ihre Haut war vollkommen glatt, sie konnte nicht älter als fünfundzwanzig sein. Sogar jetzt in ihrem Jammer war Tanja hübsch. Und wie sie den Kopf hielt, verriet Trotz.

»Tut mir leid«, sagte sie und wischte sich mit zitternden Fingern die Tränen unter den Augen weg. Ich reichte ihr eines der Papiertaschentücher, die auf dem Tisch gestapelt lagen neben den Sesseln, in denen wir saßen.

»Tut mir leid, aber das alles ist ein Irrtum. Ich sollte gar nicht hier sein. Eine wie ich gehört nicht hierher.«

Ihr Blick wanderte jetzt prüfend an mir herab. Ich stellte mir vor, was sie sah. Meine bequemen Sandalen und die dicken Socken. Die Männerhose, die in der Taille etwas zu eng war, so dass der Bauch über den Hosenbund quoll. Die schwarze Strickjacke über der Pastorenbluse. Mein nicht besonders hübsches Gesicht, umrahmt von dünnem hellbraunem Haar, die kleinen, runden Augen. Als Teenager hätte ich wer weiß was dafür gegeben, wenn sie mandelförmig gewesen wären. In Kitschromanen hatten die Frauen mandelförmige Augen, und ich war fest überzeugt, dass jemand, dessen Augen rund wie Einkronenmünzen waren, vom Leben nichts zu erwarten hatte.

Tanja schob sich ihre Locken zurecht und tastete nach ihren Ohrgehängen und einem Ring, der in ihrem Nasenflügel saß, als wollte sie sich vergewissern, dass meine Durchschnittlichkeit nicht auf sie abgefärbt hatte.

»Ich weiß, ich führe mich auf wie ein kleines Kind, aber ich dürfte gar nicht hier sein. Der Bulle in Arlanda hat sich vertan. Ich habe mit dem Rauschgift in der Reisetasche nichts zu tun. Und jetzt sitze ich hier in diesem beschissenen Gefängnis und rede mit einem *Pfaffen* …«

Bei dem Wort »Pfaffen« brach ihre Stimme. Ich bemühte mich, meine verletzten Gefühle zu ignorieren. Nicht zu zischen »ich mag dich auch nicht«, gegen alle Vernunft. Herr, ich weiß, Ehrlichkeit ist das, was wir am meisten schätzen, aber in dem Moment musste ich Mitgefühl heucheln.

»Nimm's mir nicht übel«, sagte Tanja. »Weißt du, ich habe nichts gegen dich oder so. Persönlich, meine ich. Es ist bloß so demütigend, mit all diesen bescheuerten Leuten hier zusammen sein zu müssen, um die man sonst einen Riesenbogen macht, im richtigen Leben, meine ich.«

Ich nickte. Ließ sie reden. Hörte zu. Dann saßen wir eine Weile schweigend da und betrachteten uns gegenseitig.

Mir fiel ein, an wen sie mich erinnerte. An Katrin aus der Oberstufe. Katrin war wahrscheinlich genauso unsicher wie ich, noch dazu kam sie aus einer schwierigen Familie. Ihre Unsicherheit versuchte sie durch Arroganz und teure Klamotten zu kaschieren. Aber damals konnte ich nur sehen, dass sie mich mit Verachtung betrachtete. Eine, die sämtliche Unzulänglichkeiten meiner Teenagergestalt mit schreiend gelber Neonfarbe anstrich. Unter deren boshaften Blicken ich mir wünschte, unsichtbar zu sein.

Einmal teilte unsere Lehrerin Katrin und mich für eine Gruppenarbeit ein. Ich erinnere mich noch gut an das panische Entsetzen in ihrem Gesicht. »Mit Ingrid!«, platzte sie heraus. Mit der grauen Maus, der Langweilerin! Muss ich wirklich mit der was zusammen machen?

Unsere Lehrerin blieb dabei, wir sollten zusammen ein Referat über die Rolle der Zigeuner in Schweden früher und heute erarbeiten. Ich las und schrieb. Katrin warf mir finstere Blicke zu, zupfte an ihren Ringen herum und kaute an ihren perlmuttrosa lackierten Fingernägeln. Schrieb »Mauro Scocco« mit unterschiedlicher Handschrift. Stopfte Unmengen Bonbons in sich hinein, ohne mir welche anzubieten. Nachdem ich, begleitet von ihrem Kauen und Schmatzen, unser Referat fertig geschrieben hatte, fragte sie mürrisch, welchen Teil davon sie vorlesen sollte.

Die Klasse amüsierte sich köstlich über ihren Vortrag, weil sie den langen Text ins Lächerliche zog. Zu allem Überfluss wurde sie auch noch von der Lehrerin für die anspruchsvolle Arbeit gelobt.

Mädchen wie Katrin machen, was sie wollen. Von Mädchen wie Katrin akzeptiert man Demütigungen als eine Art gerechte Strafe für die eigene Unbeholfenheit.

Auch Tanja raubte mir meine Selbstachtung. In was sie mich hineinzog, konnte ich zu Beginn unserer Bekanntschaft nicht ahnen.

2. *Kapitel*

Anita Lagerström, die Leiterin des Frauengefängnisses, war mittlerweile auch meine Freundin. Wir arbeiteten seit einem Jahr zusammen und kannten uns inzwischen recht gut. Wenn wir mit unseren Tabletts an der Essenausgabe standen, nachdem die Gefangenen gegessen hatten, wusste ich zum Beispiel, dass Anita stets ein Glas alkoholarmes Bier und ein Glas Wasser nahm. Sie wiederum wusste, dass ich sofort anfangen würde, an meinem Knäckebrot zu knabbern, weil ich immer so hungrig war.

Wenn wir über etwas diskutierten, das wir in der Zeitung gelesen hatten, wussten wir ungefähr, was die andere dachte. Anita tendierte zu einer konservativen Haltung, während ich eine liberalere Einstellung hatte.

Ich glaube, insgeheim sympathisierten wir mehr mit der jeweils anderen Haltung, als wir uns anmerken lassen wollten. Anita wollte nur hart erscheinen, weil sie eigentlich ein butterweiches Herz hatte. Ich spielte die linke Rebellin, weil ich sonst immer bis zur Selbstverleugnung nachgab.

Wir sprachen unter uns auch offen über die Gefangenen. Wenn uns ein Außenstehender hätte hören können, hätte er vermutlich gedacht, dass wir ziemlich nachlässig mit unserer Verschwiegenheitspflicht umgingen. Aber zwischen uns herrschte eine Übereinstimmung darüber, dass es so am besten für die Sache war. Wir konnten mehr Gutes bewirken, wenn wir uns gegenseitig kleine Informationsbrocken zuschoben.

Anita schaufelte gelbe Currysauce auf jede Gabel mit Reis und Hühnerfleisch. Sie sah immer zufrieden aus, wenn sie etwas in den Mund stecken konnte, ganz gleich, ob Zigaretten, Kuchen oder Mittagessen.

»Sie hat ganz schön was einstecken müssen«, sagte Anita und meinte Tanjas Strafmaß.

»Eine lange Zeit«, sagte ich.

»Vier Jahre, ja, aber schließlich hatte sie auch ein halbes Kilo Heroin in der Tasche.«

Anita erzählte, dass Tanja nicht vorbestraft war. Kindheit in der Tschechoslowakei, als junger Teenager nach Hökarängen gekommen. Sie hatte in einem Nagelstudio gejobbt und als Kosmetikerin gearbeitet, bevor sie die schicksalhafte Reise nach Thailand machte. Auf dem Flughafen Arlanda hatte der Zoll sie geschnappt. Ihr Verlobter war schockiert gewesen, als er begriff, was sie getan hatte. Im Verhör hatte er erzählt, dass sie in Pattaya ein paar Typen kennengelernt hätten. Er behauptete, Tanja habe sich in einen von ihnen verliebt. Und dass es vermutlich dieser Mann war, der sie überredet hatte, die Tasche mitzunehmen.

»Aber was ist, wenn sie wirklich nicht wusste, dass er Rauschgift darin versteckt hatte«, wandte ich ein und dachte an meine eigenen Zwangsvorstellungen.

Auf Reisen habe ich mir schon oft vorgestellt, dass jemand vielleicht Rauschgift oder irgendwas anderes in meine Taschen getan hat. Dass ich vom Zoll festgehalten werde und immer wieder sage, was Tanja gesagt hat.

»Ja, ja«, erwiderte Anita und wischte sich mit der Serviette den Mund ab, nachdem sie ihren Teller sauber leer gekratzt hatte. »Das sagen sie alle. Mir ist noch keiner begegnet, der ein Drogendelikt zugegeben hätte. Immer war es jemand anders, auch dann noch, wenn sie das Rauschgift in der Unterhose gefunden haben.«

Ich schabte den Rest meiner Portion in den Abfallkübel, der neben der Essenausgabe stand. Wie immer drehte ich dabei das Gesicht weg. Beim Geruch und Anblick der Essensreste im Eimer drehte sich mir der Magen um. Wir holten unseren Kaffee und gingen in Anitas Büro. Weil sie dort rauchen darf, machen wir unsere Pausen in ihrem Zimmer. Anitas Bostonterrierhündin Majken lag in einem Korb unter dem Schreibtisch. Majken lebte bei Anita, weil die neue Frau von Anitas Exmann eine Hundehaarallergie hatte. Anita war darüber überglücklich. Bis dahin hatten sie und ihr Geschiedener sich das Sorgerecht für die Hündin penibel geteilt.

Majken wuselte um unsere Beine, als wir ins Zimmer traten. Sie wusste, dass Anita ihr immer zwei Stück Zucker mitbrachte, wenn sie zurückkam.

»So ist brav. Feiner Hund. So ist brav. Was für ein feiner Hund Mamas kleine Zuckerschnute ist.«

Ich rührte in meiner Kaffeetasse. Zerdrückte den Zuckerwürfel mit meinem Löffel. Es machte mich immer verlegen, wenn Anita in Babysprache mit dem Hund redete. Anita stand da in ihrem großgemusterten blauen Kleid und ließ den Hund kleine Kunststückchen machen, bevor er seine Belohnung bekam.

Draußen schien die Sonne. Es war Anfang Juni, aber schon hochsommerlich warm. Mein Nacken klebte vor Schweiß. Wie üblich hatte ich es versäumt, leichtere Kleidung anzuziehen, als es draußen wärmer wurde.

»Ich bin froh, dass du trotzdem Kontakt zu Tanja gefunden hast«, sagte Anita, als sie sich auf ihren Bürostuhl setzte und eine Zigarette aus der Schachtel angelte. »Es fällt ihr anscheinend ziemlich schwer. Aber das geht vorbei. Sie wird sich bald an den Tagesablauf hier gewöhnt haben.«

»Hat sie selbst auch Drogenprobleme?«, fragte ich.

»Nein, jedenfalls keine größeren.«

»Mir scheint, die anderen in der Abteilung halten ziemlichen Abstand zu ihr«, sagte ich.

Anita seufzte und wedelte den Rauch weg, der in meine Richtung zog. Sie kokettierte immer ein bisschen damit, dass sie rauchte. Besonders mir gegenüber, weil sie mich immer noch als Wächterin der guten Ordnung betrachtete.

»Ja, das kann schon sein. Aber ich verspreche dir, wenn sie ihre Karten klug ausspielt, wird sie hier bald die Größte sein. Das werden alle, die so hoch gepokert haben wie sie.«

Wir tranken unseren Kaffee aus, und ich sah auf die Uhr. Es war halb eins, ich musste zurück in die Stadt.

Auf dem Weg nach draußen ging ich an Tanjas Zelle vorbei. Sie lag zusammengekrümmt auf ihrer Pritsche, das Kopfkissen fest umschlungen. Sie hielt es so, wie Kinder ihr Kuscheltier halten, bevor sie abends einschlafen. Dann wandte sie ihren Blick zu mir und sah mich abschätzig an. Die zärtliche Regung, die ich für einen Moment gehabt hatte, verschwand. Für sie zählte ich nur, wenn ich ihr von Nutzen war.

Früher hatte ich geglaubt, wenn ich Pastorin wäre, würde ich nie mehr ganz unten in der weiblichen Hierarchie stehen. Als Pastorin würde ich einen Platz außerhalb oder oberhalb haben. Und meistens funktionierte es. Mit dir, Herr, habe ich mir meinen Platz erobert. Aber Tanja verwies mich in die untersten Ränge, nur dadurch, dass sie mich ansah.

»Gut, dass du kommst. Hör mal, du musst mir helfen. Bitte, bitte, hilf mir. Ich weiß, dass du es kannst. Ich bin konfirmiert und glaube wirklich an Gott. Ich schwör's. Ich bin echt total gläubig.«

In ihren Augen war ein Hoffnungsfunke. Sie setzte sich auf und faltete die Hände im Schoß.

Es verschaffte mir Genugtuung, sie darüber aufzuklären, worin meine Aufgabe in dieser Anstalt bestand. Ich erklärte, was Seelsorge bedeutete und dass ich ganz auf die heilende Wirkung des Gesprächs und des Gebetes vertraute.

Die Hoffnung schwand aus ihrem Blick.

»Ich verstehe, was du meinst. Ja, wirklich. Aber ich brauche eine andere Art von Hilfe. Jemand muss Kontakt zu meinem Freund aufnehmen. Er kann mir helfen. Das weiß ich. Kannst du nicht mal mit ihm reden? Er würde dir zuhören, wenn du das da anhast und so.«

Tanja deutete mit dem Kopf auf meinen Pastorenkragen. Ich hätte ihn am liebsten sofort abgenommen. Aber diesmal würde ich kein Referat schreiben.

Es war inzwischen ein Uhr und ich musste dringend weg. Ich sagte, dass wir am nächsten Tag weiterreden könnten. Sie nickte fügsam.

Den Rest des Tages verbrachte ich mit Verwaltungsarbeiten im Pastoratsbüro. Tanja ging mir die ganze Zeit nicht aus dem Kopf. Ich hatte das Gefühl, dass ich nicht besonders nett zu ihr gewesen war. Gerade als ich »Ausschalten« auf dem Bildschirm anklicken wollte, kam Anders, mein Chef, herein. Er setzte sich auf den Stuhl auf der anderen Seite des Schreibtisches und betrachtete mich schweigend. Das machte er oft. Wenn es jemand anderes gewesen wäre, hätte es mich irritiert. Aber Anders hatte eine sanfte, freundliche Art, einen anzusehen. Als ob er überzeugt war, dass man etwas Interessantes zu erzählen hatte.

Er strich sich über die Stirn und wedelte mit der Hand vor dem Gesicht.

»Heiß«, sagte er.

Anders hatte Jeans, Sandalen, ein weißes Hemd und einen Cordblazer an. Der oberste Hemdknopf war geöffnet, und um den Hals hatte er ein Tuch geknotet. Es sah rührend unmodern aus. Ich hatte die Strickjacke ausgezogen und den Pastorenkragen abgelegt. Meine Männerhose knisterte synthetisch in der Sonne, die durch das Fenster hereinschien.

Ich machte den Computer aus und drehte mich zu Anders um.

»Kennst du das Gefühl, dass du jemanden, der sich an dich wendet, nicht leiden kannst?«

Anders zuckte die Schultern.

»Natürlich. Aber ich versuche, nicht so zu denken.«

Ich biss mir auf die Lippe.

»Und? Gelingt dir das?«

Anders stopfte seine Pfeife, zündete sie an und saugte den Rauch tief in sich hinein. Er wartet immer damit, bis es sechs war und er Feierabend hatte.

»Nein. Ich erinnere mich da an eine frisch gebackene Witwe, deren Mann ich beerdigt hatte. Sie kam zu mir, voller Schuldgefühle, weil sie nicht genug über seinen Tod trauerte. Im Gegenteil, ich glaube, sie war sogar erleichtert, auch wenn sie es nicht zugab. Um ihre Schuldgefühle loszuwerden, kam sie andauernd zu mir und erzählte in aller Ausführlichkeit, was ihr Mann ihr alles angetan hatte. Sie waren dreißig Jahre lang verheiratet gewesen, entsprechend lang war die Liste.«

Anders schwieg eine Weile. Dann räusperte er sich.

»Bei ihr fiel es mir schwer«, fuhr er fort. »Sie war so schrecklich selbstgerecht. Konnte ihre eigene Rolle in der Ehe einfach nicht erkennen. Ich sollte derjenige sein, der sie verstand, so als müssten Gott und ich ganz selbstverständlich auf ihrer Seite sein. Das ärgerte mich, und manchmal fiel es mir schwer, freundlich zu bleiben.«

Anders wischte die Tabakkrümel in die hohle Hand und zog wieder an seiner Pfeife.

»Bei ihr fiel es mir wirklich schwer«, wiederholte er.

Es wurde wieder still. Anders fragt niemals: Warum fragst du? Er wartet ab.

»Ich erlebe so etwas auch gerade«, sagte ich. »Es ist eine junge Frau in der Anstalt, bei der es mir schwerfällt, ihr gegenüber neutral zu bleiben.«

»Warum sollte es für uns so wichtig sein, neutral zu bleiben?«, sagte Anders. »Wir sind es ja nicht. Tief im Herzen ist man niemals neutral.«

Das stimmte natürlich. Anders ist gut darin, die Dinge in einem anderen Licht zu sehen. Außerdem kann er gut trösten, denn er erinnert immer daran, dass man auch als Geistlicher nur ein Mensch ist.

Warum war es so wichtig, unparteiisch zu sein?

Weil Tanja jemanden brauchte, der sie gern hatte. Nicht jemanden, der ihr alte Minderwertigkeitsgefühle anlastete, für die sie nichts konnte.

»Hast du Lust, irgendwo noch ein Glas zu trinken?«, fragte Anders.

Er machte die Pfeife aus und steckte sie in die Jackentasche.

Ich war baff. Privat hatten Anders und ich einen eher sparsamen und zurückhaltenden Kontakt. Hin und wieder ein Spaziergang durch den Park, aber dann immer in Verbindung mit einem beruflichen Gespräch. Feierabendbiere hatten wir bisher noch nie zusammen getrunken. Ich war nicht nur verblüfft, sondern freute mich auch. Ich mochte Anders und war während der fünf Jahre, die wir uns kannten, immer neugierig auf ihn gewesen.

Anders ist einerseits sehr offen. Er kann Schwächen und problematische Gefühle zugeben, so wie er es gerade getan hatte. Andererseits ist er verschlossen. Ich vermutete, dass er allein lebte, dass er ein Alkoholproblem gehabt hatte und dass ein Kummer oder eine Enttäuschung ihm zu schaffen machten.

Es war der sechste Juni, der Tag der schwedischen Flagge. Kein Tag, den Anders feiern würde, so viel wusste ich, ohne ihn zu fragen. Er war ein Revolutionsromantiker, der solche nationale Selbstbestätigung verabscheute. Besonders bei einem prosperierenden, bürgerlichen Land wie Schweden.

Der Bus, den wir hinunter nach Kungsträdgården nahmen, hatte sich vorne kleine Flaggen ans Dach gesteckt, und ich sah mehrere kleine Kinder mit Fähnchen in ihren Patschhänden. Wir standen im Bus und schwitzten. Ich lächelte ein Kind an, das in einer Karre saß und mit einem Fähnchen wedelte, das offenbar im Kindergarten gebastelt worden war. Das Kind lachte zurück und streckte mir das Fähnchen entgegen.

»Kagga.«

»Ja, eine schöne Flagge hast du da«, sagte ich und lächelte die Mutter ebenfalls an.

Stolz rückte sie das Hütchen des Kleinen zurecht.

Anders sah hinaus zum Gröna Lund, als der Bus in den Katarinavägen einbog. In Kungsträdgården gingen die Leute in Shorts und dünnen Sommerkleidern spazieren. Meine Schnürschuhe waren zu warm und sahen staubig und hässlich aus. Die Schlange vor dem Eiskiosk war lang; Anders und ich reihten uns ein und schwiegen. Anders seufzte, als der Erste in der Reihe sich angesichts der Auswahl nicht entscheiden konnte. Die Leichtigkeit unseres Ausflugs drohte sich zu verflüchtigen.

Als Anders dran war, entschied er sich rasch, welche Sorte er haben wollte, und bezahlte. Ich bestellte eine Waffel mit Pistazien- und Blaubeereis. Wir gingen ein Stück weiter, bis wir eine freie Bank im Schatten fanden.

Ich warf einen Seitenblick auf Anders. Eine Tüte Eis zu essen und dabei seine Würde zu wahren, ist unmöglich. Es war mir irgendwie peinlich, die Eiskugeln mit der Zunge abzulecken. Anders biss sein Eis in großen, schnellen Happen ab.

»Ich habe ein Problem mit einer der Inhaftierten«, begann ich und hoffte, dass mein Mund nicht eisverschmiert war.

Anders verschlang den letzten Rest der Eistüte und wandte mir sein Gesicht zu.

»Sie sucht Kontakt zu mir, und es fällt mir schwer, sie zu mögen. Ich habe das Gefühl, dass sie mich nur ausnutzen will. Dass sie eigentlich gar nicht an einem Gespräch interessiert ist, sondern dass ich für sie nur Mittel zum Zweck bin.«

Anders nickte leicht, als wollte er mich ermuntern fortzufahren.

»Vielleicht liegt es auch an mir, an meinen persönlichen Erfahrungen mit Menschen, an die sie mich erinnert.«

Anders zog ein halbwegs sauberes Taschentuch aus seinen Jeans und wischte sich den Mund ab.

»Allein schon, dass du dir dessen bewusst bist, ist meiner Meinung nach ein Zeichen dafür, dass du hervorragend damit fertig wirst.«

Ich war skeptisch. Trotzdem beruhigte mich Anders' Vertrauen. Ich wusste nicht, was ich noch über Tanja erzählen sollte. Ich hätte am liebsten gefragt, wie ich denn damit fertig werden sollte, aber irgendwas sagte mir, dass ich das wohl selbst herausfinden musste.

Ein Mädchen mit verbundenen Augen wurde von kichernden Freundinnen über den Rasen geschoben. Der Mund unter der Augenbinde war zu einem starren Lächeln verzogen. Um den Hals trug sie ein Schild mit der Aufschrift »Gratisküsse – letzte Chance«. Eine der Freundinnen sah zu Anders herüber, entschied sich aber schnell, ihn nicht in das Spiel einzubeziehen.

»Es liegt immer etwas Sadistisches in derartigen Spielen«, sagte Anders und sah finster zu der Gruppe, die sich inzwischen einige Meter weiterbewegt hatte.

»Ja, da hast du wohl recht«, erwiderte ich und sah hinüber zu der zukünftigen Braut, die gerade einen Kuss von einem Würstchen kauenden Typen bekam.

Anders stand auf.

»Wollen wir zurück nach Söder?«, fragte er und warf sich die Jacke über die Schulter.

Wir gingen über die Brücke Richtung Gamla stan. Wasser und Himmel waren märchenhaft blau. Die Möwen schrien. Die Djurgårdsfähre tuckerte übers Wasser, übervoll beladen mit sonntagsfein gekleideten Menschen auf dem Weg nach Skansen oder Gröna Lund.

»Warst du eigentlich mal verheiratet?«, fragte ich Anders und starrte über das Brückengeländer auf schnatternde Enten und stolz dahingleitende Schwäne. Ich übertrat eine Grenze, über die Anders und ich uns stillschweigend verständigt hatten.

Es blieb eine Weile still. Wir gingen vor uns hin.

»Ja, das war ich«, antwortete Anders schließlich.

Ich hielt den Atem an und warf einen heimlichen Blick zu ihm. Er wirkte unbehaglich und gedankenverloren. Wir erreichten Gamla stan. Ich folgte Anders' Beispiel und fragte nicht weiter, sondern wartete. Und die Fortsetzung kam, als wir begannen, am Skeppsbrokai entlangzugehen.

»Es ist zehn Jahre her, dass wir heirateten, und sieben Jahre, dass wir uns scheiden ließen. Sie hat es nicht mit mir ausgehalten. Fand mich zu kontrollierend. Das war es, was sie sagte, als sie mir erzählte, dass sie einen anderen kennengelernt hatte. Für mich kam das völlig überraschend. Ich hatte keine Ahnung, dass sie unser Zusammenleben so empfand. Sie hatte bis dahin nie ein Wort davon gesagt.«

Anders holte wieder sein Taschentuch heraus und putzte sich die Nase.

»Das war ein harter Schlag für mich«, sagte er dann.

Ich wandte mich zu ihm um und berührte ihn leicht am Arm. Anders starrte geradeaus.

»Hast du Lust, irgendwo was essen zu gehen?«

Anders drehte mir sein weiches, unebenes Gesicht zu. Er sah aufrichtig erfreut aus.

»Ja, gerne«, sagte er.

Wir gingen die Österlånggata hinunter und schauten in verschiedene Restaurants hinein. Immer noch wortlos. Wir verwarfen eins nach dem anderen, weil sie uns zu laut erschienen. Als wir zu einem kamen, das irgendwas mit Bistro hieß, gingen wir hinein. Die Tische draußen waren alle besetzt, aber drinnen im Lokal gab es mehrere freie Tische. Wir setzten uns, und sofort kam eine Serviererin mit den Speisekarten. Wir vertieften uns eine ganze Weile darin.

Anders blickte als Erster von seiner Karte auf.

»Ich nehme das Lamm«, sagte er. »Und ein Glas Rotwein.«

Ich entschied mich für Hähnchenbrust mit Ricottafüllung und in Safran geschwenktem Spinat. Es klang so ungewöhnlich, dass ich es einfach probieren musste.

»Ich weiß fast gar nichts über dich, Ingrid«, sagte Anders.

Ich zuckte die Schultern.

»Tja, ich weiß nicht ... was soll ich erzählen ... ich war nie verheiratet oder so ...«

Anders lächelte sanft und ich dachte, dass ich vielleicht etwas hätte sagen sollen, was mich interessanter machte.

»Eine Ehe ist ja nicht das Einzige, was einen Menschen auszeichnet«, sagte er und starrte auf eine Art Mus in einer kleinen Schüssel, das die Serviererin zusammen mit etwas Brot auf den Tisch gestellt hatte.

Er nahm ein Stück Brot und tunkte es vorsichtig in das Mus.

»Macht man das so, was meinst du?«

Ich stippte ebenfalls ein Stück Brot hinein. Es schmeckte nach Knoblauch und anderen Kräutern, die ich nicht einordnen konnte.

Als der Wein kam, tranken wir rasch ein paar Schluck. Dann widmeten wir uns wieder unserem Mus. Nachdem wir zuerst nur vorsichtig eine Brotecke hineingetunkt hatten, wurden wir mutiger. Benutzten die Brotscheiben wie eine Schaufel und beluden sie mit größeren Brocken. Anders begegnete meinem Blick gerade in dem Moment, als wir jeder einen Riesenhappen in den Mund schoben.

Er verzog das Gesicht zu einer lustigen Grimasse, als der Geschmack sich im Mund ausbreitete. Ich begann unbeherrscht zu kichern. Jetzt fing auch Anders an zu lachen. Ein herrliches, herzhaftes Lachen. Aus seinen Nasenlöchern kam ein langgezogenes Prusten. Er nahm die Schüssel hoch.

»Was das wohl ist«, sagte er und sah hinein.

»Jetzt müsste Maria uns sehen«, sagte ich, und schon brachen wir wieder in Gelächter aus.

Maria arbeitet in unserem Pastorat, und wir wissen, dass sie sowohl Anders als auch mich für hoffnungslose Fälle hält, was Fröhlichkeit angeht. Sie hat die Rolle der Fröhlichen für sich gepachtet, während wir in ihren Augen zwei echte Schwarzröcke sind.

Wir hatten noch nie gewagt, uns über die Art, wie sie über die kirchlichen Veranstaltungen wachte, lustig zu machen. Wie sie oft seufzte, wenn wir über anstehende Veranstaltungen diskutierten, wie sie ständig bemüht war, die Kirche zu einem Ort der Heiterkeit zu machen, während Anders lieber Gesprächskreise über den Tod einrichten wollte.

Anders erzählte, dass es ihn ärgerte, in Marias Augen ein Langweiler zu sein, der ihr Steine in den Weg legte, wenn sie wieder einmal Tombolas und Kaffeekränzchen veranstalten wollte.

»Ich möchte, dass unsere Kirche mehr ist als das. Sie soll ein Ort der Stille und des Friedens sein. Ja, unter uns gesagt, der Ernsthaftigkeit ...«

Als er »Ernsthaftigkeit« sagte, platzte er wieder los. Wir kicherten und gackerten wie zwei Teenager.

Das Essen wurde gebracht. Der Wein in unseren Gläsern war ausgetrunken. Ich wollte noch einen, während Anders mit plötzlichem Ernst in der Stimme ein Wasser bestellte. Das bestätigte meine Vermutung, dass Alkohol ein nicht ganz unkompliziertes Thema für ihn war.

Das Essen schmeckte köstlich. Mein Speisezettel variiert ansonsten zwischen dem Kantinenessen im Gefängnis und Pizza. Als ich das Anders erzählte, öffnete ich einen Spalt breit die Tür zu meinem persönlichen Leben. Anders enthüllte seinerseits, dass er für gewöhnlich Gorbys Piroggen in der Mikrowelle aufwärmte. Manchmal kaufte er Pesto im Glas, den er unter Spaghetti rührte und mit fertig gekauften Tiefkühlfrikadellen aß.

Das mit dem Pesto war eine gute Idee, fand ich und beschloss, es gleich am nächsten Abend auszuprobieren.

»Es gibt roten und grünen Pesto«, erzählte Anders.

»Aber diese Fertiggerichte in Aluminiumschalen mit getrennten Fächern kann ich nicht leiden«, ergänzte er.

Wir beschlossen, dass wir jede Woche ein neues Essen ausprobieren und uns gegenseitig berichten wollten, wenn wir etwas gefunden hatten, was gut schmeckte. Wir einigten uns darauf, dass kein Gericht länger als zehn Minuten Zubereitungszeit erfordern durfte und dass es nicht schwerer zu kochen sein sollte als Nudeln.

»Hast du schon mal Sushi gegessen?«, fragte Anders.

Das hatte ich noch nie probiert. Ich konnte mir nur schwer vorstellen, rohen Fisch zu essen.

»Ich auch nicht«, sagte Anders, als ich den Kopf schüttelte.

»Vielleicht sollten wir es ausprobieren«, fuhr er fort. »Zusammen, meine ich.«

Anders' breite, sehnige Hände griffen nach dem Glas Mineralwasser. Er führte es an seinen weichen, sympathischen Mund, und in diesem Moment hätte ich zu jedem noch so merkwürdigen Essen ja gesagt, wenn es nur mit ihm zusammen war.

Wir bezahlten unser Essen, ganz penibel jeder für sich, und gingen nach draußen. Es war kühler geworden und ich kam mir nicht mehr zu dick angezogen vor. Wir wanderten schweigend hinauf nach Slussen. Anders drehte sich zu mir um und sagte, er werde jetzt die U-Bahn heim nach Midsommarkransen nehmen.

»Du fährst sicher mit dem Bus?«, fragte er, weil er wusste, dass ich in der Erstagatan wohne.

Der Sechsundvierziger bog gerade in die Haltebucht ein, und wenn ich mich beeilte, würde ich ihn noch kriegen. Es war genau mein Bus. Trotzdem tat ich so, als sähe ich ihn nicht. Anders und ich standen uns gegenüber und wussten nicht, was wir jetzt tun sollten. Direkt neben uns stand ein Betrunkener. Er schwankte und rief »Scheiße«, immer wieder.

Anders versteifte sich ein wenig, so wie immer, wenn er mit körperlicher Berührung rechnen musste. Er streckte mir die Hand entgegen und ich nahm sie. Sie war feucht und sein Händedruck eine Spur zu fest. Er blinzelte mit den Augen und um seinen Mund zuckte es.

»Tja, also... das war... ich fand es sehr nett, dich ein bisschen näher kennenzulernen«, sagte er.

»Geht mir auch so«, erwiderte ich und beugte mich vor, um ihn zu umarmen.

Anders blieb stocksteif stehen. Klopfte mir unbeholfen den Rücken, als ich meine Arme um ihn legte. Die Umarmung geriet ziemlich flüchtig, da ich keine spontane Erwiderung spürte. Aber das machte nichts. Ich wusste, dass er es eigentlich gern getan hätte.

Anders verschwand die Treppe hinunter zur U-Bahn. Ich schlenderte hinüber zur Bushaltestelle. Es würde eine ganze Weile dauern, bis der nächste Bus kam.

Aber das machte nichts. Ich saß auf der Bank, eingehüllt in den Dunst der Würstchenbude nebenan, und strahlte. Mein Leben war aus dem gewohnten Trott geraten. Wie ein freigelassener Luftballon, der in den Himmel aufsteigt.

Herr, ich war glücklich, als ich da so saß. Egal, was später noch passierte, in diesem Moment war ich glücklich.

3. Kapitel

Am nächsten Morgen, als ich zwischen Schlaf und Erwachen hin und her glitt, in der obersten Traumschicht, wusste ich gleich, dass etwas Besonderes passiert war. Die Sonne blinzelte durch einen Spalt zwischen Fensterbrett und Rollo herein. Das Fenster war angekippt, und der Luftzug ließ die kleinen Wollmäuse wilde Sprünge auf meinem Fußboden vollführen. Meine Hose, die ich nachlässig über den Sessel geworfen hatte, sah dunkel und langweilig aus.

Ich werde mir Sommerkleider kaufen. Leichte, luftige Kleidung. Hell und farbenfroh.

An der Kante der Sesselrücklehne quoll die Polsterung hervor. Der untere Rand des Plakats aus dem Moderna Museet hatte sich gelöst und bog sich nach oben. Die Klebepads hatten fettige Flecken auf der Tapete hinterlassen.

Ich werde staubsaugen und sauber machen und Ordnung schaffen.

Ich strampelte die Bettdecke zurück und zog das weite, ausgebeulte T-Shirt hoch, das mir als Nachthemd diente. Betrachtete meinen Körper. Sah, wie der Bauch sich wölbte, obwohl ich flach auf dem Rücken lag.

Ich kniff hinein.

Ich werde gesünder essen und mich mehr bewegen.

Eine ganze Liste von Veränderungen und Verbesserungen entstand in meinem Kopf. Aber an diesem Morgen fand ich das überhaupt nicht belastend. Ich wollte alles tun, sofort. Singen und pfeifen zur gleichen Zeit.

Anders, dachte ich, als ich aufstand und die Zeitung hereinholte. Andersandersanders. Ich blieb im Flur stehen und betrachtete mich im Spiegel. Immerhin ragten die Brüste noch über den Bauch hinaus. Schenkel und Hintern wölbten sich auch ganz schön prall, aber es soll ja Männer geben, die so etwas mögen.

Vielleicht Andersandersanders.

In der Küche machte ich mir ein Brot. Keine Butter, nur falschen Kaviar mit einem Stück Gurke obendrauf. Ich öffnete die Kleiderkammer. Fischte ein Kleid heraus, das mindestens fünf Jahre alt war, ich hatte es zur Hochzeit meines Bruders gekauft.

Ich zog es an, aber es sah viel zu elegant aus und roch außerdem muffig nach Schrank. Es kniff unter den Achseln und war eigentlich langweilig und spießig. Hellbeige mit einem kleinen runden Ausschnitt. Ich suchte weiter. Fand einen geblümten Rock, den meine Mutter mir im letzten Frühjahr geschenkt hatte, weil er ihr in der Taille zu eng geworden war. Sie fand, ich brauchte Hilfe in Modefragen. Sie sagte es mir zwar nicht mehr direkt ins Gesicht, aber ihre gerunzelten Augenbrauen jedes Mal, wenn wir uns sahen, sprachen Bände. Früher hatte sie immer an mir herumgenörgelt.

»Ach Ingrid, warum ziehst du dich bloß immer an wie eine graue Maus«, war ihre ständige Klage, bis zu dem Tag, an dem ich meinen ganzen Mut zusammennahm und sie anfauchte, dass ich genau so aussehen wollte, und damit basta, ein für alle Mal.

Seitdem hat sie nichts mehr gesagt. Aber die gerunzelten Augenbrauen verraten sie.

Der Rock war ein bisschen bieder. Er hatte einen grünen Untergrund und die Blumen darauf waren rot und rosa. Er reichte bis zur halben Wade, und wenn ich mich schnell hin und her drehte, hatte er einen hübschen Schwung. Das wird gehen, dachte ich und holte eine weiße Bluse heraus. Heute sollte der Pastorenkragen mal im Schrank bleiben.

Beim Blick in den Spiegel war ich recht zufrieden, aber mein Enthusiasmus sank, als es um die Schuhe ging. Die Schnürschuhe von gestern passten schon mal nicht. An die ledernen

Winterstiefel mit der dicken Gummisohle war erst recht nicht zu denken. Das einzige Paar Schuhe, das eventuell in Frage kam, waren meine Turnschuhe. Ich hatte in der Stadt gesehen, dass manche Frauen Turnschuhe zum Rock trugen. Damit tröstete ich mich, als ich feststellte, wie komisch das im Grunde aussah. Aber in der Anstalt hatte ich meine Birkenstocklatschen, und gleich wenn ich ankam, würde ich die Schuhe wechseln.

Als ich auf der Straße stand und den Wagen aufschloss, fühlte es sich an, als wollte der Rock wegfliegen. Es zog zwischen den Beinen. Ich trage sonst höchstens einmal im Jahr einen Rock und bin es nicht gewohnt, so nackt zu sein. Meine Beine waren blass und dunkle Haare rankten sich daran hoch. Sollte ich sie abrasieren? Das hatte ich noch nie gemacht, sie hatten mich nie gestört.

Unsinn, dachte ich. An irgendeinem Punkt muss Schluss sein mit der Eitelkeit.

Fliederduft wehte durch das offene Autofenster herein. Als ich vor der Anstalt parkte, war der Blumenduft verschwunden. Das graue Betongebäude sah tatsächlich aus wie ein Gefängnis, fiel mir plötzlich auf. Vielleicht sollte ich mit Anita reden, ob man nicht ein paar Blumenstauden in den Garten setzen konnte. Jetzt war da nichts als kurz gemähter Rasen.

Kvarnström starrte unverhohlen auf meinen Rock.

»Gibt's was zu feiern?«, fragte er mit seiner Nörgelstimme.

Heute war ich unbesiegbar.

»Ja, dass es Sommer geworden ist.«

Torkel Kvarnström versuchte den Kragen zu lockern, ohne sich einen einzigen offenen Knopf an der grauen Uniformjacke zu gestatten.

»Na dann«, sagte er kurz.

Vor ein paar Monaten hatte ich Torkel Kvarnström gefragt, ob wir nicht mal einen Kaffee zusammen trinken sollten. Bis dahin, während meiner anstrengenden ersten Zeit im Gefängnis, hatte er nichts unversucht gelassen, mir das Leben schwer zu machen. Aber eines Tages sah ich seinen runden Bauch, die Wurstfinger und dass der Zug um seinen Mund eher verdrossen als boshaft war. Da fragte ich ihn. Ich weiß nicht, wie er es auffasste. Er wirkte ziemlich erschrocken. Aus dem gemeinsamen Kaffeetrinken ist nie etwas geworden. Aber seitdem war er nicht mehr ganz so darauf aus, mich zu piesacken.

Kvarnströms mächtige Hinterbacken saßen sehr hoch, fiel mir auf, als ich hinter ihm den Korridor entlangging, der in die Frauenabteilung führte. So als würde er sie die ganze Zeit zusammenkneifen. Wieder regte sich Mitgefühl in mir. Heute Nachmittag sollte es sein. Direkt vor dem Eingang der Anstalt standen ein Tisch und ein paar Stühle. Ich würde eine Thermoskanne Kaffee mit nach draußen nehmen.

Es wurde sehr still, als ich den Flur hinunterging. Die Insassinnen Marja und Pirjo kicherten hinter meinem Rücken.

»Hilfe, eine Gardine auf der Flucht!«, hörte ich Marja rufen, und dann brach ein gemeines Gelächter los.

Das gab mir doch einen kleinen Stich. Als ich bei Anita hereinschaute, war mir mein neues Outfit beinahe schon peinlich. Sie blinzelte durch den Rauch und stieß einen Pfiff aus.

»Ingrid! Du hast dich ja schick gemacht! Ist was passiert?«

Ich merkte, wie ich rot wurde. Blieb in der Tür stehen, anstatt hineinzugehen.

Anita lachte.

»Aha, so ist das! Wie schön! Nachher beim Essen musst du mir alles genau erzählen!«

Ich grinste und zog die Tür von außen zu. Dann machte ich mich auf den Weg zu Tanjas Zelle. Ließ den Rock extra ein bisschen schwingen, damit nur keiner auf die Idee kam, dass ich mich unsicher fühlte. Tanja war nicht in ihrer Zelle. Ich schaute in den Speiseraum. Dort sah ich Gun allein an einem Tisch sitzen. Sie lachte mir zu.

»Hei«, sagte sie und widmete sich wieder ihrem Essen.

Gun und ich kannten uns von früher. Sie hatte mir ein schweres Verbrechen gestanden, nämlich wie sie ihre Nachbarn umgebracht hatte. Inzwischen war unser Verhältnis freundschaftlich, aber zurückhaltend. Unsere Begegnung war für uns beide schwer gewesen, und wir mussten uns immer noch davon erholen. Wie üblich, wenn wir uns sahen, fragte ich, ob es ihr gut ginge, und sie bejahte. Dann sagte ich »bis später«, worauf Gun selten etwas erwiderte. Aber meistens lächelte sie.

In einer Ecke des Speiseraums sah ich Tanja. Sie unterhielt sich eindringlich mit Kerstin, einer Frau, die mir schrecklich leid tat. Kerstin hatte an ihrem Arbeitsplatz Geld unterschlagen. Sie war spielsüchtig, und jetzt hatten sich alle von ihr abgewandt, der Mann, die Tochter, die Eltern. Tanja redete auf Kerstin ein. Kerstin nickte hin und wieder. Ich konnte nicht hören, worüber sie redeten. Tanja hatte sich weit über den Tisch gebeugt und sprach leise.

Tanja sah sich hastig um, als wollte sie sichergehen, dass niemand zuhörte. Als sie mich entdeckte, zuckte sie zusammen. Ein schneller Blick zu Kerstin und dann sah ich, wie ihre Lippen ein »bis nachher« formten. Sie stand auf und kam auf mich zu. Ihr Tablett ließ sie auf dem Tisch stehen.

»Vergiss das Tablett nicht«, sagte ich, und Tanja machte auf dem Absatz kehrt und holte es. Sie ließ den Blick suchend durch den Raum schweifen und entdeckte den Abräumwagen. Sie schob das Tablett ziemlich heftig hinein, sodass das Glas darauf umkippte. Milch schwappte auf den Fußboden und ergoss sich über Tanjas Turnschuhe.

»Mist, verdammter«, schimpfte sie und blickte sich wieder suchend um, diesmal nach etwas zum Aufwischen.

Ich zog Papierservietten aus dem Spender und hielt sie ihr hin. Sie nahm sie und wischte die Milch auf, verärgert und fahrig. Dann drehte sie sich wieder zu mir um, die schmutzigen Servietten in einer hilflosen Geste von sich gestreckt. Ich tat so, als bemerkte ich es nicht. Schließlich stopfte Tanja sie in das Glas auf dem Tablett.

»Hallo, Ingrid«, sagte sie und starrte auf meinen Rock.

»Du bist ja heute so ...«

Sie suchte nach einem passenden Wort.

»... verändert ... schick ...«

Ich dachte an Anders, damit er mir half, meine Unsicherheit zu verscheuchen.

»Wollen wir reden?«, fragte ich Tanja.

Wir setzten uns an einen Tisch. Gun schlurfte aus dem Speiseraum, ohne mich eines Blickes zu würdigen. Kerstin ging ebenfalls ohne ein Wort hinaus, sah aber zu uns herüber.

»Wie fühlst du dich heute?«, fragte ich Tanja.

Ein dünner Tränenschleier legte sich wieder über ihre Augen.

»Beschissen«, sagte sie und schniefte.

»Hier bleibe ich keine Sekunde länger als nötig. Ich weiß, es ist viel verlangt, aber du musst mir helfen, bitte. Ich bin bestimmt nicht immer das bravste Kind auf Gottes Erdboden gewesen und so, aber ich verspreche dir, wenn du wirklich eine gute Tat vollbringen willst, dann hilf mir. Es ist völlig falsch, dass ich hier bin, verstehst du. Ich bitte dich wirklich nur um diesen einen Gefallen.«

Ich sagte nichts, wartete nur darauf, dass sie weitersprach. Tanja suchte in meinen Augen nach einer Reaktion, aber ich gab mir Mühe, so neutral wie möglich auszusehen.

»Er heißt Peter. Mein Freund. Na ja, vielleicht bezeichnet er sich nicht mehr als meinen Freund, aber für mich ist er es. Wird es immer sein.«

Eine Träne fiel ihr aus dem Augenwinkel.

»Wir sind mit einem von Peters alten Kumpels nach Thailand geflogen. Obwohl, eigentlich war es wohl eher Zufall, dass er im selben Flugzeug saß. Wir waren in Pattaya und alles war wunderbar. Er und der Typ, den er da unten kannte, waren ziemlich durchgeknallt, sie rauchten Gras und so, aber Peter und ich nicht. Wir waren einfach nur mit denen zusammen. Banjo, so heißt Peters Kumpel, war wohl irgendwie an mir interessiert. Aber ich habe mir nicht viel daraus gemacht. Ich liebe doch nur Peter. Und du weißt ja, wie das ist, wenn man jemanden liebt.«

Ich nickte kurz und versuchte, ein selbstsicheres Gesicht aufzusetzen. Eigentlich hatte ich keine Ahnung.

»Man will immer nur den einen. Keinen anderen. Als Peter anfing zu sticheln, dachte ich deshalb zuerst, er macht Spaß. Ich habe Banjos Anbaggerei auch nicht so ernst genommen. Aber als wir von Bangkok wieder nach Hause fliegen wollten, war die Stimmung ganz schön im Eimer. Nicht, dass man es nicht hätte wieder hinbiegen können, ich dachte noch, wenn Peter und ich erst mal zu Hause sind und uns ausgesprochen haben, kommt alles wieder in Ordnung. Im Flugzeug blieben Banjo und sein Kumpel Lasse dann auch für sich. Peter war irgendwie ganz abwesend, aber wenn ich seine Hand nahm, zog er sie jedenfalls nicht zurück. Und dann, als wir gelandet waren, passierte das da ...«

Tanja fing wieder an zu weinen.

»Verdammt, Ingrid, ich schwör's dir. Das ist so ein Albtraum. Als der Zoll mich rauswinkte, war ich noch nicht mal beunruhigt. Peter stand draußen und wartete auf mich. Eine Zöllnerin zog ein kleines Messer hervor und schnitt den Boden meiner Reisetasche auf. ›Was machen Sie denn da‹, hab ich geschrien, ›Sie machen ja die ganze Tasche kaputt!‹ Aber dahinter lagen Plastikbeutel mit einem weißen Pulver drin. Mehrere. Es war wie in einem Film. Ich, die noch nie Rauschgift aus der Nähe gesehen hatte, kapierte natürlich, dass es so was sein musste. Ich sah Peter ein paar Meter entfernt stehen, er blickte zu mir herüber. Ich schrie nur noch. Peter kam angerannt. ›Jemand hat Rauschgift in meiner Tasche versteckt!‹, schrie ich. ›Irgendein Scheißtyp hat mir das hier untergeschoben!‹«

Tanja stocherte mit einem Streichholz in einem überquellenden Aschenbecher.

»Irgendein Scheißtyp, und ich weiß nicht, wer.«

Ich war in Gedanken auf dem Flughafen Arlanda. Sah den Triumph hinter den zusammengepressten Lippen der Zollbeamten vor mir, als sie auf den großen Fang stießen. Die Konzentration auf diesen Moment. Tanjas panische Blicke treffen auf die unbeweglichen, scharfen Augen des Beamten. Ihre Gedanken zersplittern in tausend Stücke, unmöglich, auch nur die schwächste Kette zu bilden. Sie sehnt sich nach Peter, nach der Sicherheit, nach dem normalen Alltag, der ihr bis dahin so selbstverständlich gewesen war.

Tanja war ebenfalls dort. Sie verschwand in der grau gemusterten Tapete.

»Er hat mir nicht geglaubt«, sagte sie leise. »›Was zum Teufel hast du getan?‹, schrie er. ›Wusst ich's doch, dass du irgend so'n Scheißding am Laufen hast. Ich hab doch gemerkt, dass da was war. Du und Banjo, das ist ja zum Kotzen. Das hätte ich nie von dir gedacht. Dass du so weit gehst, hätte ich echt nicht gedacht!‹«

Tanja strich sich langsam eine Locke aus dem Gesicht. Immer noch wie in einem Schockzustand.

»Die Zöllner haben seine Reisetasche gefilzt und nichts gefunden. Ich habe mir natürlich die Augen ausgeheult, aber das hat ihn nicht gekümmert. Ich versuchte, seinen Arm zu nehmen, aber er fauchte gleich los. ›Fass mich nicht an‹, sagte er. ›Fass mich verdammt nochmal nicht an.‹«

Den Rest erzählte Tanja mechanisch. Wie sie direkt vom Flughafen in die Untersuchungshaftanstalt gebracht worden war. Dass sie mehrere Tage lang stumm war. Nicht mal weinte. Nichts, was irgendjemand sagte, drang bis in ihr Bewusstsein vor. Sie verweigerte eine ganze Woche lang jede Nahrung. Als sich das Brausen in ihrem Kopf gelegt hatte, war ihre erste Frage: Wo ist Peter? Sie hatte seitdem nichts mehr von ihm gehört. Die Polizei hatte ihn vernommen, wie Tanjas Verteidiger erzählte, aber sie hatten nichts gefunden, was ihn in den Verdacht einer Straftat gebracht hätte.

»Aber ...«

Das Sprechen fiel auch mir schwer.

»Aber bist du sicher, dass es nicht der andere Typ war, der das Rauschgift in deine Tasche geschmuggelt hat?«

Tanja schüttelte den Kopf.

»Ich habe natürlich daran gedacht, das kannst du dir ja vorstellen. Aber er war es nicht. Banjo ... nein, wenn du ihn kennen würdest, wüsstest du es. Er ist nicht der Typ. Nein, es muss jemand anders gewesen sein.«

»Aber woher weißt du ...«

Ich biss mir auf die Zunge. Ich machte einen Fehler. Meine Aufgabe als Pastorin ist es, eine seelische Stütze, eine geistliche Begleiterin zu sein. Keine Detektivin oder Polizistin.

Tanja drehte mir das Gesicht zu und sah mich mit Augen an, die ganz dunkel vor Schmerz waren.

»Das Einzige, worum ich dich bitte, ist, mit Peter zu reden. Wenn ich schon die ganzen verdammten langen Jahre hier verrotten soll, muss ich wenigstens Kontakt zu ihm bekommen. Anders halte ich es nicht aus. Wenn ich ihn wirklich verletzt haben sollte, will ich ihn um Verzeihung bitten. Falls ich ihn dazu bringen kann, dass er mir glaubt, möchte ich, dass er mir hilft, hier rauszukommen. Ich liebe ihn, verstehst du? Ich liebe ihn. Ich bin hart für ein Verbrechen bestraft worden, das ich nicht begangen habe. Aber keinen Kontakt zu Peter zu haben, das halte ich nicht aus. Bitte. Hilf mir. Rede mit ihm. Nur ein einziges Mal. Ich brauche es, aber er braucht es auch. Ich weiß, dass es ihm schwerfällt, mit Leuten zu reden.«

Tanja streckte ihre Hände nach mir aus, und ich ergriff sie zögernd. Sie drückte meine Hände ganz fest.

»Nun, ich weiß nicht ... Du kannst doch selbst anrufen oder schreiben ...«

»Er legt auf, wenn er hört, dass ich dran bin. Und die Briefe kriege ich ungeöffnet zurück.«

»Aber wenn er nicht will, kann ich doch auch nicht ...«

»Sag ihm einfach, dass es das Einzige ist, was ich mir wünsche. Einmal mit ihm reden. Danach kann er mich für immer und ewig vergessen.«

In Gedanken ging ich meine Befugnisse durch. Konnte ich es tun, blieb ich im Rahmen dessen, was erlaubt war? Eigentlich nicht. Es war nicht meine Aufgabe, die Botin zu spielen. Dass ich trotzdem einwilligte, einen Gruß auszurichten, kam daher, dass ich ein schlechtes Gewissen hatte, weil ich sie nicht mochte. Ich fühlte mich derartig schuldig, dass ich Tanja versprach, einen Versuch zu unternehmen.

»Wie heißt er, und wo kann ich ihn erreichen?«

Tanja strahlte mich an, und in diesem Moment sah sie beeindruckend schön aus.

»Peter Konradsson. Er wohnt bestimmt noch in unserer Wohnung in Skärholmen.«

Sie nannte eine Telefonnummer, die ich widerwillig notierte. Schnell verstaute ich den Zettel in meiner Tasche.

Im Laufe des Nachmittags sprach ich mit Kerstin, der Spielsüchtigen. Ihre Tochter wurde fünfzehn. Kerstin hatte ihr ein Päckchen geschickt mit einem Pullover, den sie nach der Anleitung in einer Modezeitschrift gestrickt hatte. Mit dem Sternbild der Tochter als Muster. Die Wolle hatte sie aus einem Versandhaus bestellt. Als sie anrief, um ihrer Tochter zu gratulieren, hatte ihr Exmann die Hand auf die Sprechmuschel gelegt, ohne ein Wort zu Kerstin zu sagen, und nur gerufen »Lisa, deine Mutter will mit dir reden«. Kerstin hatte gehört, wie ihre Tochter sagte, sie habe keine Lust, aber ihr Exmann hatte gedrängelt, bis die Tochter schließlich doch ans Telefon kam. Auf die Fragen, die Kerstin stellte, hatte sie nur kurz und widerwillig geantwortet. Ja, sie habe viele Geschenke bekommen. Von Papa. Und von Maggan, Papas neuer Frau. »Wahnsinnig tolle Geschenke«, hatte die Tochter trotzig gesagt. Genau was sie sich gewünscht habe, obwohl sie fast überhaupt kein Geld hatten. Das mit dem Geld hatte Kerstin sehr weh getan, denn sie wusste ja, warum sie so knausern mussten. Kein Wort über Kerstins Pullover. Nach einer Weile hatte Kerstin selbst gefragt, ob er denn passte. »Nö, zu klein«, hatte ihre Tochter gesagt. Sie sei ziemlich gewachsen. Und außerdem kratze er.

Kerstin weinte, als sie es erzählte.

»Ich war krank«, wiederholte sie immer wieder. »Ich war krank. Ich wusste nicht, was ich tat.«

In einem Jahr sollte Kerstin entlassen werden.

»Dann bringe ich alles wieder in Ordnung«, sagte sie. »Alles wird wieder gut. Ich werde alles zurückzahlen.«

Gemeinsam mit dir, Herr, versuchte ich Kerstin dazu zu bringen, sich ihrer Krankheit zu stellen und Vergebung zu suchen für den Kummer, den sie ihrer Familie bereitet hatte. Wir beteten zusammen und ich versuchte sie zu überreden, einen Brief an ihre Tochter zu schreiben und genau zu erklären, was mit ihr passiert war.

»Hilf ihr, es besser zu verstehen«, sagte ich.

»Das kann ich nicht«, schluchzte Kerstin. »Ich begreife es ja selbst nicht.«

Ihre Angst saß noch lange in meinen Gedanken, nachdem wir auseinandergegangen waren. Mein Blumenrock hing schlaff herab. Die Zuversicht, die ich in Kerstins Gegenwart vorgab, verflog im selben Augenblick, als sie niedergedrückt zurück an ihre Arbeit ging. Ich blieb in meinen Sandalen auf dem Korridor stehen und wusste nicht recht, was ich anfangen sollte. Aus den Augenwinkeln nahm ich Torkel Kvarnström wahr. Er stand ein Stück entfernt vor dem Schwarzen Brett und las, blickte aber in meine Richtung, wenn er glaubte, ich sähe es nicht.

Ich ging zu ihm hin. Je näher ich kam, desto intensiver studierte er die Aushänge.

»Torkel«, sagte ich. »Wie wär's jetzt mit der gemeinsamen Kaffeepause, von der wir so oft gesprochen haben?«

Torkel stopfte sein Hemd noch akkurater in den Hosenbund.

»Tja, ich habe wohl nicht direkt von einer Kaffeepause gesprochen«, sagte er.

»Nein, ich weiß, dass ich das vorgeschlagen habe. Aber was meinen Sie, wollen wir ein Tässchen zusammen trinken? Ich habe noch eine Tafel Schokolade in meiner Tasche. Wir könnten uns nach draußen setzen, auf die Gartenstühle neben dem Eingang.«

Torkels Kopf ruckte einige Male hin und her, so als ob es ihn am Hals juckte, er aber nicht die Hände benutzen wollte, um sich zu kratzen. Er stand eine Weile steif und stumm da.

»Ich weiß zwar nicht, wozu das gut sein soll«, knurrte er schließlich. »Aber meinetwegen.«

Ich erbot mich, den Kaffee zu holen, und plauderte munter drauflos. Wie lange ich das schon vorgehabt hatte und ob ich Milch oder Zucker in seinen Becher tun sollte. »Nur Zucker«, kam es mürrisch zurück. Und war es nicht fantastisch, was für einen frühen und herrlichen Frühling wir gerade gehabt hatten. Wieso führte ich mich eigentlich auf wie eine überbezahlte Fernsehmoderatorin mit sinkenden Zuschauerquoten?

Als wir endlich draußen in der Sonne saßen, sank ich vor Erschöpfung in mich zusammen. Torkel schob die Schokoladenriegel in den Mund wie Bretter in eine Hobelmaschine. Rapps-rapps und weg. Er saß auf der äußersten Stuhlkante und hatte eine schwarze Sonnenbrille aufgesetzt. Ich konnte seine Augen hinter den schwarzen Gläsern schwerlich erkennen, aber sie schienen mich ohne erkennbare Anteilnahme zu mustern.

»Ja, ja«, sagte ich. »Hier sitzen wir nun.«

Torkel antwortete nicht. Er nahm einen Schluck aus seinem Kaffeebecher. Und gleich noch einen hinterher.

»Ach ja, Torkel«, seufzte ich.

Mein guter Wille war erlahmt, ich suchte vergeblich nach Worten. Peinliche Stille trat ein. Ich weiß nicht, was ich mir vorgestellt hatte.

»Wie gefällt es Ihnen hier?«

Etwas Besseres fiel mir nicht ein.

Torkel schmatzte kurz mit den Lippen.

»Nun ja. Nicht gerade angenehme Kundschaft, mit der man es hier zu tun hat. Aber ich glaube an das, was hier geleistet wird. Die Gesellschaft muss geschützt werden, und ich bin stolz darauf, mein Teil zu diesem Schutz beizutragen.«

Er trank den letzten Schluck und stellte den Kaffeebecher mit einem Knall ab. Packte die Tischkante, als beabsichtige er, sich zu erheben.

»Wissen Sie, Torkel, als ich hierherkam, hatte ich Angst vor Ihnen«, sagte ich rasch.

Torkel stutzte und hielt inne. Es war schwer zu sagen, was hinter seinen schwarzen Sonnengläsern vor sich ging. Aber ich bildete mir ein, dass er zufrieden aussah.

»Man braucht ein konsequentes Auftreten. Das hier ist keine Sonntagsschule.«

»Aber inzwischen weiß ich ja, dass Sie gar nicht so gefährlich sind«, sagte ich und versuchte ein Lächeln.

Torkels Lippen verzogen sich andeutungsweise.

»Wir begegnen uns so oft, Sie und ich«, fuhr ich fort, »und mir ist aufgefallen, dass ich eigentlich gar nichts über Sie weiß. Haben Sie neben der Arbeit andere Interessen?«

Mit abgemessenen Bewegungen faltete Torkel seine Serviette zusammen und stopfte sie in seinen Kaffeebecher.

»Schon. Ich katalogisiere Käfer. Und ich bin politisch interessiert.«

Ich wagte nicht, ihn genauer nach seinen politischen Interessen zu fragen. Ich konnte mir vorstellen, in welche Richtung das ging. Die Käfer machten mich beklommen. Vor meinem geistigen Auge sah ich Schachteln voller giftgetränkter Watte. Käfer, die verzweifelt versuchten wegzukrabbeln, bis sie schließlich aufgaben und sich von Torkel Kvarnström aufspießen ließen. Wie er mit gewohnter Korrektheit die toten Insekten einsortierte.

»Wie interessant«, heuchelte ich. »Ja, die sind schön. Die Käfer, meine ich. Viel Ahnung habe ich nicht davon. Muss ein spannendes Hobby sein.«

»Ja«, sagte Torkel, und dann war es wieder eine ganze Zeit still.

»Tja, die Arbeit ruft«, sagte Torkel. »Werde mich wieder nützlich machen.«

Wir griffen nach unseren Kaffeebechern. Ich war enttäuscht. Vor allem von mir selbst. Dass mir nichts Besseres gelungen war als das hier.

Als wir gerade durch die Eingangstür gehen wollten, drehte ich mich zu Torkel um.

»Können wir das nicht mal wiederholen?«, bat ich ihn mit dünner Stimme.

Torkel trat einen Schritt zurück.

»Wiederholen? Was?«, entfuhr es ihm.

»Das Kaffeetrinken. Vielleicht können Sie mir mehr über die Käfer erzählen. Ich würde gern mehr darüber wissen.«

Torkel hatte die Sonnenbrille abgenommen und starrte mich an, als hätte ich ihm ein unsittliches Angebot gemacht.

»Es gibt Bücher...«, setzte er mit unsicherer Stimme an.

»Ich möchte, dass Sie es mir beibringen«, sagte ich.

Herr, ich weiß nicht, was in mich gefahren war. Aus irgendeinem unklaren Grund konnte ich es nicht ertragen, dass es mir nicht gelungen war, ihm näherzukommen.

Ich nahm Torkel den Becher aus der Hand, um ihn zurück in die Kantine zu bringen. Torkel nickte kurz und ging.

4. *Kapitel*

Am Abend auf dem Heimweg vom Gefängnis schaute ich noch kurz im Pastorat vorbei. Obwohl das Büro im Erdgeschoss liegt, huschte ich in den Aufzug. Ich wollte nachsehen, ob es dort einen Spiegel gab, und tatsächlich, da war einer. Ich zupfte meine Bluse zurecht und kniff mir einige Male in die Wangen, damit sie etwas Farbe bekamen. Das hatte meine Großmutter manchmal bei mir getan, als ich noch klein war.

»Gottchen, Kind, wie blass du bist«, sagte sie immer und kniff mir in die Backen. »So, guck mal, jetzt siehst du gleich ein bisschen gesünder aus. Kinder sollen nicht blass sein, sondern rosig und fröhlich.«

Es tat weh, und ich weiß noch, dass ich einmal Tränen in den Augen hatte. Falls Großmutter es gesehen haben sollte, ließ sie sich nichts anmerken. Und jetzt stand ich in einem Aufzug und quälte mich selbst, um rosig, gesund und fröhlich auszusehen.

Maria war gerade dabei, ihren Mantel anzuziehen, als ich hereinkam. Sie sagte nichts zu meinem Rock, aber sie zupfte sorgfältig ihren eigenen zurecht, als sie mich sah.

»Hallo, Ingrid, ich wollte gerade Feierabend machen. Anders ist schon weg. Er musste zu irgendeiner Sitzung.«

Mit ungeschickten Händen schnürte ich meine Turnschuhe auf. Die gekniffenen Wangen brannten noch mehr als eben im Aufzug, jedenfalls kam es mir so vor.

»Aber morgen ist er hier«, fügte Maria hinzu.

Normalerweise bemerke ich es kaum, wenn Anders nicht da ist. Was war denn eigentlich passiert? Nichts. Wir waren zusammen essen. Und nun stand ich hier in meinem schlabbrigen Rock und fühlte mich im Stich gelassen.

Maria schlug die Tür hinter sich zu, und ich ging in Anders' Zimmer. Es war verräuchert und staubig. Nichts Persönliches auf seinem unordentlichen Schreibtisch. Nichts, was ihn selbst betraf. Nur zwei Fotos von Patenkindern in aufgestellten Bilderrahmen, das war alles. Ein paar Merkzettel mit Terminen von Sitzungen und anderen beruflichen Dingen. Das eine Patenkind war ein kleines asiatisches Mädchen mit einer Blume in der Hand. Das andere ein indischer Junge mit einem roten Punkt zwischen den Augenbrauen.

Ich setzte mich in Anders' Schreibtischsessel. Man konnte sich darin weit nach hinten lehnen, aber als ich es tat, dachte ich, dass er gleich umkippen würde. Ich warf mich erschrocken nach vorne und packte die Schreibtischkante mit beiden Händen. Ein paar Blätter segelten auf den Fußboden. Ich raffte sie zusammen und hoffte, dass sie in derselben Reihenfolge lagen wie vorher.

Was machte ich hier? Natürlich war Anders' Zimmer kein Sperrgebiet. Wenn ich irgendetwas vermisste und meinte, es könnte in seinem Zimmer sein, vielleicht eine Schere oder ein Formular, konnte ich in sein Büro gehen und ganz ungeniert danach suchen.

Aber jetzt hatte sein Zimmer eine andere Ausstrahlung, und ich kam mir vor, als würde ich spionieren. Eine Jacke hing auf einem Kleiderbügel und ich sog den Geruch ein. Sie roch vor allem nach Pfeifentabak, aber sie hatte auch Anders' ganz eigenen Geruch.

Ich merkte, dass ich enttäuscht war. Ich hatte geglaubt, einen Beweis dafür zu finden, dass sich etwas verändert hatte. Dass er hier saß und auf mich wartete. Heute Abend wieder ausgehen wollte. Mich im Rock sah und völlig überrascht war. Sich kaum beherrschen konnte. Mehr von mir haben wollte.

Und dann das hier. Nichts.

Anders' Topfpflanzen hatten mehrere verwelkte Blätter. Ich kniff sie ab und warf sie in den Papierkorb. Seine Sandalen, schwere Dinger mit Gummisohlen und einem Riemen über dem Fuß, standen neben der Tür. Ich schlüpfte hinein. Stand eine Weile so da und grub meine Zehen in das Fußbett. Anders' Schuhe. Meine Füße in seinen Schuhen.

Kein Anzeichen von Veränderung. Was hatte ich erwartet?

Seufzend tapste ich auf Strumpfsocken in mein eigenes Zimmer. Mein Büro war viel kleiner, ich hatte nicht einmal eine Topfpflanze. Aber einen Computer. Und ein paar Formulare, die ich heute Abend noch ausfüllen musste.

Dann entdeckte ich das Glas.

Es stand mitten auf meiner Schreibtischunterlage. Ein Schraubdeckelglas mit irgendwas Grünem drin. Pesto. Unter dem Glas lag ein Zettel. »Vielleicht der Anfang von etwas Neuem.« Unterzeichnet mit »A.«

Ich drehte und wendete das Glas in meinen Händen, studierte, was auf dem Etikett stand. Olivenöl, Basilikum, Pinienkerne, Parmesan, Knoblauch, Salz, Konservierungsmittel. Product of Italy. 150 Gramm. 17 Kr. Das Preisschild war noch dran. Er musste es in einem kleinen Laden gekauft haben, der noch nicht mit Strichcodes und Scannerkasse arbeitete. Er hatte an mich gedacht, war in ein Delikatessengeschäft gegangen und hatte siebzehn Kronen bezahlt.

Der Deckel saß sehr fest, aber ich bekam ihn doch auf. Roch an dem grünen Brei und steckte den Zeigefinger hinein. Ölig, aber lecker. Mhm. Vielleicht der Anfang von etwas Neuem.

Ich setzte mich hin, um die Papiere auszufüllen, wegen derer ich gekommen war, aber immer wieder nahm ich das Glas zur Hand. Roch daran, sah es an. Was sollte ich für ihn besorgen? Normalerweise kaufte ich mein Essen beim Pizzabäcker gleich nebenan. Ich konnte aber keine kalte Pizza auf Anders' Schreibtisch hinterlassen. Mein Gehirn arbeitete fieberhaft. Irgendwas Pfiffiges, mit einer kleinen Anspielung, aber nicht zu deutlich.

Während ich in Gedanken noch beim Essen war, wählte ich

die Nummer von Tanjas Freund. Als er sich mit Namen meldete, war ich zuerst verwirrt.

»Hallo, ist da Peter Konradsson?«, fragte ich, obwohl er genau das gerade eben gesagt hatte.

»Ja«, erwiderte er zögernd. »Und wer sind Sie?«

Ich zwang mich, das Glas abzustellen und mich auf das Gespräch zu konzentrieren. Ich sagte meinen Namen und dass ich als Seelsorgerin in dem Gefängnis arbeitete, in dem Tanja einsaß. Und dass sie mich gebeten hatte, Kontakt zu ihm aufzunehmen.

»Aber ich will keinen Kontakt zu ihr. Das weiß sie doch«, erwiderte er.

Er klang nicht verärgert, eher traurig und müde.

»Ja, das weiß sie, und es macht ihr großen Kummer«, sagte ich.

»Ich weiß«, sagte er. »Aber das ist mir jetzt egal. Ich hatte auch verdammt viel Kummer. Und ich habe keine Lust auf eine Neuauflage.«

Eine ganze Zeit lang blieb es still. Ich hätte mir dieses Gespräch vorher genauer überlegen sollen. Wie sehr ich auch grübelte, mir fiel nichts Überzeugendes ein.

»Soweit ich verstanden habe, hat Tanja ihre Strafe akzeptiert und sich mit ihrer Situation abgefunden. Ich weiß es, denn sie hat mir aufgetragen, Ihnen das zu sagen. Ihre einziger Wunsch ist, dass Sie beide sich noch einmal treffen. Ich will gerne behilflich sein, ganz gleich, ob Sie lieber mit mir reden wollen oder ob ich Sie begleiten soll. Wenn Sie Tanja besuchen wollen, kann ich das arrangieren.«

Am anderen Ende der Leitung war ein Seufzer zu hören. »Sie müssen schon entschuldigen, aber das hört sich einfach krank an«, sagte Peter Konradsson schließlich. »Ich habe es schon tausendmal gesagt. Ich will nicht. Sie hat mir mehr wehgetan als irgendjemand sonst. Hat mich vor meiner Nase mit einem Drogendealer betrogen. Vielleicht war ihr nicht bewusst, was sie tat, bevor es zu spät war. Falls sie so unschuldig ist, wie sie behauptet, was ich bezweifle. Und jetzt gibt es nichts mehr, was ich dazu sagen möchte.«

Er hatte eine selbstbewusste, entschiedene Art zu reden. Ein Mensch, der gelernt hat, Grenzen zu setzen, dachte ich. Das imponierte mir, erschreckte mich aber gleichzeitig. Menschen, die sich einmal in Liebe zugetan waren und hinterher unüberwindliche Mauern zwischen sich ziehen können, machen mir Angst.

Ich bat Peter Konradsson, ihm meine Telefonnummer geben zu dürfen, für den Fall, dass er es sich anders überlegen würde. Er war einverstanden, wahrscheinlich nur, um mich loszuwerden. Anschließend verabschiedete er sich mit einem knappen »Wiederhören«.

Das Pastoratsbüro hat schnurlose Telefone. Ich drückte auf die Taste mit dem roten Telefonhörer. Anders' Pestoglas und Peter Konradssons entschiedene Stimme hatten mich verzagt gemacht. Morgen würde ich Tanja sagen müssen, dass ihr bisheriger Lebensgefährte jeden Kontakt ablehnte.

Tanjas Geschichte war unwahrscheinlich. Würde jemand die Reisetasche eines Unbeteiligten mit Heroin im Wert von Hunderttausenden von Kronen präparieren und eiskalt damit rechnen, den Stoff zurückzubekommen, nachdem der Unwissende es glücklich durch den Zoll geschafft hatte?

Wahrscheinlich war Tanja schuldig, wie Anita vermutete. Und irgendjemand biss jetzt vor Wut in die Tischkante, weil sie geschnappt worden war. Ein Vermögen war den Bach runtergegangen.

Manchmal war ich mir nicht sicher, was meine Menschenkenntnis anging. Ich hatte einen berechnenden Zug an Tanja bemerkt. Bestimmt konnte sie lügen und manipulieren.

Ich mochte sie immer noch nicht. Aber ihre Verzweiflung schien aufrichtig. Sie war geschockt und verwundert. Ihr musste Unrecht geschehen sein. Nur welches?

Vom Fenster meines Arbeitszimmers blickte man über den Friedhof. Schwere dunkle Steine stehen als Erinnerung an die Toten auf den Gräbern. Die Namen der Verstorbenen und ein paar Worte, in Granit gemeißelt. Liebe Gattin. Treusorgender Ehemann. Unwiderrufliche Urteile.

Die Amseln vollführten Riesenhüpfer über die weichen Grasflächen und zogen hier und da Regenwürmer aus der Erde. Sie bewegten sich wippend und ungezwungen, es kümmerte sie nicht, dass unter ihren Füßen Tote ruhten. Ich sah ihnen gerne zu. Mir gefiel der Gegensatz zwischen dem Schweren, Traurigen und dem Leichten, Lebensfrohen. Das Fenster war angekippt, und die Vögel zwitscherten laut. Ich dachte, dass sie sich freuten, weil es wieder warm geworden war, und dass sie sich gegenseitig lockten. Manchmal hörte ich auch ein Pfeifen, das die anderen übertönte, und stellte mir vor, dass es ein einsamer Vogel war, der um sein Leben sang.

Vielleicht sollte ich ein paar Zeilen darüber an Anders schreiben. Etwas über Sommerabende, Vögel, Sehnsucht. Nein, das würde ihn nur verschrecken. Aber ich wollte etwas für ihn hinterlassen. Das Thema Essen war am unverfänglichsten.

Mir fiel mein letzter Besuch bei Anita ein. Vor ein paar Wochen, an einem der ersten Frühlingstage. Wir hatten draußen in ihrem Garten gesessen, wenn auch in dicken Mänteln. Anita hatte uns ein paar Schnittchen gemacht, die wahnsinnig gut waren. Ich höre selten zu, wenn Leute Rezepte verraten. Ich freue mich immer darüber, wenn ich etwas Leckeres zu essen bekomme. So einen Moment muss man einfach nur genießen.

Aber ich erinnerte mich, dass Anita sagte, die Zubereitung sei ganz einfach. So ein herrliches Butterbrot sollte Anders bekommen.

Anita war gleich dran, als ich anrief. Sie klang erschöpft.

»Ich sollte weniger rauchen«, seufzte sie. »Ich bin irgendwie so müde.«

Ihr Atem ging schwer und pfeifend. Als ich sie nach dem Rezept fragte, lachte sie laut auf und begann zu husten.

»Ingrid, was ist mit dir los? Erst der Rock und jetzt dieses Interesse an Kochrezepten, von dem ich bisher keine Spur bemerkt habe? Du verschweigst mir doch nichts?«

Das Blut schoss mir in die Wangen bis hinauf zum Ohr, das am Telefon glühte. Ich wechselte die Seite, aber das andere Ohr war genauso heiß. Anita sollte es erfahren. Später. Falls etwas daraus wurde. Aber nicht jetzt. Ich wand mich mit reichlich vagen Sätzen heraus wie »ach, so merkwürdig ist das gar nicht« und »ich sag's dir, wenn es so weit ist«.

Anita sagte, sie freue sich schon darauf, alles haarklein zu erfahren, und nannte mir die Zutaten für die belegten Brote, die ich sorgsam aufschrieb.

Nachdem wir aufgelegt hatten, starrte ich beklommen auf meine Notizen. Dijonsenf? So etwas hatten bestimmt weder Anders noch ich im Haus. Sollte ich nicht lieber einfach ein paar lustige Zeilen schreiben, zum Beispiel, dass es inzwischen Gorbys Piroggen in mehreren Geschmackrichtungen gab?

Wieso war ich so unbeholfen, wenn es ums Essen ging? Es war, als ob ich mich weigerte, mit dem Daumenlutschen aufzuhören, als ob Dickmilch, Pizza und Makkaroni eine Art Ersatzschnuller waren. Als ob ich nicht erwachsen werden wollte. Warum sollten Anders und ich nicht mal etwas wirklich Gutes und Leckeres ausprobieren?

Ich schrieb das Rezept sauber ab und gab mir Mühe, meine Schrift zierlich und doch ein wenig hingeworfen aussehen zu lassen. Ich fügte noch hinzu: »Warum sollten wir nicht mal etwas Gewagteres versuchen?«

Zuerst war ich zufrieden damit. Aber dann zerknüllte ich den Zettel hastig. Gewagteres? Das konnte man auch missverstehen. Stattdessen schrieb ich: »Ziemlich gewagte Zutaten. Aber es geht jedenfalls schnell. Und das etwas Gewagtere passt doch auch zu uns?«

Das war besser. Ich legte den Zettel auf Anders' Schreibtisch und zog rasch Jacke und Schuhe an. Mit der Tasche in der einen Hand und dem Glas in der anderen begab ich mich nach draußen zum Auto. Ein Wetterumschwung kündigte sich an, es hatte sich deutlich abgekühlt. Die dunklen Haare an meinen Beinen standen stachelig ab und ich sehnte mich nach meinen langen Hosen. Das Pestoglas hatte kleine grüne Flecken auf meiner weißen Bluse hinterlassen. Trotzdem fuhr ich mit einem Lächeln nach Hause.

Tanja war am Boden zerstört, als ich ihr am nächsten Tag von meinem Gespräch mit Peter berichtete. Sie hatte geglaubt, ein Pfarrer könnte Wunder vollbringen. Sie weinte wieder, lange und haltlos. Murmelte ein ums andere Mal: »Wie kann er mir das nur antun?«

Ich war zu meinen Hosen zurückgekehrt. Sie fühlten sich bequem und vertraut an. Das Wetter war umgeschlagen. Schwere blaugraue Wolken bedeckten den Himmel. Das brachte Ruhe in die Anstalt. Sonnige Tage schaffen Unruhe, schüren die Sehnsucht nach draußen.

Mit Tanja über etwas anderes zu reden war unmöglich. Sie wollte mit Peter reden. Sie wollte, dass ich Peter dazu brachte, mit ihr zu reden. Basta. Ich wurde immer schlechter in meinen Versuchen, auf andere Weise an sie heranzukommen. Sie hörte nicht zu. Wieder hatte ich das Gefühl, unfähig zu sein.

5. *Kapitel*

In meinem Postfach lag »Insekten in Farbe«. Mit einer kurzen Notiz von Torkel Kvarnström: »Falls Sie so interessiert daran sind, wie Sie behaupten.« Unterschrift »TK«.

Auf dem Flur waren Schreie zu hören. Torkel kam mit Yolanta, einer jungen Frau, die wegen schweren Diebstahls saß, den Gang herunter, er hielt sie mit festem Griff am Arm und schleifte sie zu ihrer Zelle.

»So, und jetzt beruhigen wir uns schön wieder«, hörte ich ihn sagen.

»Aber diese elende Schlampe hat mein Shampoo benutzt! Ich weiß das! Die kann meine Sachen einfach nicht in Ruhe ...«

In dem Moment schloss Kvarnström ihre Zellentür. Von drinnen hörte man wütendes Hämmern gegen die Tür.

»Du Arsch!«

Kvarnströms Gesicht war gerötet. Er schien derbe Worte nur selten übel zu nehmen. Im Gegenteil, anscheinend feuerten sie ihn an. Er wusste, dass er jederzeit die Türen abschließen konnte, und das gefiel ihm. Mit gemächlichen Schritten ging er den Korridor hinunter.

»Vielen Dank für das Buch«, sagte ich, als er an mir vorbeikam. »Scheint interessant zu sein.«

»Nun, vielleicht ist das Interesse ja doch nicht so groß, wie Sie ... Manche Leute behaupten viel«, sagte Torkel.

»Doch, ich werde es lesen, danke nochmal.«

Kvarnström spazierte davon, und ich steckte das Buch in meine Tasche.

Anita schloss gerade ihre Tür auf, als ich den Flur entlangging. Sie hatte sich die Haare kurz schneiden lassen. Ob ihre neuen Locken natur oder frisch dauergewellt waren, wusste ich nicht. Die Frisur sah steif und künstlich aus. Ihr Nacken war rot gesprenkelt, und sie roch stark nach Haarspray.

»Schick siehst du aus«, sagte ich und bückte mich schnell, um Majken zu streicheln. Es fiel mir schwer, Anita anzulügen, auch wenn es eine Notlüge in aller Freundschaft war.

»Unsinn«, sagte Anita. »Ich sehe grauenhaft aus, aber in ein paar Tagen ist es bestimmt besser. Hast du einen Moment Zeit?«

Wir gingen in ihr Zimmer. Anita ließ sich auf ihren Stuhl fallen.

»Ich glaube, ich lasse mich krankschreiben«, sagte sie und steckte sich eine ihrer neuen Light-Zigaretten an. »Keine Ahnung, wegen was. Ich bin ganz einfach nur müde. Dachte nur, du solltest es wissen.«

Anitas Hand zitterte ein wenig. Sie erzählte, dass sie nachher noch einen Termin beim Arzt hätte, zur Blutabnahme.

»Vielleicht bin ich nur ausgebrannt, oder wie man das nennt.«

Ich legte meine Hand auf Anitas. Tränen schossen ihr in die Augen.

»Verstehst du, Ingrid«, sagte sie. »Ich habe Angst. Denke daran, dass ... na ja, dass alles mal ein Ende hat. Ich bin nicht mehr jung, ich habe mein ganzes erwachsenes Leben lang gequalmt wie ein Schlot, ich esse zu viel, bin fett und ... ja, ich habe einfach Angst. Meine Kinder ...«

Anita kramte ein Taschentuch aus ihrer Handtasche und schnäuzte sich.

»Ich will sie doch sehen ... ich will doch wissen, wie ...«

Ich ging um Anitas Schreibtisch herum, beugte mich hinunter und umarmte sie. Sie begann heftig zu schluchzen und lehnte ihren Kopf an meine Brust. Ich unterdrückte einen Impuls, ihr übers Haar zu streicheln. Ihre Haare waren toupiert. Meine Mutter hatte auch immer auftoupierte Haare, als ich klein war, und ich weiß noch, wie oft sie sagte: »Vorsicht mit meinen Haaren, du drückst sie ja ganz platt!«

Ich bin mit der Angst aufgewachsen, Frisuren platt zu drücken, und das hemmte mich jetzt.

»Danke«, sagte Anita nach einer Weile. »Danke, Ingrid. Es geht schon wieder.«

Wir verabredeten, dass wir beim Essen weiterreden wollten.

»Übrigens«, sagte Anita, als ich gerade durch ihre Tür gehen wollte.

Ich drehte mich zu ihr um.

»Kerstin, du weißt schon, die Spielsüchtige, soll demnächst einen Tag Hafturlaub bekommen. Unbegleitet. Sie wirkt schrecklich nervös. Ingeborg ist erst nächsten Freitag wieder hier. Ich dachte, dass sie vielleicht jemanden zum Reden braucht. Du machst dir ja selbst ein Bild, wer... na ja, du weißt schon. Falls du Zeit hättest?«

»Ich sehe mal nach ihr.«

Später beim Mittagessen versuchte Anita mich auszuhorchen, was es mit meiner Veränderung auf sich hatte. Aber ich blieb wortkarg. In meinen bequemen Hosen sah ich auch wieder ganz wie immer aus. Anita gab es auf und erzählte stattdessen von ihrer Tochter, die im Moment bei ihr wohnte, weil sie sich mit ihrem Freund verkracht hatte. Ich hörte nur mit halbem Ohr zu. Meine Gedanken waren bei Tanja und der missglückten Unterhaltung mit ihrem Exfreund. Irgendetwas daran störte mich. Irgendetwas appellierte an meinen Verstand.

Anita hatte offenbar gemerkt, dass ich nicht bei der Sache war. Leicht verstimmt schlug sie vor, einen Kaffee zu trinken. Mir fiel wieder auf, wie müde sie aussah. Ihre frisch geschnittenen Haare standen störrisch ab.

Anita hatte sich schon halb vom Stuhl erhoben, als sie plötzlich zurücksank, so als ob ihre Kräfte versagten.

»Was ist bloß mit mir los«, seufzte sie. »Vielleicht sind es die Probleme meiner Tochter, die mir Sorgen machen. Oder es ist eine Frühjahrsdepression. Ich bin so entsetzlich müde.«

Ich wusste nicht genau, wie alt Anita war. Aber in diesem

Moment sah sie älter aus, als sie jemals auf mich gewirkt hatte. Ihre Hände zitterten, und ihr Gesicht war bleich.

»Etwas an meinem Leben ist so ... Ich grüble im Moment viel. Wie alles gekommen ist, wie es ist. Na ja, du weißt schon. Was ich hätte anders machen können.«

Der Kragen an Anitas Kleid hatte einen Fleck. Sollte ich sie darauf aufmerksam machen? Das sah ihr gar nicht ähnlich. Sie war sonst immer so penibel.

»Anita, ich glaube, du hast da einen Fleck ...«

Anita sah an sich herunter und entdeckte ihn. Sie nahm die Serviette und begann, heftig an dem Fleck zu reiben. Es nützte nichts. Sie tauchte die Serviette in ein Glas Wasser, aber davon löste sich nur das Papier auf.

»Ich gehe auf die Toilette. Wenn du mir einen Kaffee holen würdest? Wir sehen uns dann in meinem Büro.«

Als sie ging, sah ich Tränen in ihren Augen aufsteigen. Ich nahm ein Tablett, besorgte den Kaffee und ging in ihr Zimmer. Majken kam hervor und wedelte mit dem Hinterteil. Sie hat nur einen winzigen Stummelschwanz.

Anita kam herein, einen großen nassen Fleck auf dem Kleid.

»Entschuldige«, sagte sie.

Sie griff nach der Zigarettenschachtel, die auf dem Schreibtisch lag, und setzte sich schwer in einen Sessel. Ich erzählte, dass Tanja mich gebeten hatte, Kontakt zu ihrem Exfreund aufzunehmen. Dass ich es auch versucht hatte, aber gescheitert war. Anita runzelte die Stirn. Klopfte die Zigarettenasche mit einer ärgerlichen Bewegung ab.

»Nein, Ingrid. Das gefällt mir nicht«, sagte sie.

Sie lehnte sich im Sessel zurück. Sah mich mit ihren müden Augen an.

»Eigentlich ist das eine Sache zwischen mir und der Person, die sich mir anvertraut«, sagte ich zu Anita, irritiert und beschämt darüber, zurechtgewiesen zu werden.

»Das weiß ich«, erwiderte Anita gereizt. »Was ihr tut und

worüber ihr redet, ist eure Sache. Da mische ich mich nicht ein. Aber was Tanja betrifft, bist du ganz schön blöd.«

Auf Anitas Hals und Wangen breiteten sich rote Flecken aus. Sie begann zu husten und drückte die halb aufgerauchte Zigarette aus. Es verschlug mir die Sprache. Blöd? Anitas ungewohnte Wortwahl verletzte und verwirrte mich.

»Tanja hat Feinde, das musst du begreifen. Ihr Verbrechen ist keines, das sie allein begangen hat. Einer oder mehrere haben ein Vermögen verloren. Einer oder mehrere haben Angst, dass sie plaudert. So etwas weckt, wie soll ich sagen, böse Gefühle.«

Anita seufzte schwer und schüttelte bekümmert den Kopf. Es sah so aus, als ob sie mich wirklich für eine Idiotin hielt und es zutiefst bedauerte.

»Nun, etwas in der Richtung habe ich mir schon gedacht«, schwindelte ich.

Es war dumm von mir, da musste ich Anita recht geben. Ich richtete meine Aufmerksamkeit oft auf die falschen Dinge. Mein Eifer zu beobachten, wie andere reagieren, ist zu einer Manie geworden. Ich bewege mich wie eine Seiltänzerin durchs Leben und sehe nichts anderes als meine eigenen vorsichtigen Schritte. Nicht einmal an das Naheliegendste, dass eine Person, die wegen eines schweren Rauschgiftverbrechens verurteilt worden war, Feinde haben könnte, hatte ich gedacht.

Anitas harte Worte verletzten mich aber so sehr, dass ich nicht ehrlich ihr gegenüber sein konnte. Ich spielte die gekränkte Pastorin.

»Es gehört zu meinem Beruf, Risiken richtig einzuschätzen«, sagte ich. »Dass die Leute, mit denen ich es zu tun habe, in Kreisen verkehren, die nicht gerade zimperlich sind, ist mir bewusst. Wenn man draußen im Feld ist, oder wie man das nennen will, muss man Risiken eingehen, die vielleicht nicht ...«

»Ja, ja, ja.«

Anita fuhr dazwischen.

»Du weißt doch, was ich meine, und du weißt, dass ich nur

Angst um mich habe. Tut mir leid, falls ich dich verletzt habe. Wenn es dir nichts ausmacht, würde ich jetzt gern allein sein. Ich möchte mich ein bisschen ausruhen, bevor ich wieder an die Arbeit gehe.«

Anita hatte Majken auf den Schoß genommen und ihr Gesicht in das Hundefell gepresst. Sie sah nicht hoch, als ich hinausging. Nur Majken verfolgte mich mit ihren blutunterlaufenen Glubschaugen.

»Ach, noch was, Ingrid, warte. Es gibt da etwas, was ich dir geben möchte ...«

Anita rief mich gerade in dem Moment zurück, als ich die Tür hinter mir schließen wollte. Sie war aufgestanden und ging langsam und mühselig zu ihrem Bücherregal. Als sie sich reckte, um etwas von einem der oberen Regalbretter herunterzunehmen, stöhnte sie auf und stützte sich mit einem Arm auf dem Schreibtisch ab. Sie griff sich an die Schulter, und ihr Gesicht bebte. Sie rang krampfhaft nach Atem, einmal, zweimal. Öffnete den Mund, um etwas zu sagen, aber es kam nur ein Röcheln heraus. Dann sackte sie zu Boden.

Majken winselte und scharrte mit ihren Krallen auf dem Fußboden neben Anita, als wollte sie sich eingraben. Ich ergriff Anitas Handgelenk und fühlte nur einen schwachen Puls.

Anita hat einen Alarmknopf unter der Schreibtischplatte, den hielt ich gedrückt, während ich nach dem Telefon griff. Torkel Kvarnström und Hanna Gabrielsson, die auch zum Wachpersonal gehörte, stürzten im selben Moment herein, als sich die Notrufzentrale meldete.

Hanna Gabrielsson drehte Anita auf den Rücken und presste beide Hände rhythmisch auf ihren Brustkorb. Der Krankenwagen sei unterwegs, sagte man mir am Telefon. Ich kniete mich neben sie auf den Fußboden und strich über ihr geblümtes Kleid.

»Anita, verzeih mir«, sagte ich. »Liebe Anita, verzeih mir, verzeih mir.«

Wofür genau ich um Verzeihung bat, weiß ich nicht. Vielleicht, dass ich nicht richtig hingehört hatte, dass ich ihren Worten nicht angemerkt hatte, dass Todesangst in ihnen war. Sie hatte den Herzinfarkt geahnt und versucht, mit mir über ihre Angst vor dem Tod zu reden. Aber ich hatte sie nicht ernst genommen.

Ich ging neben der Trage mit Anita den Korridor entlang. Neugierige Augen folgten uns, und Gemurmel war zu hören. Ich war dem Weinen nahe und ich konnte kaum atmen. Als ich allein wieder in Anitas Büro zurückging, folgten mir immer noch viele Blicke, aber es war kein Ton zu hören. Der Krankenwagen jagte mit Blaulicht und Sirene davon, ein unwirkliches, verlassenes Gefühl beschlich mich, senkte sich auf das Gefängnis herab.

In Anitas Zimmer fand ich ihre Zigarettenschachtel auf dem Fußboden und legte sie auf ihren Schreibtisch. Ich stellte mich auf Zehenspitzen vor das Bücherregal, um zu sehen, was Anita mir hatte zeigen wollen. Zwei dicke Reisekataloge lagen dort oben. Einer war aufgeschlagen und zeigte eine luxuriöse Hotelanlage auf Mallorca. Unter dem Schreibtisch leuchteten zwei kugelrunde, angsterfüllte Augen. Majken. Ich beugte mich hinunter, packte ihr Nackenfell und zog sie hervor. Sie schlotterte am ganzen Körper, genau wie ich. Leckte sich unablässig die Nase. Ich setzte mich aufs Sofa und nahm sie auf den Schoß.

Es klopfte an der Tür, und Torkel Kvarnström kam herein.

»Ich wollte nur Bescheid sagen, dass ich Laila angerufen habe. Sie wird Anita bis auf weiteres vertreten.«

Sein Blick blieb an Majken hängen, die immer noch zitterte.

»Was sollen wir mit dem Hund machen?«

»Ich kümmere mich um sie«, antwortete ich.

»Sonst könnte ich …«

Ich sah Majken vor mir, aufgespießt wie ein Käfer in Torkels Wohnung.

»Nein, ich mache das schon.«

Torkel machte Anstalten zu gehen.

»Bitte, Torkel, bleiben Sie noch einen Moment. Ich fühle mich so …«

Er warf mir einen misstrauischen Blick zu, setzte sich dann aber in den Sessel, in dem Anita noch vor kaum einer halben Stunde gesessen hatte. Es war lange Zeit still. Torkel legte die Hände auf die Knie und starrte geradeaus.

»Wie lange kennen Sie Anita?«, fragte ich.

»Vierzehn Jahre«, antwortete Torkel, ohne mich anzusehen.

»Das ist ganz schön lange. Ich kenne sie erst seit anderthalb Jahren.«

Torkel schwieg.

»Dann kennen Sie beide sich gut, nehme ich an?«, fragte ich.

»Na ja. Wir wissen, was wir voneinander zu halten haben, könnte man sagen.«

»Genau wie wir«, sagte ich.

Torkel beugte sich nach vorn. Millimetergroße Schweißperlen bedeckten seine Stirn.

»Vielleicht sollte ich jetzt wieder gehen …«

»Ich weiß, dass Sie mich nicht mögen.«

Das rutschte mir so heraus. Obwohl ich Anita noch nicht sehr lange kannte, war sie meine beste Freundin, und ich wusste nicht, ob sie durchkommen würde. Mir war nicht danach, um den heißen Brei herumzureden. Als ich sah, wie Torkel Kvarnström im Sessel herumrutschte, wurde ich wütend. Sein krampfhaftes Bemühen, immer die Oberhand zu behalten. Dabei zeugte der Schweiß auf seiner Stirn davon, dass das Ganze ihn auch mitnahm.

Herr, ich wusste, dass es nicht Torkel Kvarnströms Schuld war, dass Anita einen Herzanfall hatte. Aber ich wollte ihn für seine demonstrative Selbstbeherrschtheit strafen.

»Ich habe nie etwas dergleichen gesagt«, wies mich Kvarnström zurecht.

»Nein, eben drum. Aber man spürt es trotzdem. Man merkt es. Man spürt diese unterdrückte … Feindseligkeit …«

Das Weinen überwältigte mich. Ich vergrub das Gesicht in den Händen und presste die Finger so hart auf die Augen, dass ich blaue Lichter sah. In dem blauen Schein sah ich Anitas Gesicht in dem Moment, als sie zusammenbrach. Die bebenden grauen Wangen, das schmale Speichelrinnsal, das in einem Mundwinkel glänzte, und ihre Augen, so still, als wüsste sie, was auf sie zukam. Als hätte sie es erwartet.

Ich saß auf dem Sofa und heulte mir die Augen aus. Ich merkte, dass ich dabei war, mich in ein Kind zu verwandeln. Wie ein verlassenes kleines Mädchen saß ich da und badete in meinem eigenen Kummer, ohne an jemand anderen zu denken als an mich selbst. Vom Sessel neben mir hörte ich Torkel Kvarnström atmen, peinlich berührt.

»Ich habe nichts Böses gewollt«, sagte er. »Das kommt einfach so, wenn ich mit Leuten zusammen bin. Ich habe dann wohl irgendwas an mir, was ... ja, ich weiß auch nicht ...«

Kvarnström faltete die Hände. Er schluckte und sah auf seine Hände hinunter.

»Aber es macht mir nicht viel aus. Ich habe meine Interessen und ich erfülle meine Pflicht. Ich bin gerecht, auch wenn es vielleicht nicht einfach ist, mit mir auszukommen.«

Ich hatte aufgehört zu weinen und versuchte, Torkel Kvarnströms Blick einzufangen. Aber er vermied es, mich anzusehen.

»Es macht mir nicht viel aus«, wiederholte er.

Er löste die Hände und verschränkte die Arme vor der Brust.

»Das muss nicht so bleiben«, sagte ich. »Wir könnten Freunde werden. Wir könnten das hier gemeinsam durchstehen. Es wird eine anstrengende Zeit für die Abteilung werden, und wir werden Unterstützung brauchen ...«

Torkel Kvarnström erhob sich mit einem Räuspern. Er zupfte sein Hemd zurecht, schüttelte die Hosenbeine aus. Er hielt mir die Hand hin. Ich nahm sie, leicht verwirrt.

»Wir werden sehen«, sagte er und nickte leicht.

Dann ging er aus dem Zimmer.

6. *Kapitel*

Wegen Pernilla Konradsson vergaß ich Majken. So versuchte ich es mir im Nachhinein zu erklären. Trotzdem begreife ich nicht ganz, wie mir das passieren konnte. Es bereitet mir heute noch Magenschmerzen, wenn ich daran denke: Ich habe Majken vergessen.

Nachdem ich eine Weile wie versteinert in Anitas Büro gesessen hatte, schwankte ich hinaus in den Korridor. Die Insassinnen wichen zurück wie Schatten, als ich an ihnen vorbeiging. Ihre Blicke stachen in meinem Rücken. Es war, als sei ich die Schuldige, als sollte ich diejenige sein, die hinter Gittern saß. Anita war in meiner Gegenwart zusammengebrochen. Ich hatte es nicht verhindern können. Ich hatte es vielleicht sogar begünstigt, weil ich mich so unüberlegt und dumm benommen hatte.

Als Kvarnström sagte, dass ich am Telefon verlangt wurde, war ich überzeugt, dass es um Anita ging. Ich hastete ins Wachzimmer und riss den Hörer mit einem atemlosen »Hallo?« an mich.

Am anderen Ende der Leitung war daraufhin Schweigen. Ich hörte, wie jemand atmete und unsicher nach Worten suchte.

»Sind Sie die Gefängnispastorin Ingrid Carlberg?«, fragte endlich eine vorsichtige Frauenstimme.

Sie stellte sich als Pernilla Konradsson vor, die Schwester von Tanjas Exfreund Peter. Sie hatte gehört, dass ich ihn angerufen hatte, und wollte gerne mit mir reden. Worüber, wollte sie mir unter vier Augen sagen. Ob wir uns treffen könnten?

Ich stand noch unter Schock wegen Anitas Herzanfall und reagierte nur langsam. Schließlich sagte ich, dass wir uns gegen Abend im Pastoratsbüro treffen könnten. Mit wirren und umständlichen Worten beschrieb ich ihr, wie man dorthin kam.

Als ich aufgelegt hatte, packte ich meine Tasche, um das Gefängnis zu verlassen. In Gedanken war ich abwechselnd bei Anita und dem seltsamen Telefonanruf.

Majken hatte ich völlig vergessen.

Als ich das Pastorat erreichte, war es halb sieben. Alle hatten schon Feierabend gemacht. Draußen regnete es. Das Wasser tropfte von den Fliederhecken auf dem Friedhof. Ich öffnete vorsichtig die Tür zu Anders' Büro und spähte hinein. Ein Fenster stand offen, es roch nach Erde und nassem Gras. Er versucht, den Pfeifenrauch auszulüften, dachte ich, und ein warmes Gefühl wallte in mir auf. Der Zettel, den ich auf seinen Schreibtisch gelegt hatte, war weg. Eine Strickjacke hing über seinem Schreibtischsessel, und die Sandalen standen an ihrem üblichen Platz unter dem Kleiderhaken. Ich ging ins Zimmer und ließ den Blick über den Schreibtisch wandern, wieder einmal auf der Suche nach Anzeichen dafür, dass er an mich gedacht hatte, aber ich sah keine.

Dafür lag auf dem Schreibtisch in meinem Zimmer ein Zettel. »Du hast recht – wir müssen ein bisschen mehr wagen! Wollen wir nach der Sitzung morgen Sushi zu Mittag essen?« Unterschrieben war der Zettel mit »A«. Für eine Weile verstummten die besorgten Gedanken über Anita und Pernillas Besuch. Ich las den Zettel mehrere Male. Das Ausrufezeichen hinter »wagen« war kraftvoll, der Punkt hatte das Papier durchlöchert. Ich hob das Blatt an die Nase, es roch ganz leicht nach Tinte und Papier. Nichts anderem. Vorsichtig faltete ich es zusammen und steckte es in die Tasche. Ich überlegte, ob ich heute Abend schon Sushi essen sollte, zur Übung. Roher Fisch auf kaltem Reis. Ich tröstete mich damit, dass es Mode geworden war, geradezu üblich, wie ich irgendwo gelesen hatte. Dann konnte es nicht so seltsam oder widerwärtig schmecken.

Ein kurzes Klingeln an der Tür riss mich aus meinen Gedanken. Ein kurzer Blick durch den Spion zeigte den Rücken einer Person in Lederjacke, die einen Schirm ausschüttelte.

Als ich die Tür öffnete, drehte sie sich um. Pernilla Konradsson hatte kurzes, aschblondes Haar und schon eine leichte Sonnenbräune. Ihre Lippen waren dunkelrot, und unter der Lederjacke trug sie eine enge Bluse, die so weit aufgeknöpft war, dass man den Brustansatz sehen konnte. So etwas strengt mich an. Ich denke dann immer, dass ich es nicht lassen kann, draufzustarren, gerade weil ich es nicht sollte.

»Hei, ich bin Pernilla.«

Sie streckte die Hand aus und sah mir in die Augen, dass ich dachte, schon jetzt zu lange auf ihren Ausschnitt gestarrt zu haben.

»Ingrid Carlberg. Bitte, kommen Sie doch herein.«

Ich zeigte ihr, wo sie ihre Jacke aufhängen konnte, und bat sie dann in mein Büro. Sie sah sich um, als befände sie sich in einem Museum.

»So sieht es also bei Ihnen aus. Ich habe vorher noch nie mit einem Pastor gesprochen«, sagte Pernilla.

Sie ließ sich auf dem Stuhl nieder, der auf der anderen Seite meines Schreibtisches stand. Ihre Jeans hatten auf beiden Knien Löcher. Offenbar waren sie absichtlich hineingeschnitten worden. Mit einer Hand zupfte sie an einem Faden, der herunterhing.

Ich schwieg zunächst. Oft fängt der Ratsuchende dann zu reden an, und es ist leichter für mich, zu verstehen, was er oder sie mir eigentlich sagen will. Pernilla legte ohne Umschweife los.

»Die ganze Sache ist schrecklich«, sagte sie. »Mein Bruder ist völlig fertig, obwohl er so tut, als sei er darüber hinweg. Und ich denke, dass es Tanja genauso geht. Echt schlimm. Alle sind nur noch geschockt.«

Ich nickte.

»Das mit dem Rauschgift will mir überhaupt nicht in den Kopf. Ich kann mir einfach nicht vorstellen, dass Tanja so etwas macht. Das habe ich auch zu Peter gesagt, aber er ist überzeugt, dass Tanja es getan hat. Er meint, es hängt damit zusammen, dass sie was mit einem anderen Typen angefangen hat.«

Pernilla schwieg und hing ihren Gedanken nach.

»Wie fühlen Sie sich bei der ganzen Sache?«

Sie zog erstaunt die Augenbrauen hoch. Als verstünde sie nicht, warum ich nach ihren Gefühlen fragte.

»Natürlich nicht gerade prächtig. Aber verglichen mit Tanja und Peter habe ich doch nichts auszuhalten. Ich mache mir Sorgen, aber das ist ja nichts dagegen.«

Der irritierte Gesichtsausdruck blieb noch eine ganze Weile.

»Und welche Hilfe erwarten Sie von mir?«, wollte ich wissen.

»Ich? Ich brauche keine Hilfe. Ich bin hier, um über meinen Bruder zu reden«, sagte Pernilla.

Sie unterbrach mich, als ich zu einer Antwort ansetzte.

»Ich habe keine Ahnung, was ein Pastor genau tut. Aber es gibt etwas, wo Sie helfen können. Wenn es das ist, was Sie tun. Ich möchte, dass Sie Peter dazu bringen, Tanja im Gefängnis zu besuchen. Oder dass er wenigstens mit Ihnen über das spricht, was passiert ist. Mit mir will er nicht über Tanja reden, und auch mit niemandem sonst, glaube ich. Wenn es um irgendwas geht, was mit ihr zu tun hat, wird er ganz komisch. Er tut so, als hätte er sie aus seinem Leben ausradiert. Dabei weiß ich, dass er beinahe ständig an sie denkt. Kein Wunder, sie waren schließlich sieben Jahre zusammen. So etwas hinterlässt Spuren. So etwas muss man aufarbeiten. Aber er macht einfach dicht. Das liegt bei uns in der Familie. Wir machen eben dicht, wenn irgendwas anstrengend wird. Das ist nicht gut. Und zu einem Psychotherapeuten oder so würde er nie gehen, nicht mal, wenn man ihm die Pistole auf die Brust setzt.«

»Ich weiß nicht... ich kann doch nicht...«

Ich seufzte tief.

»Anscheinend glauben Sie genau wie Tanja, dass ich Peter dazu bringen könnte, sie im Gefängnis zu besuchen, obwohl er es nicht will. Es gehört nicht zu meinen Aufgaben, Menschen zu überreden, etwas gegen ihren Willen zu tun.«

Pernilla begann heftig an dem Faden zu ziehen, der aus ihren Jeans hing. Der Faden riss ab. Sie rollte ihn zwischen ihren Fingern zu einer kleinen Kugel zusammen.

»So etwas ist Ihnen doch bestimmt schon untergekommen«, sagte sie. »Sie haben doch sicher schon mit Leuten zu tun gehabt, die nicht reden wollten und bei denen Sie ein bisschen nachhelfen mussten. Die Sie aus der Reserve locken mussten. So einer ist Peter auch. Diese ganze Geschichte muss irgendwie zu einem Ende kommen. Peter glaubt, dass sie ausgestanden ist, wenn er sich von Tanja abwendet und so tut, als wäre das alles nie passiert. Aber so einfach ist das nun mal nicht.«

»Warum glauben Sie, dass Peter nicht selbst um Hilfe bitten würde?«

Tanja schnippte das kleine Fadenknäuel in Richtung Papierkorb. Sie beugte sich über den Schreibtisch zu mir und flüsterte:

»Er hat Angst.«

»Nein«, erwiderte ich.

Pernilla zwinkerte verwirrt.

»Wie, nein? Ich sage doch, dass er Angst hat...«

»Ich kann Ihnen nicht helfen. Falls Peter mit mir sprechen will, egal ob mit Tanja zusammen oder allein, kann er das natürlich. Ich werde jedenfalls nicht noch einmal die Initiative ergreifen.«

»Aber Sie haben ihn angerufen.«

»So etwas mache ich normalerweise nicht. Auf Tanjas Wunsch hin habe ich ihm zu verstehen gegeben, dass ich zur Verfügung stehe und bereit bin, zu helfen, aber...«

»Sie müssten ihn nur ein bisschen...«

»Nein.«

»Er braucht nur einen kleinen Anstoß, um...«

»Nein.«

Pernilla griff nach ihrer fransenumsäumten Stofftasche, die auf dem Fußboden lag. Hob sie auf ihren Schoß.

»Na, wenn das so ist. Dann kann ich ja gehen.«

Sie stand auf und ging in den Flur. Ich folgte ihr, zwar auf etwas wackeligen Beinen, aber doch froh, dass ich mich nicht in die seltsame Überredungskampagne hatte einspannen lassen, die Tanja und Pernilla betrieben.

Pernilla hatte es eilig, nach draußen zu kommen. Sie knallte die Tür so hastig hinter sich zu, dass ein Ende ihres Schals darin hängenblieb und ich die Tür nochmal aufmachen musste, um sie zu befreien. Sie würdigte mich kaum eines Blickes.

Als sie gegangen war, setzte ich mich auf meinen Bürostuhl, drehte ihn zum Fenster und legte die Füße auf die Fensterbank. Ich sah hinaus auf den Friedhof und den weichen Rasen. Ich dachte an Anita und dass sie sterben könnte. Am liebsten hätte ich im Krankenhaus angerufen oder eines ihrer Kinder besucht, um mich zu erkundigen, wie es um sie stand.

Aber es kam mir zu aufdringlich vor. So als würde ich mich in etwas hineindrängen. Die Kinder wussten, wie sie mich erreichen konnten, falls es etwas gab, worüber sie mit mir reden wollten. Ich gehörte nicht zur Familie.

Ein Mann saß auf einer der Friedhofsbänke. Er hatte strähnige lange Haare, die unter der Kapuze einer gelben Regenjacke heraushingen. Seine Hose musste in dem Regen völlig durchgeweicht sein. Neben sich hatte er eine Art Einkaufstasche auf Rädern. Sie war vollgestopft mit Zeitungspapier und Pappkartonstreifen. Ich sah, wie Pernilla den Friedhof überquerte und an ihm vorbeiging. Er streckte die Hand aus, aber sie schüttelte den Kopf.

Der Mann zog die Kapuze tiefer ins Gesicht. Es regnete immer noch in Strömen. Falls er noch da saß, wenn ich ging, würde ich ihm ein paar Münzen geben.

Ich machte meinen Computer an und sah nach, ob neue

E-Mails gekommen waren. Nichts, nur der Newsletter einer Hilfsorganisation, die ich unterstützte.

Mein Handy klingelte. Die Nummer auf dem Display war mir unbekannt.

»Hallo, hier ist Peter Konradsson.«

»Na so was, hallo.«

Ich drehte dem Monitor den Rücken zu, um mich besser auf das Gespräch konzentrieren zu können.

»Wenn ich mit Ihnen rede, bleibt das dann unter uns?«

Ich versicherte es ihm. Am anderen Ende blieb es eine ganze Weile still. Dann seufzte er schwer.

»Ich muss mit jemandem reden«, sagte er.

Wir vereinbarten, dass er in zwei Stunden ins Pastoratsbüro kommen sollte. Er schien nicht zu wissen, dass seine Schwester mich aufgesucht hatte. Jedenfalls sagte er nichts davon.

Zwei Stunden. Bis dahin konnte ich noch rasch etwas essen und ein bisschen Papierkram erledigen. Im Flur fand ich einen großen Herrenregenschirm, der, wie ich hoffte, Anders gehörte. Alles was mit ihm zusammenhing, hatte eine neue Bedeutung bekommen. Die Krücke des Schirms war aus dickem schwarzen Plastik mit weißen Kanten.

Ich zog die Haustür hinter mir zu und ging über den Friedhof. Der Mann mit der Regenjacke saß immer noch auf der Bank. Er hatte einen langen struppigen Bart und sah furchtbar mager aus. Als ich nahe genug heran war, streckte er mir die Hand entgegen.

»Eine milde Gabe für einen Obdachlosen«, sagte er mit heller, tonloser Stimme.

Sein Gesicht war vollkommen ausdruckslos und sein Blick ins Leere gerichtet. In meiner Jackentasche fand ich einen zerknüllten Zwanziger, den ich so gut es ging glatt strich und in seine Hand legte. Er nahm ihn, ohne Danke zu sagen.

»Werden Sie nicht nass, wenn Sie die ganze Zeit hier im Regen sitzen?«, fragte ich.

Da hob er den Kopf und sah mich an. Seine Augen waren dunkelbraun und unendlich traurig.

»Doch«, sagte er. »Sehr nass.«

Ich zögerte einen Moment.

»Ich wollte gerade eine Kleinigkeit essen. Darf ich Sie dazu einladen?«

Der Mann antwortete nicht, erhob sich aber von der Bank. Er begann zu gehen, den Einkaufsroller hinter sich her ziehend. Ich folgte ihm, nicht ganz sicher, ob das heißen sollte, dass er meine Einladung angenommen hatte.

»Ich heiße Ingrid«, sagte ich. »Ich bin Pastorin in dieser Gemeinde.«

Der Mann schüttelte den Kopf.

»Ich kann dir nicht helfen«, sagte er mit seiner hellen Stimme. »Kann dir nicht helfen.«

Er schüttelte wieder den Kopf.

Wir kamen an der anderen Seite des Friedhofs heraus. Auf der gegenüberliegenden Straßenseite war ein Lokal, in dem es billiges Bier gab. Dort saßen meistens mehr durstige Säufer als hungrige Esser.

Ich deutete mit einem Kopfnicken auf die Kneipe.

»Die machen ein ganz gutes Bauernfrühstück. Leisten Sie mir Gesellschaft?«

Er antwortete auch diesmal nicht, aber er kam mit hinein. Der Wirt machte ein besorgtes Gesicht, beruhigte sich aber, als er sah, dass der Mann in Begleitung war. Der Mann ließ sich auf einem der Stühle nieder, zog die Jacke aber nicht aus. Das Wasser tropfte an ihm herunter. Ich bestellte zwei Portionen Bauernfrühstück und zwei Mineralwasser. Als ich den starren Blick des Mannes auffing, bereute ich, dass ich ihn eingeladen hatte. Die Art, wie er mich ansah, war mir unangenehm.

»Verraten Sie mir, wie Sie heißen?«

Der Mann schüttelte den Kopf.

»Warum sagen Sie, dass Sie mir nicht helfen können?«

»Kann es nicht.«

»Ja, das habe ich gehört. Aber warum sagen Sie das?«

»Sehe doch, dass du Hilfe brauchst. Glaube nicht, dass ich das kann.«

Die Bedienung kam mit unserem Mineralwasser und machte einen umständlichen Bogen um den Einkaufsroller des Mannes, um zu demonstrieren, dass er dort störte. Der Mann sah es nicht, und ich tat so, als hätte ich es nicht bemerkt. Jetzt stieg mir auch langsam ein übler Gestank in die Nase. Urin und alter Schweiß.

»Entschuldigung, aber das hier sollten Sie besser in die Garderobe bringen«, sagte der Kellner.

Der Mann wandte langsam den Kopf zu ihm um.

»Dir kann ich auch nicht helfen«, sagte er.

Der Kellner entfernte sich sichtlich gereizt. Hoffentlich kam unser Essen bald, damit es endlich überstanden war.

Der Mann goss das Mineralwasser in sein Glas und trank es mit großen Schlucken ohne abzusetzen aus. Er kratzte sich den Bart. Seine Fingernägel waren lang und hatten schwarze Trauerränder. Das Mineralwasser schien ihm gutgetan zu haben.

Er streckte mir seine Hand entgegen.

»Jesus«, sagte er.

Ich ergriff sie mit einem gewissen Unbehagen. Er umschloss meine Finger mit festem Griff.

»Jesus?«, wiederholte ich.

»Das bin ich«, nickte der Mann.

Das Essen kam. Jesus starrte lange hinunter auf seinen Teller. Er nahm die Gabel und stocherte in den Bratkartoffeln herum. Schob einen Haufen Schinkenwürfel zusammen und schaufelte ihn in den Mund.

»Hasse es, Tote zu essen«, sagte er. »Aber der Hunger lässt mir keine Wahl.«

»Oh, tut mir leid.«

Wie dumm von mir, dass ich einfach über seinen Kopf hinweg bestellt hatte. Dass er sich Jesus nannte, verwirrte mich außerdem.

»Heißen Sie schon immer Jesus?«

»Ich habe nicht gesagt, dass ich Jesus heiße. Ich bin Jesus. Das ist ein Unterschied.«

Er hatte reichlich Ketchup und HP-Soße über sein Bauernfrühstück gegossen. Er aß mit solcher Inbrunst, dass es auf seinen Bart spritzte. Ich senkte den Blick auf meinen eigenen Teller.

Jesus schmatzte laut. Ich aß mit langen Zähnen.

»Woher wissen Sie, dass Sie Jesus sind?«, fragte ich.

Er wischte sich mit der Hand den Mund ab.

»Weil die Menschen grausam sind. Sie sind grausam, weil sie mich brauchen. Sie wollen mir schaden, weil ich die Wahrheit kenne. Aber ich kann dir nicht helfen. Und du kannst mir nicht schaden.«

»Ich will Ihnen doch gar nicht schaden«, sagte ich.

Jesus sank in sich zusammen. Auf seinem Teller war noch ein Rest, aber er schob ihn von sich. Ein lauter Rülpser stieg aus seiner Kehle. Er machte keine Anstalten, die Hand vor den Mund zu halten, und es kümmerte ihn nicht, dass der Rülpser die ungeteilte Aufmerksamkeit der anderen Gäste auf uns lenkte.

»Das Böse ist dir auf den Fersen«, sagte er und sah schrecklich müde aus. »Ich kann dir nicht helfen, aber ich kann dich warnen. Ich sehe mehr, als du glaubst, und ich weiß, dass das Böse dich aufs Korn genommen hat. Fühlst du nicht seinen Atem in deinem Nacken?«

Der Mann starrte mich streng und finster an.

»Das Böse ist ein Begleiter aller Menschen«, sagte ich. »Es liegt an uns, ob wir es in uns hineinlassen.«

Der Mann schüttelte den Kopf.

»Das Böse ist hinter dir her. Ich habe es dir gesagt. Jetzt weißt du es.«

Schweigend aß ich meinen Teller leer. Mir kam das Lokal

stickig vor. Ich wollte nur noch weg. Raus hier. Nicht mehr mit dem Mann reden. Nicht mehr mit Jesus reden.

Als ich mein Portemonnaie hervorzog, um zu bezahlen, fielen ein paar Münzen heraus und rollten unter den Tisch. Jesus rührte sich nicht, sondern starrte mich immer noch an. Ich bückte mich und sammelte das Geld auf. Als ich wieder hochkam, stieß ich mir den Kopf. Nicht einmal da reagierte er.

»Tut mir leid, aber ich muss jetzt gehen«, sagte ich.

Der Jesusmann wischte sich wieder mit der Hand über den Mund und stand ebenfalls auf. Die anderen Gäste wirkten erleichtert. Der Gestank, der von ihm ausging, verpestete den ganzen Raum.

Draußen hatte es aufgehört zu regnen. Der Mann drückte den Müll herunter, der aus seinem Einkaufsroller quoll.

»Also dann«, sagte ich. »Vielleicht sieht man sich mal wieder.«

»Ich kann wachsam sein, aber nicht helfen«, sagte er ernst.

Dann drehte er sich um und ging zurück zum Friedhof. Ich nahm einen anderen Weg, obwohl ich eigentlich in die gleiche Richtung wollte. Die Luft war klar nach dem Regen, und ich holte ein paar Mal tief Luft. Als ich mich umdrehte, sah ich, wie der Mann langsam auf die Friedhofsbank zuging. Er setzte sich wieder an denselben Platz.

Es ist nicht ungewöhnlich, dass ausgestoßene und kranke Menschen, denen ich begegne, über das Böse sprechen, wie der Mann es vorhin getan hatte. Ich verstand selbst nicht ganz, warum es mich diesmal verunsicherte. Als ich außer Sichtweite des Friedhofs war, lehnte ich mich an eine Hauswand und versuchte, ruhig durchzuatmen. In diesem Moment fragte ich mich, ob ich wirklich als Pastorin arbeiten sollte.

Herr, obwohl das Leben mir immer wieder Anlass gibt, deine Weltordnung in Frage zu stellen, erlebe ich doch auch, dass sie ausreicht, trotz allem. Sie liefert den Sinn, den ich brauche, um weiterzumachen.

Aber in diesem Augenblick fühlte ich mich schwach und unfähig. Anitas Herzanfall hatte dafür gesorgt, dass ich in mich zusammensank wie ein alter Lappen. Ein offensichtlich Verrückter hatte mich aus dem Gleichgewicht gebracht. Und ich hatte Pernilla enttäuscht.

In einer Bäckerei nicht weit vom Pastorat entfernt kaufte ich einen Hefezopf. Als ich zurück ins Pastorat kam, setzte ich Kaffee auf. Der Mann auf der Bank war immer noch da. Er hatte die Beine übereinandergeschlagen und wippte mit dem Fuß.

Ich schrieb einen Zettel, den ich auf Anders' Schreibtisch legte. »Ja gern, ich freue mich darauf.« Morgen also Sushi zu Mittag. Mit Anders. Ich legte den Zettel auf seinen Terminkalender, damit er ihn nicht übersah.

Gerade als die Kaffeemaschine zu röcheln begann, klingelte es an der Tür. Der Mann, der draußen stand, war groß und breitschultrig. Er hatte aschblonde, schulterlange Haare, die sich in eigensinnigen Locken ringelten, und trug hellblaue Jeans, einen dicken schwarzen Kapuzensweater und eine schwarze Jeansjacke. Seine Augen waren hellblau und sein Händedruck selbstbewusst und kräftig.

»Hallo. Ich bin Peter.«

»Ingrid. Kommen Sie herein.«

Er zog die Jacke aus, behielt aber die Schuhe an. Den Kaffee, den ich ihm anbot, nahm er gerne an, wollte aber nichts von dem Hefezopf. Wir gingen in mein Zimmer und setzten uns, genauso wie ich vorhin mit seiner Schwester dort gesessen hatte. Mein Unbehagen war verschwunden, seit ich in Anders' Zimmer gewesen war, und ich fühlte mich etwas sicherer.

»Sie müssen meinen Anruf neulich entschuldigen«, sagte ich. »Normalerweise betrachte ich es nicht als meine Aufgabe, Menschen zu bitten, einander zu besuchen. Wenn ich Ihnen oder Tanja behilflich sein kann, will ich das gerne tun. Aber ich werde ab sofort nicht mehr versuchen, Ihre Handlungen in irgendeiner Weise zu beeinflussen.«

»Das kommt mir sehr entgegen«, erwiderte Peter Konradsson. »Ich muss gestehen, dass ich Ihren Anruf ziemlich merkwürdig fand.«

Ich lehnte mich auf meinem Stuhl zurück. Peter tat dasselbe. Für eine Sekunde brach die Sonne durch und ließ seine blonden Locken schimmern. Ich warf einen raschen Blick nach draußen, sah aber nur blaugraue Wolken.

Herr, du hast gelächelt.

Mein Selbstwertgefühl war wieder da.

Du, Herr, legtest deine Hand auf meine Schulter und standest neben mir, als ich darauf wartete, was Peter zu sagen hatte.

Er stützte den Kopf auf die Hand und seufzte.

»Ich weiß nicht, wo ich anfangen soll. Oder was ich eigentlich will. Wie Sie sicher erfahren haben, ist das alles eine Riesenschweinerei. Was Tanja mir angetan hat, war ein Verrat auf der ganzen Linie. Sie hat mich hintergangen, als sie was mit diesem Typen angefangen hat. Sie hat mich hintergangen, als sie Rauschgift geschmuggelt hat. Sie weiß, dass ich so etwas hasse. Ich habe keine Lust, mir ihre fadenscheinigen Erklärungen anzuhören. Die beiden hatten ein Ding am Laufen, das habe ich schon während der Reise gemerkt. Die heimlichen Blicke konnte man direkt spüren. Ich konnte es. Und was am meisten wehtut, wenn ich zurückdenke, ist, dass Tanja in diesen Tagen so verdammt glücklich war. Vermutlich hatten sie und Banjo geplant, gemeinsam abzuhauen, wenn sie das Geld kassiert hatten.«

Peter seufzte wieder. Rieb sich das eine Auge.

»Meine Schwester sagt, dass ich allem ausweiche, was mit meinen Gefühlen zu tun hat. Sie hat sicher recht. Das mit Tanja wollte ich einfach nur noch vergessen.«

»Und jetzt wollen Sie nicht länger ausweichen?«

Peter hörte auf zu reiben und sah mich an.

»Ja, so etwas in der Art ist es wohl.«

Er drehte sich zum Fenster. Dort draußen saß Jesus immer

noch auf der Bank, immer noch mit übereinandergeschlagenen Beinen und wippendem Fuß. Eine Amsel umkreiste ihn hüpfend in weitem Bogen. Ein Schwarm Spatzen hatte sich erwartungsvoll neben seinen Füßen zusammengefunden. Aber Jesus blickte gedankenverloren über die Gräber und schien nichts um sich herum wahrzunehmen.

Peter deutete mit dem Daumen Richtung Friedhof.

»Eines Tages endet man so. Auf einer Parkbank mit ein paar Vögeln als einziger Gesellschaft.«

»Fürchten Sie das?«

»Ja. Der da könnte ebenso gut ich sein, in ... wer weiß, fünf Jahren?«

»Meinen Sie, dass Sie dort landen könnten, nur weil Sie Auseinandersetzungen scheuen?«

»Ja. Ich bin immer weggelaufen. Einfach abgehauen, nach mir die Sintflut. Tanja sagte das immer, wenn wir uns stritten. Warum haust du nicht ab? Warum läufst du nicht einfach weg, so wie du es immer tust? Sie fand, dass ich kneife. Sobald etwas schwierig wurde, habe ich gekniffen. Und sie hatte recht. Genau das habe ich getan. Bin aus der Wohnung gegangen und habe alles hinter mir gelassen. Habe ein Bier getrunken, habe einen Spaziergang gemacht. Ich glaube nicht einmal, dass ich über irgendwas nachdachte. Bin nur spazieren gegangen oder habe am Tresen gesessen und Bier in mich hineingeschüttet. Dann bin ich nach Hause, und dann ging es wieder weiter. Können Sie ungefähr verstehen, was ich meine?«

Ich nickte.

»Ich glaube schon. Und jetzt haben Sie es satt, wegzulaufen.«

Peter lehnte sich zurück. Warf wieder einen Blick zu Jesus hinüber.

»Wenn man immer nur wegläuft ...«

Er schwieg eine Weile.

»Wenn man nie etwas anpackt, oder wie ich das nennen soll ... Ja, dann glaube ich, dass man eines Tages dort sitzt ... Wenn man sich entscheidet zu schweigen, ist man am Ende wohl verdammt einsam.«

»Ich verstehe. Und man landet auf einer Parkbank«, sagte ich.

Er lächelte.

Die meisten lächeln, um etwas zu unterstreichen, was sie gesagt haben. Ihr Lächeln ist ein Reflex. Nicht unaufrichtig, aber automatisch. Peters Lächeln hatte etwas Überraschtes. Als sei es ganz von allein gekommen, zu seiner eigenen Verblüffung. Es war ein schönes Lächeln.

»Pastoren landen nicht auf Parkbänken. Sie haben immer noch andere Orte, zu denen sie gehen können.«

Der Teller mit den Hefezopfteilchen stand unberührt zwischen uns. Ich ermunterte Peter zuzugreifen, aber er lehnte auch diesmal ab. Ich nahm ein Stück. Es war klebrig, weich, mit starkem Zimtgeschmack.

Peter legte wieder den Kopf in die Hände.

»Eigentlich weiß ich nicht, was ich sagen will. Aber diesmal will ich nicht vor den Schwierigkeiten weglaufen. Ich möchte Hilfe, um ... ach, ich weiß auch nicht.«

Er hatte immer noch sein Gesicht in den Händen vergraben, und ich beeilte mich, noch ein Hefeteilchen zu nehmen. Verdrückte es schnell, um wieder reden zu können.

»Sie wollen sich nicht mehr abwenden, und ich denke, das ist gut so. Wenn Sie möchten, höre ich zu. Ich habe viel Erfahrung mit Menschen, die zu der gleichen Einsicht gekommen sind wie Sie, dass es besser ist, sich mit Problemen auseinanderzusetzen als vor ihnen wegzulaufen.«

Peter blickte zu mir auf, und für einen kurzen Augenblick glaubte ich einen Anflug von Misstrauen in seinem Gesicht zu entdecken.

»Ich bin so verdammt wütend auf sie, verstehen Sie? Wahnsinnig wütend und enttäuscht! Wie konnte sie nur? Ich glaube, das ist der Grund, warum ich sie nicht sehen will, nicht einmal mit ihr reden. Ich will weiterhin wütend sein. Sie soll kein bisschen Verständnis oder Verzeihung von mir kriegen. Das kann sie sich abschminken. Sie soll im Knast sitzen, bis sie verfault. Ich werde jedenfalls nicht mit geneigtem Ohr dasitzen und mir ihre Lügen anhören!«

Er verschränkte die Arme vor der Brust.

Mir begegnen oft Menschen, die sich weigern zu verstehen. Sie wollen nicht verstehen, weil sie nicht verzeihen wollen. Sie wollen sich nicht mit ihren eigenen Gefühlen auseinandersetzen, nicht ihre eigenen Fehler und Schwächen erkennen. Es ist eine Schutzhandlung. Lieber verteufeln als verstehen.

Peter erkannte zumindest, was er tat. Dass er Tanja bestrafte und sich selbst schützte, indem er sich weigerte, ihre Erklärungen anzuhören. Ich sagte, dass Verständnis nicht unbedingt dasselbe ist wie Verzeihung oder Versöhnung.

Peter hörte zu und dachte nach.

»Ja, so funktioniert das wohl. Ich habe beschlossen, dass ich die Sache mit Tanja nicht als das Mysterium meines Lebens abhaken will. Gleichzeitig habe ich natürlich Angst. Ich weiß nicht, ob ich es hören will. Ich habe Angst, dass sie mir wieder etwas bedeuten könnte. Scheiße, ich weiß ja, dass sie das tut. Pernilla sagt, dass Tanja immer noch behauptet, sie sei unschuldig. Vielleicht habe ich Angst, dass sie mich dazu bringt, irgendwas zu tun. Ich weiß auch nicht. Ich habe Schiss, ganz einfach. Vor einer Menge Sachen.«

Er strich sich eine Locke hinters Ohr. Seine Haare waren direkt an der Kinnlinie abgeschnitten und überall gleich dick. Ich glaube, Pagenkopf nennt man so eine Frisur. Sie sah eigenwillig und modern aus. Ich stellte mir Peter und Tanja zusammen vor. Zwei Lockenköpfe auf demselben Kopfkissen. Seine breite Hand auf ihrer zarten Wange. Gefiel es ihm, dass sie einen Ring in der Nase trug? Wie fühlten sich seine Locken an? Waren sie widerspenstig, waren sie weich?

»Only love can break a heart«, sagte Peter. »Man kann sich

auf alle möglichen Arten schützen. Aber die Liebe bringt einen dazu, mit entblößter Brust dazustehen und um Schläge zu betteln.«

»Die Liebe ist auch die größte Kraft, die wir besitzen«, sagte ich.

»Lieben Sie jemanden? Tun Pastoren so etwas, oder haben sie genug damit zu tun, Gott zu lieben?«

Obwohl es eine alberne Frage war, kam ich mir dadurch antiquiert vor. Als ich ihm antwortete, dass Gottes Liebe sich in der Liebe der Menschen zueinander widerspiegelt, klang meine Stimme gepresst. Peter war offenbar nicht besonders interessiert an meiner Antwort, denn er schielte auf seine Uhr.

»Hören Sie, ich muss jetzt los«, sagte er. »Meinen Sie, wir könnten uns nochmal treffen und über die Sache reden? Vielleicht kann ich mich dann überwinden, Tanja zu besuchen. Im Moment weiß ich nicht, ob ich das bringe. Ich bin völlig fertig, allein schon davon, dass ich hier bei Ihnen gesessen habe. Ich bin diese Art von Unterhaltung einfach nicht gewohnt. Könnte ich vielleicht morgen wiederkommen?«

Ich nickte.

»Sicher, das können Sie.«

Nachdem wir uns für den nächsten Tag zur selben Zeit verabredet hatten, ging er. Es wurde still. Nur ein Summen drang aus der Toilette. Ich schaltete den Ventilator ab und machte überall das Licht aus. Mir fiel ein, dass ich den Teller mit den Hefeteilchen in meinem Zimmer vergessen hatte. Ich ging im Halbdunkel hinein und griff danach. Da hörte ich es.

Einen Schrei. Ein lautes, entsetztes Brüllen.

Ich sah hinaus. Jesus stand meinem Fenster zugewandt und hatte beide Arme hoch in die Luft gereckt. Er sah zu meinem Fenster hinauf und schrie wieder.

»Ich kann dich nicht beschützen!«

Mein Mund wurde trocken. Ich raffte meine Sachen zusammen, und mit dem Mantel unterm Arm und zittrigen Fingern schloss ich in Windeseile ab. Draußen lief ich so schnell ich konnte die Straße hinunter. Drehte mich kein einziges Mal um. Als ich den Schlüssel zu meiner Wohnung hervorholte, zitterten meine Hände immer noch.

7. Kapitel

Anita lag auf der Intensivstation im Karolinska. Als ich am nächsten Morgen Anitas Tochter anrief, erzählte sie, dass Anita für einen Moment aufgewacht war. Jetzt schlief sie und musste sich schonen.

»Ich rufe Sie wieder an, wenn Sie sie besuchen können«, sagte die Tochter.

Ich hatte einen Kloß in der Kehle. Ich wäre am liebsten sofort hingefahren. Ich fühlte mich übergangen. Auf meinen untergeordneten Platz im Kreis der Freunde und Verwandten verwiesen.

»Bitte sorgen Sie gut für Majken. Sie ist bestimmt die Erste, nach der Anita fragt, wenn sie wieder aufwacht«, sagte die Tochter noch, bevor wir auflegten.

Majken. Um Himmels willen. In dem Moment fiel mir ein, dass ich Majken vergessen hatte. Hätte Anitas Tochter mich nicht daran erinnert, hätte ich nie mehr an sie gedacht. Majken war ein rücksichtsvoller Hund, bestimmt wäre sie verhungert, ohne den kleinsten Mucks von sich zu geben.

Herr, ich bin selbstbezogen. Ich bilde mir ein, dass ich für andere lebe, mir niemals selbst etwas gönne, mein Ego zugunsten anderer zurückstelle. Aber meine Gedanken kreisen ständig um mich selbst. Und wenn ich mich um andere kümmere, dann nur wegen der Aufmerksamkeit und Anerkennung, die ich dafür zurückbekomme.

Das klingt vielleicht hart, aber ungefähr so ist es. Mein ganzes Leben lang habe ich mich bemüht zu lernen, einfach nur da zu sein, mich hineinzugeben in das große Ganze, ohne nach dem Urteil und der Bestätigung anderer zu schielen. Einmal hatte ich versucht, mit Anita darüber zu reden. Sie wischte es mit einer Handbewegung fort. Ihr Bettelarmband klirrte dabei.

»Eines der Dinge, die ich an dir mag, Ingrid, ist, dass du immer noch an reine Menschlichkeit glaubst«, hatte sie gesagt. »Den wunderbaren Menschen, der etwas tut, ohne darauf zu spekulieren, dass es ihm selbst etwas bringt, den gibt es nicht«, fuhr sie fort. »Die einzigen Menschen, denen ich traue, sind die, die halb Altruisten und halb Egoisten sind. Die sind nicht darauf aus, sich irgendwo anzubiedern.«

Danach redeten wir nicht mehr über das Thema. Eigentlich hatte ich mit Anita über Einsamkeit sprechen wollen. Dass ich unter dem Gefühl litt, in mir selbst eingesperrt zu sein, nicht mehr herauszukönnen aus der ständigen Selbstreflexion.

Aber ich ließ es dabei bewenden. Wenn Anita wüsste, dass ich Majken vergessen hatte, würde sie mich bestimmt für einen hundertprozentigen Egoisten halten.

Auf dem Weg zum Gefängnis rief ich Kvarnströms Handy an, aber er ging nicht ran. Als ich vor dem Tor stand, war es Jörgen Stridh, der öffnete.

»Wo ist Torkel?«

»Es geht ihm heute nicht so gut.«

Torkel Kvarnström gehört zu der Sorte Mensch, die niemals krank wird. Ich starrte Jörgen Stridh an, als hätte er gerade gesagt, die Riddarholmskirche sei über Nacht an einen anderen Ort versetzt worden.

»Das ist ja merkwürdig«, sagte ich.

Jörgen nickte zerstreut. Er studierte Jura, wie ich wusste, und schien oft mit seinen Gedanken ganz woanders zu sein. Auf halbem Weg zur Frauenabteilung erzählte ich Jörgen, dass ich Majken abholen wollte.

»Anitas Hund? Der ist nicht hier.«

»Wie bitte?!«

Ich kniff Jörgen in den Arm. Er drehte sich erschrocken um.

»Ja, irgendjemand musste sich doch um das Tier kümmern, und Torkel sagte gestern, dass er das tun würde...«

Jörgen haspelte Entschuldigungen herunter, als wäre es seine

Schuld, dass Torkel Majken mit nach Hause genommen hatte. Wieso war ich eigentlich so empört? Wieso war ich nicht vielmehr erleichtert? Ich konnte es selbst nicht verstehen. Aber Majken fiel in meine Verantwortung, Majken war meine Verbindung zu Anita. Ich wollte an ihrem Krankenbett stehen und sagen können, natürlich habe ich Majken genommen, das versteht sich doch von selbst.

Immer noch im Mantel ging ich in Anitas Büro und suchte zwischen ihren Sachen nach einem Adressbuch. In einem Ordner fand ich, was ich suchte. Torkel Kvarnströms Adresse. Er wohnte in Solna. Sollte ich anrufen? Nein, ich konnte ebenso gut gleich hinfahren und den Hund abholen. Laila, die Sozialarbeiterin und Hanne vom Wachpersonal wollten mich auf dem Weg nach draußen aufhalten, um sich nach Anita zu erkundigen. Ich rief ihnen über die Schulter zu, dass es ihr besser ginge und ich sie demnächst besuchen würde.

Ich fand mich in Solna gut zurecht, weil ich früher mal dort gearbeitet hatte. Kvarnströms Wohnung lag in einem Bezirk, in dem die Häuser hoch, ziegelrot und gesichtslos waren. Kvarnström. Sechster Stock. Im Fahrstuhl roch es nach Müll. Die Farbe an den Wänden erinnerte an Pistazieneis. Im sechsten Stock hatte ich sechs Türen zur Auswahl. Auf einer stand Kvarnströms Name. Erst da wurde mir bewusst, dass ich davon ausgegangen war, er müsse allein leben. Als ich die Türklingel in der Wohnung hörte, fiel mir ein, dass ich überhaupt nicht wusste, was ich sagen sollte.

Es dauerte lange. Ich hörte schwache Geräusche, verkniff es mir aber, durch den Briefschlitz zu spähen. Der Türspion wurde für einen Moment dunkel. Kvarnström hatte mich gesehen.

»Hallo, Torkel«, sagte ich, um ihm zu signalisieren, dass ich wusste, dass er zu Hause war.

Nach einer Weile wurde die Tür geöffnet, und da stand er, Torkel Kvarnström, im Morgenmantel mit Schottenkaro, eine

Brille auf der Nase. Er machte die Tür nur eine Handbreit auf, die Sicherheitskette war noch eingehakt.

»Ja?«

»Hallo, Torkel, ich bin's, Ingrid.«

Als ob er das nicht gesehen hätte. Torkel machte keine Anstalten, die Kette auszuhaken.

»Ja?«

»Wie nett von Ihnen, dass Sie Majken mitgenommen haben. Ab jetzt werde ich mich um sie kümmern.«

Ich versuchte in die Wohnung zu spähen, ob Majken da war. Aber ich konnte nichts sehen. Kvarnström füllte fast den ganzen Spalt aus.

»Es geht mir heute nicht so gut«, sagte Torkel.

Er drückte die Klinke herunter, um anzudeuten, dass er die Tür schließen wolle. Ich trat näher an den Türspalt heran.

»Torkel, ich glaube, wir hatten abgemacht, dass ich mich um Majken kümmere.«

Glaube, wir hatten abgemacht? Wir *hatten* es abgemacht, das wusste er genauso gut wie ich. Es ist eine dumme Angewohnheit von mir, mich ungenau und unentschlossen auszudrücken.

»Sie war allein und sie hat es gut hier«, sagte Torkel. »Sie soll jetzt nicht schon wieder umziehen.«

»Aber Anita möchte ...«

»Soweit mir bekannt ist, hat Anita sich zu dieser Frage nicht geäußert«, unterbrach er mich.

Eins zu null für ihn.

»Aber ich habe Anitas Tochter vorhin versprochen, dass ich mich um den Hund kümmere«, sagte ich.

»Und ich habe sie vor fünf Minuten angerufen und Bescheid gesagt, dass Majken bei mir ist. Und sie hatte nichts dagegen.«

Torkel lächelte leicht.

»Bitte, ich bin den ganzen Weg nach Solna gefahren ...«, probierte ich es.

»Niemand hat Sie darum gebeten.«

Ich hätte am liebsten mit dem Fuß aufgestampft und geschrien, er solle mir den Hund geben. Aber ich sah ein, dass es wohl praktischer war, Majken bei ihm zu lassen. Warum war ich nur so besorgt? Es war Torkels Beruf, Schwerverbrecher zu bewachen, wieso sollte er nicht in der Lage sein, auf einen Hund aufzupassen? Anita und ich hatten nicht darüber geredet. Ich war diejenige, die ganz selbstverständlich annahm, dass Anita mich als Hundesitter haben wollte.

Ich gab auf. Sollte Majken doch bei Torkel Kvarnström bleiben. Als ich mich wieder in mein Auto setzte, hatte ich das Gefühl, Anita hintergangen zu haben. Gleichzeitig war ich wütend, weil ich Torkel gegenüber so ohnmächtig war. Wenn Majken etwas passierte, würde ich es mir nie verzeihen.

Als ich zurück in die Anstalt kam, war gerade Kaffeepause nach der Arbeitstherapie. Ich warf einen Blick in das Raucherzimmer, ob Tanja da war. Radio Stockholm lief, und der Raum war stark verqualmt. Aber keine Tanja zu sehen. Kerstin saß an einem Tisch, und ich setzte mich zu ihr. Fragte, wie sie sich fühle. Kerstin zuckte die Achseln. Sie sah mich nicht mal an.

»Wie ich mich fühle? Wie. Ich. Mich. Fühle? Und das willst du wissen. Weißt du was, ich glaube, ich höre auf, mich irgendwie zu FÜHLEN. Hier drinnen wird nicht gefühlt. Hier drinnen bin ich bis zu dem Tag, an dem sie mich rauslassen. Dann kann ich vielleicht wieder anfangen, mich irgendwie zu FÜHLEN.«

Es war ungewohnt, dass Kerstin so hart und aggressiv reagierte.

»Ist irgendwas passiert?«

Sie drückte ihre Zigarette aus.

»Wieso, was soll denn passiert sein?«

Sie ging aus dem Raucherzimmer, ohne noch ein Wort zu sagen. Mehrere Augenpaare hatten unsere Unterhaltung mit Schadenfreude verfolgt. Ein Gefängnis ist kein Kaffeekränzchen. Zurückweisungen jeder Art werden mit hämischen Blicken quittiert. Besonders, wenn jemand von draußen abblitzt, ich, Anita, ein Wärter oder ein Besucher. Hier drinnen waren die Inhaftierten von der Welt ausgeschlossen und weggesperrt. Wenn einer von ihnen uns den Rücken kehrte, wonach sich alle insgeheim sehnten, war das ein Beweis von Stärke. Der Auftritt würde Kerstin Respekt verschaffen.

Ich ging wieder hinaus auf den Korridor. Tanja saß in ihrer Zelle und rieb sich die Waden mit einer duftenden Creme ein. Ihr Mund war halb geöffnet, die Haare hatte sie zu einem lockeren Tuff auf dem Hinterkopf hochgesteckt.

»Willst du nicht Kaffee trinken, wie die anderen?«, fragte ich.

Sie blickte auf und schraubte den Verschluss der Cremetube zu.

»Hallo. Nein, ich fange an, mich wieder mehr zu pflegen. Ich habe früher nie Kaffee getrunken. Weißt du, wie viel Gifte da drin sind? Die machen genauso süchtig wie Nikotin, wusstest du das?«

Darüber hatte ich noch nie nachgedacht. Tanja erzählte weiter, dass sie auch Vegetarierin war und nur Kräutertee trank. Es gebe da eine bestimmte Teesorte, von der man abends ganz ruhig werde, sagte sie.

»Und das kann man hier ja gut gebrauchen.«

Sie krempelte die Hosenbeine herunter und schaute auf die Uhr.

»Mann, das ist hier wie in der Schule. Die Pausen gehen immer so schnell vorbei. Die übrige Zeit zieht sich wie Kaugummi.«

»Hat Peter sich gemeldet?«, fragte sie nach einer Weile.

»Jetzt überlassen wir es ihm, Kontakt aufzunehmen, zu wem er will«, sagte ich und bekam einen Juckreiz am ganzen Körper vor diffusen Schuldgefühlen, weil ich Tanja nicht erzählen konnte, dass ich mit ihm gesprochen hatte.

Tanja stiegen Tränen in die Augen. Sie verrieb die Reste der Feuchtigkeitscreme in ihren Händen.

»Verdammt!«, sagte sie und zwinkerte heftig. Die Tränen tropften auf ihre Trainingshose.

»Er muss mir helfen, begreifst du das nicht! Soll ich hier hocken, bis ich über dreißig bin, nur damit du dich gut fühlst, weil du ja so verdammt genau weißt, was richtig und was falsch ist? Du fühlst dich toll, und ich sitze hier und bin unschuldig. Und der Kerl, den man liebt, kümmert sich einen Scheißdreck um einen …«

Sie zog die Knie hoch und schlang die Arme darum. Ich legte meine Hand auf ihre Schulter, aber sie schüttelte sie ab, erhob sich von der Pritsche und gab ihren Turnschuhen einen Fußtritt. Sie wischte sich die Augen mit dem Ärmel trocken.

»Scheiße, ich muss mich zusammenreißen. Ich darf jetzt nicht aufgeben. Darf jetzt bloß nicht aufgeben.«

»Tanja, ich bin da …«

»Ja, ja«, fauchte sie. »Das habe ich inzwischen kapiert.«

Herr, als ich die weinende, wütende Tanja so vor mir sah, waren zwei widerstreitende Gefühle in mir. Das eine war das Bedürfnis zu helfen und zu trösten. Das andere Schadenfreude, dass Prinzessin Tanja auf der Erbse drauf und dran war, ihre Überlegenheit zu verlieren. Herr, vergib mir, aber mein Selbstwertgefühl war zu oft von Tanjas mit Füßen getreten worden. Die Rache war zu süß, als dass ich darauf verzichten wollte.

Ich hoffte nur, dass man es mir nicht anmerkte.

Vor Tanjas Zellentür bewegte sich der Schatten von Jörgen Stridh. Er ging auf und ab. Er wartete wahrscheinlich darauf, dass ihre Tränenflut versiegte, damit er sie zurück an ihren Arbeitsplatz bringen konnte. Das war ungewöhnlich rücksichtsvoll von ihm.

Wieder legte ich unschlüssig meine Hand auf ihre Schulter. Diesmal wehrte sie sich nicht dagegen, sondern packte meinen Arm mit festem Griff und starrte mir hasserfüllt in die Augen.

»Ich werde es schaffen, verstehst du? Ich werde gewinnen. Ich werde hier rauskommen, und alle, die mich in die Scheiße geritten haben, werden dafür bezahlen.«

Tanja stieß die Tür auf, und Jörgen eilte herbei. Sie ging mit festen Schritten zurück an die Arbeit. Ich blickte ihr nach. Jörgen ging hinter ihr. Er musste sich beeilen, um mit ihr Schritt zu halten. Als sie zu der Tür kamen, die er aufschließen sollte, stemmte Tanja sich mit ausgestrecktem Arm lässig dagegen.

Tanja würde nicht so leicht aufgeben. Ich war mir nicht sicher, ob ich das gut fand.

Ich verbrachte noch einige Stunden im Gefängnis, bevor ich zurück in die Stadt fuhr. Die Arbeit mit den Inhaftierten war wenig erfolgreich. Kerstin und Tanja hatten sich gegen mich gewandt und wirkten enttäuscht.

Ich hatte eine andere Insassin getroffen, Laura, mit der ich mich früher gut verstand. Sie hatte eine Therapie bei Ingeborg begonnen, der Psychotherapeutin des Gefängnisses. Seitdem war unsere Beziehung distanziert. Wenn ich Laura zufällig traf, war sie geradezu erschreckend höflich. Sie hatte ihre Tür verschlossen, freundlich, aber bestimmt.

Laura saß wegen eines Rauschgiftdelikts. Sie war neunundfünfzig Jahre alt, die meiste Zeit ihres Lebens süchtig gewesen, inzwischen aber clean. Das Besondere an Laura war, dass die frühere Drogensucht ihr fast nicht anzumerken war. Laura hatte lange als Edelprostituierte gearbeitet und auf diese Weise ihre Sucht finanziert. Aber mit zunehmendem Alter war ihr der Job schwerer gefallen, und sie war ausgestiegen. Stattdessen hatte sie sich das Geld für den Stoff als Drogenkurier verdient.

In unseren Gesprächen war es meistens um Selbstverantwortung gegangen und dass ein Schritt in die falsche Richtung manchmal schwerwiegende Folgen haben kann.

Die Therapiesitzungen bei Ingeborg hatten Laura völlig verändert. Mit Ingeborgs Hilfe war Laura zurück in ihre Kindheit gegangen und hatte begonnen, sich selbst zu suchen. Oft saß sie und schrieb Seite um Seite in ihr Tagebuch. Es sollte ein Buch werden, sagte sie. Die Geschichte, wie aus ihr eine Drogennutte geworden war.

Ich war zusammengezuckt, als sie »Drogennutte« sagte. Als ich gegen das Wort protestierte, lachte sie und sagte »danke, ich werde darüber nachdenken«.

Ich vermisste die Gespräche mit Laura. Sie waren voller Vertrauen gewesen. Ich war gleichermaßen neidisch wie eifersüchtig auf Ingeborg.

Der Weg in die Stadt kam mir länger vor als sonst. An jeder Ampel hatte ich Rot. Der Himmel war immer noch bedeckt. Regenschwere Wolken, die ihr Wasser mühsam zurückhielten. Hier und da schlug ein einzelner Tropfen gegen die Frontscheibe.

Zwei Zurückweisungen und eine höfliche Unterhaltung war die Bilanz des Tages. An solchen Tagen, wenn ich das Gefühl hatte, dass die ganze Anstalt mich ablehnte, malte ich mir aus, wie es wäre, sich bedingungslos in das Leben einer der Inhaftierten einzubringen. Alle Vorschriften zu vergessen, wie ein korrekter Kontakt auszusehen hat. Alles zu geben, jeden Augenblick zu nutzen. Genau das zu tun, worum sie mich bitten. Denn eigentlich wollte ich gemocht werden. Ich wollte die Dienstbotin sein, die Tanja aus mir zu machen versuchte, weil ich ihr etwas bedeuten wollte.

Unser kindisches Verlangen nach Bestätigung. Guck mal, was ich kann. Wir werden es niemals los.

8. Kapitel

Wegen des bevorstehenden Mittagessens mit Anders hatte ich eine etwas hübschere Bluse angezogen als sonst. Sie war blauweiß gestreift. Vielleicht ein bisschen maskulin, aber sie wirkte frisch. Eigentlich verabscheue ich das Wort »frisch«. Vor allem, wenn man das Aussehen von Menschen und Kleidern damit bezeichnet. Was soll es bedeuten? Neu? Sauber? Ungebraucht? Unverdorben?

»Frisch« war eines von Katrins Lieblingswörtern. Und »unappetitlich«. Das war ihre Bezeichnung für mich. Ich erinnere mich an den Geruch im Klassenzimmer, an das Licht, das durch das Fenster fiel, an die Wolkenberge, die vorüberglitten. Bei den Worten »schrecklich unappetitlich« hatte die Welt aufgehört sich zu drehen.

Wir hatten Sport gehabt und warteten auf den Beginn der nächsten Stunde. Katrin und ihre beste Freundin Mikaela hatten nasse Haare vom Duschen. Sie kämmten sich gegenseitig und schnupperten an den Haaren der anderen. Verglichen den Duft ihrer Shampoos und Haarspülungen. Katrins hieß »Irish Mist«, und Mikaela fand den Geruch »wahnsinnig frisch«.

Mikaelas hieß »Musk Dream« und roch, wie Katrin fand, auch »echt frisch – irgendwie duftig«. Wir drei waren allein im Klassenzimmer. Ich las in einem Buch, ich weiß noch, dass es ein Band mit Erzählungen von Anton Tschechow war, über den ich eine Hausarbeit schreiben sollte. Instinktiv witterte ich Unheil. Verkroch mich hinter meinem Buch und hoffte, dass die anderen bald zurück in die Klasse kämen.

Katrin und Mikaela schwiegen eine Weile, und ich traute mich nicht, den Blick zu heben. Plötzlich riss Katrin mir das Buch aus den Händen.

»Was liest du da?«

Sie warf einen Blick auf den Einband und ließ das Buch auf meine Bank fallen. Es klappte zu, ich nahm es auf und versuchte die Seite aufzuschlagen, auf der ich gewesen war.

»Wieso liest du so einen Scheiß? Immer musst du so strebsam sein und dich hervortun«, sagte sie.

Ich sagte nichts dazu. Ziemlich schnell hatte ich die Stelle wiedergefunden und las weiter. Tat so, als würde ich sie ignorieren, aber mein Herz hämmerte vor Angst und Wut. Aus den Augenwinkeln konnte ich sehen, wie die beiden sich jeweils auf eine Bank gesetzt hatten und rastlos mit den Beinen schlenkerten. Mich angewidert anstarrten.

»Warum hast du dir die Haare nicht gewaschen?«, fragte Katrin.

»Sie sehen ziemlich fettig aus«, sagte Mikaela.

Ich zuckte die Schultern und versuchte, ein ungerührtes Gesicht zu machen.

»Mache ich heute Abend«, sagte ich so gelassen, wie ich nur konnte.

Die Buchstaben tanzten vor meinen Augen. Ich hörte Mikaelas und Katrins Atem. Die Erregung in ihren Atemzügen.

»Ich weiß nicht, ob das was nützt«, sagte Katrin.

»Glaube ich nicht«, sagte Mikaela.

Ich schlug das Buch zu und steckte es in meine Schultasche. Ich dachte: Klo. Ich konnte mich auf die Toilette verdrücken.

»Wir müssen dir was sagen, Ingrid«, sagte Katrin. »Alle in der Klasse reden schon darüber, aber keiner traut sich, dir was zu sagen. Das finden wir unfair. Du hast ein Recht, es zu wissen.«

Ich stand auf und wollte gehen. Mikaela streckte ein Bein aus und versperrte mir den Weg.

»Du kannst gleich aufs Klo. Erst musst du dir das hier anhören. Es geht darum, Ingrid, dass du irgendwie eklig bist«, fuhr Katrin fort. »Das finden alle. Vielleicht würde es helfen, wenn du dich öfter mal wäschst. Aber sicher bin ich mir nicht. Du bist einfach schrecklich unappetitlich.«

Ich schlug mit den Fäusten aufs Lenkrad. Ich erinnere mich an dieses Ereignis genauer als an irgendwas sonst. Dennoch hatte ich es viele Jahre verdrängt. Meine Schulzeit beschrieb ich für gewöhnlich als einsam, langweilig und endlos. Aber gemobbt wurde ich nicht. Das nicht. Bis heute wehre ich mich gegen die Vorstellung.

Meistens ließen sie mich auch in Ruhe. Aber einige Ereignisse wie dieses hatten Spuren bei mir hinterlassen, die nicht wieder verschwanden, ganz gleich, wie oft ich mich wusch. Und Herr, du weißt, dass ich mich wusch. Seit jenem Tag, an dem die Wolken weiter am Fenster vorbeizogen, während mein Herz für einen Moment aufhörte zu schlagen, tat ich alles, um sauber und frisch zu sein. Ich kaufte mir bonbonfarbenes Shampoo, wusch und bügelte meine Kleider jeden Tag. Ich versuchte, dem mit dem Wort »frisch« bezeichneten Anspruch gerecht zu werden. Das Wort »unappetitlich« verdrängte ich, wie gesagt.

Auch jetzt, als ich mich mit Anders treffen wollte, hatte ich eine Bluse ausgesucht, die »frisch« aussah. Noch immer hielt Katrin meinen Arm auf den Rücken gedreht. Noch immer war ich in ihrem Urteil gefangen.

Ich ging mit wütenden Schritten auf das Pastorat zu. Starrte auf die Erde. Erst als ich unmittelbar vor dem Haus stand, sah ich Jesus. Er saß auf der Treppe, die zur Eingangstür hinaufführte. Als er mich sah, stand er auf. Ich machte zwei Schritte zurück. Er sah heute noch verwahrloster aus.

»Jetzt habe ich das Böse gesehen. Es geht hinter dir. Du siehst es auch, wenn du nur willst.«

Seine Pupillen weiteten und verengten sich abwechselnd, wie sie es manchmal tun, wenn man etwas intensiv und krampfhaft anstarrt. Seine Hände umklammerten den Handgriff des Einkaufsrollers. Sein Anblick erfüllte mich mit Widerwillen, aber nicht mit Schrecken, wie am Tag zuvor. Das Gerede vom Bösen wirkte eher albern als furchterregend.

»Ich bin Ihnen dankbar, dass Sie sich um mich kümmern«, sagte ich. »Aber ich muss jetzt arbeiten.«

»Ich kann dich warnen. Aber ich kann dir nicht helfen.« Er schüttelte energisch den Kopf. »Kann dir nicht helfen.«

Da stand ich nun in meiner Frische mit dem übel riechenden Jesus direkt vor mir. Er schien mich genau zu kennen.

»Ich komme schon zurecht. Sie brauchen sich keine Sorgen zu machen. Gibt es etwas, womit ich Ihnen helfen kann?«

Jesus kratzte sich heftig am Bart. Die langen Nägel hinterließen rote Striemen auf seiner graubleichen Haut. Er streckte die hohle Hand aus.

»Eine milde Gabe für einen Obdachlosen«, sagte er mit tonloser Stimme.

Ich fand zwei Zehnkronenscheine in meiner Jackentasche und gab sie ihm. Ließ sie in seine Hand fallen, damit der Gestank nicht auf mich übersprang. Ich warf ihm ein hastiges »Wiedersehn« zu und lief mit schnellen Schritten die Treppenstufen hinauf. Bevor ich die Haustür öffnete, schnupperte ich an meinen Fingern. Nichts vom Jesus-Gestank. Ich roch nach Seife. Frisch.

Als ich den Mantel aufhängte, hörte ich Anders' Stimme im Sitzungszimmer. Nicht die einzelnen Worte, sondern eher ein dunkles Raunen. Schmetterlinge, Schmetterlinge. Vor drei Tagen hätte ich seine Stimme einfach nur gehört, mehr nicht. Die Stimme wäre an der Oberfläche geblieben, hätte sich nicht in mich hineingekitzelt, so wie jetzt.

Herr, durch was wird Liebe geweckt? Vielleicht durch die Vorstellung der Möglichkeit. Dass ich seit dem Abend mit Anders gespürt hatte, dass es eine Möglichkeit für uns gab, einander zu lieben. Die Möglichkeit, das zu erleben, wovon alle Romane und Filme handeln. Dass ich von jetzt an eine Erwartung in Anders setzte. Und wenn ich ihn sah und hörte, war es auch meine Hoffnung, meine Erwartung, die ich sah und hörte.

Vorsichtig schob ich die Tür zum Sitzungszimmer auf. Anders war gerade auf dem Weg nach draußen. Wir stießen auf der Schwelle zusammen. Er wurde feuerrot im Gesicht und wich zurück, als hätte er sich verbrannt.

»Ich wollte nur ... ich komme gleich.«

Anders ging hinaus und ich setzte mich neben Maria. Ich nickte dem Friedhofsverwalter zu, einem großen, rotgesichtigen Mann namens Tom Larsson. Ich begrüßte auch Agnes Hellstrand, eine Frau in den Sechzigern, die vormittags den Bürokram erledigt. Maria schob mir einen Kaffeebecher hin. Ich streckte mich nach der Kaffeekanne aus und goss mir ein. Ich lehnte mich im Stuhl zurück. Ein Schweigen entstand. Röte pochte in meinen Wangen. Tom machte ein mürrisches Gesicht. Agnes schien mit ihren Gedanken weit weg zu sein. Sie nickte manchmal leicht vor sich hin, wenn sie still dasaß.

Das Schweigen wurde durch die Wasserspülung der Toilette unterbrochen. Als wäre es ein Signal, setzten wir uns alle auf unseren Stühlen zurecht. Anders kam herein und setzte sich auf seinen Platz. Die Toilettenspülung im Pastorat hörte nicht mehr auf, wenn man dem Ventil nicht einen kleinen Schlag versetzte. Jetzt rauschte sie vor sich hin.

»Entschuldigung, ich gehe nur eben die Kekse holen«, sagte Maria und ging hinaus. Wir hörten, wie sie gegen das Druckventil schlug und die Wasserspülung stoppte. Anders starrte krampfhaft auf die Papiere, die vor ihm lagen. Maria kam mit den Keksen herein.

Während der Besprechung war Anders angespannt. Er vermied es, mich anzusehen, und richtete die Augen auf den, der sprach. Er ließ den Blick nicht in die Runde schweifen, wie er es sonst immer tat, um zu sehen, was die anderen von dem Gesagten hielten. Tom berichtete auf seine mürrische und umständliche Art von seinen Sorgen mit dem Friedhof. Agnes, eine schüchterne Frau, stimmt immer allem zu. Wenn sie vor eine Entscheidung gestellt wird, ist sie kreuzunglücklich, deshalb machen wir bei ihr eine Ausnahme.

Die Besprechung war rein routinemäßig und ohne Überraschungen. Jeder war vor allem daran interessiert, sie so schnell wie möglich hinter sich zu bringen. Ich studierte Anders' Gesicht. Er hat eine hohe Stirn und mittelblondes, ziemlich dünnes Haar. Seine Nase ist gerade. Schwer zu sagen, ob sie aufwärts oder abwärts zeigt. Die Augen sind blassgrün, die Wimpern hell und gerade. Wahrscheinlich ist er nicht glücklich über seine unebene Haut. Bestimmt war er es nicht, als er jung war und viele Pickel hatte.

Wenn mich jemand fragen würde, was ich an seinem Gesicht am schönsten fände, würde ich trotzdem sagen: die Haut. Sie lässt sein Gesicht schutzlos aussehen. Ich möchte meine Hand an seine Wange legen. Möchte meine Wange an seine Wange legen. Ich glaube, sie fühlt sich an wie eine raue Klippe.

»Ja, damit hätten wir's dann wohl«, sagte Anders und zwinkerte mit den Lidern.

Stühlescharren. Maria und Agnes sammelten die Kaffeebecher, Kanne und Keksschüssel ein. Tom zog den Reißverschluss seines Helly-Hansen-Troyers hoch. Anders blieb sitzen und blätterte in seinen Unterlagen. Ich wusste nicht recht, wie ich mich verhalten sollte.

Maria, Agnes und Tom gingen aus dem Zimmer. Anders blickte von seinen Papieren auf. Schielte zur Tür und drehte sich zu mir um.

»Ja, sollen wir dann mal ... wollen wir das machen, was wir verabredet hatten?«

Ich nickte.

»Ja, auf jeden Fall.«

Wir gingen in den Flur und begannen uns anzuziehen. Maria kam heraus, ihre Augen verengten sich misstrauisch.

»Geht ihr essen? Wir könnten vielleicht zusammen ...«

Anders unterbrach sie.

»Ingrid und ich haben noch einen Termin.«

Er öffnete die Tür, und wir schlüpften hinaus. Marias säuerliches »Na, wenn das so ist« war gerade noch zu hören, bevor die Tür ins Schloss fiel. Wir liefen die Treppe hinunter, als fürchteten wir, sie würde uns einholen. Maria musste etwas gewittert haben. Sie schlug höchst selten vor, gemeinsam essen zu gehen, meistens brachte sie Reste von zu Hause mit, die sie in der Mikrowelle aufwärmte.

Draußen zeigte Anders die Straße hinunter.

»Da drüben ist eine Sushibar, die ganz gut sein soll.«

Wir gingen. Ich erzählte Anders von Anita und wie besorgt ich war. Meine Stimme zitterte. Anders antwortete nicht, aber er legte seine Hand auf meinen Rücken. Als wir am Friedhof vorbeikamen, sah ich Jesus auf derselben Bank sitzen wie am Tag zuvor. Er saß mit verschränkten Armen da und ließ den Kopf hängen.

»Kennst du den da drüben?«, fragte ich Anders.

»Ach, der. Der sitzt immer da. Man kriegt schwer Kontakt zu ihm. Ich habe es versucht. Er ist äußerst misstrauisch.«

Ich erzählte, er heiße, nein, er sei Jesus, und schilderte unser missglücktes Mittagessen.

»Vielleicht ist er es ja«, sagte Anders. »Wer weiß? Was hat Jesus noch gesagt? Jedes Mal, wenn ihr einen Hungrigen, Durstigen und Obdachlosen erblickt, seht ihr mich. Und das Einzige, was wir sehen, ist ein Penner, jemand, an dem wir möglichst schnell vorübergehen möchten.«

»Ja. Wir nehmen es zur Kenntnis und zucken die Schultern«, ergänzte ich und dachte, das sich das oberschlau anhören musste.

Wir schienen unsere Worte plötzlich abzuwägen, abzuschätzen, wie sie auf den anderen wirkten.

Schweigend gingen wir weiter. In dem Lokal, dessen Tür Anders öffnete, waren die Tische so hoch wie Wandregale. Hohe

Hocker und große Tafeln mit japanischen Schriftzeichen. Wir bestellten jeder ein großes Sushi. Sofort bekamen wir beide je eine zugedeckte Schüssel an den Platz, ein Paar Essstäbchen und eine Schale mit dampfender Suppe. Gerade als ich um einen Löffel bitten wollte, sah ich, wie ein anderer Gast seine Suppenschale an den Mund hob und trank. Anders sah es auch. Wir blickten uns an und lächelten. Dann setzten wir unsere Suppenschalen an die Lippen.

Die Suppe war heiß und schmeckte gut. Überhaupt nicht ungewöhnlich. Wie eine milde Bouillon. Einige dunkelgrüne Blätter und schwammige Würfel schwammen darin umher. Es war schwierig, sie zu erwischen. Ich ließ sie drin.

Wir lüfteten die Deckel unserer Schüsseln. Darin lagen neun Fischhappen. Drei runde, die in Seegras eingewickelt waren. Die anderen waren Reiskissen mit einer Scheibe Fisch darauf. Anders untersuchte seine Portion genau. Nahm eins der Stäbchen und hob einen Fischhappen damit an. Darunter war ein grüner Matsch.

Anders legte das Stäbchen wieder hin und grinste. Wir kicherten.

»Was meinst du?«, fragte Anders. »Sollen wir probieren?«

Ich beobachtete verstohlen die anderen Gäste. Die meisten gingen sehr geschickt mit den Essstäbchen um. Sie stopften sich den ganzen Fischhappen in den Mund, ohne ihn vorher zu zerteilen.

»Ach, was soll's, ich nehme die Finger«, sagte Anders.

Er nahm mit drei Fingern ein Stück mit rohem Lachs, tunkte es in Sojasoße und schob es sich in den Mund. Der sah vollgestopft aus. Ich fing wieder an zu kichern. Anders auch. Er musste sich abwenden, um kauen zu können. Als er sich wieder zu mir umdrehte, war er ganz rot im Gesicht und hatte immer noch eine Menge zu kauen.

»Harf. Awer guck.«

Ich nahm ein Stück mit etwas Omelettähnlichem obendrauf.

Es schmeckte wie kalter Eierpfannkuchen mit Reis. Überhaupt nicht sonderbar. Ich zeigte auf einen Fischhappen, der aussah wie eine Scheibe rohes Rinderfilet.

»Was glaubst du, was das ist?«

»Thunfisch«, sagte Anders und stopfte sich seinen Thunfischhappen in den Mund.

Ich machte es ihm nach. Die intensive Schärfe von Meerrettich schoss mir die Nase hinauf. Der Fisch knirschte leise, als ich hineinbiss. Ich kam mir vor wie ein Nerz oder Fischotter. Es schmeckte nach Meer und Innereien. Nach Organischem. Sinnlichem. So lebendig, dass mir ganz seltsam zumute wurde.

»Das ist ja lecker«, stieß ich hervor, als ich den ersten Bissen hinuntergeschluckt hatte.

Anders nickte und nahm ein Stück mit grauem Fisch. Wir probierten auch das rosa Geschnetzelte, das drum herum lag. Es schmeckte stark nach Ingwer.

»Ich finde, wir sollten so was hier immer essen«, sagte Anders.

Mir wurde ganz heiß. Er und ich und immer, alles im selben Satz.

»Ja«, erwiderte ich. »Das machen wir.«

Unsere Schüsseln waren leer, wie wir leicht verwundert feststellten. Es war schnell gegangen. Wir waren satt und mundfaul. Wussten nicht recht, was wir machen sollten, nachdem alles aufgegessen war. Ich kratzte mit meinem Stäbchen in einem Rest Soße. Anders spielte mit der kleinen Plastikflasche, in der die Sojasoße gewesen war.

»Aber das hier müssen wir lernen«, sagte Anders und hielt seine Essstäbchen hoch. Er studierte den Zettel, auf dem der Gebrauch der Stäbchen beschrieben wurde. Ich versuchte es ebenfalls. Bald hatten wir beide eine gewisse Geschicklichkeit entwickelt und schnappten mit unseren Stäbchenpaaren nach imaginären Happen.

»Ich lerne jedes Mal etwas Neues, wenn ich mit dir ausgehe, Ingrid«, sagte Anders.

»Was hast du letztes Mal gelernt?«

»Dass es mit dir zusammen genauso schön ist, wie ich es mir vorgestellt hatte.«

Anders wurde knallrot, nachdem er das gesagt hatte, und tastete nach seiner Jacke. Ich schnappte noch ein paar Mal mit meinen Stäbchen in die Luft und merkte, dass ich auch rot anlief.

»Guck mal, jetzt habe ich es auch gelernt! Da haben wir doch tatsächlich dieselbe Erfahrung gemacht.«

Auch ich begann jetzt nach meinem Mantel zu greifen. Als wir draußen vor dem Restaurant standen, merkte ich, dass etwas in meinem Mantelärmel steckte, und fand mein Halstuch darin. Als ich anfing, den Schal herauszuziehen, der anscheinend kein Ende nehmen wollte, begann Anders laut zu lachen. Ich lachte auch. Er legte seine Arme um mich und drückte mich fest. Mit dem Halstuch aus dem Ärmel hängend drückte ich zurück. Wir standen lange so. Ich spürte Anders' Atem in meinem Ohr. Schwer und mit einem schnurrenden Laut bei jedem Ausatmen.

Als wir uns nach einer Weile voneinander lösten und uns ansahen, sah ich vor mir ein neues Gesicht. Anders hatte einen ernsten, wehmütigen Schimmer in seinen Augen, den ich noch nie vorher gesehen hatte. Um seinen Mund lag ein schmerzlicher Zug. Wir lachten jetzt nicht mehr. Um uns herum jaulte eine Polizeisirene, ein Bus seufzte auf, und eine Fußgängerampel machte tock-tock-tock. Anders beugte sich vor und küsste mich. Erst legte er seine Lippen auf meine. Dann öffnete er langsam den Mund. Eine ganze Weile standen wir mit halb geöffneten, aufeinander gepressten Lippen da. Sanft und spielerisch traf Anders' Zunge auf meine. Sie zauberte ein lustvolles, ziehendes Gefühl hervor, das sich in meinem ganzen Körper ausbreitete.

»Ich wusste es…«, sagte Anders, als wir aufgehört hatten, uns zu küssen. »Als ich heute Morgen am Friedhof vorbeikam und sah, was auf einem der Steine geschrieben stand, begriff ich, dass ich dich heute küssen musste.«

»Was stand da?«

Anders lächelte.

»Das erzähle ich dir ein andermal.«

Wir gingen die Götgatan hinunter. Als wir beim Medborgarplatsen ankamen, sagte Anders, er werde jetzt nach Hause fahren. Er fragte, ob wir am nächsten Abend etwas zusammen unternehmen wollten. Das war ein Freitag. Ich nickte stumm. Mir fiel nichts ein, was ich hätte sagen können. Auch Anders sah verwirrt aus. Wir winkten uns zum Abschied zaghaft zu. Anders ging Richtung U-Bahntreppe und stieß mit einer älteren Frau zusammen, die gerade die Treppe hochkam.

»Passen Sie doch auf«, keifte sie.

Anders sah über die Schulter zu mir zurück und lächelte leicht. Er drehte sich zu der Frau um, legte eine Hand an ihren Arm und bat vielmals um Verzeihung. Sie nickte gnädig.

Ich stolperte die Götgatan hinunter. Es war halb zwei und ich wusste nicht, was ich den Rest des Tages machen sollte. Komisch, dass Anders so früh nach Hause fuhr. Falls er wirklich nach Hause fuhr.

Herr, ich wusste nicht viel über den Mann, der plötzlich im Mittelpunkt meines Lebens stand. Ich hielt das Halstuch unter meine Nase, um Anders' Geruch nachzuspüren, ich sah auf meine Hände hinunter und dachte, dass sie ihn gerade eben noch berührt hatten.

Meine Schritte waren so federleicht, als würden sie den Boden gar nicht berühren. Ich sollte ein paar vernünftige Sätze äußern können, warum ich Anders mochte. Sagen, dass er ein ganz Netter ist, dass er gut aussieht, dass er meinen Glauben teilt und dass ich gerne mit ihm zusammen bin.

Aber das allein ist es nicht. Seit Anders und ich an der

U-Bahntreppe auseinandergingen, spüre ich eine Kraft in mir, von der ich nicht wusste, dass ich sie habe. So als wäre ich innerlich, äußerlich und überall geküsst worden.

Herr, du lässt mich das erleben. Ich durfte die Tür zum Mysterium der Liebe einen Spalt breit aufstoßen, und schon beim ersten Blick hinein war ich verzaubert. Ich weiß, dass für den Rest meines Lebens diese Tür immer einen Spalt breit offen stehen muss. Dass ich nicht leben könnte, wenn sie verschlossen wäre.

Aber darüber machte ich mir im Moment keine Sorgen.

Ich sah hinunter auf meine Wanderschuhe und nahm mir wieder vor: »Ich kaufe mir neue Sachen, ich werde mich ändern, ich werde was aus mir machen.«

An einer Hauswand war ein großer Spiegel. »Schauen Sie auf Ihre Schuhe – andere tun es auch«, stand tatsächlich darauf. Ich lächelte mein Spiegelbild an. Ja, und? Anders hatte meine Schuhe gesehen. Und trotzdem hatte sein Atem gezittert.

Sollte ich ins Gefängnis fahren? Nein, das hatte Zeit bis morgen. In ein paar Stunden würde ich mich mit Peter Konradsson im Pastoratsbüro treffen. Bis es so weit war, konnte ich nach Hause fahren. Meine Fenster öffnen. Staubsaugen. Musik hören.

Als ich die Hände tief in die Manteltaschen steckte, fühlte ich in einer einen Briefumschlag. Ich holte ihn heraus. Er war weiß, ohne jede Aufschrift.

Ich öffnete den Umschlag und faltete ein Blatt Papier mit einem maschinengeschriebenen Text auseinander:

»Ab sofort hörst du auf, dich in was einzumischen, was mit Tanja oder ihren Bekannten zu tun hat. Wenn du es trotzdem tust, wirst du es bitter bereuen. Du legst dich mit Leuten an, die mächtiger sind, als du dir vorstellen kannst.«

Keine Unterschrift. Ich weiß nicht mehr, wie viele Male ich den Brief las, bis ich begriffen hatte, was er bedeutete.

»Entschuldigung?«

Eine Frau mit einem Zwillingskinderwagen stand hinter mir. Sie machte ein ärgerliches Gesicht. Ich war mitten auf dem Bürgersteig stehen geblieben. Zuerst starrte ich sie an, ohne zu begreifen, was sie meinte. Dann trat ich hastig zur Seite, stopfte den Brief in die Manteltasche und ging weiter.

Zu Hause angekommen, ging ich direkt zum Sessel und ließ mich hineinfallen, immer noch Schuhe und Mantel an. Ich machte die Augen zu und rief mir das japanische Restaurant in Erinnerung. Ich sah Menschen Stäbchen halten, Suppe schlürfen, aber ich sah keine Gesichter. Jedenfalls keines, das ich kannte. Und keines würde ich jemals wiedererkennen.

Ich sah nur Anders' Gesicht deutlich vor mir und fragte mich, ob der schmerzliche Ausdruck in seinem Gesicht, nachdem wir uns geküsst hatten, von früheren Erfahrungen herrührte. Ob er Angst hatte, abhängig zu werden, wenn er sich verliebte. Sah er so aus, wenn er liebte?

Bei der Vorstellung, mit Anders zu schlafen, wurde mir ganz schwindelig vor Nervosität und Lust. Ich öffnete schnell wieder die Augen, wie man es tut, wenn man zu viel getrunken hat und sich beim Einschlafen alles zu drehen beginnt.

Vor meinem Fenster stand eine stachelige, struppige Pflanze, die Anita mir zum Geburtstag geschenkt hatte. Sie war lange nicht gegossen worden, hielt sich aber tapfer. Reckte die schmalen welkenden Blätter dem Licht entgegen.

Ich holte den Briefumschlag hervor, warf ihn auf den Couchtisch und starrte darauf. Sollte ich jemanden anrufen? Die Polizei? Anders? Peter Konradsson?

Ich streifte die Schuhe ab, indem ich die Schuhspitzen gegen die Absätze stemmte. Sie polterten auf den Fußboden. Ich zog den Mantel aus und hängte ihn an die Garderobe. Der Haken brach ab, und ich knüllte den Mantel zusammen und legte ihn auf den Hocker. In der Küche nahm ich eine leere Brauseflasche, füllte sie mit Wasser und goss meine tapfere Pflanze. Im Wohnzimmer kramte ich in meinen CDs, aber ich konnte mich für keine entscheiden. Ich stellte das Radio an. Eva Dahlgrens Stimme erfüllte das Zimmer.

»Geliebter, komm. Hier bin ich.«

Ich musste heulen. Aber es war kein mutloses Weinen, sondern ein zorniges. Ja, Geliebter. Hier bin ich. Und hier werde ich bleiben. Niemand kann mir Angst machen. Hier bin ich, und ich will das erleben, wovon ich träume. Nichts und niemand wird mir das kaputtmachen.

Zurück in der Küche, nahm ich einen Eimer und füllte ihn mit heißem Wasser. Da ich nichts anderes hatte, nahm ich Geschirrspülmittel. Es schäumte und roch nach Zitrone. Mit einem Schwamm in der einen Hand und dem Eimer in der anderen ging ich durch die ganze Wohnung. Alle Fensterbänke, Regale, Möbel meiner Einzimmerwohnung mit Küche und Bad bekamen eine ordentliche Abreibung. Als ich schließlich staubsaugte, war ich schon zu müde, um mich zu bücken und unter dem Bett zu saugen.

Nach einigem Nachdenken beschloss ich, die Polizei nicht anzurufen. Mein Kontakt zu Tanja unterlag der Schweigepflicht. Sie sollte nicht noch mehr Unannehmlichkeiten bekommen. Außerdem hatte der Brief etwas Albernes. Zur Polizei zu gehen kam mir überspannt vor. Anita? Mir fiel plötzlich ein, dass sie mich gewarnt hatte. Aber ich wusste nicht einmal, ob sie durchkommen würde. Und falls – lieber Gott im Himmel, sie muss durchkommen – würden wir nicht zuerst darüber reden. Mich Peter Konradsson anzuvertrauen, war auch keine gute Idee. Die Drohung galt mir. Sie konnte kaum von ihm kommen, schließlich hatte er mich ja selbst aufgesucht.

Der Einzige, mit dem ich möglicherweise darüber reden konnte, war Anders. Aber obwohl ich große Sehnsucht nach ihm hatte, wollte ich ihn nicht anrufen. Ich wollte den Fluss nicht stören, in dem wir dahintrieben, sanft und ohne festes Ziel. Die Erinnerung an unser Beisammensein heute sollte sich festigen. Unser Essen, unser Kuss und unser Abschied am U-Bahnhof liefen wie ein Film in meinem Kopf ab, wieder und wieder. Jedes Mal, wenn ich mich an Anders' weiche Zungenspitze erinnerte, war es, als stäche mich jemand mit einer glühenden Gabel.

Ich jagte durch die Wohnung und sammelte in rasendem Tempo Sachen auf: alle schmutzigen Socken und Unterhosen in den Wäschekorb, alle Zeitungen in den Papierkorb, zusammen mit Reklame und aussortierter alter Post. Ich zog das Bett ab und frische, saubere Bettwäsche auf. Nahm die Wintersachen von der Flurgarderobe. Ich stand mit den Wintersachen im Arm da und wusste nicht, was ich damit machen sollte. Mein Eifer war erlahmt. Schließlich stopfte ich sie in die Kleiderkammer und ließ mich in den Sessel fallen.

So blieb ich bestimmt eine Stunde sitzen. Schloss die Augen und glitt zwischen Schlafen und Wachen hin und her. Plötzlich war es Tanjas Zungenspitze, die ich spürte. Ich hörte, wie sie zwischen den Küssen sagte, das ist nichts Schlimmes. Anita kam herein und sagte, da sind noch viele andere, die geküsst werden wollen, wir müssen uns beeilen.

Ich wurde kurz wach und blinzelte zum Fenster. Als ich die Augen wieder zumachte, sah ich Peter Konradsson. Spürte seine Zunge. Spürte auch, wie eine große Wut in mir hochkochte. Ich riss mich von ihm los und schrie, bildet euch nicht ein, dass mich jeder küssen kann. Er sah mich an und lächelte. Wie unappetitlich du bist, Ingrid, sagte er. Ich entdeckte Tanja und zog sie an den Haaren. Zog und zog, bis sie nachgaben und ich große Büschel in den Händen hielt. Die Büschel waren wie Glaswolle und ich sah, dass meine Handflächen von kleinen, feinen, blutigen Schnitten übersät waren.

Ich wachte von meinem eigenen Keuchen auf. Ich rieb meine Handflächen an den Hosenbeinen ab. Legte die Hände an den Mund.

In meiner Wohnung roch es nach Zitrone. Ich holte tief Luft, legte den Kopf in den Nacken und starrte an die Decke, die ich in schlaflosen Nächten schon oft studiert hatte. Da ist ein nasser Fleck, der aussieht wie ein Schwamm. Dort ein Riss, der an ein Flussdelta erinnert. Um die Lüftungsklappe hat sich ein dunkler Schatten aus Straßenschmutz gelegt. Es sieht aus, als ob Rauch hereinquillt.

Tanja konnte nichts mit dem Drohbrief zu tun haben. Sie wollte den Kontakt zu mir und Peter. Der Brief war von jemandem geschrieben worden, der das Gegenteil wollte. Pernilla, Peters Schwester, wollte auch Kontakt. Banjo von der Thailandreise. Vielleicht steckte er hinter der ganzen Sache und hatte Angst, dass Tanja oder Peter etwas verraten könnten, was zu seinem Nachteil war.

Ich wusste nicht, wie er aussah. Ob Tanja Fotos hatte? Wenn sich die Gelegenheit ergab, würde ich sie danach fragen.

Es war Viertel nach sechs. In einer Dreiviertelstunde würde ich mich mit Peter treffen. Ich ging in die Küche und machte mir eine Schnitte mit Anders' Pesto. Das schmeckte auch als Brotaufstrich. Pesto schien sich für alles Mögliche zu eignen. Jedes Mal, wenn mein Blick auf das Glas fiel, lächelte ich. Es stand auf der Anrichte wie auf einem Tischaltar.

9. Kapitel

Die Vögel zwitscherten wieder lautstark, als ich über den Friedhof zum Pastorat ging. Wer immer sich das Halleluja ausgedacht hat, muss es den Vögeln abgelauscht haben. Ich sah den Rücken von Jesus, der seinen Einkaufsroller hinter sich herzog. Er ging schnell und mit energischen Schritten, so als habe er ein Ziel. Ich beeilte mich und sah mich nicht weiter nach ihm um. Als die Haustür hinter mir zuschlug, atmete ich auf. Der Brief hatte mich doch mehr erschreckt, als ich mir eingestehen wollte. Der Geruch im Treppenhaus war vertraut und beruhigend.

Der Schlüssel war ganz unten in meiner Tasche. Als ich ihn herauskramte, hatte sich die Lederschlaufe meines Handys am Schlüsselring verhakt. Ich zog den ganzen Klumpen heraus, und der Schlüsselbund fiel mit metallischem Klingeln auf den Boden. Als ich in die Hocke ging, um ihn aufzusammeln, knackte es in meinem Knie. Ich rieb es, während ich mit dem Schlüssel in der Hand wieder hochkam.

»Hei«, sagte eine Stimme hinter mir.

Ich fuhr herum, den Schlüssel wie eine Pistole in der Hand. Peter Konradsson erhob sich von der Treppenstufe, auf der er offenbar die ganze Zeit gesessen hatte.

»Ich bin ein bisschen früher gekommen. Tut mir leid, wenn ich Sie erschreckt habe, das war keine Absicht.«

Peter hielt eine Zeitung in der Hand. Er trug dieselbe schwarze Jeansjacke und denselben schwarzen Sweater wie am Tag zuvor.

»Wissen Sie, ich habe länger gearbeitet und es lohnte sich nicht mehr, nach Hause zu fahren. Das Café da drüben macht schon um sechs zu, und da dachte ich, was soll's, ich setze mich auf die Treppe und warte. Es hätte ja sein können, dass Sie schon hier sind.«

Er griff nach meiner Hand, in der ich den Schlüssel hielt. Sie zitterte so sehr, dass der Schlüsselbund leise klirrte. Peter nahm mir vorsichtig den Schlüssel ab.

»Lassen Sie mich das machen, dann können Sie sich ein bisschen beruhigen.«

Während er die Tür aufschloss, hielt ich die Arme fest um meinen Oberkörper geschlungen, um das Zittern zu beherrschen. Die Alarmanlage wollte ich selbst ausschalten. Aber ich hatte Schwierigkeiten, die Tasten zu treffen, als ich den Zahlencode eingab. Peter nahm meine Hand, um mir zu helfen. Er führt meinen Finger zu den Ziffern, die ich ihm nannte.

»Ich habe ein paar aufregende Stunden hinter mir«, sagte ich. »Normalerweise bin ich nicht so schreckhaft.«

Ich ging in die Teeküche und goss Wasser in die Kaffeemaschine. Peter war mir gefolgt und machte Anstalten, mir die Kanne aus der Hand zu nehmen.

»Nein, das kann ich nun wirklich selbst«, sagte ich und lächelte.

Peter lächelte ebenfalls und sah sich in den Räumen um. Ich beobachtete ihn von der Teeküche aus und sah, wie er in einem Bildband blätterte. Er war vom Kinderhilfswerk Rädda Barnen.

»Haben Sie Kinder?«, fragte er.

»Nein, bisher nicht«, antwortete ich. »Und Sie?«

»Nein. Aber Tanja und ich haben darüber gesprochen. Ich könnte es mir gut vorstellen. Meine Schwester hat zwei. Ich bin ganz vernarrt in die Kleinen.«

Der Kaffee war fertig, und als ich zwei Tassen, die Kanne und etwas Milch auf ein Tablett stellte, waren meine Hände wieder ruhig. Ich deckte auf meinem Schreibtisch auf.

»Sterne sollten dein Antlitz schmücken …«

»Wie bitte?«

Peter lächelte belustigt. Ich begriff nicht, wovon er redete.

»... wie Diamanten und funkelndes Gold. Ich denke nur gerade daran, wie es war, als ich Tanja kennenlernte. In dem Sommer hatte ich ein paar Tage bei einem Kumpel auf dem Land verbracht. Draußen auf seinem Plumpsklo lag ein dickes Buch mit Gedichten, so ein Sammelband. Darin blätterte ich, wenn ich... na, Sie wissen schon. Und darin stand etwas mit Sternen und Antlitz, was sehr schön klang. Damals wusste ich nicht einmal, dass Antlitz Gesicht bedeutet. Aber als ich ein paar Tage später Tanja in einem Straßencafé in der Stadt sah, waren es diese Verse, die mir wieder einfielen. Sie saß da und ... leuchtete irgendwie. Irgendetwas strahlte von ihr aus. Das war das mit den Sternen.«

Peters Blick war abwesend geworden.

»Wie lange ist es her, dass Sie sich kennengelernt haben?«

»Sieben Jahre. Ich war gerade achtzehn geworden. Tanja war sechzehn. Wir waren Kinder. In dem Sommer wurden wir unzertrennlich. Und damit meine ich *wirklich* unzertrennlich. Tanja war ziemlich einsam. Ihre Eltern kamen aus der Tschechoslowakei und waren dorthin zurückgegangen, wie immer das heute auch heißt. Sie hatte niemanden außer ein paar Arbeitskollegen. Ich hatte meine Schwester, aber viel mehr auch nicht. Wir waren glücklich, dass wir uns gefunden hatten. Nach einer Woche zog Tanja bei mir ein. Von dem Moment an waren wir immer zusammen. Immer. Wenn ich daran zurückdenke, kommt es mir vor, als ob wir Erwachsensein gespielt hätten. Mal standen wir am Herd und versuchten, komplizierte Mahlzeiten zuzubereiten. Dann wieder lagen wir auf dem Fußboden und spielten Monopoly und futterten den ganzen Abend Chips. Die Spiele zogen sich endlos hin, weil wir uns gegenseitig Geld borgten, wenn wir keins mehr hatten. Wenn ich mal ernsthaft gegen Tanja spielte und sie beinahe ruinierte, flossen dicke Tränen und sie beschuldigte mich, dass ich sie nicht liebte. Dann brauchte ich immer Stunden, um sie zu überzeugen, dass ich sie doch liebte. Hinterher gründeten wir beim Monopoly eine

Art Familienunternehmen, dann war Tanja wieder zufrieden und glücklich.«

Peter nahm die Kaffeetasse, die ich ihm reichte. Ich sehnte mich nach Anders und genoss deshalb Peters Erzählung. Ich wollte nur noch von Liebe hören. Nur noch an Liebe denken.

»Es war nicht leicht«, fügte Peter hinzu und seufzte. »Tanja war schrecklich eifersüchtig. Wenn sie sich einbildete, dass ich mich für eine andere Frau interessierte, und das geschah oft, wurde es ganz schlimm. Sie machte mir Szenen und drehte völlig durch. Schlug mich, schrie mich an. Aber ich ertrug es, weil ich mit ihr zusammen sein wollte. Immer war ich angeblich der Treulose. Aber mit der Zeit merkte ich, dass Tanja auch ganz schön flirten konnte.«

War ich eifersüchtig? War Anders eifersüchtig?

In meinem gut dreißigjährigen Leben hatte ich noch nie eine so enge Beziehung zu jemandem gehabt, dass ich es hätte sagen können, nicht einmal über mich selbst. Was die Männer anging, mit denen ich zusammen war, war ich mir bisher immer ganz sicher gewesen. Ich war diejenige, die streitlustig und wankelmütig gewesen war. Anders hatte über seine Exfrau gesagt, dass sie ihm vorwarf, er sei kontrollsüchtig. Sollte ich das auch finden? Ich wusste nicht einmal, was das bedeutete.

»Die Liebe fordert immer einen Preis«, sagte Peter. »So ist das eben.«

Er fuhr sich mit den Fingern durchs Haar und lehnte sich zurück. Faltete seine Hände auf dem Schoß und neigte den Kopf zur Seite. Wie er da so saß und erwartungsvoll zu lauschen schien, sah er aus wie ein Psychotherapeut in einer TV-Seifenoper. Insgeheim musste ich lachen, aber ich war auch irgendwie gerührt. Anscheinend war er auf der Suche. Er wollte reden, zuhören, aber er wusste nicht genau, wie man das macht. Ich blickte auf den Kuchen in meiner Hand, um nicht laut loszulachen. Ich biss ein Stück ab und tat so, als würde ich nachdenken. Dann nahm ich einen Schluck Kaffee. Ich blickte zu Peter auf. Er sah verlegen aus. Da konnte ich mich nicht mehr beherrschen und begann zu kichern. Ich kleckerte Kaffee auf meine Hose.

»Tut mir leid«, sagte ich. »Wirklich. Ich weiß nicht, was mit mir los ist.«

Schwer zu sagen, ob Peter gekränkt war. Er schwieg, während ich meine Hose abwischte, lächelte nicht und machte auch kein beleidigtes Gesicht.

»Ich … normalerweise benehme ich mich wirklich nicht so…«

Peter stützte eine Hand unter sein Kinn. Jetzt lächelte er.

»Vielleicht sind Sie verliebt?«

Ich brauchte auf die Frage nicht zu antworten. Meine Gesichtsfarbe tat es, das merkte ich. Aber es war keine unangenehme Verlegenheit. Ich genoss es dazuzugehören. Auch etwas erlebt zu haben. Die Unterlegenheit, die ich normalerweise empfand, war weg. Ich war anziehend. Brachte einen Mann dazu, schneller zu atmen. Brachte seine Hände dazu, sich unbeherrscht heftig um meine Arme zu schließen. Ich war eine Frau, die begehrt wurde. Eine Krone war auf mein Haupt gesetzt und ein Zepter in meine Hand gelegt worden. Jetzt konnte ich den Kopf hoch halten.

»Entschuldigung«, sagte ich wieder. »Aber um mich geht es nicht.«

Peter fragte nicht weiter, aber er sah neugierig aus. Ich genoss es, genoss es auch, so geheimnisvoll zu tun. Das tat ich oft, aber meist um zu verbergen, dass ich nichts Spannendes erlebt hatte.

»Na, dann wissen Sie ja, wovon ich rede«, sagte Peter. »Man macht die irresten Sachen mit. Schaltet das Gehirn aus. Tanja und ich wuchsen immer enger zusammen. Manchmal frage ich mich, wohin das geführt hätte, wenn nicht … Sie wissen schon.«

»Was meinen Sie, wohin das geführt hätte?«

»Vielleicht zu Kindern und einem netten, ordentlichen Ehealltag. Aber vielleicht hätten wir uns auch zu Tode geliebt.«

»Ich habe die Liebe immer als heilende Kraft verstanden...«

»Ja, ja, ich weiß, dass man das gemeinhin sagt«, unterbrach Peter mich. »Und so ist es wohl auch. In der Theorie. Aber in Wirklichkeit, draußen im echten Leben...«

Ihm schien der Atem knapp zu werden. Er seufzte laut. Ich fühlte mich beklommen. Wieder einmal ausgeschlossen. Wieder konnte ich nicht mithalten, mangelte es mir an Erfahrung. Peter schaffte es, dass ich mich wie ein ahnungsloser Zuschauer fühlte. Ich dachte, dass du, Herr, mir die Liebe gezeigt hattest. Aber vielleicht hatte ich noch nicht viel gesehen, nur den Umriss.

»Ist das der Grund, weshalb Sie Angst haben, Tanja wiederzusehen?«

»Möglich. Wenn ich es nur begreifen könnte... Tanja arbeitete in einem Schönheitssalon. Hat anderen Frauen die Nägel gemacht. Ich arbeitete in einem Jugendclub und jobbte ab und zu noch nebenbei. Was wir an Geld zur Verfügung hatten, war nicht gerade üppig. Tanja redete manchmal davon, dass wir noch anderweitig Kohle machen könnten, aber ich dachte immer, sie spinnt nur rum. Und dann ist da was, was echt komisch an der ganzen Geschichte ist. Wenn Tanja wirklich vorgehabt hätte, Rauschgift zu schmuggeln, hätte sie mir davon erzählt. Das ist der Grund, warum ich glaube, dass sie mich verlassen wollte, dass sie und Banjo das Ding alleine durchziehen wollten. Ich habe es ihr angemerkt. Sie war schon weit weg von mir. Ich kann nicht sagen, woran ich das gemerkt habe. Nicht genau. Aber es war so.«

Wenn zwei Menschen ihre jeweilige Sicht der Dinge schildern, die sie zusammen erlebt haben, ist das oft erschreckend. Menschen können offenbar in parallelen Wirklichkeiten leben. Ich sah Tanja vor mir, die Verzweiflung in ihren Augen, wenn sie über Peter und ihre Sehnsucht nach ihm sprach. Und jetzt Peter, der mit erstickter Stimme erzählte, wie Tanja im Begriff war, ihn wegen eines anderen zu verlassen.

Obwohl Tanja von Peter als von einem geliebten Menschen sprach, hatte ich den Eindruck gewonnen, dass er kalt und starrsinnig war. Dieser Mann hier mit den weichen Locken, der Lücke zwischen den Schneidezähnen und dem anziehenden Lächeln war ganz und gar nicht das, was ich erwartet hatte. Auch nicht, dass er so verständig und offen sprach. Pernilla hatte ihn als einen fast autistischen Menschen beschrieben.

Herr, die Liebe überschwemmt alle Ufer. In dem Moment, wo man das Herz öffnet, um sie einzulassen, kann sie viele andere mit einschließen. Ich hätte am liebsten Peters Hand genommen und sie an meine Wange gelegt. In seine Locken gepustet und mit dem Finger sanft jede einzelne Sommersprosse berührt. Ihn verwirrt. Ihn verhext. Genau wie Tanja es getan hatte.

»Sind Sie müde?«

Peters Frage ließ mich wieder erwachen. Meine Lider mussten sich gesenkt haben, während ich meinen Phantasien nachhing.

»Nein, gar nicht. Ich habe nur über das nachgedacht, was Sie gesagt haben. Anscheinend haben Sie einen Verdacht gehabt, was Tanja und Banjo anging. Haben Sie beide jemals darüber geredet?«

»Nein, haben wir nicht. Wir, die sonst über alles miteinander redeten, wurden da unten in Thailand plötzlich sehr schweigsam. Abends saßen wir in einem Restaurant am Strand. Tranken Singha und aßen Nudeln mit unseren Aluminiumlöffeln. Und wenn wir über was redeten, dann über Sachen, die wir dort sahen, über Konkretes. Eine Katze mit nur einem Auge. Was mochte ihr passiert sein? Über die kleinen aggressiven Insekten im Wasser, die stachen und wehtaten, ohne dass wir wussten, was das war. Darüber, wie witzig die kleinen Krabben aussahen, wenn sie quer über den Sand huschten, und dass keiner von uns gedacht hätte, dass sie so verdammt schnell wären. Wir spielten Backgammon, und Tanja wurde nicht sauer, wenn ich gewann. Da war eine Stille, eine Pause. Ansonsten redeten wir ständig über uns und unsere Beziehung. Zogen und zerrten und stritten uns, fanden aber zwischendurch auch immer wieder zueinander. Ich fand es schön, wenn auch etwas anstrengend. Wenn wir abends über unserem Spiel saßen, tauchte Banjo für gewöhnlich auf seinem Moped auf, das er da unten gemietet hatte. Nach einer Weile merkte ich, dass Tanja dann auflebte. Es war keine dramatische Veränderung. Ich glaube, sie redete dann sogar weniger, als wenn wir allein waren. Aber sie leuchtete. Das mit den Sternen, Sie wissen schon. Sie zündete sie an.«

Ich sah Tanja vor mir, mit Sternen auf der Stirn. Obwohl ich sie bisher nur verzweifelt erlebt hatte, fiel mir die Vorstellung nicht schwer. Sie saß da und erwartete Aufmerksamkeit. Zündete die Lichter an und ließ sie strahlen.

Meine Lippen wurden schmal, als ich daran dachte, wie Tanja ihre Mitmenschen vor den Kopf stoßen konnte. Dass sie sich selbst inszenierte, provozierte mich.

Ich war müde. Jetzt merkte ich es. Der Tag war lang und voller starker Gefühle gewesen. Ein mächtiges Gähnen trieb mir die Tränen in die Augen.

»Entschuldigung«, sagte ich zum wer weiß wievielten Mal.

Peter lächelte und sagte, es sei schon in Ordnung. Er selbst sei auch völlig erschöpft.

»Ich habe mir vorgenommen, mit Tanja zu reden. Es ist nur so, dass ...«

Peter zog seine Jeansjacke enger um den Leib.

»Ich bin einfach so wahnsinnig nervös. Wissen Sie, was ich Sie fragen wollte? Ob Sie vielleicht bereit wären, eine Kleinigkeit für Tanja mitzunehmen. Als einen ersten Anfang?«

Er stand auf und grub in seiner Hosentasche. Die Jeans saß knalleng, und es fiel ihm nicht ganz leicht, das hervorzuholen, was er suchte. Es war ein kleiner Fuchs aus Hartplastik. Er hing an einem Schlüsselring.

»Das hier ist, wie soll ich sagen, ein privater Gruß. Ganz harmlos, da ist nichts Gefährliches drin, es dürfte wohl kaum ein Problem sein, ihr den zu geben. Es ist ein Gruß, den nur sie versteht. Aber sie wird sich darüber freuen, das verspreche ich. Geben Sie ihr den?«

Ich nahm den Fuchs und legte ihn in meine Tasche. Ich versprach, Peter anzurufen und Bescheid zu sagen, sobald ich ihn abgeliefert hatte. Wäre nicht Peter Konradssons argloses Lächeln gewesen, hätte ich es für zynisch gehalten, einem Menschen, der hinter Gittern eingesperrt war, einen Schlüsselring zu schenken.

Ich glaube, ich zählte sechs Busse der Linie sechsundvierzig, die vorbeifuhren, während ich einzuschlafen versuchte. Spät abends fahren sie im Abstand von zwanzig Minuten. Ich dachte über die Ereignisse der letzten beiden Tage nach. Anitas Herzinfarkt. Majken bei Kvarnström. Anders und ich in der Sushibar. Der Kuss. Der Drohbrief in meiner Manteltasche. Mein Gespräch mit Peter Konradsson.

Auf meinem Nachttisch lag das Insektenbuch, das Kvarnström mir geliehen hatte. Ich blätterte darin, um die Bilder zu vertreiben, die mir das Einschlafen unmöglich machten.

Ein Etikett mit Torkel Kvarnströms Namen, Adresse und Telefonnummer klebte auf der Innenseite. Die Insekten waren faszinierend, sowohl was Aussehen als auch Bezeichnung anging. Waldhimbeer-Glasflüger. Das klang schön. Ein Waldhimbeer-Glasflüger ist etwas, was ich gerne sein möchte. Süß und zerbrechlich. Großes Jungfernkind. Schwarzer Mistkäfer. Mein Drohbriefschreiber war einer. Herbstnebelspinner.

Ich fing irgendwo mittendrin an zu lesen und fand es interessant. Ich hatte nicht gewusst, dass die rote Farbe der Marienkäfer Ungenießbarkeit signalisiert. Dass sie selbst Raubtiere sind, wusste ich bisher auch nicht. Oder dass Schwebfliegen sich schützen, indem sie sich als Wespen tarnen.

Als ich las, dass Weberknechte manchmal ein paar Beine abwerfen, um ihre Feinde zu verwirren, konnte ich kaum noch die Augen offen halten. Mit Kvarnströms Buch auf dem Kissen schlief ich ein.

10. Kapitel

Als Torkel Kvarnström mir am nächsten Morgen das Gefängnistor öffnete, fiel es mir nicht schwer, Begeisterung für sein Hobby zu zeigen. Die Daumen hinter den Hosenbund gehakt hörte er zu, wie ich ihm von meinen neuen Kenntnissen aus seinem Buch berichtete.

»Ich war richtig erschrocken, wie viele Käfer und andere Insekten Raubtiere sind«, sagte ich. »Ich hatte ja keine Vorstellung, wovon die leben. Ich dachte, die fressen Blätter und so was. Dass Spinnen Fliegen fressen, das wusste ich. Aber sonst ...«

»Fressen und gefressen werden«, sagte Kvarnström und nickte zufrieden. »Die Natur ist nicht so unschuldig, wie viele glauben. Sie ist hart und folgt ihren eigenen Gesetzen.«

»Aber man muss auch Demut zeigen angesichts ihres raffinierten Zusammenspiels«, sagte ich. »Sie hat Schönheit und Pracht und, wie soll ich sagen, Zweckmäßigkeit, die ich ...«

Meine Hände flatterten auf und ab, um meinen Worten Nachdruck zu verleihen. Beide suchten wir nach Bestätigung unserer jeweiligen Weltbilder. Kvarnström beharrte auf den rauen Tatsachen des Lebens. Ich wollte mir meinen Glauben an Güte und die Möglichkeit von Veränderung nicht nehmen lassen.

»Wissen Sie, Torkel, ich finde, wir sollten uns weiter über Insekten unterhalten, wenn ich mehr gelesen habe. Ich glaube wirklich, dass es sehr interessant ist.«

Torkel Kvarnström zog den Hosenbund noch ein paar Zentimeter höher über den Bauch.

»Ich habe noch mehr Bücher, falls Sie wirklich an dem Thema interessiert sind«, sagte er.

»Ja. Wir können vielleicht gemeinsam welche heraussuchen, wenn ich Majken abhole«, sagte ich.

Kvarnström antwortete nicht, sondern machte auf dem Absatz kehrt und ging. Plötzlich blieb er stehen, drehte sich um und sagte vergrätzt:

»Sie bleibt so lange bei mir, bis ich höre, dass Anita etwas anderes wünscht.«

Der Linoleumbelag war frisch gebohnert, und jeder Schritt mit meinen Sandalen verursachte ein leicht schmatzendes Geräusch. Die Neonröhren im Korridor lassen jeden bleich aussehen. Wenn man in die Neonlampen an der Decke blickt, während man geht, sieht man leuchtende, sich ringelnde Schlangen.

»Ingrid!«

Tanja rief mir hinterher, als ich den Korridor hinunterging. Sie hatte Sportkleidung an. Enge Hosen, die bis zu den Knien hochgekrempelt waren. Ihre Waden waren sonnengebräunt und vollkommen unbehaart. Sie trug eine weiche Trainingsjacke mit Kapuze. Die Haare hatte sie wieder zu einem kleinen Tuff hochgebunden. Ihre Fingernägel waren lang und hellrosa.

Sie hatte ein Bein gegen einen Heizkörper gestemmt und federte vor und zurück.

»Ich muss einfach mal ein paar Dehnübungen machen. Mann, ich bin dermaßen untrainiert. Das schwabbelt schon alles, ich sag's dir.«

Ihr Blick glitt abschätzig an mir herab, als sie das sagte.

Sie beugte den Oberkörper tief über das gestreckte Bein.

»Man fühlt sich hinterher viel frischer.«

»Das glaube ich gern«, sagte ich. »Ich habe auch schon daran gedacht, mit Gymnastik anzufangen. Bin bisher nur noch nicht dazu gekommen. Den Körper stellt man meistens hintenan.«

Tanja musterte mich von Kopf bis Fuß.

»Ach, ein bisschen Training, dann wird das schon«, sagte sie tröstend und legte den Kopf schief.

»Und wie geht es dir sonst so?«, fragte ich und zog meine Strickjacke tiefer über die Hüften.

Tanja lehnte sich an die Wand und schlang die Arme um den Leib.

»Ganz schrecklich natürlich. Es gibt keinen einzigen Menschen auf der ganzen Welt, den es kümmert, was mit mir passiert. Meine Eltern vielleicht, aber die leben nicht hier. Die wissen nicht mal, dass ich im Knast sitze. Es würde sie umbringen, glaube ich. Andauernd muss ich mir Ausreden überlegen, warum ich sie nicht besuche. Obwohl sie nicht mal übertrieben scharf darauf sind. Ich rufe sie ungefähr alle zwei Monate an und erzähle dies und jenes. Dass ich viel zu tun habe, dass ich studiere und dass Peter und ich bald heiraten wollen. Das beruhigt sie. Und hält sie auf Abstand.«

»Ich habe Peter gestern getroffen. Er bat mich, dir das hier zu geben.«

Ich überreichte Tanja den Schlüsselring mit dem Fuchs und wartete gespannt auf ihre Reaktion. Tanja nahm ihn vorsichtig in die Hand, als wäre es ein Vogelküken. Mit Zeigefinger und Daumen hielt sie den Ring hoch und ließ den Fuchs vor ihren Augen baumeln. Ihre Gesichtsausdruck war konzentriert.

»Den hat er mir mal geschenkt«, sagte sie leise.

»Peter meinte, dass du dich bestimmt darüber freust«, sagte ich.

»Tu ich auch«, sagte sie und drückte den Fuchs an ihr Herz.

Tanja zwinkerte einige Male heftig, so als wollte sie aufsteigende Tränen wegdrücken. Sie sah seltsam verkniffen aus.

»Mit dem hier sagt er mir, dass er mich besuchen kommt«, sagte sie. »Er wird zurückkommen. Er will zurück zu mir. Ich wusste es. Ich wusste es die ganze Zeit. Er konnte nicht einfach so verschwinden.«

Tanja lächelte.

»Ich habe etwas, ohne das er nicht sein kann. So einfach ist das.«

In der Abteilung war es still. Das schwache Summen der Ventilatoren, sonst nichts. Ich ging in den Speisesaal und setzte mich ans Fenster. Tanjas Reaktion war schwer zu deuten. Tanja und Peter hatten mir großzügig Einblick in ihr Leben und ihre Gedanken gewährt. Jetzt hielt Tanja mich auf Abstand. Das war sicher gut so, aber insgeheim machte es mich neugierig.

In zwanzig Minuten würde der Speisesaal mit den Gefangenen gefüllt sein. Der Raum würde erfüllt sein vom gleichmäßigen Gemurmel, unterbrochen von hartem Gelächter oder aggressiven Rufen. Vom Fenster aus sah ich, wie große Essensbehälter aus Edelstahl von Kvarnström und Jörgen Stridh ausgeladen wurden. Jörgen wurde von den Inhaftierten oft wegen seines Nachnamens gehänselt. Sie amüsierten sich über seine Schüchternheit, nannten ihn »unser kleiner Streiti« und kniffen ihn in die Wange oder in den Hintern. Jörgen war ein zurückhaltender junger Mann mit schwerer Akne im Gesicht. Einmal hatte Marja, eine der Insassinnen, ihn in die Wange gekniffen und anschließend mit angeekeltem Gesichtsausdruck auf ihre Finger gestarrt, bevor sie die Hand sorgfältig an ihrer Hose abwischte. Die anderen wollten sich ausschütten vor Lachen.

Jörgen war aus dem Raum gestürmt und hatte Marja dabei fast über den Haufen gerannt. Seitdem nannten sie ihn Streithammel.

Auf der Fensterbank lag ein rotweiß kariertes Tuch. Auf dem Tuch stand eine Plastikvase mit einer künstlichen Blume darin. Sie hatte nicht mehr viele Blüten. Dünne, nackte grüne Plastikhalme mit einem kleinen Pfropfen an der Spitze waren so gut wie alles, was noch übrig war. Keine Ahnung, was mit ihr passiert war. Vielleicht hatte jemand aus reiner Langeweile begonnen, sie auseinanderzurupfen.

Ich blickte hinaus auf die grauen Mauern und den penibel gemähten Rasen. Was für eine gepflegte Monotonie. Da sah ich in der Fensterscheibe, wie jemand kurz in den Speisesaal gespäht und mich gesehen hatte und wieder verschwunden war.

Schnell lief ich hinaus auf den Korridor und sah gerade noch, wie Kerstin in ihrer Zelle verschwand. Ich ging hin, zögerte eine Sekunde, klopfte dann aber an. Kerstin öffnete die Zellentür einen Spalt. Sie sah zu Tode erschrocken aus. Mir fiel ihr Hafturlaub wieder ein.

»Was ist los, Kerstin?«

Sie sank auf ihrer Pritsche zusammen. Die Tür ließ sie offen stehen. Ich setzte mich neben sie. Kerstins Zelle verriet nicht viel über sie. Es gab nur ein einziges Foto, das war von ihrer Tochter. Schneidezähne, die noch viel zu groß für das Gesicht waren. Die Haare hinter die Ohren gestrichen. Ansonsten gab es noch einen Stapel Kreuzworträtselhefte, ein paar Stifte und einen Roman aus der Gefängnisbibliothek, »Hannas Töchter« von Marianne Fredriksson. Kerstin hatte gar nicht erst versucht, die Zelle in Besitz zu nehmen.

»Ich habe Angst«, sagte Kerstin.

Ich legte meine Hand auf ihre.

»Das kann ich verstehen.«

»Ich schaffe das nicht, ich kann das einfach nicht. Am liebsten würde ich auf den Hafturlaub verzichten. Hier bleiben, für immer.«

»Triffst du deine Tochter morgen?«

Kerstin nickte fast unmerklich, während sie das Foto ansah.

»Ein hübsches Mädchen.« Meine Hand ruhte immer noch auf Kerstins.

Es wurde still.

»Irgendwie muss ich wiedergutmachen, was ich ihr angetan habe«, sagte Kerstin nach einer Weile.

Es klang unglücklich.

»Zurückzahlen. Auf irgendeine Weise muss ich es zurückbezahlen. Es ist meine Schuld, dass sie in Armut und Schande leben muss. Mit einer Mutter, die gestohlen und betrogen hat. Aber wie soll ich das je wiedergutmachen?«

»Du bist ihre Mutter, Kerstin. Du hast sie zur Welt gebracht.

Du hast ihr auch viel Gutes getan. Spielsucht ist eine Krankheit. Du bist krank geworden. Wie alt ist deine Tochter jetzt?«

»Fünfzehn.«

»Gib ihr eine Chance, dich zu verstehen. Ich glaube, dass sie das kann. Mit fünfzehn kann man begreifen, was Besessenheit ist.«

»Nicht, wenn es die eigene Mutter betrifft.«

»Es wird eine Zeit dauern. Aber unterschätze deine Tochter nicht und das Band, das euch verbindet.«

Kerstin verflocht ihre Finger mit meinen. Ihre Hand war feucht.

»Ich habe solche Angst. Ganz furchtbare Angst.«

Ich ging allein in die Kantine. Auf meinem Teller hatte ich eine Scheibe Hackbraten, hellbraune Soße, drei mehlige Salzkartoffeln und einen Klacks Preiselbeerkompott. Jörgen Stridh und Torkel Kvarnström saßen gemeinsam an einem Tisch und aßen. Ich setzte mich zu ihnen, nach einem gnädigen Nicken von Kvarnström und einem nervösen »Aber natürlich« von Jörgen Stridh.

Ein Gefängnis ist eine Einrichtung mit festen Regeln. Das färbt auf die ab, die dort arbeiten. Es sorgt für Unruhe, wenn man an der Ordnung etwas ändert. Ich sollte entweder mit Anita zusammen essen oder allein. Mein Vorstoß wurde zurückhaltend aufgenommen. So als hätte ich mich in ein privates Zusammensein gedrängt.

Ich aß ein paar Bissen. Zerdrückte die Kartoffeln in der Soße und tat ein wenig Preiselbeerkompott darauf. Kvarnström kaute mit hart mahlenden Kiefern. Jörgen beugte sich mit herabhängendem Pony über seinen Teller, als wollte er sich hinter einer Gardine verstecken.

»Gut«, sagte ich.

Keiner der beiden antwortete. Jörgen warf mir durch seinen Pony hindurch einen hastigen Blick zu. Kvarnström starrte geradeaus.

»Ich finde, das Essen ist besser geworden«, fuhr ich fort. »Früher gab es bloß Bratwurst oder Pfannkuchen, hatte ich den Eindruck.«

»Und was soll daran falsch sein«, sagte Kvarnström. »Bratwurst und Pfannkuchen sind doch gute schwedische Hausmannskost. Sie war gut genug für ...«

»Das habe ich nicht gemeint«, fiel ich ihm ins Wort. »Es ist überhaupt nichts falsch an diesen Gerichten. Ich möchte sie nur nicht jeden Tag essen.«

»Früher ernährte man sich in diesem Land von Kartoffeln und Hering. Da hätte man eher einen Grund zur Klage gehabt.«

Kvarnström sah mich immer noch nicht an, sondern redete einfach vor sich hin. Jörgen trank seine Milch mit großen Schlucken. Er hatte sein Essen in rasendem Tempo in sich hineingeschaufelt und war fertig.

»Mahlzeit«, sagte er, stand auf und schob seinen Stuhl an den Tisch. Er nickte Torkel Kvarnström und mir kurz zu. Kvarnström hatte noch einen kleinen Rest auf seinem Teller. Wir aßen weiter. Ich wechselte das Thema.

»Majken ...«, begann ich.

»Ich habe Erfahrung mit Hunden«, sagte Kvarnström. »Und *ich* lasse sie nicht im Stich.«

Mehr sprachen wir nicht. Wir brachten unsere Teller zum Geschirrwagen, dann ging Kvarnström zurück an die Arbeit.

11. *Kapitel*

Gegen sechs Uhr abends rief Anders mich an. Er klang förmlich, aber ich wusste, dass er damit seine Nervosität überspielte. Anders war kein weltgewandter Casanova, und das war einer der Gründe, warum ich glaubte, dass ich ihn lieben könnte.

»Wie geht's, wie steht's?«, fragte er. Es klang onkelhaft.

»Danke, gut. Und bei dir?«

»Auch gut.«

Ich hörte seine Atemzüge in der Leitung, und er muss meine gehört haben. Aber keiner von uns wusste etwas zu sagen. Wo sollten wir anfangen? Und wie?

»Gehst du manchmal ins Kino?«, fragte Anders.

»Nein, eigentlich fast nie«, sagte ich und dachte, wie langweilig sich das anhören musste.

»Ich auch nicht. Was meinst du, sollen wir es probieren?«

Ich fand, das sollten wir unbedingt, aber ich bereute es gleich wieder, als ich eine Zeitung aufschlug, den Telefonhörer mit Anders noch am Ohr. Es gab mehrere Seiten mit Kinoanzeigen, und ich hatte so gut wie keine Ahnung von irgendeinem der Filme. Und was für einen Film sollten wir uns ansehen? Etwas Romantisches? Etwas Erotisches? Was Ernstes, eine Komödie?

Aber ich merkte schnell, dass Anders mich aus reiner Höflichkeit die Annoncen durchsehen ließ. Er wollte mir das Gefühl geben mitzubestimmen, aber eigentlich hatte er seine Wahl längst getroffen.

»Ich habe sehr viel Gutes über einen französischen Film gehört, der ›Die fabelhafte Welt der Amelie‹ heißt«, sagte er. »Er hat gute Kritiken bekommen, und ich würde uns den üblichen Hollywoodquatsch gern ersparen.«

Wir beschlossen, uns diesen Film anzusehen, und verabredeten, uns eine Viertelstunde vorher am Kino zu treffen. Dass ich eine Schwäche für Hollywoodquatsch habe, musste ich Anders nicht gleich auf die Nase binden. Ich hatte den Eindruck, dass etwas in ihm aufgeweicht werden musste, und das hatte mit der Art zu tun, wie er »Hollywoodquatsch« sagte.

Wann war mir seine Gestalt so vertraut geworden?

Schon von weitem erkannte ich Anders daran, wie er vor dem Victoria in der Götgatan stand. Er steckt gerne die Hände tief in die Hosentaschen und zieht dabei die Schultern nach vorn. Er steht nie still, sondern geht auf und ab. So als würde er zwei Schritte in die eine Richtung abmessen und dann zwei Schritte in die andere. Als ich näher kam, sah ich, dass er ein buntes Halstuch umgebunden hatte, dazu trug er seinen beigen Cordblazer und dunkelblaue Jeans.

Als er mich entdeckte, kam er mir mit schnellen Schritten entgegen. Wir umarmten uns kurz und fest. Verharrten nicht in der Umarmung. Anders' Blick war unruhig. Vor der Kinokasse stand eine lange Schlange. Wir stellten uns hinten an.

»Ich habe noch keine ... ich wollte auf dich warten ... das war sicher dumm von mir ...«

Anders bekam hektische rote Flecken unter seinem Halstuch, er schämte sich für seine Unbeholfenheit. Er stellte sich auf Zehenspitzen, um die Schlange zu überblicken. Richtete seine ganze Konzentration auf die Kassiererin weiter vorne.

»Die haben so ein komisches System hier, wie sie die Karten verkaufen ...«

Mir war nicht ganz klar, was Anders mit seinem Gemecker über das Kinokartensystem meinte, aber ich fragte nicht nach, sondern betrachtete die Filmplakate. Das Plakat des Films, in den wir gehen wollten, zeigte eine junge Frau, die ein neckisches, verschwörerisches Gesicht machte.

Als wir schließlich an der Reihe waren, sagte Anders »Amelie« mit Betonung auf der letzten Silbe, und ich nahm an, dass er Französisch konnte. Zu seiner Bestürzung sagte die junge rothaarige Kartenverkäuferin, die einen silbernen Stecker in dem Grübchen zwischen Lippe und Kinn trug, dass die Vorstellung ausverkauft sei. Anders starrte sie entgeistert an und fragte, ob sie ganz sicher sei.

Das Mädchen deutete auf eine Anzeigetafel, auf der die verschiedenen Filme des Kinos aufgelistet waren, und hinter unserem Film leuchtete ein rotes Lämpchen.

»Aber... aber... darüber kann man ja wohl ein bisschen früher informiert werden...«

Die anderen Filmtitel sagten mir nichts und Anders offenbar auch nicht. Ich hatte das Gefühl, er hätte gerne jemanden ausgeschimpft.

»Haben Sie einen anderen französischen Film im Programm?«, fragte er in scharfem Ton.

Das Mädchen schlug einen Film vor, der »Das Geheimnis« hieß und von einer Dreiecksgeschichte handelte. Ungeduldige Seufzer aus der Schlange hinter uns sorgten dafür, dass wir schnell zustimmten. Ich fand, das klang spannend. Auf dem Filmplakat lag eine schwarze Männerhand auf dem Körper einer weißen Frau.

»Das kann alles Mögliche sein«, sagte Anders, der das Plakat auch gesehen hatte.

Der Film handelte von einem Ehepaar mit einem zweijährigen Sohn. Sie schienen zusammen glücklich zu sein. So kam es mir vor. Man sah sie in Alltagssituationen, wie ich sie mir oft erträumte. Die Frau kommt von der Arbeit nach Hause. Der Mann badet den Jungen. Sie geht ins Badezimmer, immer noch im Mantel, und der Mann und der Junge freuen sich, sie zu sehen. Ihr Mantel wird ganz nass, als sie das Kind umarmt, aber sie lacht nur darüber.

Ein anderes Bild: Frühling, Sonne, rauschende Baumkronen. Der Mann und die Frau liegen im Gras und umarmen sich. Sie flirten und schmusen miteinander. Sie reizt ihn auf eine raffinierte, katzenhafte Art. Er liegt auf dem Rücken, in einem Wollpullover mit V-Ausschnitt und raunt ihr mit seiner dunklen Stimme etwas ins Ohr. Sie schlägt spielerisch nach ihm und sagt »du bist ja verrückt«. Der Junge sitzt friedlich daneben und spielt. Hin und wieder sehen sie liebevoll zu ihm hinüber.

Ich sah, wie ihr gemeinsames Leben Gestalt annahm, und sog jede Geste, jeden Satz in mich auf, als sei es eine Sprache, die ich lernen wollte. Ich versuchte die Codes und Zeichen zu deuten, deren Bedeutung ich noch nicht richtig verstand. Ich wollte verstehen.

Herr, ich wollte sie so gerne beherrschen.

Die Frau verkauft Lexika, indem sie die Leute zu Hause aufsucht. Einer ihrer Kunden ist ein großer, schwarzer Amerikaner. Die Frau besucht ihn öfter. Sie sitzt in seiner Küche und trinkt Whisky. Sie wird redselig, geschwätzig, die Haare hängen wirr herab und die Aussprache ist undeutlich. Eines Nachmittags, als der Mann kurz hinausgeht, zieht sie sich aus. Sie steht da und wartet, während sie ihn telefonieren hört. Ihre Haut ist weiß, Gänsehaut, der Bauch hebt und senkt sich im Takt eines erschrockenen Herzschlags.

Der schwarze Mann kommt herein und stutzt einen Moment, als er sie so sieht. Dann legt er seine große schwarze Hand auf ihren schmalen weißen Körper.

Ich hätte sie am liebsten geschüttelt. Ihre Gedankenlosigkeit. Der Egoismus der Abenteurerin. Die magische Kraft der Sexualität. Alles andere wird unwichtig. Es existiert in dem Moment nicht mehr. Das immer bleicher werdende Gesicht der Frau, als sie den Ehebruch fortsetzt, die Schatten unter ihren Augen. Als ob sie hungert. Als ob ihr Liebhaber Nahrung und Brot und Wasser ist. Als ob sie immer hungriger, immer durstiger wird, je mehr sie isst und trinkt.

Die Ehe wird langweilig und schweigsam. Fragende Kinderaugen. Die forschenden Blicke des Mannes, seine hilflosen, ratlosen Fragen. Die verschlossenen Lippen der Frau, die sich entzieht, an den Wänden entlangschleicht. Die Sinnlosigkeit der herannahenden Katastrophe war unerträglich.

Trotzdem wartete ich gebannt auf die Stunden mit dem Geliebten. Ich wollte, dass diese Szenen lang und ausführlich waren. Auch ich begann mich nach dem Augenblick des großen Jetzt zu sehnen.

Für Anders und mich war es kein leichter Film an unserem ersten gemeinsamen Kinoabend. Die Sexszenen waren drastisch und ich musste andauernd schlucken. Es war ein lautes Schlucken und ich war sicher, dass Anders es hörte. Manchmal schielte ich zu ihm hinüber. Er saß ganz aufrecht und starrte geradeaus. Hin und wieder bewegte sich sein Unterkiefer ganz leicht, so als ob er auf etwas Kleinem kaute. Vielleicht einem Stück Fingernagel.

Als wir beim Abspann nach unseren Jacken tasteten, um sie anzuziehen, waren wir stumm. Meine Jacke wehrte sich dagegen, angezogen zu werden. Anders stand im Gang und wartete auf mich, er ließ seinen Blick schweifen. Überallhin, nur nicht in meine Richtung. Als ich endlich so weit war, ging Anders ein paar Schritte voraus.

Draußen war es immer noch hell. Wir schlenderten die Götgatan hinunter Richtung Slussen, ohne recht zu wissen, wohin. Wir wollten das Kino einfach nur schnell hinter uns lassen. Der Film hatte sich wie Frost auf die zarten Knospen unserer Beziehung gelegt. Wir waren bedrückt.

»Was für ein schrecklich klischeehafter Film«, sagte Anders nach einer Weile.

Ich nickte. Alle Worte waren mir recht, um diesen Film zu verdammen.

»Ich meine«, fuhr Anders fort, »dass die Frauen durchdrehen, sobald ein Schwarzer auftaucht. Weißt du, ich finde, das ist umgekehrter Rassismus, wenn ich es mir genau überlege.«

Anders hatte die Hände in den Hosentaschen vergraben und

sah beim Gehen auf die Erde. Der Gedanke, dass der Film eine rassistische Komponente haben könnte, war mir noch gar nicht gekommen, und ich schämte mich dafür. Dass auch ich den schwarzen Amerikaner attraktiv gefunden hatte, sagte ich lieber nicht. War es nur deswegen, weil er schwarz war? Hatte ich auch diese Phantasien von der sexuellen Überlegenheit farbiger Männer?

Nein, das konnte ich nicht glauben. Und wenn es doch so war, dann war es keine dumme Idee, den Mann im Film schwarz sein zu lassen. Wenn man etwas über verborgene Träume und Versuchungen aussagen wollte.

»Ja, da hast du vielleicht recht«, sagte ich zu Anders.

Herr, nähern wir uns so der Liebe? Hier ein bisschen Heuchelei, dort eine kleine Lüge? Zurechtgestutzt, angepasst und frisch lackiert. Alles in eine Schüssel, um der Gemeinsamkeit willen. Erst wenn wir mit der Schüssel zwischen uns dasitzen, können wir die Einzelheiten sortieren. Sie hochheben und sagen, das hier bin ich und das da bist du.

In dem Moment wollte ich einfach nur gemeinsam sein.

»Ich finde es auch problematisch, die Sexualität der Frau auf so mystische Weise zu beschreiben«, sagte Anders. »Als ob sie nicht unter freundlichen Umständen aufblühen könnte, sondern die Gefahr braucht. So ist es doch nicht. Höchstens bei Menschen mit einer narzisstischen Störung. Weil das harmonische Liebesleben aber nicht besonders spannend ist, handeln fast alle Filme und Romane von dem anderen.«

»Mhm.«

Ich wusste nicht, was ich sagen sollte. Anders warf mir einen erschrockenen Seitenblick zu.

»Ist es nicht so? Oder funktionieren Frauen so?«

»Was? Nein. Oder, ich weiß nicht. Es gibt wohl keine allgemeine Wahrheit... ich bin nicht sicher...«

Wir gingen schweigend nebeneinander her. Anders schien irgendwie verstimmt zu sein.

Wir hatten Slussen erreicht. Der Katarinahissen erhob sich schlank vor uns.

»Wir fahren nach oben«, sagte ich.

»Mit dem Aufzug?«

»Ja. Da oben gibt es ein Restaurant und eine Bar. Wir könnten ein Bier trinken oder so.«

Das Gespräch über den Film hatte Schuldgefühle in mir geweckt. Irgendwie fühlte ich mich »narzisstisch gestört«, weil ich mich in die Gefühle der Frau hineindenken konnte. Außerdem versteckte ich mich vor Anders. War nicht offen. Ich habe das immer für eine Sünde gehalten.

Den Fahrstuhl nach oben teilten wir uns mit einem elegant gekleideten Paar. Sie trug rote hochhackige Schuhe, roten Lippenstift und blauen Lidschatten. Er trug Anzug und Krawatte und einen Mantel über dem Arm. Ich entdeckte ein Pflaster an ihrer Ferse. Und sah, wie der Mann einen Zeigefinger in den Hemdkragen steckte und seufzte.

Anders und ich sahen fast so aus wie immer. Vielleicht war seine Kleidung etwas gebügelter als sonst. Ich hatte meinen Pullover mit Sorgfalt ausgewählt. Er war aus Baumwolle und in verschiedenen Gelbtönen gestreift. Hübsch, aber schlicht und unauffällig. Wir strahlten nichts Festliches aus. Vielleicht waren wir feige. Versteckten uns hinter unserer alltäglichen Verkleidung, als wäre dies ein x-beliebiger Abend. Aber wir ersparten uns Pflaster an den Hacken und enge Hemdkragen.

Oben in der Bar »Gondolen« war es voll und verqualmt. Wir schafften es, uns zu einer kleinen Ecke am Fenster durchzukämpfen. Ich stand dem Tresen am nächsten, also kaufte ich zwei kleine Biere beim gestressten Barkeeper. Gerade als ich Anders sein Glas reichen wollte, stieß ein Typ mit verkehrt aufgesetzter Baseballkappe an meinen Arm, und ein Drittel des Bieres schwappte auf den Fußboden und über Anders' Schuhe. Den Typen kümmerte das wenig. Er fuchtelte weiter mit den Armen und schrie seinem Kumpel am anderen Ende des Tresens etwas zu. Anders nahm das nasse Glas entgegen, und ich trocknete die Pfütze mit einer Serviette auf, so gut ich konnte.

Das Gedränge schob Anders und mich aufeinander zu. Als ich meinen ersten Schluck trinken wollte, wurde ich wieder angestoßen, und das Glas schlug gegen meine Zähne. Das Bier schwappte mir in die Nase.

»Eng hier«, sagte Anders.

Ich nickte und machte einen zweiten Versuch. Diesmal ging es besser. Dass wir gezwungen waren, so eng beieinander zu stehen, machte uns verlegen und stumm. Wir tranken unser Bier, blickten uns um und bekamen immer wieder Stöße von verschiedenen Seiten ab.

»Die Aussicht ist schön«, sagte ich.

Anders stand mit dem Rücken zum Fenster. Er versuchte sich umzudrehen, um hinauszusehen, und erhaschte einen kurzen Blick über die Schulter.

»Ja, das ist sie wohl.«

Er wandte sich wieder zu mir um.

»Meinst du nicht, wir sollten lieber woanders hingehen?«

Wir stellten unsere halb ausgetrunkenen Gläser ab und drängten in Richtung Ausgang.

»Warte mal kurz...«

Ich schlüpfte auf die Damentoilette. Dort war es luftig und schön. Ich trocknete mir die Hände mit einem kleinen Frotteehandtuch ab, eines für jeden Gast, als eine Frau auf meine Hose deutete.

»Dir fällt da hinten gleich was raus«, sagte sie.

Ich tastete mit der Hand nach der Gesäßtasche und spürte ein Kuvert. Es wäre tatsächlich beinahe aus der Tasche gefallen. Der Umschlag trug keine Aufschrift, aber ich erkannte ihn trotzdem wieder.

»Ich dachte, ist vielleicht wichtig«, sagte die Frau und zuckte die Schultern.

Ich muss furchtbar erschrocken ausgesehen haben.

»Ja ... danke«, sagte ich.

Ich stopfte das Kuvert in eine vordere Hosentasche und wartete ab, bis die Frau draußen war, Dann ging ich zurück in eine der Kabinen und zog das Kuvert hervor. Dieselbe Art von Maschinenschrift.

»Wir haben bisher keine Anzeichen gesehen, dass du deine Herumschnüffelei in Tanjas Angelegenheiten aufgegeben hast. Dies ist die letzte Warnung. Bald werden wir dir zeigen, dass wir es ernst meinen.«

Das war alles. Ich saß auf dem Klo und las den kurzen Text immer und immer wieder. Wir? Gesehen? Welche »wir«? Und von wo aus gesehen?

Mein Blick glitt über die Wandfliesen. Ich schloss die Augen und rief mir den Abend in Erinnerung. Bei dem Gedränge in der Bar hätte mir jemand leicht etwas in die Hosentasche stecken können, ohne dass ich es merkte. Der Typ mit dem Baseballkäppi, konnte er es gewesen sein? Oder war er angeheuert worden, mich abzulenken, während ein anderer sich an meiner Hosentasche zu schaffen machte? Angeblich waren es ja mehrere.

Schwarze Mistkäfer. Eine unbändige Wut kochte in mir hoch. Kommt mir bloß nicht in die Quere. Jetzt, wo ich endlich etwas erlebe, was mir viel bedeutet. Ich, der Mensch Ingrid, die Frau Ingrid und nicht die Pastorin Ingrid. Kommt mir nicht in die Quere.

Mein Zorn galt nicht Tanja oder Peter, obwohl die Drohung unmittelbar etwas mit ihnen zu tun hatte. Ich war wütend darüber, dass ich nicht in Ruhe erleben konnte, was zwischen Anders und mir entstand. In meinem Leben gab es nicht viele Stunden wie die mit Anders. Die paar Mal, die ich Männer getroffen hatte, war es immer mit einem gewissen Vorbehalt, in einer Art Abwesenheit, Distanz geschehen. Ob es Anders war oder ich, die herangereift waren, weiß ich nicht. Vielleicht wir beide.

Aber jetzt wollte ich auf diese Reise. Ich wollte keine Sekunde davon versäumen.

Ich glaube, das war die Erklärung dafür, dass ich mich so sonderbar benahm, wie ich es dann tat. Anders durfte nichts erfahren. Ich verheimlichte den Brief vor ihm. Eine Beziehung anzufangen mit einer heimlichen Drohung im Nacken ist alles andere als offen und fair. Aber sonst hätte die Drohung die Überhand gewonnen, hätte unsere erste gemeinsame Zeit beherrscht, hätte uns vielleicht aufeinander zu getrieben, wie wir es schon in der Bar als so lästig empfunden hatten.

Als ich Anders draußen vor den Toiletten traf, sah er mich forschend an. Ich lächelte ihn an, und dann fuhren wir mit dem Aufzug nach unten.

Draußen sah alles so mild aus. Poetische Sätze gingen mir durch den Kopf, als der laue Frühsommerwind uns unten am Slussen empfing. Das Dämmerlicht war bleichgrau und weich wie Katzenfell. Ich hatte zwar gehört, dass die Luftverschmutzung der Grund für dieses besondere Licht war. Aber es war trotzdem schön.

»Komm. Ich kenne da eine Stelle.«

Anders nahm meine Hand. Sie fühlte sich ein bisschen kalt an. Wir gingen Hand in Hand den Katarinavägen entlang. Meine rechte Hand in seiner linken. Unsere Hände kannten sich noch nicht. Sie wurden feucht und wussten nicht recht, wie fest oder locker sie einander halten sollten. Als wir oben angekommen waren, ließ Anders meine Hand los, um nach Skeppsholmen hinüber zu zeigen.

»Ist es nicht herrlich, dass es so etwas wie Skeppsholmen gibt, mitten in der Stadt«, sagte er. »Sie hätten genauso gut Hochhäuser auf der ganzen Insel bauen können.«

Es war schön, die Hand wieder frei zu haben. Wir hatten den Zustand noch nicht erreicht, wo es nur noch natürlich und vertraut war.

»Wohin gehen wir?«

»Das wirst du gleich sehen.«

Anders zog mich mit sich hinauf zur Aussichtsplattform an der Fjällgatan. Es waren keine Touristenbusse mehr da. Eispapier in grellen Farben lag auf der Erde und zeugte von den vielen Besuchern des Tages. Eine große Möwe saß auf einem Betonpfahl der Einzäunung und blickte hinaus aufs Wasser. Als sie uns kommen sah, schwang sie sich in die Luft und flog davon. Ich hatte die Hände in den Hosentaschen, und die eine Hand fummelte an dem Kuvert herum. Inzwischen war es dunkel, und ich blickte mich um. Ein paar Meter von mir entfernt sah ich den Rücken eines Mannes. Er stand da und rauchte und sah nicht in unsere Richtung. Hier würde uns jemand überfallen können, ohne dass es jemand merkte. Zwar war noch Licht hinter einigen Fenstern an der Straße, aber wenn es schnell geschah ...

»Ich habe Angst.«

Die Worte kamen einfach so heraus, ohne dass ich sie vorher überlegt hatte.

Anders drehte sich zu mir und ergriff meine Hände.

»Ich auch, Ingrid, ich auch.«

Er zog mich an sich. Drückte seine Nase in mein Haar und umarmte mich fest. Ich schloss die Augen, und alles Beängstigende um mich herum verschwand. Ich dachte: Wenn ich jetzt die Augen fest zukneife und in Anders' Armen bleibe, kann mir nichts geschehen. An meiner Brust konnte ich Anders' Herzschlag spüren. Herz an Herz. Ich wollte hineinkriechen, mich ganz klein machen, damit er mich nie wieder losließ.

Irgendein Vogel hatte noch nicht aufgegeben, sondern sang immer noch. Von den breiten Verkehrsstraßen rauschte es herüber, und Gelächter und Rufe waren vom Kai zu hören. Vielleicht hatte gerade ein Schiff angelegt. Anders murmelte etwas, das ich nicht verstand.

»Was?«

»Ich sagte, wenn die Zeit stehen bleiben müsste, würde ich mir wünschen, dass sie genau jetzt stehen bliebe, hier mit dir.«

»Kein Morgen, nichts passiert, nur noch das Jetzt«, seufzte ich gegen Anders' Schulter.

Als ich das sagte, dachte ich, wie herrlich das wäre. Keine Drohbriefe, keine Tanja, kein Peter, kein Jesus, Anita nicht im Krankenhaus, Majken nicht bei Kvarnström. Nur noch Anders, die laue Sommernacht und die schwache Brise voller Fliederduft, die aus dem Park nebenan herüberwehte.

Anders machte sich von mir los und sah mich ernst an.

»Was meinst du damit, kein Morgen?«

»Ich meine dasselbe wie du«, sagte ich. »Dass es so schön ist, hier mit dir zu stehen, dass ich nichts anderes mehr will.«

Anders zog mich mit sich zu einer Bank am Zaun. Wir setzten uns. Der Mann da drüben stand immer noch da. Ich machte die Augen wieder zu und lehnte den Kopf gegen Anders' Schulter.

»Weißt du, Ingrid...«

Anders seufzte. Holte ein paar Mal tief Luft, als wollte er etwas sagen, hätte aber nicht genug Atem.

»Es gibt da etwas, was ich dir sagen muss, wo wir jetzt...«

»Au!«

Anders hatte meine Haare fest um seine Finger gewickelt.

»Oh, entschuldige. Das wollte ich nicht, wirklich.«

»Schon gut. Was wolltest du sagen?«

»Ich glaube, du hast schon mitgekriegt, dass ich mir einmal ordentlich die Finger verbrannt habe. Es hat lange gedauert, bis ich darüber weg war. Ich bin mir nicht mal sicher, ob ich endgültig damit fertig bin. So was hier...«

Anders machte eine ausholende Geste über uns und den ganzen Platz.

»So was wie das hier geht mir sehr nahe. Ich könnte nur schlecht... oder manchmal glaube ich, ich könnte überhaupt nicht... ertragen, wenn es schiefginge. Nicht, dass ich dich belasten will, du sollst dich nicht verpflichtet fühlen mir gegenüber. So nicht.«

Anders verstummte und versenkte wieder seine Nase in meinem Haar. Mir war, als ob seine Lippen sich bewegten, als würde er etwas in meine Haarwurzeln flüstern, was er sich nicht laut zu sagen traute. Ich legte die Wange an seine Schulter und sah zu ihm auf. Sah seinen bleichen Hals und wie sein Kehlkopf sich unter der stoppeligen Haut bewegte. Sollte dieser Hals mein Hals werden? Sollte er mir so vertraut werden wie mein eigener, sollte es mir erlaubt sein, ihn überall anzufassen, wie es sonst niemand durfte?

»Ich habe auch Angst«, sagte ich in Anders' Ohr.

Und ich *hatte* Angst: Ich hatte Angst, Anders zu schaden, sein Vertrauen zu missbrauchen, ihm irgendwie Kummer zu bereiten. Herr, ich würde es mir nie verzeihen, wenn ich ihn traurig machte.

Aber langsam bekam ich auch Angst wegen der seltsamen Drohbriefe.

Ich schielte zu der Stelle hinüber, wo der rauchende Mann stand. Er war verschwunden. Ich drehte mich vorsichtig um, aber ich konnte ihn nirgends entdecken. Das beruhigte mich nicht. Im Gegenteil, mir war, als könnte er jederzeit und überall wieder auftauchen.

Am Zaun zum Wasser hin stand ein handgeschriebenes Schild: »Keine Gegenstände an den Zaun stellen, auf denen Kinder emporklettern können.«

Wie schützt man sich vor Katastrophen? Herr, wie schafft man es, seine Furcht zu überwinden?

Ich hob mein Gesicht zu Anders.

»Komm.«

Er küsste mich. Wir küssten uns und ließen Mut in unsere Münder strömen. Eine magische Fütterung. Zwei Ängstliche küssen einander und flößen sich Mut ein.

Es war Anders, der nach einer ganzen Weile aufhörte. Sein Mund glänzte und war halb geöffnet.

»Ich möchte jetzt lieber nach Hause, Ingrid. Wir sollten

nichts überstürzen. Auch wenn ich ... Ich brauche einfach ein bisschen Zeit ...«

Wir gingen zusammen die Folkungagatan hinunter. Diesmal lagen unsere Hände ineinander gekuschelt wie zwei schläfrige Welpen. An der Erstagatan verabschiedeten wir uns mit einem hastigen »Bis dann«.

Als ich ihn davonschlendern sah, empfand ich Panik. Eigentlich fand ich es schön, dass wir uns Zeit nahmen. Wir brauchten das, beide. Ausatmen können in der vertrauten Einsamkeit. Sich vergewissern, dass man sich nicht verlor, dass man immer noch man selbst war.

Aber trotzdem. Ich ging mit schnellen Schritten auf den Hauseingang zu. Eine schwarze Katze, die auf dem Bürgersteig gesessen hatte, huschte geduckt über die Straße. Als ich meinen Eingang erreichte, der an der Ecke Åsögatan liegt, sah ich einen Mann mit dem Rücken zu mir auf einem Stuhl sitzen, der zu Mikis Pizzeria gehörte. Der Mann wippte mit dem Fuß. Ein Einkaufsroller stand neben ihm. Es war Jesus.

Mein erster Impuls war, schnell im Haus zu verschwinden und mich nicht um ihn zu kümmern. Aber dann ging ich doch hin und stellte mich neben ihn, in einigem Abstand.

»Hallo, Jesus. Was machen Sie denn hier? Sie haben mich erschreckt.«

Er drehte langsam den Kopf und sah mich an.

»Ja, ich erschrecke dich. Warum erschrecke ich dich?«

»Ich weiß nicht.«

Ich zuckte mit den Schultern und blieb eine Weile stehen. Jesus versank wieder in sich.

»Tja, ich will dann mal. Haben Sie einen Platz zum Schlafen?«

»Ich kann dich nicht beschützen. Ich kann nur aufpassen«, erwiderte Jesus.

»Ja, das haben Sie schon gesagt. Ich komme zurecht. Gute Nacht!«

Das Wochenende verging, ohne dass Anders sich meldete. Es rief auch sonst niemand an. Am Samstag bereitete ich einen Gottesdienst vor, den ich am Sonntag hielt, ansonsten tat ich nichts. Die Sonne schien und machte meine staubigen Fenster beinahe undurchsichtig. Nicht immer sorgt der helle Schein für klare Sicht, dachte ich, ohne zu wissen, was ich eigentlich damit meinte. Es hörte sich jedenfalls philosophisch an.

Den ganzen Samstag war ich zu Hause und hatte das Fenster weit geöffnet. Ich lag auf dem Bett und lauschte auf die Stimmen und Geräusche, die von der Munterkeit des Frühsommers erzählten. Staub, frisch gemähtes Gras und Abgase. Autos, die beladen wurden, um ins Grüne zu fahren. Normalerweise hätte es mich bedrückt, nicht daran teilzuhaben. Jetzt störte es mich nicht. Irgendwie gehörte ich auch dazu. Ich war eingeladen, wenn auch nicht gerade heute.

Ab und zu fühlte ich einen Stich in meinem Innern und bekam Angst, dass Anders es sich überlegt haben könnte und nicht mehr wollte. Dass sich etwas zwischen uns schieben könnte.

Aber als ich die Lider schloss und vor mir den Schimmer in seinen Augen sah, als er mir erzählte, dass er Angst hatte, beruhigte ich mich wieder. Er war da. Bald würde er wiederkommen.

Der Brief beunruhigte mich, wenn auch nicht mehr sehr. Je länger ich auf dem Bett lag und nachdachte, desto weniger wollte ich die Polizei oder sonst jemanden einschalten. Eine Bekannte von mir arbeitete bei Kyrkans Tidning, und sie hatte mir von Drohbriefen erzählt, die sie bekam, wenn sie über Pastorinnen schrieb. Verrückte schickten ihr lange Listen voller Gemeinheiten, die sie ihr antun wollten. Sie hatte nie Angst. Die Briefeschreiber sind feige, sagte sie. Die machen nie etwas davon wahr.

Der Briefeschreiber, der mich verfolgte, war sicher auch ein feiger Mensch, der niemals seine Drohungen wahr machen oder sich zu erkennen geben würde.

Aber da irrte ich mich.

12. Kapitel

Montagmorgen. Das Telefon klingelte, noch bevor ich aufgewacht war. Die roten Digitalziffern des Weckers zeigten 06:45. Es musste etwas Dringendes sein.

Es war Hannele vom Gefängnis. Kerstin, die auf Hafturlaub war, war niedergestochen in einer Grünanlage gefunden worden. Sie war schwer verletzt und lag im Krankenhaus. Anscheinend hatte jemand sie einschüchtern oder sich an ihr rächen wollen.

»Ihr Gesicht musste mit dreiundzwanzig Stichen genäht werden«, sagte Hannele und schluckte hart.

Ich setzte mich im Bett auf. Presste die Füße auf den kühlen Fußboden, um besser überlegen zu können. Kerstin mit dem verängstigten Gesicht. Die vor fast allem Angst hatte, aber am meisten vor ihrer Tochter.

»Aber wer ...«

»Ja, das weiß niemand. Ein Polizist ist jetzt bei ihr. Offenbar will sie nichts sagen. Jedenfalls habe ich läuten hören, dass sie schweigt.«

»Muss sie im Krankenhaus bleiben?«

»Ja, ein paar Tage. Ich dachte, jemand könnte ... na ja, dass du sie vielleicht besuchen könntest. Ich wüsste nicht, wer von uns es sonst machen sollte.«

»Natürlich. Ich ziehe mich nur schnell an. Danach fahre ich gleich los.«

Hannele bedankte sich, erzählte, dass Kerstin im Krankenhaus Söder lag, und gab mir die Stationsnummer.

Kerstin hatte das Gesicht zum Fenster gedreht, als ich ihr Krankenzimmer betrat. Das war gut so. Ich hätte nicht verbergen können, dass ich schockiert und angeekelt war, als ich sah, wie entstellt sie aussah. Ich trat ein paar Schritte zurück und wartete eine Weile. Ich atmete so leise ich konnte, damit sie mich nicht hörte. Kerstin lag ganz still, die Handflächen nach oben gedreht. Wie ohnmächtig. Hingegossen. Auch die Hände waren verbunden. Vermutlich hatte sie versucht, den Angriff abzuwehren.

Ich nahm einen Mann wahr, der in einem Sessel am anderen Ende des Zimmers saß. Er musterte mich eingehend und unverhohlen, ohne den Versuch zu machen, Kontakt aufzunehmen.

»Kerstin?«

Ich ging hinüber zu ihrem Bett. Der Mann folgte mir mit seinem Blick, ohne eine Miene zu verziehen. Er sah zu, wie ich einen Stuhl an Kerstins Bett zog. Kerstin musste mich gehört haben, hielt aber weiterhin den Kopf zum Fenster gedreht. Ihr Gesicht war geschwollen und übersät von kleinen schwarzen Nähten, Pflastern und einem Stück Mullbinde über der Nase. Ein Messerschnitt ging diagonal über den Mund. Die Finger, die aus dem Verband herausragten, waren rot und eiskalt, als ich sie berührte. Ihr die Hand zu geben hätte ihr wehgetan. Stattdessen strich ich mit dem Zeigefinger das Stück Arm entlang, das nicht von dem weißen Klinikhemd bedeckt war.

»Kerstin, ich bin es. Ingrid, die Pastorin. Wie geht es dir?«

Kerstin richtete ihre Augen auf mich, bewegte sich aber sonst nicht. Sie machte einen schwachen Versuch, etwas zu sagen, aber die zerschnittenen Lippen bewegten sich kaum. Tränen stiegen ihr in die Augen, eine davon lief ihr die Wange hinunter. Ich hielt sie mit dem Zeigefinger auf.

Der Mann erhob sich aus seinem Sessel und kam zu uns herüber. Er trug Jeans und robuste Lederstiefel von der Sorte, die man zum Motorradfahren anzieht. Die Falten um Augen und Mund erzählten von fünfzig harten Jahren. Die Muskeln, die sich unter dem T-Shirt wölbten, und die Art, wie er mir beim Händeschütteln die Finger quetschte, zeugten von vielen Stunden Krafttraining.

»Robert Björklund, Kriminalpolizei.«

»Aua. Ingrid Carlberg, Pastorin.«

»Oh, ich bitte um Entschuldigung. Ich habe Kerstin ein paar Fragen gestellt. Jetzt passe ich hier so lange auf, bis der Kollege vom Gefängnis zurückkommt.«

»Aha. Wenn Sie nichts dagegen haben, würde ich gerne unter vier Augen mit ihr reden.«

»Okay. Ich warte draußen.«

Er ging hinaus. Ein schwerer Seufzer kam von Kerstin. Ihre halblangen Haare lagen wie altes zerzaustes Garn auf dem Kissen. Auf dem Nachttisch stand ein Trinkbecher mit Strohhalm. Ich nahm den Becher und hielt ihn ihr an den Mund. Sie machte eine abwehrende Bewegung mit der Hand.

»Kerstin, du Ärmste. Wer hat dir das bloß angetan?«

Meine Stimme drohte zu versagen. Sie sah so Mitleid erregend aus in dem dünnen Klinikhemd.

»Ich bin gekommen... falls du reden möchtest...«

Kerstin stützte sich auf die Ellbogen. Sie blickte starr auf den Nachttisch, und als ich ihrem Blick folgte, sah ich einen Notizblock mit Kugelschreiber und begriff, dass sie mich bat, ihn ihr zu geben.

Ich nahm den Block und bemerkte, dass mit großen, krakeligen Buchstaben darauf stand: »Ich weiß nicht«. Als ich umblätterte, um eine unbeschriebene Seite zu finden, stand auf dem nächsten Blatt »Ich weiß nichts, lassen Sie mich in Ruhe«. Sie nahm den Block, legte sich mühsam auf die Seite und schrieb, wobei sie jedes Mal aufstöhnte, wenn sie den Arm bewegte. Sie gab mir den Block und sank zurück ins Kissen.

Zwei Worte hatte sie geschrieben. »Bitte geh«, stand da. Sie wandte ihr Gesicht ab. Die zwei kurzen Worte sahen zittrig, aber entschlossen aus. Bitte geh. Sie bat mich, sie in Ruhe zu lassen. Es rührte mich, dass sie nicht einfach geschrieben hatte »Geh«.

»Ich werde mich nicht aufdrängen, wenn du es nicht willst. Eigentlich glaube ich nicht, dass irgendein Mensch mit seinen

Schmerzen und Ängsten allein sein sollte, aber ich werde deinen Wunsch respektieren.«

Der Laut, der aus ihrer Kehle kam, klang nicht menschlich. Der Laut war zu groß, um aus ihrem Körper zu stammen. Er explodierte in ihrem Mund, ein irrsinniger Ton, der sich losgerissen hatte und keinen Weg hinaus fand. Kerstins Körper wand sich im Krampf und katapultierte den Ton in kurzen Atemstößen hinaus. Ihr Hals wurde dick und hart. Ich setzte mich zu ihr aufs Bett und legte meine Hand fest und beruhigend auf ihre Schulter. Kerstin schloss die Augen und eine Flut von Tränen floss aus ihren Augenwinkeln. Sie wollte mich hier haben. Meine Intuition sagte es mir. Sie wollte mich bei sich haben, aber sie wollte nicht reden. Ich strich ihre Haarsträhnen zur Seite und legte mich neben sie aufs Bett. Kerstin nahm vorsichtig meine Hand. Ich lag an ihrer Seite, bis die Tränen versiegten und das Schluchzen verstummte.

Nachdem sie eingeschlafen war, konnte ich sie genauer betrachten. Es sah aus, als ob ein Wahnsinniger ihr mit dem Messer kreuz und quer über das ganze Gesicht gefahren war. Außer dem Schnitt über dem Mund zog sich noch einer über die Stirn und quer über eine Augenbraue. Was mit der Nase passiert war, konnte ich wegen der Pflaster und der Mullbinde nicht erkennen. Auf beiden Wangen waren ebenfalls Schnitte, sie sahen genau gleich aus. Kerstin schlief mit einer tiefen Falte zwischen den Augenbrauen. Nicht einmal der Schlaf schien ein Hort des Friedens für sie zu sein.

Als ich aus Kerstins Zimmer kam, erhob Robert Björklund sich. Er sagte, er wolle gern ein paar Worte mit mir reden. Ich war so erschüttert, dass ich mich auf einen Stuhl im Flur fallen ließ. Björklund steckte ein paar Münzen in einen Kaffeeautomaten und fragte, ob ich Milch oder Zucker wolle. Ich nickte zu beidem und er kam mit einem dampfenden braunen Plastikbecher zurück, den er auf einem kleinen Tisch neben mir abstellte.

»Ich werde Sie nicht fragen, worüber Sie gesprochen haben«, sagte er und setzte sich auf einen Stuhl direkt mir gegenüber.

Ich antwortete nicht, sondern nahm den Becher und trank den brühheißen Kaffee. Es tat gut, das Brennen auf der Zunge und im Hals zu spüren.

»Etwas ist faul an der Sache«, sagte Robert Björklund. »Offensichtlich weiß sie, wer es getan hat. Dass sie sich weigert, den Namen zu nennen, spricht dafür, dass es ein Familienangehöriger war, der sich rächen wollte. Aber das kann es eigentlich nicht sein. Ich habe mit ihnen gesprochen, das sind keine Leute, die so etwas tun. Sie hatte ihre Tochter an diesem Tag besucht. Der Vater sagt, dass Kerstin aufgeregt und durcheinander war.«

»Sie hatte vielleicht ihre Gründe«, sagte ich und dachte daran, wie viel Angst Kerstin vor diesem Treffen gehabt hatte.

»Natürlich hatte sie ihre Gründe«, sagte Robert. »Die haben wohl alle.«

Er sah ärgerlich aus, und ich kam mir töricht vor.

»Was meinen Sie eigentlich damit?«, fragte er.

Ich hätte ihm gerne gesagt, dass man sich nicht sonderlich wohl fühlt, wenn man seine Tochter besuchen will, deren Ersparnisse man verspielt hat. Aber natürlich konnte ich ihm nicht erzählen, was Kerstin mir anvertraut hatte. Das sagte ich ihm auch.

»Ja, ja«, sagte er und seufzte. »Meine Güte, das weiß ich selbst.«

»Aber Sie wollten mich etwas fragen ...«

»Ja. Was ich Sie fragen wollte, und was vielleicht nicht gegen Ihre Schweigepflicht verstößt, ist, ob Sie im Gefängnis Feindseligkeiten gegen Kerstin bemerkt haben. Hat sie Feinde? Gibt es jemanden dort, der sich an ihr rächen will? Ihr einen Denkzettel verpassen will? Halten Sie es für möglich, dass sie andere kriminelle Kontakte hat?«

Kerstin in ihrer kahlen Zelle mit einer aufgeschlagenen Handarbeitszeitschrift auf dem Schoß. Kerstin, herausgerissen aus einem geordneten bürgerlichen Alltag. Eine Frau, die eine geregelte Arbeit am Kassenschalter der Post gehabt hatte, die jede Öre vom Haushaltsgeld zweimal umgedreht hatte, die mit Mann und Tochter Urlaub im Wohnwagen gemacht und von Reisen in ferne Länder geträumt hatte. Deren einziger Kontakt zu Kriminellen darin bestanden hatte, die Polizeimeldungen in der Abendzeitung zu lesen. Bevor sie selbst verurteilt wurde. Bevor sie krank wurde.

Kriminelle Kontakte? Sie spielte vielleicht manchmal eine Partie Backgammon mit einigen der anderen Insassinnen. Aber die Frauen schienen sie weder besonders zu mögen noch abzulehnen. Im Gefängnis galt sie als graue Maus, um die sich niemand sonderlich kümmerte. Einen besonderen Status hatte sie nicht. Was sie getan hatte, weckte weder Bewunderung noch Verachtung. Die meisten der anderen Insassinnen fanden sie bedauernswert. »Jämmerliche Niete«, nannte eine der aggressiveren, lautstarken Mitgefangenen sie einmal.

Verhasst? Verfolgt? Nein, nicht Kerstin.

»Hören Sie, ich mache hier keine Konversation aus Höflichkeit«, sagte Robert, nachdem ich eine Zeit lang stumm nachgedacht hatte.

»Das sind gefährliche Typen, mit denen sie es zu tun hat«, fuhr er fort. »Sie haben ja gesehen, wie sie zugerichtet wurde. Das ist ihr nicht zufällig passiert. Jemand hat damit etwas bezweckt. Können Sie mir helfen oder nicht?«

Mir fiel nur eine einzige Mitgefangene ein, zu der Kerstin anscheinend engeren Kontakt gehabt hatte, und das war Tanja. Einmal hatte ich die beiden im Speisesaal zusammen gesehen. Es war offensichtlich gewesen, dass ich nicht hören sollte, worüber sie sich unterhielten.

Ich dachte an den Drohbrief. Der eine davon lag noch in meiner Tasche, keine zwei Meter entfernt von den Händen der polizeilichen Ordnungsmacht. Was hielt mich zurück? Ich strich mit den Fingern über meine unversehrten weichen Wangen. War es so, wie Anita gesagt hatte, dass ich gefährlichere Leute herausforderte, als ich ahnte, indem ich mich näher mit Tanja und den Menschen um sie herum befasste? Konnte es wirklich sein, dass Kerstin etwas damit zu tun hatte?

Und wenn ja, inwiefern?

Robert starrte mich an. Aber ich konnte Tanja nicht verdächtigen. Sie preisgeben, nur weil ich einmal gesehen hatte, wie sie mit Kerstin sprach.

»Nein, ich kann Ihnen leider nicht helfen. Ich habe im Gefängnis nichts bemerkt, was für Sie von Interesse wäre.«

»Zu spät«, sagte Robert.

»Wie bitte?«

»Zu lange. Sie haben zu lange nachgedacht. Es gibt etwas, was Sie mir nicht sagen. Warum helfen Sie uns nicht?«

Ich fühlte, wie meine Wangen prickelten, und wusste, dass sie feuerrot geworden waren. Die Situation wurde langsam lächerlich. Ich benahm mich, als wäre ich schuldig. Meine Gedanken wirbelten durcheinander, es war unmöglich, sie einzufangen und in eine vernünftige Reihe zu bringen.

»Nun, ich bin Pastorin und keine Detektivin.«

Ich hörte selbst, wie fadenscheinig das klang. Robert stemmte die Hände in die Seiten und zog demonstrativ die Augenbrauen hoch.

»Ach, natürlich«, sagte er mit gekünstelter Stimme. »Ja, dann entschuldigen Sie bitte ...«

»Warum machen Sie sich über mich lustig?«

»Weil ich Menschen satt habe, die so schwierig sind wie Sie.«

Ich erwiderte nichts darauf. Robert fischte eine Visitenkarte aus der Hosentasche.

»Hier, nehmen Sie. Wenn etwas ist, können Sie mich ja anrufen.«

Er ging zu Kerstins Tür, legte die Hand auf die Klinke und drehte sich nochmal zu mir um.

»Ich gehe jetzt wieder hinein, zu einem der verängstigtesten

Menschen, die mir je begegnet sind. Soll ich ihr etwas ausrichten?«

»Bitte sagen Sie ihr, dass ich morgen wiederkomme.«

»Okay.«

Er öffnete die Tür und ging hinein. Ich nahm meine Sachen und machte mich auf den Weg. Folgte einer dicken gelben Linie auf dem Fußboden. Sie führte zum Aufzug, und gerade als ich auf den Knopf zum Erdgeschoss drückte, klingelte mein Handy. Es war Anders. Er fragte, wo ich war. Ich sagte es ihm und fügte hinzu, dass eine der Gefangenen schwer verletzt war.

»Ein Glück, dass es dich nicht getroffen hat«, sagte Anders.

Der Fahrstuhl hielt auf einer Etage, und drei Frauen in weißer Schwesterntracht, die sich lebhaft unterhielten, kamen herein. Ich drückte das Handy fest ans Ohr, um Anders' Stimme besser hören zu können.

»Entschuldigung«, sagte er.

»Was? Wofür denn?«

»Ich weiß nicht, was der Gefangenen, die du besucht hast, passiert ist. Ich habe mich ungehörig ausgedrückt. Es ist nur, weil... die Vorstellung, dass dir etwas geschehen könnte, ist mir unerträglich.«

Der Drang zu weinen schnürte mir die Kehle zu. Andersandersanders. Gegengift gegen die Angst. Mutmacher. An einem auffälligen Klebeschild mit dem Text »Bitte nicht rauchen« hatte sich eine Ecke gelöst. Ich zupfte daran herum, um meine Konzentration zu sammeln und nicht in Tränen auszubrechen.

»Mhm«, war alles, was ich als Antwort zustande brachte.

An der Wand des Fahrstuhls entdeckte ich ein weiteres Schild mit einem stilisierten Handy, das rot durchgestrichen war. »Bitte schalten Sie ihr Mobiltelefon aus. Die Funksignale stören lebenserhaltende elektronische Apparate!«, stand zusätzlich auf dem Schild. Drei Augenpaare blickten mich an. Ich drehte mich schnell in eine Ecke des Fahrstuhls.

»Ich störe lebenswichtige elektronische Apparate«, sagte ich und starrte an die Fahrstuhldecke, um die Seen in meinen Augen zurückzudrängen. Es klappte nicht. Ich merkte, wie eine Träne an meiner linken Wange herunterlief.

»Du klingst erkältet«, sagte Anders.

Die Fahrstuhltür ging auf, und ich stolperte hinaus und durch den Eingang des Krankenhauses nach draußen.

»Meine Nase ist nur ein bisschen verstopft«, sagte ich.

»Ach so. Und ich dachte schon ...«

Es wurde still am anderen Ende. Ich setzte mich auf eine große blaue Kiste, auf der SAND stand. Weil ich immer noch nicht darauf vertraute, dass meine Stimme wieder trug, schwieg ich und hoffte, dass Anders weiterreden würde.

»Ja, also ich wollte mal fragen, ob du heute Abend mit mir essen willst.«

»Gerne.«

»Hier.«

»Wo?«

»Entschuldigung. Ich benehme mich wie ein Tölpel. Hier zu Hause bei mir, meine ich. Du kennst meine Wohnung ja noch nicht. Und wir ... ich meine, du musst nicht denken, dass ...«

»Ich komme gern.«

Wir verabredeten, dass ich gegen sieben Uhr bei ihm sein würde. Anders beschrieb den Weg, und ich notierte seine Adresse auf einem Kassenzettel, den ich in meiner Tasche fand.

Als ich zum Gefängnis fuhr, sagte ich die Adresse immer wieder vor mich hin. Lötmogatan. Anders. Lötmogatan. Anders in der Lötmogatan. Es klang sonderbar. Die Vorstellung, dass ich Anders zu Hause besuchen würde, machte mich gleichzeitig glücklich und nervös. Wir beide allein zu Haus. Buchrücken und Schallplattenhüllen betrachten. Essen am Herd abschmecken. Das Bett, die Bettwäsche. Frisch oder gebraucht? Sex? Hilfe!

Ich trat das Gaspedal durch, ohne es zu wollen. Der Wagen heulte auf und machte einen Satz nach vorn.

Als Kvarnström ans Gefängnistor kam, um mich einzulassen, sah ich an seiner gezwungenen Munterkeit, dass in der Abteilung entweder Trauer oder Chaos herrschte. Der Korridor war leer und still.

»Ich habe ein paar Zeitschriften und ein Buch in Ihr Fach gelegt.«

»Was?«

»Na ja, falls Sie noch Interesse ...«

»Ja«, unterbrach ich ihn. »Vielen Dank, Torkel. Ich werde sie mir ... äh, lesen. Wissen Sie, wo Tanja ist?«

Torkel Kvarnström zupfte an seinen Hemdsärmeln und sah gekränkt aus.

»Im Fitnessraum, wie immer, denke ich. Manche Leute haben ja genug Zeit zum Trainieren.«

»Machen Sie mir auf?«

Kvarnström nickte und schloss die Tür zu dem Gang auf, an dem sich der Fitnessraum befand. Es war ein Raum mit sechs verschiedenen Trainingsgeräten, die von den Frauen genutzt werden konnten, sooft sie wollten. Ein Monitor mit unscharfem Schwarzweißbild zeigte, was in dem Zimmer vor sich ging. Tanja saß vornübergebeugt auf einer Gummimatte. Vermutlich machte sie Dehnübungen.

Die Tür stand einen Spalt offen. Kvarnström stieß sie für mich auf.

»Bitte.«

Dass etwas nicht stimmte, merkte ich im selben Moment, als die Tür aufging. Sie saß auf der Matte wie eine Stoffpuppe, die Beine weit gespreizt, die Handflächen nach oben gedreht wie Seerosen. In der einen Hand hatte sie ein scharfes Werkzeug, das ich nicht identifizieren konnte. Und an den Unterarmen breite dunkelrote Streifen. Auf der acrylblauen Gummimatte Pfützen von rotem Blut.

»Oh mein Gott. Schnell, Torkel, helfen Sie mir!«

13. Kapitel

Hannele legte den Hörer auf und drehte sich zu Torkel Kvarnström um.

»Sie kommt durch, sagen sie. Keine Lebensgefahr. Sie haben sie genäht und alles.«

Wir saßen im Wachzimmer. Kvarnström machte ein verkniffenes Gesicht. Ein Selbstmordversuch, den er nicht einmal selbst entdeckt hatte, war nicht gerade ein Ruhmesblatt für ihn. Hannele hatte mir eine Decke umgelegt, aber ich fror trotzdem. Vermutlich hatte sie in irgendeinem Kurs gelernt, dass Menschen mit Schock warm gehalten werden mussten. Kvarnström hatte die ihm angebotene Decke mit einem verächtlichen Schnauben abgelehnt.

Hannele sah mich ratlos an. Ich glaube, sie hatte Gewissensbisse wie Kvarnström, weil sie die Gefangene nicht so streng beaufsichtigt hatten, wie es nötig gewesen wäre.

»Begreifst du das?«

Ich schüttelte den Kopf.

»Dass sie hier nicht glücklich ist, das wussten wir alle. Aber mir kam sie trotzdem immer so voller Kampfeslust vor.«

»Nicht glücklich? Das ist noch lange kein Grund, sich umzubringen.«

Kvarnström prustete höhnisch, als hätte ich etwas völlig Unsinniges gesagt. Ich zog die Decke fester um mich und machte die Augen zu. Ich werde nie mit ihm klarkommen, dachte ich. Torkel Kvarnström, ich lasse dich los.

Hannele stand auf und ging aus dem Wachzimmer. Wir hatten uns an diesem Tag nichts Vernünftiges zu sagen. Dazu waren wir alle zu betroffen, jeder auf seine Weise.

Als ich meine Wohnungstür aufschloss, blieben mir nur noch

zwei Stunden Zeit bis zum Abendessen mit Anders. Noch zwei Stunden bis zur Lötmogatan. Ich drehte die Wasserhähne im Badezimmer auf. Eigentlich bade ich nicht besonders gern. Meist werde ich schon nach kurzer Zeit ruhelos. Außerdem finde ich immer, dass es zu heiß ist, und wenn ich versuche, die Temperatur mit kaltem Wasser zu senken, wird es meistens zu kalt.

Aber ich war immer noch durchgefroren und mir fiel nichts besseres ein, um mich zu entspannen. Als ich mich in die Wanne legte, stöhnte ich laut auf. Das Stöhnen hallte gespenstisch von den Wänden meines kleinen Badezimmers wider. Ich hielt mir die Nase mit Daumen und Zeigefinger zu und tauchte unter. Da unten brausten die Stimmen dieses dramatischen Tages in meinen Ohren. Roberts Polizistenstimme, bedrohlich drängend. Anders' nervöser, mitfühlender Tonfall. Mein eigener Schrei, als ich Tanjas blutige Arme und ihren leblosen Körper entdeckte. Sollte ich Peter Konradsson anrufen und berichten, was mit Tanja passiert war? War ich befugt, das zu tun? Oder kümmerte das Krankenhaus sich darum, die Angehörigen zu verständigen? Zählte er überhaupt noch zu den Angehörigen?

Anders. Wie sollte ich ihm gegenübertreten? Ich drückte einen Klacks Shampoo aus der Flasche und schäumte die Kopfhaut ein. Spülte die Haare.

Ich hatte überlegt, unsere Verabredung abzusagen. Weil ich nicht in der Stimmung dafür war, zu unkonzentriert und müde. Dass ich mich stattdessen an Anitas Krankenbett setzen und an ihrer Seite einschlummern wollte. Aber ihre Kinder waren wahrscheinlich da, und ich wollte nicht aufdringlich sein. Im Krankenhaus hatten sie gesagt, ihr Zustand sei kritisch, aber stabil.

Morgen würde ich sie besuchen. Jetzt war es Abend, und ich brauchte eine Hand zum Festhalten. Wenn es etwas gab, was Anita mir wünschte, dann dass ich einen Mann fand. Sie hatte es gesagt. Du brauchst einen Mann, Ingrid. Du brauchst Kinder. Du musst nicht denken, dass es etwas Wichtigeres gibt, als Kinder zu bekommen. Das ist das Einzige, was zählt.

Als ich sie streng und entrüstet angesehen hatte, zuckte sie nur mit den Schultern.

»Ja, du findest vielleicht, dass ich indiskret und unverschämt bin. Aber weißt du, ich komme langsam in ein Alter, in dem ich das sein darf. Und ich sage nur, was ich mit allergrößtem Wohlwollen über dich denke«, erwiderte sie mit unbeeindruckter Miene.

»Das ist nichts, was man per Katalog bestellen kann«, hatte ich geantwortet.

Wir saßen bei Anita zu Hause und sie hatte mir gerade eine Bettwäschegarnitur gezeigt, die sie sich aus dem Versandhaus schicken lassen wollte. Anita schlug den Katalog zu und lächelte.

»Dann bitte Gott um einen Mann. Und um ein paar Kinder.«

Sie sagte es ganz seltsam. Mütterlich, ohne ironisch zu klingen. Es war ungefähr zwei Wochen her, dass wir darüber gesprochen hatten. Ich weiß noch, dass ich gestutzt hatte. Es war ungewöhnlich für Anita, so direkt zur Sache zu kommen. Sie hatte bisher auch nie über meinen Glauben gescherzt. Ahnte sie, dass ihre Zeit auf Erden vielleicht bald vorbei sein würde?

Ihr Gesicht war von Müdigkeit gezeichnet und hatte grau ausgesehen. Gleichzeitig wirkte sie befreit, was mich wunderte.

»Ja, vielleicht sollte ich das tun«, hatte ich geantwortet, und wir lachten beide bei der Vorstellung, wie ich Gott auf Knien um einen Mann und ein paar Kinder anflehte. Anita hatte sich eine Lachträne aus dem Gesicht gewischt und mich warm angesehen, sodass ich mir klein und zugleich stark vorkam.

»Ich möchte nur, dass du glücklich bist, Ingrid«, hatte sie mit plötzlichem Ernst in der Stimme gesagt.

Morgen würde ich ihr von Anders erzählen. Würde scherzhaft verkünden, dass meine Gebete erhört worden waren. Ich spülte mir Rotz und Tränen ab. Bitte, Anita, stirb nicht. Wir brauchen dich hier.

Während ich mich anzog und mir die Haare trocknete, wurde

ich immer nervöser. Als ich fertig angezogen war und mich im Spiegel betrachtete, hatte sich die Nervosität in so etwas wie Resignation verwandelt. Das Gefühl, das mich früher schon davon abgehalten hatte, mich Männern zu nähern. Ich wurde müde. Erst war ich freudig und erwartungsvoll, und dann müde. Nur noch von dem einen Wunsch erfüllt, allein zu sein.

Aus irgendeinem Grund dachte ich, es könnte diesmal anders sein. Herr, wenn ich mit Anders zusammen war, hatte ich deine Gegenwart so stark gespürt. Warum fühlte ich mich jetzt so einsam und resigniert?

Draußen vor Anders' Haus, ziemlich verspätet, wäre ich am liebsten in die Jackentasche irgendeines Passanten gekrochen. Die Traubenkirschenbüsche waren ausgedünnt worden, und die abgeschnittenen Blüten bedeckten den Boden wie eine duftig zarte Schneedecke. Ein süßlicher Geruch, schwach nach Fäulnis, hing in der Luft.

Als ich die Klingel neben der Eingangstür drückte, blieb ich eine Weile so stehen, den Finger fest auf den Knopf gepresst. Ich wusste, wenn ich ihn losließ, würde es Pling machen und unser gemeinsamer Abend beginnen.

Tief einatmen. Jetzt.

Pling.

In Anders' Flur roch es köstlich nach Essen. Er nahm mir meine Jacke ab und hängte sie in einen Garderobenschrank. An der Schranktür hatte er ein Museumsplakat aus dem Louisiana befestigt. Andy Warhol. Das hätte ich nicht erwartet. Ich hatte gedacht, sein Geschmack wäre konservativer.

Überhaupt wunderte ich mich über Anders' Wohnung. In seinem quadratischen Flur lag ein großer Teppich mit orientalischem Muster. In dem Zimmer, in das man vom Flur aus hineinsehen konnte, stand eine dunkelrote Sitzgruppe, und über einer Armlehne des Sofas lag eine Wolldecke mit Schottenkaro. Die Bücherregale waren fest an den Wänden angebracht, und ein Lampensystem beleuchtete die Regalböden.

Ich fühlte mich betrogen. Die Wohnung war geschmackvoll, sauber, ordentlich, gemütlich. Ich hatte erwartet, dass wir uns auch in der Hinsicht ähnelten. Ebenso wie wir Gemeinsamkeiten hatten, was das Essen betraf, war ich davon ausgegangen, dass er so unordentlich und putzfaul war wie ich, keinen Sinn für Gemütlichkeit hatte, Topfblumen bei ihm eingingen. Nur sollte ich in allem ein ganz klein wenig besser sein, denn schließlich war ich eine Frau.

Da stand Anders, und hinter ihm, vor seinem Küchenfenster, leuchteten ein paar prachtvolle Begonien. Oder was das für Blumen waren.

»Schön hast du es«, sagte ich.

»Findest du?«, sagte Anders.

Unsere Arme hingen am Körper herab, baumelten herunter, als hätten sie keine Funktion.

»Möchtest du ein Glas Wein?«

Ich nickte und folgte ihm in die geräumige Küche. Als Anders Rotwein einschenkte, schien mir seine Hand ein klein wenig zu zittern. Aber das konnte auch ein Wunschtraum von mir sein. Ich wollte einen kleinen Ausgleich. Seine Wohnung hatte meine Erwartungen enttäuscht.

»Hier, bitte.«

Ich nahm das Glas entgegen und trank einen Schluck. Anders warf einen Blick in den Backofen, dann kam er und stellte sich direkt vor mich.

»Willkommen erst mal.«

Jetzt funktionierten die Arme. Wir schlangen sie umeinander, wir bauten ein Vogelnest aus Armen und uns wurde ganz warm. Anders küsste mich auf die Stirn und ich fand die Stelle an seinem Schlüsselbein wieder, um mich anzulehnen. Anders trug ein Flanellhemd, das nach Waschpulver roch. Er musste sich umgezogen haben, unmittelbar bevor ich kam. Keine Spur von Essensgeruch daran.

»Stell dir vor, es ist wirklich wahr.«

Anders flüsterte mir ins Ohr.

»Wie? Was ist wahr?«

»Dieses fantastische Gefühl, dich im Arm zu halten.«

Die diffuse Müdigkeit von vorhin war verflogen. Ich drückte mich enger an Anders und schloss die Augen. Eine Reihe von Bildern zog vor meinem inneren Auge vorbei: Kerstins genähter, zerschnittener Mund. Tanjas bleicher, trockener. Anitas halb offen stehender. Augen: angstvoll, verschlossen, erloschen. Körper: schlaff, schwer. Hände: reglos, suchend. Tanjas Hand mit dem Geäst aus Blut auf der weißen Haut.

Bei der Erinnerung musste ich tief durchatmen und schob Anders von mir weg. Ich musste aufrecht, für mich allein stehen. In seiner Umarmung bekam ich plötzlich Angst, die Dinge könnten mir entgleiten.

»Entschuldige«, sagte ich. »Es war einfach ein Tag, der... der absolut daneben war, milde gesagt.«

Anders ließ mich sofort los, als hätte er etwas Ungehöriges getan und wäre zurechtgewiesen worden. Er schaute wieder in den Backofen. Dann suchte er mit konzentrierter Miene Teller und Gläser hervor. Ich stand stumm daneben und sah zu. Anders stellte das Geschirr auf den Küchentisch.

»Vielleicht findest du, dass ich zu stürmisch bin«, sagte er wie beiläufig zu mir.

»Nein. Nein. Aber ich habe heute eine Gefangene im Krankenhaus besucht, die niedergestochen wurde, und eine andere Gefangene mit aufgeschnittenen Pulsadern gefunden.«

Als ich das alles mit tonloser Stimme aufzählte, dachte ich, wie absurd sich das anhören musste. Ich ließ mich auf einen der Küchenstühle sinken. Anders setzte sich auf den anderen.

»Und du bist überhaupt kein schlechter Koch«, fuhr ich fort und hörte selbst, wie vorwurfsvoll das klang.

Anders runzelte zuerst die Stirn. Dann stieß er ein Lachen aus.

»Doch, das bin ich, ehrlich. Jetzt habe ich ein Hähnchen im

Ofen. Eigentlich braucht man nur zu tun, was im Kochbuch steht. Aber ich versichere dir, ich koche sonst nie...«

»Aber ich sehe doch, wie es hier aussieht«, fuhr ich in nörgelndem Tonfall fort.

Anders blickte sich unsicher in der Küche um.

»Einer, der so wohnt, der es so schön hat, kann auch kochen. Warum hast du das nicht gleich gesagt?«

Tränen stiegen mir in die Augen. Anders streckte seine Hand nach mir aus.

»Wollen wir lieber über deinen Tag reden?«

Und das taten wir. Die Tränen strömten zwischendurch immer wieder mal, und auch die Worte flossen aus mir heraus. Ich warf sie ab wie Sandsäcke von einem Heißluftballon und fühlte mich leichter und leichter. Wir aßen Hähnchen, Reis und Salat, und zu meiner Befriedigung stellte ich fest, dass das Hähnchen nicht besonders schmeckte, der Reis noch nicht ganz gar war und der Salat ohne weitere Zutat.

»Lecker«, sagte ich.

Und erzählte weiter.

Irgendwann erlahmte das Gespräch und wir verstummten. Ich warf einen Blick auf die Küchenuhr. Halb zwölf.

Es war mir unmöglich, bei Anders zu übernachten. Ich weiß nicht, ob er sich etwas in der Richtung vorgestellt hatte. Der Schreckenstag, der, wie ich glaubte, zu Ende war, hatte die Romantik zerstört. Stattdessen hatten wir uns wie gute Freunde getroffen. Ich hatte Anders als Freund gebraucht, und er hatte mich nicht enttäuscht.

»Oh, ich muss los«, sagte ich.

Anders sah ebenfalls zur Uhr.

»Oh«, sagte auch er.

Wir standen auf. Wir hatten eine Flasche Wein geleert. Anders hatte sich mit einem Glas begnügt, wie üblich. Ich hatte den Rest getrunken und fühlte mich etwas unsicher auf den Beinen. Das Licht im Flur war schrecklich hell verglichen mit dem Kerzenschein in der Küche. Anders lehnte sich mit verschränkten Armen an die Wand, während ich meine Füße in die Schuhe zwang.

Ich war erleichtert, dass er mich nicht bat, zu bleiben. Tief in meinem Herzen wünschte ich mir aber, dass er mich wenigstens zur U-Bahn brachte. Dass er ein kleines bisschen besorgt war, ob ich gut nach Hause kam. Dass er mich beschützen wollte. Anders ließ nicht die geringsten Anzeichen eines derartigen Instinkts erkennen. Ich redete mir ein, es sei nur gut, dass er auf meine Selbständigkeit vertraute.

Wir standen im Flur, in dem grellen Licht der Deckenlampe, und blinzelten uns an. Anders hatte rote Flecken auf den Wangen. Die hatte ich sicher auch.

»Wir sehen uns bald wieder«, sagte Anders, die Arme immer noch verschränkt.

»Ja, das werden wir. Danke für das leckere Essen. Du bist doch ein guter Koch.«

Jetzt konnte ich darüber scherzen. Anders lächelte. Ich drückte die Türklinke herunter, bekam die Tür aber nicht auf. Anders stellte sich hinter mich und schloss auf.

»Ja, also dann«, sagte ich.

»Warte.«

Wieder die Arme. Eine schläfrige Sehnsucht, ineinander zu versinken, anzukommen, auszuruhen.

Anders räusperte sich.

»Ich bin ... bitte, versteh das jetzt nicht falsch ... aber ich bin froh, dass wir uns ein bisschen Zeit lassen.«

»Ich auch. Bis bald.«

Die Tür ging hinter mir zu. Die Nachtluft war von einer sonnensatten Milde. Die U-Bahnstation lag ein kurzes Stück bergauf. Ich ging langsam. Ein Typ mit spastischen Bewegungen wie ein Amphetaminsüchtiger schlenkerte wild mit den Armen und fragte, ob ich eine Zigarette hätte. Als ich den Kopf schüttelte, machte er eine Art Verbeugung und sagte »Danke, trotzdem«. Ein magerer Hase flitzte im Zickzack über die Straße. Die

U-Bahn kam schon nach drei Minuten. Ich war wie in Trance, bis zur Station Slussen.

Statt den Bus zu nehmen, ging ich den Katarinavägen hinauf Richtung Tjärhovsplan. Die Leute, die mich sahen, müssen geglaubt haben, ich sei betrunken. Ich schwankte, stolperte, war müde und erschöpft von den Ereignissen des Tages.

»Ingrid!«

Ich drehte mich um und sah Pernilla, Peter Konradssons Schwester. Sie kam mit dem Fahrrad auf mich zu. Ihr Atem ging schwer.

»Warten Sie.«

Sie bremste, beugte sich über den Lenker und keuchte.

»Ich habe Sie von weitem gesehen und mich mächtig angestrengt«, sagte sie. »Dieser Berg hier hat es ganz schön in sich.«

Sie stieg ab und schob das Fahrrad neben mir her. Sie berichtete atemlos, dass sie versucht hatte, mich zu erreichen. Peter hatte es auch versucht.

»Wir werden bedroht. Irgendjemand will uns Angst machen, damit wir uns von Tanja fernhalten. Irgend so ein Idiot steckt perverse Briefe in meine Taschen oder in Peters Briefkasten. Ist doch typisch, oder, wo Peter endlich bereit ist, Tanja wiederzusehen.«

Pernilla wischte sich mit dem Handrücken die Nase ab. Sie trug Fahrradhandschuhe.

»Ich wollte Sie nur warnen«, fuhr sie fort. »Vielleicht nehmen die Sie auch bald aufs Korn. Es ist wohl besser, Sie nehmen Abstand von der ganzen Sache. In Ihrem eigenen Interesse.«

Ich murmelte etwas von wegen, ich könne selbst auf mich aufpassen. Ich hatte das Gefühl, dass es nichts gab, was ich sonst hätte sagen können. Mein Kopf war voll, ich war heute nicht mehr ansprechbar.

»Ich finde, dass Peter sich auf jeden Fall von Tanja fernhalten sollte«, sagte sie.

»Sie ändern Ihre Meinung aber schnell«, erwiderte ich.

»Ja, weil das Ganze bedrohliche Formen annimmt.«

Pernilla atmete immer noch schwer, während sie ihr Fahrrad neben sich herschob. Offensichtlich wusste sie nicht, dass Tanja heute versucht hatte, sich umzubringen. Ich sagte ihr nichts davon.

»Kann ich mir denken, dass es unangenehm ist«, sagte ich.

»Hat sich bei Ihnen jemand gemeldet?«

Ich schüttelte den Kopf. Die Drohbriefe, die ich bekommen hatte, waren meine Sache. Pernilla schwang sich wieder aufs Rad. Ihre Haare waren vom Wind zerzaust, und sie hatte den Reißverschluss ihrer Jacke bis zum Kinn hochgezogen.

»Okay, ich habe Sie jedenfalls gewarnt«, sagte sie.

Pernilla winkte mir kurz zu, aber sie lächelte nicht und verabschiedete sich auch nicht. Sie trat heftig in die Pedale. Ich war ihr gegenüber kurz angebunden gewesen. Sie ärgerte mich mehr, als dass sie mir Angst machte.

Aber als ich ihr hinterherschaute, wie sie den Katarinavägen wieder hinunterradelte, verschwand der Ärger und die Angst kam angeschlichen.

Wer bedrohte uns? Mich, Peter, Pernilla? War es derselbe Mensch, der Tanja so geängstigt hatte, dass sie versuchte, sich umzubringen? Hatte der Überfall auf Kerstin etwas damit zu tun? Wie kam ich darauf? Weil ich einmal gesehen hatte, wie sie sich im Speisesaal mit Tanja unterhielt?

Als ich sah, was auf meiner Wohnungstür geschrieben stand, hatten so viele dramatische Gefühle von mir Besitz ergriffen, dass ich nur dastehen und die Tür anstarren konnte. »Jetzt weist du Was dier Blüht«. Mit schwarzer Farbe auf meine Tür gepinselt. Jetzt weißt du, was dir blüht. Ich stellte die Worte um. Blüht dir was du jetzt weißt. Weißt du jetzt was dir blüht.

Ein krächzender Laut kam aus meiner Kehle, ich zuckte bei dem unerwarteten Geräusch selbst zusammen. Als ich den Daumen anlecken wollte, um die Buchstaben wegzuwischen, schlotterte meine Hand so, dass ich kaum die Zunge traf.

Die Polizei. Anders. Irgendjemand. Hiermit wurde ich nicht alleine fertig, das ging zu weit. In meinem Flur verriegelte ich sorgfältig die Tür hinter mir. Anders' Hähnchen lag mir im Magen, und wenn ich es nicht so unangenehm gefunden hätte, mich zu erbrechen, hätte ich versucht, es loszuwerden. Ich zog die Jacke aus und streifte die Schuhe ungeöffnet von den Füßen. Meine Mutter schimpfte früher immer mit mir, wenn sie mich dabei erwischte.

»Du machst die Schuhe kaputt«, sagte sie immer. »Guck mal, wie die aussehen.« Ich verglich sie mit ihren Schuhen. Meine sahen immer aus, als hätte ich sie schon jahrelang getragen. Sie putzte ihre, stopfte sie mit Zeitungspapier aus und benutzte Schuhspanner. Mamas Schuhe sahen immer aus wie gerade erst gekauft, obwohl sie sie schon so lange besaß, wie ich zurückdenken konnte.

Mama, ich werde nie so sein wie du, dachte ich und schüttelte den anderen Schuh ungeduldig ab. Er flog durch die Luft und knallte gegen die Wohnungstür. Da sah ich die Ratte.

Ich schrie laut auf. Da lag eine tote Ratte unter dem Briefschlitz. Sie war braun, blutig und platt gedrückt. Mehr nahm ich nicht wahr. Ich schrie und rannte ins Zimmer. Kroch auf meinen Sessel und zog die Beine unters Kinn, als fürchtete ich, sie würde hinterhergerannt kommen und mich beißen. Als ich aufgehört hatte zu schreien, war es totenstill und ich horchte konzentriert auf Geräusche von der Ratte oder von demjenigen, der sie dorthin gelegt hatte. Es war nichts zu hören.

Mit schlotternden Knien ging ich in die Küche und holte Handfeger, Kehrschaufel und eine Plastiktüte. Ich ging in den Flur und starrte stur geradeaus auf die Tür, um die Ratte nicht ansehen zu müssen. Ich ging in die Hocke und riskierte nur einen schnellen Blick, um zu sehen, wo sie lag. Ohne richtig hinzusehen, schaffte ich es, den toten Körper auf die Kehrschaufel zu schieben. Ich öffnete die Plastiktüte und ließ ihn hineinfallen. Dann knotete ich die Tüte fest zu und öffnete die Wohnungstür. Nachdem ich die Tüte in den tiefen Schacht des Müllschluckers geworfen hatte, ging ich wieder hinein und schloss rasch hinter mir zu. Aber gerade als ich den Schlüssel umdrehte, fiel mein Blick auf die Fußmatte, auf der die Ratte gelegen hatte. Da war ein kleiner dunkler Fleck. Ich nahm die Matte und rollte sie zusammen. Schloss wieder auf und warf sie ebenfalls in den Müllschlucker. Anschließend wusch ich mir die Hände. Lange stand ich da und versuchte das immer heißer werdende Wasser auszuhalten.

Das hier musste aufhören. Sofort.

In meiner Jackentasche fand ich Robert Björklunds Visitenkarte. Darauf stand die Nummer des Polizeireviers und eine Handynummer. Ein rascher Blick auf die Uhr verriet mir, dass es inzwischen fast halb eins war. Konnte ich so spät noch anrufen?

Ich beschloss, seine Handynummer zu wählen. Wenn er Wert auf seinen Schlaf legte, war das Handy sicher abgeschaltet. Wer weiß, vielleicht hatte er ja Nachtdienst.

Er antwortete mit einem heiseren »Hallo«.

»Hier ist Ingrid Carlberg. Haben Sie schon geschlafen?«

»Mhm. Hat es Zeit bis morgen?«

Plötzlich kam ich mir vor wie ein Dummkopf. Es war mitten in der Nacht. Was hatte ich von Robert erwartet? Dass er im Pyjama zu mir gerast kam und ... ja, was?

»Tut mir leid. Ich rufe morgen wieder an.«

»Kein Problem. Gute Nacht.«

Robert hatte das Gespräch beendet, bevor ich noch etwas sagen konnte. Im selben Moment, als ich den Hörer auflegte, klingelte es. Es war Peter Konradsson.

»Guten Abend, entschuldigen Sie vielmals«, sagte er. »Tut mir leid, dass ich Sie so spät noch störe. Aber Pernilla hat mich gerade angerufen und erzählt, dass sie Sie vorhin getroffen hat, deshalb dachte ich, dass Sie wohl noch wach sind. Und außerdem stecke ich in einer Krise, wirklich. Ich weiß nicht mehr, was ich tun soll. Und ich dachte, vielleicht haben Pastoren ja eine Art Bereitschaftsdienst oder so ...«

»Wenn Sie mit der Telefonseelsorge sprechen wollen, haben Sie die falsche Nummer gewählt«, sagte ich.

»Ich verstehe. Natürlich. Aber ich muss ganz einfach mit jemandem reden. Das alles ist so aufreibend. Pernilla meint, dass ich Abstand halten soll. Von Tanja und Ihnen und überhaupt. Dabei hatte sie mich so gedrängt, Kontakt aufzunehmen.«

Ich hörte, wie er schluckte und laut und hastig atmete.

»Na gut, ich war ohnehin noch wach«, sagte ich.

»Ich wünschte, ich wäre Tarzan oder so und all diese Ereignisse würden mir keine Angst machen. Aber das tun sie. Ich traue mich nachts kaum noch zu schlafen. Und Pernilla ist jetzt auch betroffen. Das Schlimmste ist, dass ich keine Ahnung habe, wer hinter der ganzen Sache steckt.«

»Jemand, der auch mich bedroht«, sagte ich. »Eine Sekunde bevor Sie anriefen, habe ich mit der Polizei telefoniert.«

»Tatsächlich? Daran habe ich auch schon gedacht. Wir haben darüber gesprochen, Pernilla und ich. Aber sie will das nicht. In dem Brief, den sie gekriegt hat, wurden ihre Kinder erwähnt. Sie will, dass wir Tanja ab sofort vergessen. Uns aus allem raushalten. Diesen ganzen Scheiß mit Drogen und so. Damit wollen wir nichts zu tun haben.«

»Vielleicht. Aber ich werde auf jeden Fall die Polizei informieren. Ich fände es unverantwortlich, sich ...«

»Moment. Haben Sie das nicht gerade getan?«

»Doch, aber ... Na ja, ich kam nicht richtig dazu ... Morgen werde ich jedenfalls Anzeige erstatten.«

»Also bisher haben Sie noch nichts gesagt? Ich habe Sie angerufen, weil ich mich so verdammt allein gelassen fühle. Könnten wir uns nicht einfach morgen treffen und überlegen, was man tun kann? Ich habe solche Angst, dass der, der uns droht, durchdreht und Pernilla und den Kindern etwas antut. Könnten wir uns bitte kurz treffen und uns beraten? Ich würde mich sicherer fühlen, wenn ich wüsste, was Sie der Polizei sagen wollen und so. Bitte.«

Es war natürlich ein Fehler, mich von Peter Konradsson erweichen zu lassen. Aber ich tat es trotzdem. Ein diffuses Schuldgefühl, dass ich es schließlich war, die Peter dazu bringen wollte, Tanja zu besuchen, ließ mich einwilligen. So als wäre ich es ihm schuldig. Bevor wir auflegten, verabredeten wir uns für den nächsten Tag um vier Uhr. Bis dahin wollten wir versuchen, uns von den Drohungen nicht einschüchtern zu lassen.

»Wenn man jemandem Drohbriefe schickt, dann setzt man seine Drohungen bestimmt nicht sofort in die Tat um«, sagte Peter. »Dann wartet man erst mal eine Weile ab.«

In meiner Speisekammer stand eine Flasche Sherry, die ich vor ein paar Jahren von einer Auslandsreise mitgebracht hatte. Meine Mutter und ich waren zusammen nach Teneriffa geflogen. Sie wurde fünfundsechzig und wollte ihren Geburtstag in der Sonne verbringen. Sie hatte vorgeschlagen, ich sollte doch Sherry mit nach Hause nehmen. Man kann ihn ganz prima zum Kochen verwenden, sagte sie. Und ich kaufte ihn, obwohl ich äußerst selten koche und schon gar nicht mit Sherry. Außerdem fand ich Sherry zu süß und zu klebrig. Aber jetzt holte ich die Flasche hervor und goss mir ein großes Glas ein.

14. *Kapitel*

Der leere Platz, an dem sonst immer die Fußmatte lag, war der Beweis, dass ich das alles nicht geträumt hatte. Als ich am nächsten Morgen aufwachte, mit schwerem Kopf vom Sherry, kehrte ein Ereignis nach dem anderen in mein Bewusstsein zurück. Die Ratte war der groteske Höhepunkt des Ganzen.

Ich machte mir einen Pulverkaffee mit heißem Wasser aus der Leitung. Das ist wahrscheinlich ungesund, aber in solchen Momenten, wenn man zu nichts Lust hat, geht das gut. Ein Schuss Milch, und der Kaffee schmeckt fast wie immer.

Die Uhr zeigte halb acht. Wann ich wohl eingeschlafen war? Um drei? Vier? Der Sherry hatte nicht geholfen, er ließ meine Gedanken nur noch schneller kreisen, in immer seltsamere Richtungen. Alles in allem hatte ich vielleicht vier Stunden geschlafen. Trotzdem fühlte ich mich für den Kampf gewappnet, als ich in die Dusche stieg. Eine leichte, elastische Rüstung hatte sich um meinen Körper gelegt.

Anders. Es gibt dich.

Niemand konnte mich derartig einschüchtern, dass ich schwieg. Nachdem ich mit Peter geredet hatte, würde ich der Polizei alles erzählen. Es musste doch möglich sein, dem ganzen Spuk ein Ende zu setzen.

Es dauerte eine Weile, bis ich am Krankenhaus Söder einen Parkplatz gefunden hatte. Kerstin und Tanja lagen jetzt beide verwundet dort. Ich fand einen Platz ein Stück vom Eingang entfernt. Als ich einparkte, sah ich Robert Björklund auf den Eingang zugehen. Er war leicht wiederzuerkennen, obwohl er eine Sonnenbrille trug. Er spuckte auf den Boden, bevor er das Gebäude betrat. Auf dem Kopf trug er eine Sportkappe, die er zurechtrückte, während er durch die Tür ging.

Zuerst wollte ich zu ihm hinlaufen und ihm alles erzählen. Dann genau das Gegenteil, nämlich mich vor ihm verstecken. Mein Versprechen gegenüber Peter, die Polizei vorerst nicht zu informieren, hallte in meinem Kopf wider. Jetzt, bei Tag, kam mir das Versprechen seltsam und unbegründet vor. Trotzdem wollte ich es nicht brechen.

Er war wahrscheinlich auf dem Weg zu Kerstin, um sie nochmals zu vernehmen. Deshalb beschloss ich, zuerst Tanja aufzusuchen. Neben der Tür, auf die eine Schwester zeigte, erkannte ich einen Wärter wieder, der manchmal aushilfsweise im Gefängnis arbeitete. Er hieß Sebastian, den Nachnamen hatte ich vergessen. Einmal hatte er mich angesprochen und mich gefragt, wie ich über das Thema Strafe dachte. Entsprach es Gottes Wille, dass Menschen im Knast eingesperrt waren? Hielt Gott diese Art von Strafe für wirksam? Sein Tonfall war ein bisschen sarkastisch gewesen, und ich war froh, dass ich weggerufen wurde, als er die Fragen stellte. Ich habe ihm nie darauf geantwortet.

Ich hatte Anita auf Sebastian angesprochen, und sie sagte, sie vermute, dass er das ganze Gefängnissystem in Frage stelle, aber er sei umgänglich und zuverlässig. Er studierte Kriminologie und war sehr engagiert.

»Er ist jung. Die Zeit wird ihm seine Ideale schon noch zurechtschleifen«, sagte sie.

Sebastian saß auf einem Stuhl und las. Als er mich kommen hörte, sah er von seinem Buch auf und nickte kurz.

»Sie liegt da drinnen«, sagte er.

Dann widmete er sich wieder seiner Lektüre. Ich öffnete die Tür einen Spalt und klopfte gleichzeitig an. Tanja hatte ein Einzelzimmer. Das Kopfende des Bettes war hochgestellt, sodass Tanja halb aufrecht saß. Sie hatte die Augen geschlossen. Ihre Handgelenke waren bandagiert und sie war sehr blass. Der Ring in ihrer Nase sah inmitten der Blässe noch brutaler aus. Ihre blonden Locken ringelten sich um ihr Gesicht. Sie schien zu schlafen, aber als ich an ihrem Bett stand, schlug sie die Augen auf.

»Ich konnte nicht mehr«, flüsterte sie.

Ich tätschelte ihr sachte den Arm und setzte mich auf einen Stuhl.

»Du hattest es sehr schwer«, sagte ich.

Tanja drückte auf einen Knopf, und der Kopfteil des Bettes richtete sich noch etwas steiler auf.

»Ich schaffe es nicht länger zu kämpfen. Ich sitze im Knast wie ein verdammtes Stück Gemüse. Da werde ich wohl bleiben müssen. Oder sterben. Sterben erschien mir plötzlich unwiderstehlich schön.«

Etwas musste passiert sein. Tanja war eine Kämpferin. Wütend und verzweifelt, aber eine Kämpferin.

»Du hast uns vielleicht erschreckt. Du hast mir und Kvarnström wirklich einen Schrecken eingejagt, als wir dich im Fitnessraum fanden.«

Tanja lächelte schwach.

»Ich sehe den Dicken direkt vor mir. Endlich mal etwas, das sein Pokerface aus der Fassung bringt.«

Ich lächelte zurück. Wir schwiegen eine Weile. Tanjas Lächeln saß immer noch wie ein kleines schwaches Echo in den Mundwinkeln.

Würde ich sie doch noch mögen?

Es ist leichter, jemanden zu mögen, der einem unterlegen ist. Ich mochte Tanja nicht, weil ich mich ihr unterlegen fühlte. Ich hatte das Gefühl, dass sie mich mit triumphierendem Blick musterte, und das machte mich rasend. Die einzige Gegenwehr, die ich zur Verfügung hatte, war Antipathie. Mit manchen Menschen vergleicht man sich geradezu zwanghaft, sie treiben einen dazu, ohne dass man es merkt.

Jetzt lag Tanja mit aufgeschnittenen Handgelenken in ihrem Bett und sah klein und unschuldig aus. In mir regte sich ein beinahe zärtliches Gefühl für sie.

»Gibt es irgendwas, was ich für dich tun kann, Tanja?«

»Nein, ich glaube nicht.«

Sie zog ein Papiertaschentuch aus einer Plastikverpackung. Ihre Hände waren blaurot. Als sie sich schnäuzen wollte, sah es aus, als sei es sehr schwer für sie, mit den Fingern Druck auszuüben.

»Ach doch, etwas schon.«

»Und was?«

»Bleib eine Weile sitzen. Sei einfach da.«

»Das mache ich gern.«

Tanja legte das Taschentuch weg. Sie zog noch zweimal die Nase hoch. Betastete vorsichtig die Bandagen. Verzog das Gesicht zu einer Grimasse.

»Tut es weh?«

»Bisschen. Wie geht es Kerstin? Ich habe gehört, dass sie niedergestochen wurde.«

Ich war drauf und dran, sie zu fragen, von wem sie das gehört hatte, ließ es dann aber sein. Was ging mich das an?

»Sie wird wieder.«

»Weiß man schon, wer es getan hat?«

»Nein, nicht dass ich wüsste.«

»Was gibt es bloß für perverse Irre. Das ist doch verrückt. Ich hoffe nur, sie kriegen den Idioten.«

»Die Polizei arbeitet dran.«

»Hat sie denn schon was gesagt?«

»Ich glaube nicht. Was denkst du jetzt über dich selbst?«

Tanja seufzte und zog die Decke bis unters Kinn hoch und versteckte ihre Handgelenke darunter.

»Irgendwas in mir ist geplatzt. Wie soll man das erklären, wenn man es selbst nicht begreift? Plötzlich wird alles schwarz. Als ob man einen Vorhang zuzieht. Nacht.«

»Aber du hattest doch einen Gruß von Peter bekommen, über den du dich zu freuen schienst?«

»Ja. Ich weiß. Es hört sich komisch an, aber irgendwas in mir ließ los, etwas, das mich zuerst glücklich und danach todtraurig machte.«

»Was hat dich so traurig gemacht?«

»Ich weiß nicht genau«, antwortete Tanja mit dünner Stimme. »Vielleicht, dass ein Traum zu nahe herankam. Als er Wirklichkeit wurde, erkannte ich, wie dumm er war.«

»Möchtest du mir von dem Traum erzählen?«

Tanja schwieg eine Weile. Sie biss sich auf die Lippen.

»Es war so wie immer, dass ich alles von Peter abhängig machte. Dass ich dachte, wenn er zurückkommt, klärt sich alles auf. Aber wie sollte er mir helfen können? Das Heroin lag, wo es lag, daran können weder er noch ich etwas ändern. Wenn er zurückkäme, würde ich wieder genauso schwach und abhängig sein wie vorher, und es würde so peinlich und demütigend sein, ihn in einem Gefängnis wiederzutreffen.«

Tanja drehte sich zu mir.

»Kannst du bitte die Vorhänge aufziehen? Es ist so dunkel und stickig hier drinnen.«

Ich tat, worum sie mich gebeten hatte. Der Sommer draußen füllte sofort das ganze Zimmer. Die Sonne warf ein helles Quadrat auf den Boden. Der Himmel war knallblau, ohne das kleinste Wölkchen. Ich war ganz überwältigt, wie der Sommer die Welt verwandelte.

»Sieh nur, was für ein herrlicher Tag.«

Tanja blinzelte vorsichtig zum Fenster.

»Ist es wirklich Sommer draußen? Du siehst warm angezogen aus.«

Ich schwitzte tatsächlich ein wenig in meinem Wollpullover und den dunklen Hosen. Tanja musterte mich, und ich wand mich unbehaglich unter ihren Blicken. Zerrte am Halsausschnitt des Pullis, um ihn etwas zu weiten. Ich sah unpassend aus. Wieder einmal.

»Ach, das ist nicht so warm, wie es aussieht«, sagte ich kurz.

Tanjas Gesicht leuchtete im Frühsommerlicht auf.

»Weißt du, als Peter und ich uns kennenlernten, war es gerade Sommer geworden. Mir kam es so vor, als ob er mich aufforderte. Also, ich meine nicht direkt zum Tanzen. Er forderte mich auf, bei dem Fest dabei zu sein, wie soll ich sagen, am Leben teilzunehmen. Bevor ich Peter traf, war es, als gäbe es mich gar nicht. Ich war so einsam, wie du es dir wahrscheinlich gar nicht vorstellen kannst. Meine Eltern waren zurück nach Tschechien gegangen. Aber ich wollte hierbleiben. Schweden war meine Heimat geworden. Natürlich traf ich mich mit Jungs und war auch mit dem einen oder anderen befreundet. Aber ich lief immer nur am Rande mit. Peter nahm mich für voll. Gab mir zu verstehen, jetzt sind wir zu zweit. Wir sind zusammen und das ist alles, was zählt.«

Tanja versuchte, nach der Wasserkanne zu greifen. Ich half ihr. Sie nahm den Plastikbecher mit zitternder Hand und trank daraus. Aus ihren Mundwinkeln rann ein wenig Wasser.

»Wir waren immer zusammen. Ständig, immer. Wenn er zur Arbeit ging oder sonst irgendwohin musste, fühlte ich mich wie ein verlassener Welpe. Hätte am liebsten nur noch gewinselt und gejault. Ich arbeitete damals in einem Schönheitssalon. Peter kam oft vorbei und leistete mir Gesellschaft. Blieb einfach da und las Zeitung, während ich mich um die Kundschaft kümmerte. Und wenn er zur Arbeit ging, begleitete ich ihn, sooft es ging.«

Tanja hustete. Ich gab ihr den Becher mit Wasser, und sie trank noch ein paar Schluck.

»Völlig krank, wenn man es im Nachhinein betrachtet. Die ganze Beziehung ist mir heute ein Rätsel. Man sollte meinen, dass ich mutiger und sicherer wurde durch all die Fürsorge, nach der ich mich so lange gesehnt hatte. Aber im Gegenteil. Peter war für mich wie Rauschgift. Ja, so war es wirklich. Ich litt unter Entzugserscheinungen, wenn er nicht da war. Traute mir ohne ihn nichts mehr zu. Am Ende war es so weit, dass ich Peter schon hilfesuchend ansah, wenn ich an der Würstchenbude gefragt wurde, ob ich Senf oder Ketchup wollte. Ich wurde immer ängstlicher. Ich hatte Angst, dass er mich eines Tages satthaben könnte, weil ich wie eine Klette an ihm hing und nicht mal mehr die kleinste Kleinigkeit selbst hinkriegte.«

»Gab es denn Anzeichen dafür, dass er dich wegen deiner Anhänglichkeit satthatte?«

Tanja schüttelte nachdrücklich den Kopf.

»Nein, nein. Was mir heute irgendwie krank vorkommt, ist, dass er manchmal schon genervt war, aber dass er es zu genießen schien. Er wollte mich genau so haben. Ich schwör's, es war so. Es gab lange Zeiten, in denen ich sehr schwierig war, und da ging ich ihm wohl schon auf die Nerven. Ich heulte, wenn er abends mal ohne mich ausgehen wollte. Schrie und war hysterisch, weil ich mir ausmalte, wie er mit anderen Mädchen flirtete. Das machte natürlich alles nur noch schlimmer. Aber dann kam der Tag, an dem sich alles änderte. Mein Gott, wie dramatisch sich das anhört. Aber das war der Tag, an dem ich sozusagen aufwachte.«

Tanja machte eine Pause, bevor sie mit ihrer Erzählung fortfuhr. Sie starrte angestrengt in die Luft.

»Ich sah mich auf einmal selbst. Ehrlich. Plötzlich sah ich mich. Es war an einem Samstagvormittag. Peter war weg, er wollte irgendwas mit dem Auto regeln und wollte nicht, dass ich dabei war. Ich versuchte, es ganz cool wegzustecken, aber innerlich tobte ich. War absolut überzeugt davon, dass er die Schnauze voll hatte und wegwollte. Dass er eine andere hatte. Ich war noch nicht angezogen, sondern immer noch nackt. Als ich sah, wie er über den Platz in Richtung Garage ging, rastete ich aus. Ich nahm mir seine Sachen vor. Suchte überall. Durchwühlte Schubladen, schüttelte die Bücher aus, um herauszufinden, ob er was versteckt hatte. Durchsuchte alle seine Taschen. In den Jeans. In den Jacken. Und dann, im Flur, passierte es. Als ich eine Jackentasche durchwühlte, sah ich, wie sich im Flurspiegel etwas bewegte. Eine Verrückte, die splitternackt die Taschen ihres Mannes durchsucht wie eine Stadtstreicherin, die in Mülltonnen herumwühlt. Ich nahm die Hände aus den Jackentaschen und drehte mich zum Spiegel. Und weißt du, was ich sah?«

Tanja wandte mir das Gesicht zu. Ich schüttelte den Kopf.

»Ich war hübsch. Sogar verdammt schön. Nackt, glatt, schlank, langgliedrig. Attraktiv. Was ist mit dir los?, sagte ich zu meinem Spiegelbild. Was zum Teufel machst du da eigentlich? Reiß dich zusammen, Mensch. Mach dich nicht klein. Verstehst du, was ich meine? Kannst du dir ungefähr vorstellen, was ich gefühlt habe?«

»Ich glaube schon.«

Meine Stimme klang heiser. Tanja fuhr fort.

»Ich hatte angefangen zu glauben, ich sei ein Nichts. Ich sei irgendwas, was man am liebsten wegwerfen würde. Und ich kann nicht behaupten, dass es Peters Schuld war. Jedenfalls nicht nur. Er war keiner von diesen Psychopathen, die einen klein machen und nicht hochkommen lassen. Er sagte sogar ziemlich oft, dass ich süß wäre und so. Aber er hatte eine Art an sich, die mich glauben machte, ich könnte ohne ihn nicht leben.«

Tanjas Geschichte erschreckte mich. Es war, als würde ich Jesus auf der Bank beobachten. Von ganz nah. Nur ein kleiner Schritt, und ich wäre selbst dort.

Sicherheit. Zusammen sein, eins werden. Anders' Hände, die mich hielten und sich auf die Türklinke legten, als ich nach Hause wollte. Wie gerne hätte ich die Augen geschlossen und mich einfach zurückfallen lassen. Mich an ihn gelehnt und gespürt, wie er mich festhielt. Das Gefühl, wie seine Hände das Türschloss bezwangen, wie er es schaffte, was ich kurz vorher vergeblich versucht hatte.

Ich merkte, wie ich rot wurde. Es war ein dummer Gedanke. Er widersprach allem, wofür ich mich einsetzte. Die Röte in den Wangen ließ nicht nach, und ich griff nach meiner Handtasche, um ein Taschentuch zu suchen. Als ich das Etui mit den Papiertüchern zu fassen bekam, wusste ich schon nicht mehr, was ich damit wollte. Ich zog ein Taschentuch heraus und putzte mir die Nase. Ich begegnete Tanjas Blick. Sie studierte mich und hatte etwas von ihrer Überlegenheit zurückgewonnen.

»Ich war schön, verstehst du?«, wiederholte sie, und ich nickte.

Dir Tür ging auf, und Tanja und ich zuckten zusammen. Es war Sebastian, der nachsehen wollte, ob alles in Ordnung war. Wir nickten beide erschrocken, und er schloss die Tür wieder. Tanja legte eine ihrer bandagierten Hände auf die Brust.

»Mann, hat der mir einen Schreck eingejagt«, sagte sie.

»Hätte ja auch anklopfen können«, sagte ich.

Tanja nickte. Im Raum knisterte es von unserer Anspannung. Wusste sie, dass die Menschen in ihrem Umkreis bedroht wurden? War sie selbst auch bedroht?

»Gibt es jemanden, vor dem du dich fürchtest?«

Tanja erwiderte, nein, den gebe es nicht. Kam ihre Antwort zu prompt? Jemand wollte nicht, dass Tanja mit mir, Peter und Pernilla redete. Was fürchtete dieser Mensch, was sie uns enthüllen könnte?

»Hast du noch Kontakt zu Freunden oder Bekannten von früher?«

»Ich habe keine Freunde von früher«, erwiderte Tanja leise.

»Und dieser Banjo, oder wie hieß er ...«

»Mit dem war nie was, das habe ich doch gesagt«, fiel Tanja mir ins Wort. »Der sitzt bestimmt in seinem Haus auf Gotland und kifft. Wenn er nicht längst wieder in Thailand ist. Der Typ ist einfach nur eine Niete, glaub mir.«

Ich ging zum Fenster und öffnete es einen Spalt. Es war angenehm, Geräusche von draußen zu hören, als Ablenkung von der angespannten Stimmung, die im Raum herrschte. Ich fragte mich, ob Tanja sich nach dem Leben draußen sehnte oder wieder versuchen würde sich umzubringen.

Ich setzte mich auf ihre Bettkante. Tanja zog die Augenbrauen leicht zusammen.

»Kannst du dich im Spiegel wiederfinden?«, fragte ich.

»Was?«

»Vielleicht solltest du dich wieder einmal ansehen. Versuchen, das Lebensgefühl wiederzufinden, von dem du mir erzählt hast.«

»Aber jetzt sehe ich doch beschissen aus.«

»Nein, das tust du nicht. Und das Äußere ist ja nicht alles. Du hast doch mehr zu bieten.«

»Meinst du die inneren Werte und dieses ganze Blabla?«

Sie seufzte, als hätte ich sie an eine Last erinnert, die sie am liebsten abgeworfen hätte.

»Ja, ja. Ich weiß. Die habe ich ja die ganzen nächsten Jahre auch noch. Aber ich würde nicht darauf wetten, dass ich innerlich auch schön bin.«

Tanja lachte laut auf. Es klang hart und traurig. Ich griff nach meiner Handtasche und meiner Jacke.

»Ich muss los. Aber ich komme gerne wieder, wenn du willst.«

Tanja machte ein ängstliches Gesicht. Ich sah sie vor mir, abhängig von Peter, wie ein kleiner verlassener Hund.

»Willst du nicht wissen, was danach passierte? Nachdem ich mich damals im Spiegel gesehen hatte?«

Ich setzte mich wieder auf den Besucherstuhl.

Tanja strich die Bettdecke glatt. Ihre Finger waren gekrümmt. Es schien wehzutun, wenn sie versuchte, sie zu strecken.

»Ich ging nach draußen. Ich zog mich an, schrieb Peter einen Zettel, dass ich ausgegangen war, aber bald zurück sein würde. Dann lief ich einfach durch die Gegend. Es war Herbst, aber immer noch ziemlich warm. Die Straßencafés hatten noch geöffnet. Ich setzte mich in eines davon und dachte einfach nur nach. Wusste nicht, was ich machen sollte, nur, dass ich mich ändern musste. Dass ich nicht so weitermachen konnte wie bisher.

Nicht mehr der Hund von jemandem sein konnte. Aber ich hatte keine Ahnung, wie ich das ändern sollte. Ich muss mir eigene Interessen suchen, dachte ich. Was für mich selbst tun.«

Tanja sah mich an, und ich nickte leicht, um zu zeigen, dass ich zuhörte.

»Und das sagte ich auch, als ich nach Hause kam. Peter sah ganz verstört aus. Ich war fünf Stunden oder so weg gewesen. Erst war er sauer. Sagte, ob ich denn nicht begreifen könne, dass er sich wahnsinnige Sorgen gemacht hatte. Dann, später, war er so schuldbewusst. Sagte, dass alles nur seine Schuld war. Dass er verstehen konnte, dass ich abgehauen war, als er nicht bei mir sein konnte. Dass er in der letzten Zeit nicht oft genug da gewesen war.«

Tanjas Augen begannen hin und her zu irren. Sie sah gehetzt aus.

»Da sein, was ist das eigentlich für ein bescheuerter Ausdruck. Immer wenn er anfing, von da sein zu reden, dachte ich an Untreue. Nicht bei mir gewesen. Woanders gewesen. Solche bescheuerten Sachen sagte er mit bekümmerter Miene. Was für eine plumpe Art, jemanden zu betrügen.«

»Vielleicht meinte er damit, dass er in Gedanken nicht bei dir sein ...«

»He, ich bin nicht von gestern, klar? Der hat ganz sicher an eine andere Braut gedacht. Man muss kein Psychologe sein, um das mitzukriegen. Jedenfalls hat sich an diesem Tag irgendwie alles entschieden. Wir haben uns die nächsten Tage nur noch angeschrien und miteinander gestritten. Am Ende hatte ich ihn so weit, dass er zugab, ja, es gibt da ein Mädchen, an das er denkt. Aber das sei reine Phantasie, sagte er. Im Grunde wolle er nur mit mir zusammen sein. Er hat mich in seine Phantasiewelt hineingezwungen, dieser Satan. Da sollte ich sitzen, voller Verständnis für ihn, Parkett erste Reihe.«

Tanjas Gesicht war wutverzerrt. Ihr Mund war so fest zusammengepresst, dass die Lippen beinahe verschwanden.

»Ich bin voll hineingetappt. Wurde wieder zu einem kläglichen Schatten. Aber ich sage dir eins, innerlich war ich aufgewacht. Die Saat begann aufzugehen. Ich würde ihn dazu zwingen, mich als eine Ebenbürtige zu lieben.«

Mir wurde beinahe schwindelig von Tanjas Gefühlsumschwüngen. Konnte man noch sagen, dass die beiden einander geliebt hatten?

Ich sah sie an, wie sie da lag mit ihren verbundenen, zerschnittenen Handgelenken und Hass versprühte. Andere Bilder drängten sich in mein Bewusstsein. Tanjas bettelndes Gesicht. Bitte, bring ihn dazu, mich nur ein einziges Mal zu besuchen. Die Verzweiflung, die Sehnsucht. Und dann dies.

»Ich verstehe«, sagte ich.

»Wirklich? Du selbst sagst ja nie etwas. Verstehst du, was aus Menschen, die lieben, werden kann? Du kannst sicher viel Gutes und Schönes über die Liebe sagen. Träum weiter, sage ich nur. Die Liebe ist eine Droge wie andere auch. Bevor man es mitkriegt, ist man ihr verfallen. Und geht unter.«

»Das, was destruktive Liebesbeziehungen kennzeichnet...«

Tanja hielt sich die Ohren zu.

»Bitte, hör auf. Welche Liebesbeziehung ist nicht destruktiv? Früher oder später? Du hast sicher einen lieben, guten Mann und ihr seid superglücklich und alles. Herzlichen Glückwunsch. Wir reden hier über was anderes. Du erzählst nie etwas von dir, und wir können wohl auch drauf verzichten. Du siehst mitgenommen aus. Ist irgendwas passiert?«

»Jemand hat eine tote Ratte durch meinen Briefschlitz geworfen. Jemand, der will, dass ich nicht mehr mit dir rede. Du weißt nicht zufällig, wer das sein könnte?«

Es befriedigte mich, zu sehen, wie Tanjas Selbstsicherheit schwand. Ich hatte nicht vorgehabt, ihr von der Drohung zu erzählen, aber Tanja provozierte mich.

Herr, ich kann nicht länger Pastorin sein. Ich bin mit mir selbst noch nicht fertig. Ich habe noch nicht in meine eigenen

Abgründe geblickt. Vielmehr habe ich den Glauben dazu benutzt, um mich davor zu bewahren. Ich habe dich benutzt, Herr, um nicht zu den dunklen Stellen in mir hinabsteigen zu müssen, die ich nicht sehen will. Aber gerade diese Stellen, die ich zu ignorieren versuche, treiben mich oft dazu, bestimmte Dinge zu tun. So wie jetzt.

Jähzorn war so ein dunkler Punkt. Ich versuchte, es zu ignorieren, aber die Wut überkam mich so schnell und schoss dann aus mir heraus. Tanja löste das jedes Mal wieder aus.

Dass ich Pastorin war, beeindruckte sie nicht. Ich war es gewohnt, wegen meines Berufes mit Respekt behandelt zu werden. In Ruhe gelassen zu werden. Bei dir, Herr, habe ich mir einen eigenen Raum geschaffen, ein Reservat.

In Tanjas Augen war ich bloß eine dickliche Schnepfe mit einem langweiligen Beruf. Das konnte ich nicht wegstecken. Ich musste zurückschlagen.

Nach der ersten Überraschung hatte Tanja sich schnell wieder gefangen.

»Nein, ich habe keine Ahnung. Mein Gott, es muss jemand sein, der sich einen Jux daraus machen will, dich zu erschrecken. Peter würde so etwas nie tun. Warum sollte er auch? Und Banjo? Nein, das kann nicht sein. Es ist mir wirklich immer noch ein Rätsel, wer das Rauschgift in meine Reisetasche getan hat. Aber dieser Jemand denkt vielleicht, dass ich etwas weiß. Nur, ich weiß nichts. Wie gesagt.«

Tanja wirkte fast lebhaft, wie sie dalag und darüber spekulierte, wer es getan haben könnte. Oder besser – wer es nicht getan hatte. Sie war überzeugt, dass es niemand gewesen sein konnte, den sie kannte. Ich hätte sie fragen können, warum es jemandem, den sie nicht kannte, so wichtig sein sollte, dass sie keinen Kontakt zu mir hatte. Aber ich hatte keine Lust.

Es klopfte an der Tür, aber diesmal reagierten wir kaum darauf. Ohne eine Antwort abzuwarten, wurde die Tür geöffnet und Robert Björklund, der Polizist, trat ein. Er nickte mir kurz zu. Dann trat er an Tanjas Bett und zeigte ihr seinen Dienstausweis. Er hielt ihr die Hand hin. Zögernd reichte sie ihm ihre rote, gekrümmte Hand. Er schüttelte sie sanft.

»Ich werde es kurz machen. Nur ein paar Fragen. Unter vier Augen, bitte.«

Er sah mich auffordernd an. Tanja protestierte nicht. Beide schauten zu, wie ich meine Jacke und meine Tasche nahm und hinausging.

»Hätten Sie Zeit, draußen ein paar Minuten auf mich zu warten?«, fragte Robert.

Ich nickte. Wandte mich zu Tanja um und sagte, dass ich am nächsten Tag wiederkommen würde. Sie antwortete, es sei okay. Als die Tür hinter mir geschlossen wurde, blieb ich kurz hinter der Schwelle stehen und hoffte, sie würde langsam zugleiten. Ich wollte wenigstens noch hören, welchen Ton er anschlug und um was für Fragen es ging. Aber die Tür fiel ins Schloss, bevor ich auch nur eine Silbe aufschnappen konnte. Sebastian sah von seinem Buch auf.

»Sitzen Sie hier, um Tanja zu bewachen?«

»Sie soll heute Nachmittag auf die Krankenstation des Gefängnisses verlegt werden«, antwortete er, schon wieder in sein Buch vertieft.

Ich beneidete Sebastian, weil er etwas zu lesen hatte. Auf dem Tisch lagen zwar ein paar Frauenzeitschriften, aber auf die hatte ich nun doch keine Lust. Meistens wusste ich nicht mal, was das für Leute waren, von denen all die Klatschgeschichten handelten.

»Was lesen Sie da?«

Sebastian drehte das Buch um und las vor.

»J. M. Coetzee. Oder wie immer sich das ausspricht. Jedenfalls ist er Südafrikaner. ›Schande‹ heißt das Buch. Handelt von Schuld und so was. Und nicht auf die übliche, vorhersagbare Art. Gott hat dabei nichts zu suchen«, sagte er und wedelte mit dem Buch vor meiner Nase. »Das nehmen die Menschen selbst in die Hand.«

Ich wusste nicht genau, wie alt Sebastian war. Nicht viel über zwanzig. Er wirkte sehr jung. Jedenfalls hatte er den jugendlichen Drang, das Wissen und die Meinung der Älteren über den Haufen zu werfen. Ich konnte mir gut vorstellen, wie er am Abend in der Kneipe seine Antwort zum Besten geben würde: So habe ich's der Pastorin gegeben. Selbstgefälliges Glitzern in den Augen. Bewundernde Blicke von den Mädels und Jungs.

»Gottes Liebe befreit den Willen des Menschen«, erwiderte ich.

Er zog affektiert die Augenbrauen hoch. Die Tür ging auf, und Robert Björklund kam heraus. Er machte ein finsteres Gesicht.

»Nur auf ein Wort«, sagte er zu mir und deutete auf eine etwas entferntere Stelle den Gang hinunter. Sebastian folgte uns mit dem Blick über dem Buchrand. Wir hatten uns kaum ein paar Meter entfernt, als Robert mir schon ins Ohr zischte:

»Die Sache gefällt mir nicht.«

Sein Atem war heiß und heftig. Er roch leicht nach Kaffee.

»Ich will Sie nicht unter Druck setzen, ich weiß, dass Sie ewige Verschwiegenheit gelobt haben. Aber wenn Ihnen einfällt, wie Sie mir trotzdem helfen können, das hier aufzuklären, wissen Sie, wo Sie mich erreichen.«

Robert stand ganz dicht vor mir, Nasenspitze an Nasenspitze.

»Ich habe ja Ihre Karte«, sagte ich. »Und jetzt will ich Kerstin besuchen.«

Ich ging den Korridor hinunter. Als ich mich umdrehte, sah ich, wie Sebastian und Robert mir beide hinterherschauten.

Anstatt direkt zu Kerstin zu gehen, machte ich einen Abstecher in die Cafeteria. In der Schlange vor der Ausgabe wählte ich Anders' Nummer auf meinem Handy. Während ich darauf wartete, dass er abnahm, stellte ich ein Zitronenbiskuit und eine Himbeerbrause auf mein Tablett. Es sah kindisch aus. Ich nahm einen Kaffee dazu und konnte dem Mädchen an der Kasse gerade noch einen Fünfziger geben, als Anders sich meldete.

»Ingrid«, sagte er.

Er musste auf seinem Display gesehen haben, dass ich es war. Ich schluckte einen Kloß herunter, als ich seine Stimme hörte. Ganz hinten in der Ecke war ein Tisch mit nur einem Stuhl. Auf den ließ ich mich fallen.

»Ich kann nicht länger Pastorin sein«, sagte ich mit zitternder Stimme.

Anders schwieg und wartete auf eine Fortsetzung. Ich wusste nicht, wie ich es sagen sollte. Die Worte stolperten unüberlegt aus mir heraus. Die Erkenntnis, dass ich mit mir selbst und meinen Motiven nicht im Reinen war, hatte mich erschreckt.

»Es geht nicht. Ich verhalte mich falsch. Anders, du bist nicht nur mein Freund, sondern auch mein Chef. Können wir darüber sprechen?«

»Natürlich können wir darüber sprechen. Aber vielleicht sollten wir die Dinge auseinanderhalten. Wenn wir uns morgen im Pastorat treffen, können wir ein berufliches Gespräch führen. Und wenn wir uns am Abend sehen, können wir, nun ja... ein bisschen informeller sein.«

Anders räusperte sich. Dann lachte er verlegen. Ich kicherte.

»Wenn ich ehrlich sein soll, freue ich mich mehr auf den informellen Teil«, sagte er.

»Ich auch«, sagte ich. »Aber ich meine es ernst, wenn ich sage, dass ich nicht weiß, ob ich noch länger Pastorin sein kann. Nicht, dass ich meinen Glauben verloren hätte...«

Ich sah über die Schulter, um festzustellen, ob jemand zuhörte. Mit ging plötzlich auf, dass ich hier mit meinem Pastorenkragen saß und laut über vertrauliche Dinge redete. Aber niemand sah in meine Richtung. Ich fuhr etwas leiser fort:

»... aber ich verliere die Distanz, ich weiß nicht mehr genau, was mich lenkt.«

Anders schwieg eine Weile. Ich hörte, wie er an seiner Pfeife zog. Er saß irgendwo im Freien. Im Hintergrund waren Kinderstimmen und ein leise plätscherndes Geräusch zu hören.

»Ähnliche Bedenken hast du auch früher schon geäußert. Ich

glaube, dass du sehr hohe Ansprüche an dich stellst, was die Aufrichtigkeit deiner Gefühle angeht. Wenn negative Gefühle ins Spiel kommen und sich einmischen, befällt dich Panik. Das Wichtigste ist, richtig zu handeln. Darüber hinaus sind die Gedanken frei. Aber weißt du was? Du solltest deine Gedanken aufschreiben. Auf die Art könntest du Ordnung hineinbringen. Anschließend sehen wir sie uns genauer an.«

Wie üblich klang alles so leicht, wenn Anders darüber redete. Trotzdem hatte ich das unbehagliche Gefühl, dass er das Ausmaß meiner Besorgnis nicht erfasst hatte. Wahrscheinlich dachte er, dass ich übertrieb, wenn ich sagte, ich sei dabei, jede Distanz zu verlieren.

Wir verabredeten uns für heute Abend um sieben zu einem »beruflichen Gespräch«. Anschließend würden wir einen langen Spaziergang machen.

Kerstin sollte im Laufe des Tages ebenfalls auf die Krankenstation des Gefängnisses verlegt werden. Ich aß den Zitronenbiskuit, trank die halbe Himbeerbrause und schlürfte meinen Kaffee. Dann ging ich in die Notaufnahme, wo Kerstin immer noch lag. Sie schlief, als ich hereinschaute. Um die Schnittwunden herum hatten sich Blutergüsse gebildet. Obwohl ich wusste, dass sie einen Schnitt quer über dem Mund hatte, wandte ich mich bei dem Anblick abrupt ab.

Das hat ein kranker Mensch getan, sagte ich mir. Ein kranker, gefährlicher Mensch.

Ich setzte mich auf den Stuhl neben ihrem Bett. Sie lag auf der Seite, die Knie an den Leib gezogen, zusammengerollt. Als ob sie versuchte, den Bauch zu schützen. Auf ihrem Nachttisch waren keine Blumen, keine Karte, nichts.

Ich öffnete meine Tasche, um ihr einen Brief zu schreiben. In dem Moment schlug sie die Augen auf. Ihr Gesicht zeigte keine Regung, als sie mich sah. Als wäre sie innerlich tot. Als wäre das Messer bis in ihre Seele gedrungen.

»Hallo, Kerstin. Wie geht es dir?«

Sie zwinkerte langsam. Versuchte den Mund zu öffnen und gab ein schnalzendes Geräusch von sich. Die Zunge schien am Gaumen zu kleben. Ein schwaches Stöhnen kam aus dem Mund. Mehr nicht.

Ich strich ihr mit dem Zeigefinger den Arm entlang. Kerstin schloss die Augen. Ihre dunklen Lider zitterten.

»Du leidest sehr«, sagte ich.

Eine Träne bahnte sich einen Weg über Kerstins Wange.

»Bist du sicher, dass du nicht weißt, wer dir diese Schmerzen zugefügt hat?«

Kerstin schüttelte den Kopf. Ich streichelte immer noch ihren Arm. Nach einer Weile stützte Kerstin sich auf einen Ellbogen auf. Sie nickte zum Schreibblock hinüber. Ich gab ihr Block und Stift. Mühsam schrieb sie: »ICH SELBST«.

Ich sah sie an und verstand zuerst nicht, glaubte für eine Sekunde tatsächlich, sie habe sich selbst das Gesicht zerschnitten. Aber nach kurzem Nachdenken schien es mir unmöglich, dass jemand so viel Selbsthass aufbrachte und dabei den Verstand behielt. Wahrscheinlich meinte sie, was sie am meisten schmerzte, war die Zurückweisung durch ihre Familie. Und das wäre ihre eigene Schuld.

»Du warst krank. Niemand kann einem anderen Menschen die Schuld dafür geben, dass er krank ist.«

Kerstin ließ es zu, dass ich ihre Hand hielt. Ich betete zu dir, Herr, dass die Kraft, die ich spürte, sich auf Kerstin übertrug, sie dazu brachte wieder aufzustehen.

Bevor ich ging, stand ich lange am Fußende des Bettes und betrachtete Kerstin. Sie hatte die Augen geschlossen. Wahrscheinlich bekam sie starke Schmerzmittel.

Ich wollte, dass jemand dafür bestraft wurde. Während ich ihre zerschnittenen Lippen, ihren verletzlichen, weichen, misshandelten Mund betrachtete, dachte ich: Ich will, dass jemand für das hier bestraft wird. Hass brannte in mir.

Eigentlich wäre ich gerne im Krankenhaus geblieben. Ich fühlte mich dort sicher. Draußen vor dem Eingang blieb ich stehen und tat so, als ob ich etwas in meiner Tasche suchte. Dabei hielt ich Ausschau, ob jemand Verdächtiges in der Nähe war. Nur ein Mann stand unbeweglich einige Meter von mir entfernt, und ich sah, dass er mich beobachtete. Er trug eine Pilotenbrille mit verspiegelten Gläsern.

Robert Björklund.

Ich hob die Hand zu einem vagen Gruß, aber er reagierte nicht. Blieb reglos stehen, die Arme verschränkt. Ich begann auf mein Auto zuzugehen. Mein Herz klopfte, als hätte ich etwas verbrochen.

»Na, alles klar, Frau Pastorin?«

Ich tat, als hätte ich ihn jetzt erst bemerkt. Der Anruf bei ihm war mir peinlich. Heute, im hellen Sonnenschein, erschien mir die Ratte unwirklich, so als hätte es sie nie gegeben.

»Oh, hallo. Sie sind ja noch hier. Ja, also, ich hab's ein bisschen eilig.«

Ich gab ihm die Hand, die er etwas verwirrt ergriff.

»Was wollten Sie eigentlich gestern Abend?«

Björklund nahm die Sonnenbrille ab und klappte sie sorgfältig zusammen.

»Na ja ... es war wegen dieser Drohung. Nein, wissen Sie, lassen sie uns ein andermal darüber reden. Ich muss jetzt wirklich los.«

»Sie rufen mich mitten in der Nacht an ...«

Ich fiel ihm ins Wort.

»Das war dumm von mir. Ich dachte, ich hätte etwas entdeckt. Aber wir reden später darüber, ja?« Ich wandte mich zum Gehen.

Er packte mich an der Schulter. Hart.

»Nein, Sie werden es mir gefälligst jetzt erzählen!«

Ich seufzte tief auf, während ich in seine eisblauen Augen sah. Das Versprechen, das ich Peter gegeben hatte, kam mir ebenso absurd vor wie die Ratte. Robert Björklund war ein ungehobelter Bursche. Aber vermutlich ein netter Mensch.

»Jemand hat mir eine Drohbotschaft an die Wohnungstür geschrieben. Gestern Abend. Und eine tote Ratte durch meinen Briefschlitz geworfen.«

Björklund pfiff leise durch die Zähne.

»Verdammt. Langsam kommen wir der Sache näher.«

»Müssen Sie unbedingt fluchen?«

»Entschuldigung. Und warum muss man Ihnen alles aus der Nase ziehen?«

»Weil ...«

Ich hatte mein Versprechen gegenüber Peter gebrochen und geplaudert. Aber jetzt reichte es mir.

»Ach, weil es einfach zu albern ist. Aber ich muss jetzt wirklich ... Können wir nicht später weiter darüber reden?«

»Kommen Sie mit mir aufs Revier und erstatten Sie Anzeige.«

»Das muss warten.«

Ich hob grüßend die Hand und ging. Horchte nach hinten, ob er mir folgte, aber ich hörte nichts. Langsam wurde das alles ziemlich seltsam. Gerade als ich den Wagenschlüssel ins Türschloss steckte, hörte ich seine Stimme hinter mir.

»Wieso laufe ich Ihnen eigentlich nach wie ein Trottel?«

Er stand nur wenige Zentimeter von mir entfernt an mein Auto gelehnt.

»Obwohl, eigentlich weiß ich gut, wieso. Ich habe fast dreißig Berufsjahre auf dem Buckel. Und wenn die hier«, er tippte sich mit dem Finger an die Nase, »anfängt zu jucken, ist etwas Faules im Gange. Sie verheimlichen mir etwas.«

»Nach dreißig Berufsjahren sollten Sie auch wissen, was meine Befugnisse sind. Aus einem Geistlichen Geheimnisse herauspressen zu wollen ist ungefähr so wie ...«

Robert Björklund schlug mit der flachen Hand hart auf das Wagendach.

»Natürlich weiß ich das«, blaffte er. »Aber das hier ist etwas anderes. Verdammte Hölle, wenn ich nur wüsste, was es ist.«

Ich hatte inzwischen die Autotür geöffnet. Als ich mich in den Wagen setzte, hielt er die Tür fest, sodass ich sie nicht schließen konnte. Er beugte sich herab und schaute ins Auto.

»Lassen Sie mich ruhig im Dunkeln tappen. Nur eine Sache noch. Nein, zwei. Erstens: Sie haben meine Nummer. Zweitens: Seien Sie verdammt vorsichtig. Solche wie Tanja arbeiten nicht allein.«

»Wie können Sie so sicher sein, dass sie schuldig ist? Sie hat die Straftat immer abgestritten.«

»Sie haben gehört, was ich gesagt habe. Seien Sie vorsichtig, mehr sage ich dazu nicht.«

Ich schluckte. Das Auto hatte sich in der Sonne aufgeheizt. Der Innenraum war stickig, ich bekam fast keine Luft. Ich nickte. Robert ließ die Tür los und ich schlug sie zu. Kurbelte das Fenster herunter und winkte. Ich versuchte, unbeeindruckt zu wirken.

Das ist doch lächerlich, sagte ich laut zu mir selbst und schlug mit der Faust aufs Lenkrad, während ich auf eine Lücke wartete, um mich auf den Ringvägen einzufädeln. Wie war es nur dazu gekommen?

Eine vertrauliche Mitteilung durchkreuzte die andere, und ich stolperte mitten hindurch. Meine Rolle machte das Ganze kompliziert. Wenn ich von der Drohung erzählte, die ich erhalten hatte, konnte nichts anderes dabei herauskommen als eine halbe Offenbarung.

Noch zwei Stunden bis zu meiner Verabredung mit Peter Konradsson. Normalerweise wäre ich vorher noch schnell nach Hause gefahren. Aber der Gedanke an die Ratte und die Drohbotschaft an meiner Wohnungstür hielt mich davon ab. Ich hatte Angst und wollte nicht dorthin. Vielleicht sollte ich sogar eine Zeit lang woanders übernachten, bis die ganze Angelegenheit sich beruhigt hatte.

Vielleicht konnte ich bei Anders wohnen. Bei dem Gedanken musste ich lächeln. Ein geschütztes kleines Nest könnten wir uns bauen, er und ich. Heute Abend würde ich ihm alles erzählen. Der Albtraum würde zu Ende sein. Ab sofort.

Aber er hatte gerade erst begonnen.

15. Kapitel

Es war ein merkwürdiges Gefühl, vor meinem Haus zu parken und nicht hineinzugehen. Ich schlenderte die Erstagatan bergauf zur Skånegatan. Oben auf der Kuppe sah ich, wie Jesus mit seinem Einkaufsroller unten die Straße entlangwanderte.

»Jesus«, schrie ich. »Jesus, huhu!«

Ich lief ein Stück in seine Richtung und winkte mit beiden Armen. Er schien mich nicht zu hören, er ging stur die Straße hinunter, seine Einkaufskarre hinter sich herziehend. Meine Arme wurden mir schwer und ich bemerkte die misstrauischen Blicke der Leute um mich herum. Ich tastete mit einer Hand nach dem Pastorenkragen. Steckte einen Finger hinein und weitete ihn ein bisschen. Er fühlte sich heiß und steif an. Meine Wangen glühten.

»Jesus hört dich nicht«, sagte ein Halbstarker, der mit zwei Kumpels grinsend an mir vorbeiging.

Sie hatten ihre Skateboards geschultert, und die beiden anderen lachten laut über die Vorwitzigkeit ihres Freundes.

Ich machte auf dem Absatz kehrt und ging die Treppe zum Vitabergspark hinauf. Als ich oben angekommen war, keuchte ich heftig. Blieb eine Weile stehen, um wieder zu Atem zu kommen. Ich setzte mich auf eine Bank neben der Kirche. Legte den Kopf zurück und sah hinauf zum Turm. Eine leichte Brise kühlte mein heißes Gesicht.

Ich holte ein Notizbuch aus meiner Handtasche. Darin notiere ich normalerweise Einfälle, die ich vielleicht für eine Predigt verwenden könnte. Ich wollte Anders' Rat befolgen und versuchen, Ordnung in meine Gedanken über die Ereignisse der letzten Tage zu bringen. Ich wollte eine Art Plan machen.

»Was ist wichtig?«, schrieb ich. Lange Zeit saß ich da und

starrte auf die leere Seite. Möwen segelten um den Kirchturm. Eine ältere Frau im hellen Mantel saß auf der Bank nebenan. Sie trug weiße, fein gehäkelte Handschuhe. Die Handtasche auf den Knien und die Hände gefaltet. Als ich zu ihr hinübersah, lächelte sie mich an. Ich widmete mich rasch wieder meinem Notizbuch.

»Kontrolle«, schrieb ich.

»Wird das vielleicht eine Predigt?«

Die Frau beugte sich über ihre Handtasche nach vorn.

»Na ja, es sind eher persönliche Gedanken«, antwortete ich.

»So, aha«, sagte die Frau und lehnte sich wieder zurück. Sie ließ den Blick über den kiesbestreuten Weg schweifen.

»Nun, dann will ich nicht stören. Pfarrer müssen so etwas wohl auch haben. Dinge, über die sie nachdenken, meine ich.«

Sie klang beinahe gekränkt. Ich starrte auf das Wort, das ich aufgeschrieben hatte. Was ist wichtig? Kontrolle. In diesem Moment beneidete ich die Frau nebenan. Sie sah zufrieden aus. Schien eine Ruhe in sich zu haben, die sich vermutlich einstellt, wenn man loslässt und den Versuch aufgibt, irgendeinem Anspruch gerecht zu werden. Wenn man stattdessen einfach lebt.

»Ich versuche herauszufinden, was im Leben wichtig ist«, sagte ich.

Die Frau drehte sich zu mir um und lächelte sanft.

»So, aha«, sagte sie.

Ich war dazu übergegangen, Strichmännchen aufs Papier zu kritzeln.

»Darüber habe ich auch schon manchmal nachgedacht«, fuhr sie fort. »Und das Einzige, was mir im Moment dazu einfällt, ist, dass man nicht immer so schrecklich penibel sein sollte. Ich war so. Ich habe immer versucht, alles... wie soll ich sagen... in eine Ordnung zu zwingen. Und was ist Ihnen eingefallen?«

Ihre Worte veranlassten mich, das Notizbuch wieder in die Tasche zu stecken. Ich zog den Reißverschluss zu und starrte auf einen Marienkäfer, der sich über die staubigen Kieselsteine kämpfte. In mir war ein unablässiges Klagelied mit dem Refrain »Kontrolle verloren«. Ich ließ mich von anderen beeinflussen, Tanja, Peter, Anders, Kvarnström – ließ es zu, dass sie mich steuerten. Und jetzt saß ich mit meinem Notizblock auf einer Bank und schrieb »Kontrolle«. Was für ein lächerlicher Befreiungsversuch.

Ich erhob mich von der Bank und ergriff die spitzenumhäkelte Hand der alten Dame.

»Danke«, sagte ich. »Danke, Ihre Worte waren genau das, was ich gebraucht habe.«

Die Frau lächelte unsicher.

»Ja, aber ich bin keine Expertin, überhaupt nicht...«

Ich sollte Peter unten am Brunnen auf dem Nytorget treffen. Es war immer noch eine Stunde Zeit bis dahin. Ich bestellte einen großen Becher Kaffee und ein Salamibrot im Gartenlokal am Teich. Gerade als ich mich auf einem der bequemen Gartenstühle niederlassen wollte, sah ich Jesus auf einer Bank auf der anderen Seite des Platzes sitzen. Wieder versuchte ich, ihm zu winken und seine Aufmerksamkeit zu erregen. Es sah aus, als sähe er in meine Richtung, aber er reagierte nicht auf mein Winken. Ich stellte meinen Kaffee auf den Tisch und legte meine Jacke quer über den Stuhl. Wegen der aufdringlichen Spatzen nahm ich mein Salamibrot mit und ging quer über den Rasen, um Jesus zu begrüßen. Während ich näher kam, schien es mir, als hätten wir Augenkontakt, aber er hatte mich anscheinend immer noch nicht bemerkt. Als ich direkt vor ihm stand, erhob er sich hastig.

»Hallo, Jesus«, sagte ich.

»Kann nicht helfen«, sagte er und schüttelte den Kopf.

»Wobei können Sie mir nicht helfen?«

Ich versuchte, ihm in die Augen zu sehen, aber er wich meinem Blick aus. Er hob seine schmutzige Hand und schob mich weg. Er hat Angst, dachte ich. Jesus hat schreckliche Angst. Und das Merkwürdige daran war, dass er offenbar Angst um mich hatte. Ich legte meine Hand auf seine Schulter. Er schüttelte sie ab. Die Karre hinter sich herziehend, machte er ein paar schnelle Schritte in Richtung Nytorgsgatan. Ich folgte ihm mit meinem Salamibrot in der einen Hand und der Tasche über der Schulter.

»Jesus, warten Sie. Warten Sie doch, bitte.«

Er drehte sich um und zischte wieder, dass er mir nicht helfen könne. Dann begann er zu laufen. Ich blieb stehen mit meinem Wurstbrot in der Hand. Sah, wie er die Nytorgsgatan entlanglief und die Leute auf dem Bürgersteig anrempelte.

Eigentlich trage ich meinen Pastorenkragen nicht gerne draußen auf der Straße. Jeder auf dem Platz musterte mich mit seinen Blicken. Während ich zurück zum Gartenlokal ging, hielt ich den Blick gesenkt. Ich trank meinen Kaffee und lehnte mich mit geschlossenen Augen zurück. Die Geräuschkulisse um mich herum machte mich schläfrig. Die letzten Nächte hatte ich kaum geschlafen.

Ich musste eingenickt sein. Plötzlicher Schatten ließ mich aufschrecken. Als ich die Augen aufschlug, sah ich zuerst nur eine dunkle Silhouette über mir. Ich stand hastig auf und stieß an den Tisch mit dem leeren Kaffeebecher. Es dauerte eine Weile, bis ich Peter Konradssons Gesicht erkannte.

»Entschuldigung, wenn ich mich aufdränge«, sagte er. »Es sah aus, als ob Sie schliefen, und ich wollte nur einen kleinen Scherz machen.«

»Ich weiß nicht, wie es Ihnen geht, aber mir steht momentan nicht der Sinn nach Scherzen«, sagte ich gereizt.

Peter schüttelte den Kopf, um die Locken zu ordnen. Er strich sich eine Strähne hinters Ohr. Eitel, dachte ich. Ein Mann, der anscheinend nur Sweater und Jeans kennt, mit verwuschelten Locken, als käme er direkt aus dem Bett. Aber die Geste mit den Haaren verriet, dass er sehr wohl Wert auf sein Äußeres legte.

»Ich hole mir nur schnell auch einen Kaffee.«

Er schlenderte hinüber zum Ausschank. Ich beobachtete ihn, wie er in der Schlange stand und sich umblickte. Plötzlich machte er kehrt und kam zurück.

»Es ist unheimlich voll hier. Ich pfeife auf den Kaffee. Ich schlage vor, wir setzen uns irgendwohin, wo nicht so viele Leute sind, da kann man besser reden.«

Ich nickte als Antwort und griff nach meinen Sachen. Wir gingen die Nytorgsgatan hinauf. Am Fußgängerüberweg an der Folkungagatan deutete Peter auf eine Parkbank auf der anderen Straßenseite, direkt neben einem Bolzplatz. Dort setzten wir uns hin.

Zwei Jungen spielten Fußball auf dem Sandplatz. Einer der beiden war etwas größer und schoss die Bälle auf den anderen zu, der im Tor stand. Das Gesicht des Torwarts war schmutzig und verbissen. Die Schultern hingen herunter. Seine Versuche, den Ball zu fangen, wurden immer kraftloser und die Abschüsse vom Tor immer wütender. Der andere, der aufs Tor schoss, machte eine siegessichere Miene.

»Da sehen Sie, wie beschissen es ist, ein Junge zu sein.«

Peter nickte zu den beiden Halbwüchsigen hinüber.

»Man ist entweder Verlierer oder Gewinner. Immer gibt es einen, der einstecken muss, und einen anderen, der austeilt. Dazwischen gibt es nichts.«

Die Jungs verließen den Bolzplatz. Der Kleinere trug den Ball unter dem Arm und ließ den Kopf hängen. Der Größere sprang hoch in die Luft und schlug mit der Hand gegen einen herabhängenden Zweig.

»Ich weiß nicht, ob es bei Mädchen so viel anders ist«, erwiderte ich.

Peter lächelte.

»Nein, da haben Sie wohl recht. Tanja hat mir erzählt, wie es zugehen kann. Dass es immer irgendein Mädchen gab, das versuchte, sie zu übertrumpfen. Obwohl es dabei sicher um andere Sachen geht.«

Ich dachte wieder an meine Schulzeit und wie ich mich dagegen gewehrt hatte, in die Bewertungsskala zu geraten. Wie alle da durchmussten, eine nach der anderen. Diejenigen, die verschont blieben, galten als so unmöglich, dass sie geschnitten wurden. Tanja gehörte zu denen, die Bewertungen vornahmen. Ich sah es an der Art, wie sie mich musterte. Sie war eine von denen, die die Etiketten vergab: Zu lahm. Zu fett. Ganz passabel. Nein, doch nicht. Nicht passabel.

»Wer zum Beispiel die saubersten Kniestrümpfe hat.«

Ich holte tief Luft, um zu protestieren. Peter legte seine Hand auf mein Knie und beugte sich zu mir herüber.

»Hallo. Ich hab nur Spaß gemacht. Ein Scherz. Okay?«

Die Röte, die mir in die Wangen geschossen war und sich bis zum Hals ausbreitete, rührte nur zum Teil daher, dass ich seinen Scherz nicht als solchen erkannt hatte. Auch seine Hand auf meinem Knie brachte mein Gesicht zum Glühen. Er hatte eine so selbstverständliche Art, sich körperlich zu nähern, dass es mich ärgerte und gleichzeitig anzog.

»Vielleicht könnten wir jetzt mal ernsthaft reden«, sagte ich. »Ich weiß nicht, wie es Ihnen geht, aber ich finde es mehr als unangenehm, dass eine solche Drohung über mir schwebt. Und jetzt müssen Sie mir erzählen, warum ich Ihrer Meinung nach die Polizei nicht informieren soll.«

Das Lächeln in Peters Gesicht erlosch. Ich war selbst über die Schärfe in meiner Stimme erstaunt. Peter seufzte und lehnte sich zurück.

»Immer wenn ich gedrängt werde, muss ich Witze machen. Das ist ein richtiger Zwang. Keine Ahnung, ob man das austreiben kann. Macht ihr Pastoren so was? Schlechte Angewohnheiten austreiben?«

»Sie sind ja schon wieder dabei«, sagte ich.

Aber diesmal lächelte ich, und Peters Grinsen war eher resigniert als schelmisch.

»Da sehen Sie es. Es ist krankhaft«, sagte er.

Peter beugte sich vor und stützte das Gesicht auf die Handflächen.

»Ich war Ihnen gegenüber wohl nicht ganz ehrlich«, murmelte er.

»Dann seien Sie es bitte jetzt.«

Peter richtete sich wieder auf und lehnte sich zurück. Er sah hastig über die Schulter.

»Eigentlich habe ich einen Mordsschiss. Und zwar vor Tanja und Banjo. Ich habe mich von Tanja ferngehalten, weil ich panische Angst habe. Verstehen Sie?«

»Nein.«

Peter sah sich nach beiden Seiten um.

»Tanja hatte beschlossen, mich zu verlassen und mit Banjo zu gehen. Das war so ein Befreiungsakt. Sie bildete sich ein, ich würde alles bestimmen und zu viel Macht über sie haben. Und dass Banjo sie als diejenige liebte, die sie war, und nicht als diejenige, die er glaubte, aus ihr machen zu können.«

Peter holte eine Dose Kautabak aus seiner Jeansjacke und knetete einen Priem zurecht.

»Das wusste sie schon nach wenigen Tagen. Und wer zum Teufel kann mit einer frischen Verliebtheit konkurrieren, in die alles Mögliche hineinphantasiert wird. Tanja hatte sich in den Kopf gesetzt, dass Banjo alles war, wovon sie jemals geträumt hatte. Aber ich kenne den Typen. Besser als sie glaubt. Er ist ein krimineller Scheißkerl. Ist mehrmals geschnappt worden. Heroin und Shit. Und ich könnte schwören, dass er es auch war, der ihr den Stoff untergeschoben hat.«

»Warum sollte sie dann Kontakt mit Ihnen aufnehmen wollen? Warum versucht sie nicht lieber, Banjo zu erreichen?«

Peter zog die Augenbrauen hoch.

»Ist doch klar, dass sie das nicht tut. Begreifen Sie nicht? Auf ihn darf nicht der leiseste Verdacht fallen. Vielleicht hat er auch einen Teil Dope reingeschmuggelt. Mich will sie haben, weil sie wohl denkt, ich könnte irgendwie ihre Unschuld bezeugen. Sie begreift anscheinend nicht, dass ich kapiert habe, was zwischen den beiden lief. Oder sie will sich rächen. Glaubt vielleicht, ich hätte sie verpfiffen.«

»Und, haben Sie?«

»Machen Sie Witze? Das würde ich nie wagen, selbst wenn ich es wüsste. Mit Banjo und seinen Kumpels ist nicht gut Kirschen essen.«

»Wissen Sie, wo er jetzt ist?«

»Nein, und das ist kein gutes Gefühl. Ich habe den Verdacht, dass er hinter den Drohungen steckt. Zum einen ist er sicher stinksauer, weil er glaubt, ich hätte Tanja auffliegen lassen, und zum andern denkt er wohl, dass ich was weiß.«

»Haben Sie versucht, Kontakt zu ihm aufzunehmen?«

»Ich habe nur eine Handynummer, aber die ist tot. Er muss sie geändert haben. Ich weiß, dass er ein Haus im Norden Gotlands hat, aber nicht, wo genau. Ich habe mich auch nicht groß bemüht, ihn zu erreichen. Ich will so tun, als würde ich niemanden verdächtigen und mich aus allem heraushalten.«

»Warum wollen Sie denn jetzt doch Kontakt zu Tanja aufnehmen?«

»Nachdem Sie mich angerufen hatten, begann Tanja mir leid zu tun. Ich dachte, vielleicht bereut sie die ganze Sache. Wir waren immerhin sieben Jahre zusammen. So was hinterlässt Spuren. Sie hat etwas Trotziges an sich. Manchmal hat es mich richtig erschreckt. Ihr Jähzorn ... man weiß nie, wohin der sie treibt.«

Er wusste es nicht. Peter zählte nicht zu den nächsten Angehörigen. Niemand hatte ihn angerufen und ihn informiert, dass Tanja mit zerschnittenen Pulsadern im Krankenhaus lag. Ich konnte es ihm nicht sagen. Dazu hatte ich keine Befugnis. Ich konnte nur feststellen, dass Peter Tanja anscheinend gut kannte. Ihr Jähzorn war mit ihr durchgegangen.

»Deshalb habe ich auch Angst um sie. Man weiß nie ... Als das mit den Drohungen anfing ... Obwohl sie inhaftiert ist, hatte ich gleich das unbehagliche Gefühl, dass sie etwas damit zu tun hat.«

Ich sah Tanjas Körper, vogelähnlich zusammengesunken unter der Krankenhausbettdecke. Ich hätte Peter beruhigen können. Diesmal hatte die Wut sich gegen sie selbst gerichtet.

Peter kaute auf ein paar harten Priemkrümeln herum.

»Es wirkt albern, wenn man Schiss hat. Ich schäme mich dafür, und wenn Sie nicht Pastorin wären, weiß der Teufel, ob ich jemals was gesagt hätte. Aber mehrere Male, vor allem in unseren letzten beiden... nein, drei Jahren zusammen dachte ich öfter, dass ich mich vor ihr in Acht nehmen sollte.«

Er versank in seinen Erinnerungen. Die Wangenmuskeln spannten sich hart, wenn er auf den Priem biss.

»Möchten Sie darüber sprechen?«

Er schluckte zweimal schwer. Dann sah er mich an und sagte, das würde er gerne tun. Ob wir dabei ein bisschen spazieren gehen könnten? Es mache ihn nervös, die ganze Zeit still auf der Bank zu sitzen.

»Wie auf einer Zielscheibe. Entschuldigung, aber ich weiß wirklich nicht, ob Sie begriffen haben, wie mir die ganze Sache an die Nieren geht.«

Ich blickte mich um. Mein Handy piepte. Ich machte die Tasche auf und sah, wie Peter sich reckte, um einen Blick hineinzuwerfen. Auf dem Display blinkte »Anders«.

»Ihr Mann?«

Ich tat, als hätte ich es nicht gehört, und ließ es piepen. Das Handy verstummte, dann gab es noch einen Piepton von sich. Damit wusste ich, dass Anders eine Nachricht hinterlassen hatte. Ich würde die Mailbox später abhören. Wir gingen die Östgötagatan hinauf Richtung Mosebacke.

Peter war mindestens einen Kopf größer als ich. Er hatte die Hände in den Hosentaschen vergraben. Als wir an einem Abfallkorb vorbeikamen, warf er seinen Priem hinein. Seltsam, dass er ihn nicht einfach auf die Straße spuckte. Der Mosebacke torg war still und grün. Wir gingen langsam.

»Wenn ich solche Filme sehe wie den, wo die Frau das Kaninchen schlachtet … wie hieß er noch gleich?«

Ich sagte, ich wüsste auch nicht, wie der Film hieß, wüsste aber, welchen er meinte. Es war mir peinlich, dass ich ihn gesehen hatte, aber er war vor kurzem im Fernsehen gelaufen. Es ging um eine Frau, die vollkommen durchdrehte, weil sie von einem verheirateten Mann zurückgewiesen wurde, mit dem sie eine kurze Affäre gehabt hatte. Sie verfolgte ihn, seine Ehefrau und sogar seine Kinder. Und sie schlachtete das Kaninchen der Kinder. Ich war fasziniert von der Geschichte, und gleichzeitig machte es mich wütend, wie die Frau dargestellt wurde. Wahrscheinlich identifizierte ich mich mit ihr.

»Wir hatten uns den Film ausgeliehen, Tanja und ich. Zum Schluss heulte Tanja. Sie war außer sich vor Wut, dass die Ehefrau ihren Mann so einfach verlassen hatte. Sie fauchte mich an, wenn ich sie jemals betrügen sollte, würde sie mich und meine Geliebte umbringen. Die verdammten Kerle kommen immer viel zu einfach davon, sagte sie. Er hätte genauso sterben müssen, er auch. Sie jagte mir immer eine Mordsangst ein, wenn sie so war.«

»Filme wie dieser sind dafür gemacht, starke Gefühle zu wecken«, sagte ich.

»Ja, aber es waren gar nicht viele Weckrufe nötig, um Tanja ausrasten zu lassen. Da reichten schon Kleinigkeiten. Irgendwas passierte, und sie geriet außer sich. Konnte sein, sie hatte sich in den Kopf gesetzt, dass ich eine andere Frau angesehen hatte. Dann drehte sie durch. Machte Sachen kaputt. Zerriss meine Klamotten oder ihre eigenen. Versuchte mich zu prügeln. Schlug ihren Kopf gegen die Wand. So lange, bis sie zusammensank und heulte. Sie konnte stundenlang am Stück heulen. Redete sich ein, dass ich an allem schuld war. Dass ich ihr den Stolz geraubt hatte und so was. Wenn ich jetzt darüber nachdenke, begreife ich nicht, wie ich das ausgehalten habe. Aber ich habe sie geliebt. Ich fühlte auch so etwas wie Verantwortung für sie.«

Peter holte tief Luft.

»Ich glaube, es ist das Kaninchen in dem Film, das mich davon abhält, zur Polizei zu gehen. Die Drohung richtet sich ja auch gegen Pernilla und ihre Kinder. Und ich glaube, dass Tanja genau wie die Frau im Film auch in der Lage wäre, etwas gegen sie zu unternehmen. Deshalb haben wir beschlossen, dass wir uns aus allem raushalten, wie derjenige, der uns droht, es will. Ich hoffe nur, es hört auf. Und da Sie anscheinend auch von den Drohungen betroffen sind, wäre ich Ihnen dankbar, wenn Sie dasselbe täten.«

Ich drehte mich hastig zu Peter um.

»Aber ich kann mich nicht von Tanja fernhalten, das müssen Sie doch einsehen. Ich fühle mich für sie verantwortlich. Über die Drohungen werde ich die Polizei informieren. Ich denke, Sie und Pernilla sollten das auch tun. Man wird Ihnen sicher Schutz ...«

»Sie sind verdammt naiv.«

Das kam schnell und aggressiv. Ein leichtes Zittern in Peters Hand, als er sich durch die Haare fuhr, zeigte, wie aufgewühlt er war. Mir ging plötzlich auf, wie wenig ich über solche Dinge wusste. Ich habe inzwischen einige Jahre in Gefängnissen gearbeitet und sowohl Gewaltverbrecher als auch Mörder kennengelernt. Aber meine Erfahrungen, was Polizeischutz für Opfer von Gewaltandrohungen betraf, waren eher gering.

Peter war stehen geblieben, gestikulierte mit den Händen und fuhr mit zitternder Stimme fort:

»Wenn Sie schon zur Polizei rennen müssen, wäre ich Ihnen wirklich dankbar, wenn Sie mich und Pernilla aus der Sache raushalten könnten. Kein Wort darüber, ist das klar? Halten Sie uns da raus! Sie mischen sich in Dinge ein, von deren Tragweite Sie nicht die leiseste Ahnung haben.«

Ich blieb ebenfalls stehen. Versuchte, eine Hand auf Peters

Arm zu legen., aber er schlug sie weg. Wir standen uns direkt gegenüber. Peter war weiß vor Wut. Gleich schlägt er dich, schoss es mir durch den Kopf. Ich hob die Hand in einer abwehrenden Geste.

»Natürlich müssen Sie und Pernilla Ihre Anzeige selbst aufgeben. Es ist nicht meine Aufgabe…«

»Und ich dachte, Sie wären auf unserer Seite.«

»Wessen Seite? Die Polizei…«

»Schönen Abend noch.«

Er machte auf dem Absatz kehrt und ging mit raschen Schritten Richtung Östgötagatan. Ich blieb stehen, mit hängenden Armen und offenem Mund. Verblüfft, erschrocken, allein.

Mit zitternden Knien setzte ich mich auf eine Bank, um nachzudenken. Warf schnelle Blicke in die Runde. Mir war, als würde mich die ganze Zeit jemand beobachten. Wer wusste von meinen, Peters und Pernillas Kontakten zu Tanja?

Die Einzigen, die mir einfielen, waren die Beschäftigten des Gefängnisses. Aber dass Kvarnström oder sonst jemand von dort was damit zu tun hatte, konnte ich wohl ausschließen. Ich holte mein Handy heraus und hörte Anders' Nachricht ab. Sie war kurz und atemlos. Ein Todesfall verhinderte unser Treffen heute Abend. »Wir reden später«, sagte er und zum Schluss noch »ich umarme dich«.

Gerade als ich das Handy wieder wegpacken wollte, piepte es. Eine Nummer, die ich nicht kannte, erschien auf dem Display. Es war Robert Björklund.

»Es ist etwas passiert«, sagte er, kaum dass ich mich gemeldet hatte. »Können Sie herkommen?«

»Ich wüsste zunächst einmal gern, was…«

»Es ist dringend. Bitte kommen Sie.«

Er nannte die Adresse des Reviers, wie ich dorthin kam und wo ich nach ihm fragen sollte. Ich sagte, dass ich in einer halben Stunde dort sein könnte. Es war ein beruhigendes Gefühl, sich auf den Weg zu einer Polizeiwache zu machen.

Ich nahm die U-Bahn. Plötzlich sahen alle Menschen irgendwie verdächtig aus. Ich achtete darauf, nicht zu nahe an der Bahnsteigkante zu stehen. Jemand könnte versuchen, mich aufs Gleis zu stoßen. Ein Betrunkener saß auf einer Bank neben mir, mit einer Abiturientenmütze auf dem Kopf. »Gibt's was zu glotzen?«, blaffte er, und ich wandte schnell den Blick ab. Drei Mädchen um die achtzehn in heller Sommerkleidung und mit Studentenkappen auf dem Kopf blickten zu mir herüber und begannen zu tuscheln. Ich sah verstohlen an mir herunter und fragte mich, ob ich irgendwo einen Fleck hatte. Vielleicht amüsierten sie sich darüber, dass ich einen Pastorenkragen trug. Vielleicht war es auch nur das Gekicher cooler Girlies über langweilige Dreißigjährige.

Robert Björklunds Zimmer auf der Polizeiwache war klein und unpersönlich. Der Schreibtisch war übersät mit Papieren. Er telefonierte gerade, aber als er mich sah, beendete er das Gespräch und bat mich, Platz zu nehmen. Ich saß noch nicht ganz, da erzählte er auch schon, dass Tanja geflohen war.

Er beugte sich über den Schreibtisch und fixierte mich mit seinen eisblauen Augen. Berichtete in kurzen, knappen Sätzen, was passiert war. Gerade als Tanja auf die Krankenstation des Gefängnisses gebracht werden sollte, hatte der »Tölpel von Wachmann« entdeckt, dass sie weg war. Es war ihr gelungen, sich aus dem Zimmer zu schleichen, als »dieser verdammte Büchernarr« seine Augen woanders gehabt hatte.

»Aber sie war doch so schwach …«

Robert zuckte mit den Schultern und sagte, so schlimm könne es offenbar nicht gewesen sein.

Ich sank auf dem Stuhl zusammen.

»Oh mein Gott.«

»Das kann man wohl sagen«, sagte er.

Er kratzte sich den Arm. Als er mir so dicht gegenübersaß, in dem hellen Licht, das durchs Fenster kam, sah ich, dass er vermutlich schon ein ganzes Stück über fünfzig war. Der jugendliche Haarschnitt und die modische Kleidung ließen ihn jünger aussehen. Er schob die Ärmel seines Pullovers bis zu den Ellbogen hoch, so dass seine behaarten Unterarme zu sehen waren. An der linken Hand trug er einen dicken Goldring.

»Und Kerstin?«

»Sie ist zurück im Gefängnis. Auf die haben sie jedenfalls aufgepasst.«

Robert lehnte sich auf seinem Stuhl zurück.

»Der Grund, warum ich Sie hierher gebeten habe, ist folgender: Ich habe das dumme Gefühl, dass Sie uns etwas Wichtiges verheimlichen. Dass Sie uns helfen könnten, Tanja zu finden. Und ich gehe davon aus, dass Sie langsam anfangen, den Ernst der Lage einzusehen.«

Es war warm im Zimmer, und ich zog meine Jacke aus.

»Ich habe alles gesagt. Ich wüsste nicht, was ich dem noch hinzufügen sollte.«

Robert beugte sich wieder vor und musterte mich streng.

»Haben Sie die Drohung gegen Sie angezeigt? Die beschmierte Tür und die Ratte?«

»Nein, mache ich noch. Es war bisher nur so...«

»Sie warten so lange, bis Sie den nächsten Tierkadaver im Flur haben.«

Meine Tasche, die ich auf dem Schoß gehabt hatte, knallte auf den Boden, als ich vom Stuhl hochschoss.

»Ich habe Ihre Schulmeisterei satt!«, fauchte ich ihn an. »Sie finden vielleicht, dass ich die Sache unprofessionell handhabe, aus polizeilicher Sicht. Aber ich bin Pastorin. Ich dachte, ich gehe am besten so damit um, wie es mein Beruf fordert. Ich bin noch nie bedroht worden. Wenn wir beide miteinander auskommen und uns helfen wollen, gewöhnen Sie sich bitte einen anderen Ton an!«

Ich blieb aufrecht stehen und kümmerte mich nicht um die Tasche zu meinen Füßen, obwohl ich befürchtete, dass die Hälfte des Inhalts auf dem Boden verstreut lag. Es war eine Erleichterung, meine Wut herausgelassen zu haben. Ich hatte genug davon, herumgeschubst zu werden.

Robert Björklund blieb stumm und verzog keine Miene. Zuckte mit keiner Wimper. Schließlich atmete er tief aus.

»Tut mir leid.«

Er machte eine Handbewegung in Richtung Stuhl.

»Bitte, setzen Sie sich doch wieder. Sie haben recht, ich kann ein arroganter Mistkerl sein. Das bringt der Beruf so mit sich.«

Ich sammelte Handy und Brieftasche auf, die aus der Tasche gefallen waren. Als ich sie zurücklegte, kamen mir die beiden Umschläge mit den Drohbotschaften in die Finger. Ich legte sie vor Björklund auf den Tisch.

»Die hier hat mir irgendwer unbemerkt zugesteckt. ›Jetzt weißt du, was dir blüht‹, hat jemand mit Farbe auf meine Wohnungstür gepinselt, und dann lag die Ratte da.«

Robert nahm die Briefe und überflog sie rasch. Dann legte er sie weg und sagte, er werde sie eine Weile behalten.

»Haben Sie eine Idee, wer es gewesen sein könnte?«

Ich sah Peters wütendes und ängstliches Gesicht vor mir. Pernillas bittende Augen. Den geheimnisvollen Banjo kannte ich nicht.

Ich schüttelte langsam den Kopf.

»Jetzt haben Sie schon wieder zu lange gezögert«, sagte Robert. »Sind Sie sicher?«

»Es gibt da anscheinend jemanden, der Banjo heißt.«

»Sie meinen, so wie ...«

Er machte eine Geste, als würde er Gitarre spielen. Ich nickte und konnte mir ein Lächeln nicht verkneifen.

»Woher wissen Sie das?«, fragte er.

»Sie müssen akzeptieren, dass ich entscheide, was ich Ihnen sage und was nicht. Meine Schweigepflicht verbietet mir, bestimmte Dinge zu erzählen, die mir unter dem Siegel der Verschwiegenheit anvertraut wurden. Wenn Sie das nicht akzeptieren können ...«

»Mein Gott, jetzt beruhigen Sie sich mal wieder. Sie gehen ja wegen jeder Kleinigkeit an die Decke. Also gut, sagen Sie mir meinetwegen, was Sie für richtig halten.«

Mit klopfendem Herzen berichtete ich, dass bei der schicksalhaften Thailandreise ein Mann dabei gewesen war, den Tanja kannte. Mehr verriet ich nicht.

»Hm.«

Vermutlich hatte Robert Björklund verstanden, dass ich meine Gründe hatte, Banjo zu erwähnen, abgesehen davon, dass Tanja ihn kannte.

»Wissen Sie, wo dieser Banjo wohnt?«

»Na ja ... Er soll ein Haus auf Gotland haben.«

»Und Sie haben keine Ahnung, wie er mit richtigem Namen heißt?«

»Nein.«

»Aber Tanja hat doch einen Freund, oder? Und das ist nicht der, von dem Sie sprechen, denn der wohnt doch hier, wenn ich die Sache richtig sehe.«

»Nein, der ist es nicht. Und ich glaube auch nicht, dass er etwas damit zu tun hat.«

»Aber dieser andere Typ ... Die Kollegen haben ihn doch bestimmt bei Tanjas Festnahme verhört.«

»Weiß ich nicht. Es kann durchaus sein, dass weder Tanja noch Peter ihn erwähnt haben.«

Robert sah mich forschend an. Die Dreiecksgeschichte, von der Peter mir erzählt hatte, war auch so eine vertrauliche Sache. Die ganze Situation war verwickelt. Ich heftete meine Augen auf ein Foto, das an Roberts Pinnwand hing und ein Motorrad mit Easy-Rider-Lenker zeigte. Eine Kinderzeichnung mit einem Osterküken hing auch an der Wand.

»Ich frage mich, ob dieser Banjo nicht schon mal gesessen hat«, sagte ich wie nebenbei.

Das musste genügen. Ich hatte jetzt schon Angst, zu viel ausgeplaudert zu haben.

»Ich werde Tanjas Freund ohnehin zur Zeugenvernehmung vorladen«, sagte Robert. »Und diesen Burschen mit dem Haus auf Gotland sehen wir uns mal näher an. Den finden wir schon, und wenn wir dazu die Reisebüros einschalten müssen. Falls er nicht sowieso in den Verhörprotokollen auftaucht.«

Robert stand auf und hielt mir die Hand hin. Ich nahm sie, immer noch sitzend.

»Aber die Drohung ...«

Robert ließ sich wieder auf seinen Bürostuhl fallen.

»Entschuldigung. Ja, natürlich. Was wollen Sie tun? Haben Sie einen Ort, an dem Sie sich sicher fühlen? Den nur Sie und ein paar wenige Vertraute kennen?«

Ich dachte an Midsommarkransen und Anders. Gleichzeitig wusste ich, wie anstrengend es war, als Pfarrer in einem Trauerfall beizustehen, wie Anders es offenbar gerade tun musste. Außerdem wollte ich Anders nicht damit belasten. Ich wollte unsere Treffen von all dem freihalten. Nicht drängen, nicht stören, nicht vorgreifen.

Das war vermessen von mir, das weiß ich jetzt. Und dumm. Man kann die Liebe und das Zusammensein nicht steuern. Man muss einfach hingehen, mit der Last, die man gerade trägt.

Das Gespräch endete damit, dass Robert Björklund mir seine Durchwahlnummer gab. Sie war auf die Einsatzzentrale geschaltet, wenn er nicht am Platz war, und Robert versprach, dass ich sofort Hilfe bekäme, wenn ich die Nummer wählte. Er riet mir außerdem, mich möglichst unter Menschen aufzuhalten, denen ich vertraute, und keinem Fremden meine Tür zu öffnen. Aber das hätte ich sowieso nicht getan, auch ohne seinen Rat.

Als ich allein draußen auf der Straße stand, bereute ich, dass ich so starrköpfig gewesen war. Sollte ich mich vor Tanja fürchten? Zwischen uns gab es doch keine Unstimmigkeiten. Aber Peter hatte mir Angst gemacht. Und wie sollte ich reagieren, falls sie bei mir aufkreuzte? Vielleicht sollte ich Peter anrufen und ihn warnen? Nein, ich war nicht die Polizei.

Ich stieg in die U-Bahn und fuhr zum Pastorat. Anders war nicht da. Maria erzählte mir von dem Verkehrsunfall, der Anders daran hinderte, mich zu treffen. Eine Frau aus unserer Kirchengemeinde hatte ihren Mann verloren und drei kleine Kinder ihren Vater. Anders war bei der Witwe. Seine Strickjacke hing an der Flurgarderobe, und ich strich mit der Hand darüber, als Maria gegangen war. Meine Gedanken wanderten zu ihm. Ich konnte nachempfinden, wie ohnmächtig er sich fühlte.

Von meinem Fenster aus sah ich Jesus an derselben Stelle sitzen, wo ich ihn das erste Mal gesehen hatte, an jenem regnerischen Nachmittag. Er hatte ein großes Schild an seinem Einkaufsroller befestigt. Ich konnte von meinem Fenster aus nicht erkennen, was darauf geschrieben stand. Hastig schlüpfte ich wieder in meine Schuhe. Ich wurde wütend, als das Fersenleder des einen Schuhs sich nach innen krempelte. Zornig stampfte ich mehrere Male mit dem Fuß auf. Maria steckte beunruhigt den Kopf zur Tür herein.

»Es ist nichts. Nur ein störrischer Schuh«, sagte ich.

»Ich dachte, es hätte geklopft«, sagte sie.

Ich sprang in wenigen Sätzen die Treppe hinunter. Auf der Straße rauschte gerade ein Bus heran. Er hielt und versperrte mir für eine Weile den Weg. Als er sich wieder in Bewegung setzte, sah ich, dass Jesus aufgestanden war und in die entgegengesetzte Richtung ging. Er musste gesehen haben, wie ich aus der Haustür gelaufen kam. Er beschleunigte seine Schritte, während er mir über die Schulter Blicke zuwarf. Wieso löste ich solche Angst in ihm aus? Das war absurd. Da sah ich das Schild an seiner Karre. »Eine milde Gahbe für Jesus der Kein zuhause hat«, stand da. Er war vielleicht noch dreißig Meter von mir entfernt, deshalb konnte ich die einzelnen Buchstaben kaum ausmachen. Aber ich erkannte die Schrift nur allzu gut. Dieselbe eigenwillige Art der Rechtschreibung.

Jetzt weist du Was dier Blüht.

Eine milde Gahbe für Jesus der Kein zuhause hat.

Ich war so verblüfft, dass ich wie angewurzelt stehen blieb. Jesus hatte die Drohbotschaft auf meine Tür geschrieben. War er es auch, der die tote Ratte durch den Briefschlitz geworfen hatte?

Ich begann zu rennen.

»Warte!«, schrie ich. »Bitte, Jesus, bleib stehen!«

Jesus packte seinen Einkaufsroller und begann zu laufen. Er stieß mit zwei älteren Damen zusammen, die sich mühsam den Kiesweg entlangschleppten. Die eine Frau fiel um und die andere kämpfte eine Weile darum, das Gleichgewicht nicht zu verlieren.

»Hilfe«, schrie die Frau, die umgefallen war. »Hilfe!«

Ich konnte nicht anders als den beiden erschrockenen alten Damen zu helfen. Die Frau, die gestürzt war, hatte breite Laufmaschen in ihren Strümpfen und blutete am Knie. Die andere wirkte erschrocken und verwirrt.

»Was ist denn passiert?«, sagte sie immer wieder. »Kann mir jemand sagen, was passiert ist?«

Ich half der Frau auf und führte sie zu einer Bank. Dann versuchte ich, die andere ebenfalls zum Hinsetzen zu bewegen. Sie sträubte sich und versuchte, mich wegzustoßen.

»Ich will wissen, was passiert ist. Können Sie mir sagen, was passiert ist?«

»Sie wurden von jemandem umgerannt, der es sehr eilig hatte«, sagte ich.

Die beiden auf der Bank starrten mich an, aufgeregt und misstrauisch. In meiner Hosentasche fand ich ein Papiertaschentuch, das ich der Frau mit der Knieverletzung anbot. Sie schien nicht zu wissen, was sie damit sollte.

»Vielleicht möchten Sie das abwischen ...«

Ich ließ die Hand mit dem Taschentuch sinken. Es war unmöglich, die beiden Alten auf der Bank jetzt allein zu lassen. Ich winkelte die Arme an und bat sie, sich einzuhaken, damit ich sie ins Pastorat bringen konnte, wo sie sich etwas erholen sollten. Mit unendlich langsamen Schritten folgten sie mir. Ich stellte mich auf die Zehenspitzen und hielt Ausschau nach Jesus, aber er war weg.

»Was für ein ungehobelter Lümmel«, sagte die eine Dame.

»Einsperren sollte man den«, pflichtete die andere bei.

Der Zorn über den »Lümmel« machte sie richtig munter. Als sie eine halbe Stunde später das Pastorat verließen, mit Pflastern versorgt und mit starkem Kaffee und Marias selbst gebackenen Keksen gestärkt, schien der Zwischenfall sie sogar beflügelt zu haben. Ich begleitete sie hinaus auf die Straße und sorgte dafür, dass sie die Treppenstufen sicher herunterkamen. Draußen hielt ich nach Jesus Ausschau, aber ich konnte ihn nirgends entdecken.

Maria machte Feierabend, aber ich blieb da. Ich hatte mich noch nicht entschieden, ob ich die Nacht in meiner eigenen Wohnung verbringen sollte. Mein Handy schwieg. Insgeheim wünschte ich mir, dass Anders anriefe und wir uns an diesem Abend noch treffen könnten, auch wenn er vorhin gesagt hatte, dass wahrscheinlich nichts daraus werden würde.

Ich rief stattdessen Robert Björklund an. Er meldete sich sofort.

»Ich weiß jetzt, wer es getan hat«, sagte ich. »Ich weiß, wer mich bedroht.«

Ich erzählte ihm kurz von Jesus, was ich über ihn wusste und wie ich die Handschrift wiedererkannt hatte. Meine Worte überschlugen sich, und während ich redete, blickte ich abwechselnd zur Tür und zum Fenster, das zum Friedhof hinausging. Die Eingangstür war noch nicht verschlossen, und ich ging mit dem Handy am Ohr hin und schob den Riegel vor.

»Seltsam«, sagte Robert.

Dann schwieg er eine ganze Weile.

»Vielleicht kommen Sie her und sehen sich ein paar Fotos

an«, sagte er dann. »Viele von den Stadtstreichern haben wir ja in der Kartei. Vielleicht erkennen Sie den einen oder anderen wieder.«

Hörte sich nach einer guten Idee an. Ich war enttäuscht, als er sagte, das habe auch Zeit bis morgen. Er müsse sich nach langer Zeit mal wieder zu Hause blicken lassen, fügte er hinzu.

»Bei Ihnen alles klar so weit? Ich meine, haben Sie einen Unterschlupf gefunden, wo Sie schlafen können?«

»Ja, ja«, sagte ich. »Das geht schon.«

»Sicher?«

»Wenn ich bisher allein zurechtgekommen bin, wird es wohl auch diese Nacht gehen.«

Ich hörte selbst, dass ein bitterer Unterton mitschwang. Seit ich wusste, wem ich die Drohung auf meiner Wohnungstür verdankte, hatte ich etwas mehr erwartet. Schutz und Aufmerksamkeit etwas handfesterer Art. Entweder hatte Robert meinen ironischen Tonfall nicht bemerkt oder er hatte ihn bewusst überhört. Eigentlich fühlte ich mich ganz elend und allein und hatte nicht die leiseste Ahnung, wie ich die Nacht überstehen sollte. Aber es widerstrebte mir, das zu zeigen. Es war mir schon immer schwergefallen, um Hilfe zu bitten.

Wir verabredeten, dass ich am nächsten Morgen um neun auf die Wache kommen sollte. Robert vergewisserte sich noch einmal, dass ich auch die Nummer der Notrufzentrale hatte.

»Ach übrigens, ich glaube, dass wir diesen Banjo ausfindig gemacht haben. Wer weiß, vielleicht kennen Sie ihn sogar.«

Tanja war immer noch verschwunden.

16. Kapitel

Draußen wurde das Tageslicht immer schwächer. Acht Uhr. Ich hatte jede Zeitung gelesen, die ich im Büro finden konnte. Anders hatte eine ganze Reihe von Zeitschriften in seinem Büro. Svenska Journalen, Ica-Kuriren, Arena und einen Newsletter von Amnesty. Ich durchforstete jede Rubrik und stellte mir vor, ich läse sie mit Anders' Augen. Ein Artikel im Ica-Kuriren trug die Überschrift »Frühlingsfest mit Hähnchen«, es erinnerte mich daran, was ich neulich bei ihm gegessen hatte.

Die Stille im Pastorat war beinahe mit Händen zu greifen. Wie ein dunkler Schatten hing sie in den Räumen. Immer wieder ging ich zu dem Fenster, das zum Friedhof hinausging, und hielt Ausschau nach Jesus. Aber der Park war verlassen. Ich rief Anders an. Er meldete sich mit rauer Stimme, so als habe er geschlafen.

»Oh, hallo Ingrid. Ich habe gerade an dich gedacht.«

Mir fiel nichts ein, was ich sagen könnte. Der Klang seiner Stimme machte mich stumm vor Sehnsucht.

»Aber das mache ich sowieso ziemlich oft.«

»Wie geht es dir?« Meine Stimme klang auch ziemlich brüchig.

Anders seufzte tief. Er atmete so heftig aus, dass ich den Hörer unwillkürlich ein paar Zentimeter vom Ohr weg hielt.

»Du weißt, wie man sich fühlt. Auch wenn ich mich danach sehne, dich zu sehen, möchte ich doch am liebsten allein sein. Man kann fest in seinem Glauben sein und versuchen, der Familie eine Stütze zu sein, aber wenn man dann von dort weggeht ...«

Anders verstummte.

»... dann steht man da und fühlt sich ausgelaugt. Will sich nur noch in einen Kokon einspinnen, kann nichts anderes von außen mehr ertragen. Man will nur mit sich selbst sein und darum beten, dass man zu seiner Überzeugung und Kraft zurückfindet. Verstehst du, was ich meine?«

Ich versicherte ihm, dass ich das tat. Und zu mir selbst sagte ich, dass ich Anders jetzt auf keinen Fall beunruhigen wollte.

»Ich weiß, dass du mich um Unterstützung gebeten hast und dass du über deine Berufsauffassung sprechen möchtest. Dass du an dir selbst zweifelst. Wie fühlst du dich? Meinst du, es kann noch einen Tag oder so warten?«

»Auf jeden Fall«, sagte ich. »Wir können ja aneinander denken.«

Das klang wahrscheinlich ziemlich kläglich.

»Bist du sicher? Du hörst dich irgendwie so... bedrückt an.«

Ich räusperte mich und kniff mir fest in den Arm, um nicht loszuheulen.

»Nein, nein. Alles in Ordnung. Telefonieren wir morgen wieder?«

So verblieben wir. Ich legte ziemlich schnell auf. Die Stille senkte sich wieder herab, und ich atmete ein paar Mal heftig ein und aus. Jetzt hatte ich nichts dagegen, dass die Tränen kamen. Meine Augen brannten, aber das erlösende Weinen blieb aus.

Ich suchte Torkel Kvarnströms Nummer aus dem Telefonbuch heraus. Er nahm ab und schnarrte seinen Nachnamen mit strengem Tonfall in den Hörer. Ich meldete mich und fragte, wie es Majken gehe.

»Es geht ihr ausgezeichnet«, sagte Kvarnström. »Wieso?«

Ich sehnte ich mich danach, Majkens Blick aus den kugelrunden, ängstlichen Augen auf mir zu spüren. Sie hatte mir früher nie besonders am Herzen gelegen und war vermutlich der schlechteste Wachhund, den man sich vorstellen konnte, aber jetzt hätte ich sie gerne bei mir gehabt.

»Na ja, es ist nur, weil ich glaube, es war Anitas Wunsch, dass ich mich um sie kümmern...«

»Davon weiß ich nichts«, fiel Kvarnström mir ins Wort.

»Wissen Sie schon, dass Tanja weg ist?«, fragte ich, um den sinnlosen Streit zu beenden.

»Habe ich gehört«, sagte Kvarnström kurz.

»Die Polizei war entsetzt, dass sie so einfach abhauen konnte«, sagte ich.

»Ach, tatsächlich? Ich könnte eine ganze Reihe von Vorfällen aufzählen, wo die Polizei ein ziemlich schlechtes Bild abgegeben hat. Wenn ich die Statistik zur Hilfe nehme, fällt mir Folgendes ein: Seit 1976 hat man ...«

»Eigentlich wollte ich Sie etwas ganz anderes fragen. Wo Sie doch so viel Erfahrung haben.«

Ich betonte »so viel«.

»Können Sie mir vielleicht helfen herauszufinden, was mit Tanja los ist? Was, glauben Sie, hat sie vor? Ich hatte nicht den Eindruck, dass sie ein gewiefter Drogenkurier ist, der jetzt sein kriminelles Geschäft wieder aufnehmen will.«

»Nun, ich habe tatsächlich ein wenig mehr Erfahrung in diesen Dingen. Nach dreißig Jahren im Justizvollzug sehe ich den Leuten an, aus welchem Holz sie geschnitzt sind. Und ich sage Ihnen, hinter einem hübschen Lockenkopf kann sich so manches verbergen. Das ungeschulte Auge erkennt meist nicht, was dahinter steckt. Und als ich Tanja das erste Mal sah, dachte ich gleich, dass das Mädchen gefährlich ist.«

»Was hat Sie auf diesen Gedanken gebracht?«

Torkels Sicherheit war nicht zum Aushalten. Ich hatte überhaupt nicht das Gefühl gehabt, dass Tanja gefährlich sein könnte. Dass ich sie nicht mochte, war eine Sache. Sie war eine Frau, die mir das Gefühl gab, unterlegen zu sein. Aber Angst vor ihr ...? Hatte ich mich so geirrt? Anita, Peter und jetzt Torkel Kvarnström hatten alle nahezu das Gleiche gesagt. Dass man Tanja nicht über den Weg trauen konnte.

»Ich meine, auch wenn ich nicht Ihre langjährige Erfahrung habe, so hatte ich doch auch mit einer ganzen Reihe von Menschen zu tun, und ich ...«

»Tja«, unterbrach mich Torkel Kvarnström, »wir haben vielleicht nicht dieselbe Art, Menschen zu beurteilen. Wir wissen beide, wie sie geheult und um Mitleid gebettelt hat. Aber ich habe auch noch etwas anderes gesehen.«

Hier machte Torkel Kvarnström eine lange Kunstpause.

»Was denn?«

»Kalte, grausame Augen. Wenn sie glaubte, niemand sieht sie, hat sie das heulende Elend schnell abgelegt, und dann breitete sich ein ganz anderer Ausdruck auf dem hübschen kleinen Gesicht aus. Und deshalb möchte ich mir lieber nicht ausmalen, was sie jetzt im Sinn hat. Bestimmt ist sie längst wieder bei ihren Kumpanen und schmiedet Pläne, wie sie das Leben unschuldiger Jugendlicher auf Stockholms Straßen zerstören kann, damit sie möglichst bald in der Gosse landen.«

Das klang ziemlich verbohrt. Trotzdem gaben mir seine Worte zu denken. Vielleicht hatte er recht und ich hatte bisher nur eine Seite von Tanja gesehen. Die Seite, die ich sehen wollte. Ich schloss die Augen und sah Tanjas rot geweintes Gesicht vor mir. Ich stellte es mir mit einem gehässigen Grinsen vor. Schnell machte ich die Augen wieder auf.

»Vielleicht haben Sie recht.«

»Das habe ich bestimmt.«

Torkel Kvarnström gab ein zufriedenes Schnalzen von sich. Ich bedankte mich für das Gespräch und entschuldigte mich, dass ich ihn in seiner Feierabendruhe gestört hatte.

»Bitte kümmern Sie sich gut um Majken«, sagte ich abschließend.

»Das werde ich. Sie ist viel zu lange verwöhnt worden. Der Hund sehnt sich nach einer festen Hand, das ist ganz deutlich.«

Draußen war es mild, und der Fliederduft hing schwer über dem Friedhof. Ich schlenderte langsam die Kieswege entlang und blieb an der Stelle stehen, wo die beiden alten Damen von Jesus über den Haufen gerannt worden waren.

Dass Jesus meine Tür beschmiert hatte, war eine unangenehme Überraschung. Jemand musste ihn dazu überredet haben. Wahrscheinlich war er für ein paar Zwanziger bereit, wer weiß was zu tun. Ohne zu fragen, warum und wozu. Und sein Gerede, dass er mich nicht beschützen könne, was sollte das bedeuten? Bisher hatte ich geglaubt, es sei das Gebrabbel eines Verwirrten. Aber vielleicht steckte ein Körnchen Wahrheit darin. Ich verstand nicht. Und ich hatte Angst.

Langsam machte ich mich auf den Heimweg. Ich ging die Folkungagatan hinunter. Ich fühlte mich sicherer dabei, dort zu gehen, wo viele Leute waren. Mit ungutem Gefühl im Bauch näherte ich mich der Erstagatan. Als ich am Ica-Supermarkt vorbeikam, hörte ich einen leisen Pfiff. Zuerst dachte ich, ich bildete es mir ein. Ich blickte mich um, sah aber niemanden, den ich kannte. Als ich weitergehen wollte, hörte ich wieder den Pfiff und hinterher ein leises »Ingrid«.

Da sah ich ihn. Peter.

Er stand in einem Hauseingang und winkte mir, ich solle zu ihm kommen. Ich sah mich wieder um. Niemand außer mir schien ihn bemerkt zu haben. Zögernd ging ich zu ihm hin und blieb einige Meter von ihm entfernt stehen. Er zischte mir zu, ich solle näherkommen. Als ich es tat, sah ich, dass sein Gesicht bleich war und seine Augen ganz schwarz vor Wut. Er machte ein paar Schritte auf mich zu und packte mich an der Jacke.

»Was zum Teufel fällt Ihnen eigentlich ein? Verdammt noch mal ... nachdem ich Sie gebeten hatte, es nicht zu tun ... Wissen Sie eigentlich, was Sie getan haben ... Scheiße, jetzt hab ich die Bullen am Hals ...«

Ich riss mich los. Peter starrte mich verächtlich an. Eine Frau näherte sich, und Peter zog sich schnell in den Hauseingang zurück. Die Frau ging vorbei, ohne uns zu beachten. Peter hatte sich mit dem Gesicht zur Haustür gedreht. Er spähte über die Schulter zurück und drehte sich wieder zu mir um, als die Frau ein Stück entfernt war. Ein paar Häuser weiter war ein Café, das noch geöffnet hatte. Ich schlug vor, wir sollten dorthin gehen.

Er antwortete nicht, schlug aber den Kragen seiner Jacke hoch und kam mit. Er ging mit raschen Schritten, das Gesicht den Häusern zugewandt.

Als wir das Café betraten, steuerte er schnell auf einen Tisch ganz hinten im Raum zu und setzte sich. Die Bedienung hinter dem Tresen beäugte ihn misstrauisch. Ich kaufte zwei Kaffee und dazu Zimtwecken. Peter saß so, dass er die Tür im Blick hatte. Als ich mit dem Tablett zum Tisch kam, schien es ihm egal zu sein, was ich mitbrachte. Er rührte weder den Kaffee noch die Wecken an, sondern hatte die Arme fest über der Brust verschränkt.

»Ein Bulle hat angerufen und gesagt, dass Tanja abgehauen ist«, sagte er mit gedämpfter Stimme.

Mit ebenso gedämpfter Stimme erzählte ich, was passiert war. Ich versicherte, dass ich mit dem Polizisten nur über die Drohung gegen mich gesprochen und weder ihn noch Pernilla erwähnt hatte.

»Aber natürlich will die Polizei jetzt, wo Tanja geflohen ist, mit Ihnen sprechen.«

Peter antwortete nicht, sondern schüttelte nur leise den Kopf.

»Irgendjemand ruft dauernd meine Handynummer an, sagt aber nichts«, sagte Peter. »Entweder ist das Tanja oder irgendein verdammter Komplize von ihr. Pernilla hat eine Scheißangst. Die Kinder merken das natürlich, die sind schon völlig fertig. Und ich bin derjenige, der sie in die ganze Scheiße reingezogen hat.«

Ich erinnerte ihn daran, dass es Pernilla gewesen war, die gewollt hatte, dass er Kontakt zu Tanja aufnahm.

»Pernilla hat bestimmt nicht geahnt, wie gefährlich das ist.«

Peter nahm eine Serviette vom Tablett und wischte sich damit über Stirn und Nase.

»Ich glaube, ich weiß, von wem die Drohungen sind«, sagte ich.

Peter richtete sich aus seiner zusammengesunkenen Stellung auf.

»Was?«

Ich erzählte von Jesus, wer er war und was ich gesehen hatte. Wie ich die Handschrift auf dem Schild an seiner Karre wiedererkannt hatte, und dass ich das der Polizei gesagt hatte. Dass Jesus sich in unserem Viertel herumtrieb und die Polizei ihn wahrscheinlich bald aufspüren werde.

»Die ganze Sache erledigt sich vielleicht schneller, als wir ahnen. Jetzt trinken Sie Ihren Kaffee«, sagte ich.

Peter starrte die Kaffeetasse an.

»Aber das kann nicht ... nein, das ist doch völlig hirnrissig. Weshalb sollte irgend so ein Penner ... Jemand muss ihn angestiftet haben.«

»Das denke ich auch«, nickte ich. »Wahrscheinlich hat er mit der ganzen Sache nichts zu tun. Aber bestimmt kann er die Polizei auf die Spur der betreffenden Person bringen.«

Peter schien dieser Gedanke nicht zu beruhigen. Er brummte vor sich hin, dass es meiner Beschreibung nach doch anscheinend ein Mensch sei, der nicht alle Tassen im Schrank hatte. Wie sollte man aus dem etwas Vernünftiges herausbekommen. Ich erinnerte mich, wie ich mit Jesus im Restaurant gewesen war. Sicher, er redete seltsames Zeug. Trotzdem war ich nicht so pessimistisch wie Peter, was Jesus' Zurechnungsfähigkeit anging.

»Was glauben Sie, warum Tanja geflohen ist?«, fragte ich.

Peter war in Gedanken versunken, die Augen starr auf die Tasse vor sich gerichtet.

»Haben Sie eine Idee, was sie vorhaben könnte?«

Peter fuhr sich mit der Hand durchs Haar. Sie blieb an einer Stelle hängen, wo die Locken sich verheddert hatten. Er zog etwas heftiger, und ein paar Haare blieben zwischen seinen Fingern hängen. Er schüttelte die Hand aus, und die Haare fielen zu Boden.

»Da ist irgendeine Teufelei im Gange«, sagte er.

Ich rückte etwas näher und sprach noch leiser. Für den Fall, dass die Kuchenverkäuferin versuchte, uns zu belauschen. Da keine anderen Gäste im Raum waren, wirkte unser Flüstern seltsam.

»Peter, ich muss Sie fragen: Haben Sie mir wirklich alles erzählt?«

»Alles?« Er blickte auf. Seine Haare waren inzwischen ziemlich zerzaust.

»Ja, von Ihnen und Tanja?«

Er lachte auf, kalt und trocken.

»Wie zum Teufel soll man alles erzählen, was zwischen zwei Menschen war? Was meinen Sie damit? Wollen Sie wissen, wie wir es im Bett getrieben haben, oder was?«

Das letzte sagte er unnötig laut. Ich wich zurück.

»Sie wissen genau, dass ich das nicht gemeint habe. Ich habe nur das unbestimmte Gefühl, dass Sie mir etwas verheimlichen. Aber wir können es auch lassen ...«

Ich begann, mir die Jacke anzuziehen. Peter langte über den Tisch und hielt meinen Ärmel fest.

»Entschuldigung«, sagte er. »Tut mir leid. Ich wollte nicht kindisch sein. Ich bin nur so ... bin einfach nicht ich selbst.«

Ich schlüpfte wieder aus dem Jackenärmel. Jetzt war ich es, die die Arme vor der Brust verschränkte.

»Jetzt mal im Ernst«, sagte Peter. »Was wollen Sie wissen?«

»Ich frage mich, warum Sie sich so vor Tanja fürchten. Aus welchem Grund könnte sie es auf Sie abgesehen haben?«

»Ich kann Ihnen zwei Gründe nennen. Erstens: Tanja denkt möglicherweise, dass ich sie in den Knast gebracht habe. Die andere Begründung ist die, die ich Ihnen schon gegeben habe, Sie erinnern sich ... die Kaninchengeschichte.«

»Waren Sie es denn, der sie in den Knast gebracht hat?«

»Ich kann verstehen, dass man das vielleicht denkt. Sie wollte mich wegen eines anderen verlassen und das alles. Aber ich habe erst hinterher begriffen, was sie vorhatte. Als ich in Arlanda mitkriegte, dass sie Rauschgift im Gepäck hatte, kapierte ich auf einmal, was die beiden miteinander am Laufen hatten. Darf ich Sie daran erinnern, dass ich mit Kindern und Jugendlichen arbeite? In einem Jugendclub in einem so genannten Problemstadtteil. Was sollte ich wohl mit so einem Dreck wie Rauschgift zu tun haben?«

»Aber Sie denken, dass Tanja glaubt, Sie hätten es gewusst.«

Peter zuckte die Schultern.

»War Tanja glücklich mit Ihnen? Ich meine, sie scheint ein schwieriger Mensch zu sein, aber so glücklich, wie es ihr möglich war?«

»Zum Schluss ja offenbar nicht mehr«, sagte Peter.

Ein älterer Mann betrat das Café. Wir folgten ihm mit unseren Blicken. Er bestellte eine Cola und ein Käsebrötchen. Erst wollte er sich am Nebentisch niederlassen, aber ein scharfer Blick von Peter sorgte dafür, dass er sich weiter weg setzte.

Peter wippte hektisch mit einem Bein. Der Löffel auf meiner Untertasse klirrte jedes Mal, wenn er an das Tischbein stieß. Er kaute auf einem Priemkrümel und sah aus dem Fenster.

»Wenn man jemanden liebt, bedeutet das nicht, immer nur lieb und nett zu sein«, sagte Peter. »Wir hatten beide unsere Ängste, Tanja und ich. Und wenn beide fürchten, verlassen zu werden oder derjenige zu sein, der mehr liebt, wird aus der ganzen Sache ein Machtkampf. Ich glaube, dass Tanja es so empfand. Es war, als müsste sie andauernd etwas beweisen. Sie hätten sie das letzte Jahr sehen sollen. Sie war ganz verrückt nach Klamotten und Make-up und dem ganzen Zeug. Jedes Mal, wenn wir irgendwohin wollten, war sie aufgebrezelt, als gingen wir zur Oscar-Verleihung. Gleichzeitig tat sie lässig, so als ließen sie die ganzen Äußerlichkeiten kalt. Aber wenn ich ihr nicht immer wieder sagte, wie hübsch sie aussah und den Romeo auf Knien spielte, lauerte der Wahnsinn unter dem Lidschatten.«

»Haben Sie niemals Tanjas Rolle gespielt?«

»Ob ich mich angemalt habe, meinen Sie?«

Ich antwortete nicht, sondern seufzte tief.

»Okay, okay. Mann, was ist nur mit mir los. Doch, manchmal hatte ich wohl auch ganz schön die Hosen voll. Ich meine, sie ist ja wirklich verdammt hübsch. Sie hätte jeden Kerl haben können, jederzeit. Hätte nur mit den Fingern zu schnippen brauchen. Es gab immer welche, die sie anglotzten. Klar, das hat mich schon gestresst.«

»Und was haben Sie dann gemacht?«

Peter blies sich ein paar Haare aus der Stirn. Er nahm die Kaffeetasse in beide Hände. Beugte sich vor und trank einige Schlucke. Mit dem Teelöffel kratzte er den Streuzucker von seiner Wecke. Er schob sich die Zuckerkrümel in den Mund.

»Lieben Sie jemanden?«

Auf die Frage war ich nicht vorbereitet. Peter grinste mit dem Teelöffel im Mund. Meine Wangen wurden heiß.

»Ich denke schon«, sagte ich.

»Dann wissen Sie doch, wie das manchmal ist. Oder vielleicht pflegt ihr Pfarrer ja eine feinere Art von Liebe. Ja, das tut ihr, was? Ihr seid lieb und brav. Gute Kameraden, und anschließend habt ihr gesitteten Verkehr. Ewiges Vorspiel und dann ein kleines rücksichtsvolles Stößerchen.«

»Jetzt sind Sie wirklich unverschämt.«

Wieder griff ich nach meiner Jacke. Peter schlug sich an die Stirn.

»Hab ich's doch schon wieder getan! Sie haben irgendwas an sich, das mich provoziert.«

Ich hatte die Jacke inzwischen angezogen, saß aber noch auf dem Stuhl. Peter packte meinen Arm mit festem Griff.

»Bitte, bleiben Sie noch einen Moment. Ich glaube, es ist, weil ... ich finde Sie einfach irgendwie sexy.«

Ein heftiger Krampf presste mich wieder auf den Sitz. Meine Arme lagen schwer auf meinem Schoß. Peter lächelte. Ich hatte wenig Erfahrung damit, dass mich jemand attraktiv fand, und konnte nur hilflos vor mich hin starren.

»Vielleicht liegt es daran, dass wir beide im Krieg sind. So was weckt oft Gefühle. Man scheißt sich die ganze Zeit beinahe vor Angst in die Hosen und kriegt ein intensiveres Lebensgefühl. Oder vielleicht finde ich auch einfach spannend, dass Sie Pastorin sind. Das gibt so einen geilen Kick. Ach, Verzeihung, ich weiß, das ist eine dumme Phantasie.«

Der Stuhl machte ein laut scharrendes Geräusch, als ich aufstand. Der Tisch bekam einen Stoß, und der Rest Kaffee in den Tassen schwappte hin und her.

»Nein, jetzt gehe ich. Das wird mir zu blöd.«

Ich rannte durch das Lokal und hätte dabei fast noch einen Stuhl umgeworfen. Als ich die Tür erreichte, hatte Peter mich eingeholt. Er legte seine Hand auf meine, gerade in dem Moment, als ich die Klinke herunterdrücken wollte. Seine Hand war trocken, groß und stark. Ich zog meine hastig zurück. Peter stand mit der Hand auf der Klinke da und atmete mir schwer ins Ohr.

»Aufmachen«, fauchte ich.

Er öffnete die Tür, und ich schwankte hinaus in die kühle Luft. Kopfschmerzen kündigten sich an, es pochte hinter meinen Schläfen. Draußen auf der Straße blickte Peter sich gründlich um. Er zog mich in den nächsten Hauseingang. Ich hatte keine Kraft mehr. Mein Wille und mein Verstand hatten mich verlassen. Übrig war nur ein schlaffer Körper.

Peter nahm meinen Kopf in seine Hände. Er hob mein Gesicht zu sich hoch und küsste mich. Zart und vorsichtig. Ohne zu versuchen, mit der Zunge meine Lippen zu öffnen. Dann hielt er mich ein Stück von sich entfernt und ließ seinen Blick über meine Augen, meine Wangen, die Nase und den Mund wandern. Er ließ mich los. Da fiel die Versteinerung von mir ab.

»Sind Sie verrückt geworden!«

»Tut mir leid. Entschuldigung und nochmal Entschuldigung. Aber ich konnte einfach nicht anders.«

Nach einigen schnellen Blicken die Straße entlang ging Peter mit hastigen Schritten davon. Ich sah, wie er an der Kreuzung

Folkungagatan und Renstiernas gata ein Taxi heranwinkte und einstieg. Ich wischte mir mit der Hand den Mund ab. Stolperte heimwärts. Nein, murmelte ich in mich hinein. Neinneinnein. Will nicht, kann nicht, darf nicht. Anders. Andersandersanders. Hilf mir. Herr, hilf mir.

Als ich meine Haustür erreichte, hatte ich meinen eigenen Türöffnercode vergessen. Ich musste meine Schlüssel herausholen und damit aufschließen. Mit wild klopfendem Herzen ging ich langsam die Treppen hinauf. Blieb auf der letzten Stufe stehen und betrachtete meine Wohnungstür. »Jetzt weist du Was dier Blüht«, stand da immer noch. Ich musste versuchen, es abzukriegen. Am Türgriff hing eine Plastiktüte vom Konsum. Irgendwas lag da drin. Im Treppenhaus war es vollkommen still. Das Einzige, was ich hörte, war mein eigenes Atmen.

Als ich die Plastiktüte entdeckte, sank ich auf der Treppenstufe zusammen und schluchzte auf. Unten wurde die Haustür geöffnet. Ich fuhr hoch und beeilte mich, meine Wohnungstür aufzuschließen. Die Tüte nahm ich vorsichtig mit spitzen Fingern hoch und trug sie hinein. Ich presste das Ohr an die Tür und hörte Schritte auf der Treppe. Es war unmöglich zu sagen, ob es ein Mann oder eine Frau war. Dann war wieder Stille. Die Schritte schienen auf meinem Treppenabsatz Halt gemacht zu haben. Ich versuchte, durch das größere Schlüsselloch zu spähen, konnte aber nichts sehen.

Ich stieg über meine Schuhe und machte Licht im Wohnzimmer. Sollte ich die Polizei anrufen, bevor ich die Tüte öffnete? Ich ging in den Flur und holte sie. Warf sie auf den Tisch neben meinem Sessel. Schnupperte daran, aber sie roch nach nichts anderem als Plastik. Auf dem Fußboden kniend versuchte ich hineinzuspähen, ohne die Tüte zu öffnen. Es ging nicht. Ich hob einen der Handgriffe an und sah ein weißes Päckchen. Auf dem Fußboden neben mir lag ein Kleiderbügel. Mit dem fummelte ich das Päckchen heraus, während ich weiterhin den Henkel der Plastiktüte hochhielt. Das Päckchen polterte auf den Fußboden.

Es landete mit der Rückseite nach oben. Ich sah Papierecken und Klebeband. Es gelang mir, das Päckchen mit dem Kleiderbügel auf die richtige Seite zu drehen. Eine Karte war mit einem roten selbstklebenden Herzen am Päckchen befestigt.

»Für Ingrid. Weil du die wärmste Stimme hast, die ich kenne. Sei umarmt von Anders, einer Zwillingsseele im Sturm.«

Mit hastigen Fingern öffnete ich das Päckchen. Darin war eine Schachtel Beruhigungstee, den er in einem Reformhaus gekauft haben musste. Anders. Geliebter Anders. Und ich habe dich schon verraten. Ich konnte mir selbst nicht erklären, wie das passiert war.

Ich ging in die Küche und setzte einen Topf Wasser auf. Kramte eine Tasse hervor, goss kochendes Wasser ein und versenkte einen der Teebeutel darin. Er sonderte eine schwachgelbe Farbe ab. Der Duft erinnerte an Heu und Menthol. Ich nahm die Tasse mit ins Bett. Pustete in den Becher und trank in tiefen Zügen.

Vielleicht lag es am Tee, dass ich trotz allem, was passiert war, langsam in den Schlaf glitt. Mein letzter Gedanke war, dass Anders nichts von dem Kuss erfahren sollte. Er war nicht passiert. Er durfte nicht passiert sein.

17. Kapitel

Peter sitzt an einen großen Baum gelehnt. In seinem Schoß liegt Tanja, er hält sie in den Armen. Sie schmiegt sich an ihn. Er hebt eine Hand und liebkost ihren Kopf. Sie blinzelt. Sie sehen sich in die Augen und lächeln. Dann drehen sie die Gesichter zu mir und lachen. Ich stehe nackt draußen auf einer kalten Wiese und versuche, mich mit erfrorenen Armen zu bedecken. Ich bitte sie, mir meine Kleider zu geben, damit ich weggehen kann. Peter lacht lauthals. Tanja schüttelt nachdrücklich den Kopf. Ich gehe zu ihnen hin und versuche, Tanja eine große Tasche zu entreißen, die neben ihr steht. Sie hält sie fest umklammert und fängt an laut zu lachen.

Ich erwachte. Das Telefon klingelte. Bevor ich abnehmen konnte, sprang der Anrufbeantworter an. Während ich meine Stimme sagen hörte, ich sei im Moment nicht zu Hause, blickte ich mich schlaftrunken im Zimmer um. Peters und Tanjas Gelächter verstummte.

Es war Anitas Tochter. Ich stürzte zum Telefon und meldete mich gerade noch, bevor sie auflegte. Sie wollte Bescheid sagen, dass Anita aufgewacht war. Sie sei zwar immer noch sehr schwach, aber die Ärzte glaubten, dass sie es schaffen werde.

»Aber ich weiß nicht, wann sie wieder zur Arbeit kommen kann und ob überhaupt«, sagte die Tochter mit dünner Stimme. »Ihr Herz ...«

»Kann ich sie besuchen?«

»Ja, deswegen rufe ich an. Wenn Sie wollen, können Sie heute gegen zwei Uhr kommen. Dann ist Besuchszeit, und ich weiß, dass sie sich freuen würde, wenn Sie vorbeikommen könnten.«

Ich wünschte mir nichts sehnlicher, als mit Anita zu reden. Als ich auflegte, dachte ich daran, dass Anita wahrscheinlich nichts von Tanjas Flucht wusste. Sollte ich es ihr erzählen? Wie viel konnte sie ertragen?

Draußen regnete es. Es war dunkel für einen Junitag. Ich musste die Deckenlampe einschalten. Ich sah auf die Uhr und mir fiel ein, dass ich in einer Stunde bei Robert Björklund auf dem Polizeirevier sein musste. Die Zeitung im Briefschlitz war feucht. Es musste die ganze Nacht geregnet haben. Mit Dagens Nyheter unter dem Arm ging ich in die Küche. Während ich darauf wartete, dass das Teewasser kochte, strich ich mit einem Finger über meine Lippen. Sie fühlten sich trocken und aufgesprungen an. Ich fuhr mit der Zunge darüber. Peter hatte sie nicht geküsst. Es durfte nicht sein.

Ich setzte mich auf meinen gewohnten Platz am Fenster und schlug die Zeitung auf. Aber ich nahm nichts von dem auf, was ich las. Stattdessen starrte ich hinunter in den Hof vorm Fenster. Ein kleiner Junge in roter Gummihose und blauer Regenjacke fuhr auf einem Trecker durch den nassen Sandkasten. Seine Tagesmutter stand unter dem Dach des Fahrradschuppens und rauchte. Sie sah müde aus. Ich kannte die beiden. Der Junge wohnte zwei Etagen über mir.

Er muss verrückt sein. Ich sagte es laut vor mich hin. Peter Konradsson muss verrückt sein. Was wusste ich über ihn? Mitarbeiter eines Jugendclubs in einem Vorort im Süden der Stadt. Ehemals Lebensgefährte einer Frau, die wegen eines schweren Drogendelikts verurteilt war. Bis gestern hatte er den Eindruck gemacht, ein netter Kerl zu sein, der mit seiner Vergangenheit aufräumen wollte. Die Beziehung zwischen ihm und Tanja war offenbar stürmisch gewesen. Dass er Angst hatte, war offensichtlich. So gut konnte sich niemand verstellen.

Der Kuss. Wie hatte ich ihn zulassen können? Scham erfüllte mich. Meine Finger waren kalt, ich legte sie um die heiße Teetasse. Im tiefsten Innern, Herr, ich kann es nicht ändern, zuckte eine Flamme durch meinen Körper, und es war Peter, der sie entzündet hatte.

Es ist keine Liebe. Es ist etwas anderes. Ich bitte dich, Herr, hilf mir zu verstehen, was das ist. Ich will immer noch Anders und niemanden sonst. Ich griff nach der Schachtel mit dem Tee, die ich von ihm bekommen hatte. Ich nahm sie vorsichtig in die Hand und stellte mir vor, wie er den Tee in einem Geschäft ausgesucht und zur Kasse getragen hatte. Wie er darum gebeten hatte, ihn als Geschenk zu verpacken. Wie viel heimliche Freude ihm seine Idee bereitet hatte.

Wäre ich nicht so überrumpelt gewesen, wäre das mit Peter niemals passiert. Das erklärte, warum ich es geschehen ließ. Vielleicht. Aber die kleinen Wellen der Lust, die mich durchfluteten. Bedeuteten nichts.

Ich spülte meine Teetasse aus und zog mich an. Meine Bewegungen waren schwer und traurig. Anders, es hat nichts mit dir zu tun. Das hier hat nichts mit dir zu tun.

Erst als ich die Wohnungstür hinter mir abschloss, sah ich es. Ich hätte darauf gefasst sein müssen, aber ich war es nicht. Ich zuckte heftig zusammen. Es war über die vorige Botschaft geschrieben.

»Ich beobachte dich die ganze Zeit. Also nimm dich verdammt in Acht.«

Diesmal war es nicht die Handschrift von Jesus.

Meine nächste Erinnerung ist, dass ich ein Schwammtuch unter dem Wasserhahn ausspülte. Ich handelte reflexartig, wollte nur, dass es weg war. Dass es aufhörte.

Mir wurde schwindelig, ich musste mich am Spülbecken festhalten. Ich starrte auf das Schwammtuch in meinen Händen. Ich wollte es wegwischen. Die Drohung sollte nicht mehr da sein.

Dann fiel mir ein, dass es dumm war, die Schrift wegzuwischen. Die Handschrift war Beweismaterial. Ich starrte zum Fenster hinaus und sah, wie die Tagesmutter den Jungen zu sich rief. Gleich würden sie an meiner Tür vorbeigehen und sehen, was daran geschrieben stand.

Ich rannte zum Schreibtisch und nahm ein Blatt weißes Papier. Mit großen Buchstaben schrieb ich »Bitte keine Reklame« darauf. Mit einer Rolle Klebeband im Mund lief ich zurück ins Treppenhaus. Als die Frau und der Junge die Treppe heraufkamen, klebte ich gerade das Blatt Papier über die Schrift. Es bedeckte sie nur dürftig, aber man konnte jetzt nicht mehr den ganzen Satz lesen.

Die junge Frau sagte leise Guten Tag, als sie vorbeiging. Der Junge starrte mich an. Wasser tropfte von seinem Regenhut.

»Wir essen jetzt Pfannkuchen«, sagte er.

»Die sind bestimmt lecker«, erwiderte ich und blieb stehen, bis die beiden sich anschickten, die nächste Treppe hinaufzustapfen.

»Und dann will ich auch so was malen«, hörte ich den Jungen sagen.

»Ja, nachher«, antwortete die Frau müde.

Die Zeitung musste als Regenschutz herhalten. Es goss in Strömen, als ich zum Bus lief. Es war unangenehm, dauernd den Kopf gesenkt zu halten. Das Gefühl, das jemand mich beobachtete, quälte mich und ich versuchte, so gut es ging, nach allen Seiten Ausschau zu halten. Am U-Bahnhof Slussen kaufte ich eine neue, trockene Zeitung. Ganze Horden gestresster Fahrgäste hasteten durch die Sperren, aber ich sah kein bekanntes Gesicht. Es war ein gutes Gefühl, während der Fahrt in der U-Bahn das Gesicht hinter der aufgeschlagenen Zeitung verstecken zu können. Gleichzeitig konnte ich über den Rand schielen und beobachten, was für Leute an den Stationen zustiegen.

Robert Björklunds Haare waren nass, als ich in sein Büro kam. Ob vom Duschen oder vom Regen, war schwer zu sagen. Er gähnte herzhaft und sah mich mit roten Augen an.

»Kleine Kinder, in meinem Alter. Manchmal frage ich mich wirklich, worauf ich mich da eingelassen habe.«

»Wie viele Kinder haben Sie?«

»Fünf. Mit drei verschiedenen Frauen. Eins mit der jetzigen. Nicht gerade ein Jungbrunnen, wie viele denken. Es kommt einem vor, als hätte man sein halbes Leben lang Legosteine unterm Hintern gehabt, egal wo man sich hinsetzt.«

Robert gähnte abermals. Er rieb sich mit einer Hand die Augen und blinzelte auf ein paar Papiere, die vor ihm lagen. Eine ältere Frau kam mit einem Tablett herein, auf dem zwei Kaffeetassen standen.

»Du bist ein Engel«, sagte Robert zu der Frau.

Mir ist es immer peinlich, bedient zu werden. Robert trank schlürfend einen Schluck Kaffee und wandte sich mir zu.

»Wie geht's?«

Als ich ihm von der jüngsten Drohung erzählte, war ich so kurzatmig, dass ich kaum sprechen konnte. Die Worte kamen stoßweise, und der Bericht war lückenhaft. Dass diesmal die Schrift von jemand anderem stammte, sagte ich mindestens dreimal. Ich sagte jedoch nichts davon, dass ich mich mit Peter getroffen hatte. Das gebot die Schweigepflicht. Am liebsten hätte ich das Treffen vergessen.

»Hm«, war das Einzige, was Robert sagte.

Er versank eine Weile in Nachdenken.

»Haben Sie einen Fotoapparat?«

Ich nickte, und Robert gab mir den Auftrag, das Geschmiere zu fotografieren, bevor ich es wegmachte. Er holte eine Landkarte aus einer Schublade und faltete sie auseinander. Er zeigte auf einen Ort im Norden Gotlands. Kappelshamn. Robert zeichnete mit einem Stift einen Kreis um den Ort.

»Hier irgendwo wohnt Banjo. Sein Name taucht in den Vernehmungsprotokollen auf. Banjo hat abgestritten, Tanja oder Peter näher zu kennen. Ich habe seine Nummer im Telefonbuch gefunden, aber er nimmt nicht ab. Ich beabsichtige, heute Abend hinzufahren. Wollen Sie mitkommen?«

Die Frage kam völlig überraschend. Robert sah meine Verwirrung und lächelte.

»Ich denke mir Folgendes: Falls wir Tanja dort finden, könnte es nützlich sein, dass sie Ihnen vertraut. Außerdem kann ich Ihre Hilfe gebrauchen, wenn ich mir den Kerl vorknöpfe. Und ich kann ein Auge auf Sie haben.«

»Aber ich bin keine Poli–«

»Ja, ja, das ist mir bekannt.«

Robert verdrehte die Augen. Er faltete die Karte wieder zusammen.

»Das müssen Sie mir nicht immer wieder unter die Nase reiben. Und ich muss nicht dauernd wiederholen, wie lange ich schon Polizist bin und dass ich ziemlich gut beurteilen kann, was man darf und was nicht.«

Robert Björklund war ein gewiefter Ermittler. Er wusste, dass ich mehr über den Fall wusste, als ich ihm verraten hatte. Mich mitzunehmen war ein Trick, mich dazu zu bewegen, ihm zu helfen. Mein Bedürfnis, einen möglichst großen Bogen um meine Wohnung zu machen, gab den Ausschlag. Außerdem war ich neugierig. Wir verabredeten, uns um sechs Uhr abends vor der Wache zu treffen, anschließend würden wir das Schnellboot nach Nynäshamn nehmen.

Als ich das Polizeigebäude verließ, hatte ich trotzdem das Gefühl, einen Fehler zu machen. Das Treffen mit Peter am vorherigen Tag und jetzt die Reise nach Gotland: Ich hatte die Grenze des Erlaubten überschritten.

Herr, in solchen Momenten gebe ich mein Schicksal in deine Hände. Ich hatte mich schon öfter auf Abwege begeben. Hinterher habe ich immer einen Sinn darin erkannt. Du, Herr, hattest gewollt, dass ich etwas lerne. Ich hoffte, dass ich auch diesmal auf dem richtigen Weg war.

18. Kapitel

In der Eingangshalle des Krankenhauses war ein Blumenladen. Ich wollte einen Strauß für Anita kaufen und versuchte mich dann zu erinnern, welche Bedeutung die verschiedenen Blumen haben. Damit ich nicht wieder einen Fehler machte. Einmal kaufte ich große weiße Lilien für meine Großmutter. Sie war darüber ziemlich verwundert. Meine Mutter nahm mich beiseite und zischte, das seien Friedhofsblumen. Rosen, rote jedenfalls, sind Verliebten vorbehalten. »Pfeif auf alle Regeln, kauf einfach, was dir gefällt«, hatte Anita selbst einmal gesagt, als ich mir den Kopf über einen Blumenstrauß für Laila, unsere Sozialarbeiterin, zu ihrem fünfzigsten Geburtstag zermarterte.

Das Problem war, dass ich nicht wusste, was mir gefiel. In verschiedenen Schränken standen rote, orange, gelbe und blaue Blumen hinter Glas, die alle schön aussahen. Ich bewundere Menschen, die sagen können »schrecklich, ich kann Nelken nicht ausstehen«.

Als die Floristin in ihrem grünen Kittel sich mit beflissenem Lächeln mir zuwandte, stand ich ratlos da und betrachtete die Blumen. Nie im Leben könnte ich eine Sorte der anderen vorziehen. Ich holte einen Hunderter aus meinem Portemonnaie.

»Bitte helfen Sie mir. Stellen Sie mir dafür einen Strauß zusammen.«

Die Floristin versuchte anfangs noch, mich in die Komposition des Straußes einzubeziehen. Als sie merkte, dass ich keine genauen Vorstellungen hatte, steckte sie stumm und routiniert etwas zusammen, das ich recht schön fand.

In meiner Kindheit begannen die Besuche bei Freunden und Verwandten meist damit, dass Mama das Papier von den Blumen riss und Papa aufforderte, es irgendwo unauffällig verschwinden zu lassen. Er protestierte dann immer, das gehörte dazu. Dem freundlichen Empfang durch die Gastgeber ging meistens Papas verdrießliches »Sehe ich vielleicht aus wie ein Mülleimer?« voraus, gefolgt von Mamas »Ja, das tust du«.

Vor der Intensivstation fand ich einen Papierkorb, in den ich das Einwickelpapier stopfte. Eine Schwester zeigte mir, wo Anita lag. Sie war ganz allein im Zimmer. Neben ihrem Bett standen große blanke, stählerne Apparate mit Ziffern und Zeigern, Schläuchen und Ventilen. Sie erschreckten mich mehr, als dass sie mich beruhigten.

Anita schlief. Sie lag flach auf dem Rücken, mit der Nase zur Zimmerdecke. Ihr Kinn ragte nach oben, und der Mund stand halb offen. Schnarchen erfüllte den Raum. Es war etwas Ungeniertes an dem lautstarken Sägen. Wie Anita sich überhaupt auf eine herrlich lässige Art gewisse Freiheiten herausnahm. Wenn ich ihr nach dem Aufwachen erzählen würde, dass ihr Schnarchen durchs ganze Krankenhaus zu hören war, würde sie bestimmt laut lachen.

Ich beobachtete eine Weile, wie ihre Wangen sich beim Ausatmen leicht blähten und beim Einatmen nach innen höhlten. Draußen im Gang fand ich eine Vase, in die ich die Blumen stellen konnte. Als ich wieder ins Zimmer gehen wollte, sah ich einen jungen Mann, den ich wiedererkannte. Es war Anitas Sohn. Wir hatten uns vor einem halben Jahr bei Anita zu Hause beim Sonntagsessen kennengelernt. Er sah gut aus, kurz geschnittenes Haar, gebügeltes Hemd und hellbeige Hose mit seitlichen Taschen. Er trug einen regenfeuchten Mantel über dem Arm und eine Schachtel mit grünen Geleekirschen in der Hand. Als er mich sah, winkte er mit der Konfektschachtel.

»Die mag sie so gern«, sagte er entschuldigend.

Wir gaben uns zur Begrüßung die Hand. Seine war feucht, und es war offensichtlich, wie sehr ihm der Zusammenbruch seiner Mutter zusetzte. Anstatt die Tür zu öffnen und selbst nachzusehen, wie es ihr ging, fragte er mich. Ich merkte, dass er sich dagegen sträubte, sie so wehrlos und ausgeliefert zu sehen. Ich sagte ihm, dass sie schlief und dass ich auch gerade erst gekommen war. Wir öffneten die Tür einen Spalt und lugten hinein. Anita schnarchte immer noch. Ihr Sohn ging schnell hinein zu ihr und rüttelte sie sanft.

»Mama. Mama, wach auf. Ich und ...«

»Ingrid.«

»Mama, ich und Ingrid sind gekommen, um dich zu besuchen.«

Er beugte sich hinunter und sprach ihr ins Ohr. Das Schnarchen wurde leiser und Anita öffnete langsam die Augen. Es dauerte eine Weile, bis sie sich orientiert hatte. Immer wieder fielen ihr die Augen zu, so als sänke sie in den Schlaf zurück. Aber sie kämpfte sich durch und sah ihrem Sohn in die Augen.

»Mein Junge.«

Ihre Stimme zischte und pfiff. Der Sohn nahm ihre Hand und setzte sich auf den Stuhl neben ihrem Bett. Er legte ihr die Konfektschachtel auf den Bauch und Anita schaute vorsichtig hinunter.

»Altweibertrost«, sagte sie.

Sie lächelten beide. Ich begriff, dass es ein familieninterner Scherz war. Der Himmel vor dem großen Fenster war gewitterblau, aber der Regen hatte nachgelassen. Leise ging ich zum Fenster hinüber. Ich kam mir überflüssig vor. Dieser Moment gehörte den beiden, und ich wollte nicht daneben stehen und glotzen.

»Ich könnte uns einen Kaffee besorgen«, flüsterte ich zu Anitas Sohn hinüber.

Er erhob sich rasch vom Stuhl.

»Nein, das mache ich. Schau mal, Mama, Ingrid ist hier.«

Anita drehte den Kopf ein wenig in meine Richtung. Wieder brauchte sie eine Weile, um die Eindrücke zu verarbeiten. Als ich gegen den Vorschlag des Sohnes protestierte, hob sie einen Arm mit einer abwehrenden Geste.

»Lass ihn nur. Er bewegt sich so gern.«

Der Sohn verschwand mit schnellen Schritten. Ich setzte mich auf seinen Stuhl. Jetzt, wo wir so nahe beieinander waren und ich Anitas mattes, freundliches Lächeln in ihrem müden graubleichen Gesicht sah, musste ich die Tränen niederkämpfen.

»Wie fühlst du dich?«, fragte ich.

»Noch ist Leben in dem alten Mädchen«, erwiderte sie. »Wie geht's Majken?«

»Gut.«

Das kam schnell und kurz. Unerfreuliche Ereignisse mussten warten. Anita war zu schwach, um sich über Majkens Schicksal aufzuregen. Torkel Kvarnström, wenn du dich nicht gut um den Hund kümmerst, erwürge ich dich, dachte ich.

Anita sank in ihr Kissen zurück.

»Schön. Ich habe mir schon Sorgen gemacht«, sagte sie mit dünner Stimme. »Versprich mir, dass du sie gut versorgst. Die Freundin von meinem Sohn hat Angst vor Hunden, und meine Tochter hat ein Kind, das allergisch ist.«

»Was sagen die Ärzte?«

Anita zog die Bettdecke bis unters Kinn.

»Was sollen die schon sagen. Viel Ruhe, nicht rauchen, keine Aufregung. Ja, ja, und so weiter und so weiter. Es ist jetzt wohl ganz einfach meine Zeit.«

Anita griff nach meiner Hand und drückte sie fest.

»Ich mache mir Sorgen um die Kinder«, sagte sie, und auf ihrem Gesicht erschienen rote Flecken.

»Sie sind erwachsen«, sagte ich.

»Aber sie bleiben meine Kinder«, entgegnete Anita ungewohnt scharf, und Tränen rollten ihr langsam aus den Augenwinkeln. »Sie werden nie etwas anderes sein, das verstehst du doch wohl.«

Die Tränen liefen ihr übers Gesicht. Ihre bleichen Lippen zitterten. Ich tupfte ihre Wangen mit einem der Taschentücher trocken, die auf dem Nachttisch lagen.

»Ich weiß, dass du an ein Leben nach diesem hier glaubst, aber ich will kein anderes Leben«, sagte sie. »Wenn ich nicht in demselben Leben sein kann, in dem meine Kinder sind, kann es mir gestohlen bleiben.«

Ihre Hand drückte meine noch fester. Sie hatte aufgehört zu weinen und atmete schwer.

»Ich wünschte, ich hätte deinen festen Glauben. Ich habe solche Angst, Ingrid. Ich habe solche Angst.«

Ich nahm Anitas andere Hand und hielt sie.

»Keine Gebete oder Ähnliches«, sagte Anita. »Du weißt, dass ich nicht an so was glaube.«

Anitas Sohn öffnete die Tür und zuckte zusammen, als er uns so sah. Der Kaffee schwappte aufs Tablett, er entschuldigte sich und ging hinaus, um Servietten zu holen. Als er die Tür hinter sich schloss, flüsterte Anita mir rasch zu, dass wir ihn nicht erschrecken sollten. Ich solle lieber ihr Kopfteil etwas aufstellen und ihr einen Spiegel geben. Sie zupfte sich die Haare zurecht und putzte sich die Nase. Als der Sohn zurückkam, sagte sie leichthin, eine Tasse Kaffee sei jetzt genau das Richtige. Dabei streckte sie die Hand gar nicht danach aus, sondern saß da und beobachtete, wie wir pusteten und schlürften.

»Ich habe ein wunderbares Leben gehabt«, sagte sie. »Zwei phantastische Kinder, Freunde und einen interessanten Beruf. Den einen oder anderen dummen Kerl vielleicht. Aber ein bisschen was mitmachen muss man schließlich.«

Anitas Sohn stand auf. Glättete den Mantel, der auf seinem Schoß gelegen hatte.

»Ich meine nicht deinen Vater, das weißt du. Ove war ein guter Mann.«

Mit dem »dummen Kerl« meinte Anita ihre große Liebe Raymond, ihren Exmann, für den sie sich von Ove getrennt hatte, als die Kinder noch in die Schule gingen. Anita hatte mir erzählt, dass die Ehe gescheitert war.

Die restliche Besuchszeit sprachen wir nicht viel. Anitas Sohn erzählte, dass er befördert worden war und jetzt dreitausend im Monat mehr verdiente. Er war offensichtlich stolz, und Anita auch, als sie es hörte. Anita jammerte, sie hätte so gerne eine Zigarette, aber sie sagte, sogar eine so eingeschworene und passionierte Raucherin wie sie sehe ein, dass damit nun ein für alle Mal Schluss sein müsse.

Ich hätte gerne mit Anita darüber gesprochen, was passiert war, aber das musste warten. Sie war es, die jetzt Zuwendung brauchte, nicht ich. Mir ging auf, wie selten ich mich bisher zurückgenommen hatte, wenn ich mit ihr zusammen war. Als ich mich verabschiedete, hatte ich nicht über Tanja gesprochen, nicht über die bevorstehende Reise mit Robert Björklund, nicht darüber, dass Majken bei Torkel Kvarnström war. Aber ich war bei ihr gewesen und hatte ihre Angst geteilt. Mit meiner eigenen Angst musste ich selbst fertig werden. Ich kam mir vor, als sei ich gewachsen.

19. Kapitel

Der Fähranleger in Nynäshamn war ein brodelnder Kessel aus herumalbernden Jugendlichen mit Rucksäcken, aufgedrehten Kleinkindern und zunehmendem Ärger über die zähe Abfertigung. Robert Björklund gähnte hinter seiner Ausgabe des Expressen. Die Autofahrt nach Nynäshamn war lang und eintönig gewesen. Während der Fahrt hatte Anders mich auf meinem Handy angerufen. Er wunderte sich über meine Reise nach Gotland. Ich hatte ihn nicht erreicht, und als wir endlich darüber reden konnten, hatte ich Robert als Zuhörer dabei. Nicht, dass Anders und ich irgendwelche Geheimnisse übers Telefon hätten austauschen wollen. Aber ich hätte ihm gerne erklärt, wie dieser unkonventionelle Polizist mich dazu gebracht hatte, ihn auf der Reise zu begleiten.

»Es wäre mir lieb, wenn du mich künftig an derartigen Beschlüssen teilhaben ließest. Ich stehe schließlich unserer Kirchengemeinde vor und darf wohl erwarten, informiert zu werden«, sagte Anders verärgert.

»Es tut mir leid, entschuldige bitte«, sagte ich. »Wir reden heute Abend weiter, ja?«

Aufgewühlt legte ich das Handy in meine Handtasche zurück. Hatten wir uns jetzt erzürnt? Ich kramte eine Weile in der Tasche, um mir etwas Bedenkzeit zu verschaffen. Zahnbürste, Toilettenpapier, Kamm, Portemonnaie purzelten durcheinander. Ich hatte das Gefühl, etwas Wichtiges vergessen zu haben, aber mir fiel beim besten Willen nicht ein, was. Ich bin schlecht im Packen.

»Probleme?«, fragte Robert und warf mir einen schnellen Seitenblick zu.

Ich stellte die Tasche wieder auf den Boden zwischen meine Füße.

»Nein, nein. Es ist nur so, dass ...«

Robert Björklund sah mich wieder von der Seite an, als ich nicht weitersprach.

»Ich hätte ernsthafter versuchen sollen, meinen Chef über diese Reise zu unterrichten. Er war schwer zu erreichen, deshalb ...«

Robert fragte, wer mein Chef sei, und es war seltsam, Anders' Namen in einem offiziellen Zusammenhang zu nennen.

»Ach, der«, sagte Robert. »Den habe ich ein paar Mal getroffen. Netter Kerl. Mein ältester Sohn hat mal so ein Konfirmandenzeltlager bei ihm mitgemacht. Das ist bestimmt kein Problem.«

Ich nickte zustimmend zu seinen Worten, behielt aber für mich, dass ich Anders auch privat kannte. Robert dachte wahrscheinlich, dass ich wegen der Reise so nervös war, und sagte beruhigend, es sei zwar ein ungewöhnlicher Einfall, aber auch nicht außergewöhnlicher, als wenn zwei Kollegen »vom Dezernat« einen gemeinsamen Ausflug machten.

In der Schlange am Fährhafen erschien mir die Idee dann auch nicht mehr so dumm. Ich war seit meiner Konfirmandenzeit nicht mehr auf Gotland gewesen. Außerdem fand ich es beruhigender, den Geschehnissen vorzugreifen, als die nächste Drohung abzuwarten. Oder etwas noch Schlimmeres. Ich fragte Robert, während er in seiner Zeitung blätterte, ob Jesus aufgetaucht war, aber er grunzte nur ein kurzes »Nein«. Ich ließ meinen Blick über die Leute schweifen und versuchte herauszufinden, ob irgendjemand mich seltsam oder länger als normal ansah.

Unsere Nummer erschien auf der Anzeigetafel, und Robert und ich gingen zum Schalter. Wir bekamen unsere Tickets und gingen zurück zum Wagen. Die Autoschlange kroch langsam vorwärts.

»Dass es Leute gibt, die an diesem elenden Ort wohnen«, sagte Robert.

Während der Überfahrt aßen wir jeder ein Frikadellenbrot mit grelllila Rote-Bete-Salat. Robert erzählte von seinem Gespräch mit Peter. Ich wurde nervös, als sein Name fiel. Bei der Erinnerung an den Kuss wäre ich am liebsten weggelaufen. Ich glaube, dass ich leicht zu durchschauen bin, und wollte mich lieber verstecken als hier sitzen und Roberts forschendem Blick ausgesetzt sein.

»Ich habe nicht viel aus ihm herausgekriegt. Es schien ihm unangenehm zu sein, an Tanja erinnert zu werden. Er sagte, ihr versuchter Drogenschmuggel habe ihn völlig fertiggemacht, er sei so enttäuscht von ihr, dass er nichts mehr mit ihr zu tun haben wolle. Außerdem behauptet er, dass er und Tanja kurz davor waren, Schluss zu machen, als es passierte.«

Robert nahm einen tiefen Schluck von seinem Leichtbier. Ein Rülpser stieg ihm die Kehle hinauf, den er halbherzig zu unterdrücken versuchte.

»Vielleicht stimmt das. Der Junge ist nicht vorbestraft. Irgendwas sagt mir, dass wir diesen Banjo genauer unter die Lupe nehmen sollten. Wer weiß, vielleicht ist Tanja bei ihm. Obwohl das ziemlich dumm von ihr wäre.«

Ich sah Tanja über eine gotländische Wiese schleichen, mit ihren umwickelten Handgelenken und dem irren Gesichtsausdruck, von dem Peter gesprochen hatte. Sie sah Jesus ähnlich, verhielt sich genauso unheimlich. Ich hätte gern gewusst, ob Robert bewaffnet war, traute mich aber nicht zu fragen.

Es wurde schon dunkel, als wir ankamen. Es war zehn Uhr und Robert meinte, wir sollten gleich hinfahren und uns Banjos Haus ansehen. Meinen Vorschlag, bis morgen zu warten, lehnte er entschieden ab.

»Jetzt ist er hundertprozentig zu Hause.«

Während der Fahrt hinauf in den Norden Gotlands sagte Robert nichts mehr, sondern starrte verbissen auf die Straße. Ein Kaninchen huschte wie ein grauer Schatten über die Fahrbahn, kam aber mit heiler Haut davon. Der Schreck war mir in die Glieder gefahren, mein Herz klopfte rasend, es kam mir vor, als müsste es im ganzen Auto zu hören sein. Bei der Vorstellung, einen mutmaßlichen Verbrecher in seiner Wohnung zu überraschen, war mir mulmig zumute. Als Robert mich bat, auf der Karte nachzusehen, wo wir waren, irrte mein Blick von Sudret bis Fårö über die Insel, ohne etwas zu finden. Obwohl ich selbst auch Auto fuhr und normalerweise keine Probleme hatte, mich zurechtzufinden. Im Grunde wäre es mir nur recht gewesen, wenn wir uns verirrten. Robert lenkte den Wagen seufzend an den Straßenrand und nahm mir unsanft die Karte aus den Händen.

»Frauen«, sagte er nur, wenn auch mit freundlicher Stimme.

Er bog von der Hauptstraße ab und fuhr ein paar Kilometer landeinwärts. Plötzlich bremste er und parkte den Wagen an einer Stelle, die ich für pure Wildnis gehalten hätte. Er zog die Handbremse an und wandte mir sein Gesicht zu.

»Da drüben ist das Haus. Kommen Sie mit?«

»Aber können wir wirklich ...«

»Wir wollen doch nur mit ihm reden.«

Ich antwortete nicht, sondern öffnete stattdessen die Tür. Ein milder, feuchter Duft schlug mir entgegen. Schlafende Blumen nach einem langen Frühsommertag. Der Himmel war überwältigend hier, wo er nicht auf Hochhausdächern ruhte. Ich atmete tief durch. Herr, ich weiß, es gibt dich. Ich kann dich beinahe berühren.

Robert deutete mit einem Kopfnicken in eine Richtung. Wir gingen den Feldweg entlang, und unter unseren Schritten knirschte der Kies.

Das Haus war rot mit weißen Eckpfosten und stand auf einem hohen Mauersockel. Davor parkten zwei alte Autos. Aus den Fenstern im Obergeschoss fiel Licht.

»Wir sehen uns erst die Umgebung an, bevor wir klingeln«, flüsterte Robert.

Wir gingen um das Haus herum, Robert mehrere Schritte vor mir. Er ging zu einem Gewächshaus hinüber und pfiff leise durch die Zähne, während er mit einer Taschenlampe hineinleuchtete.

»Der Bursche nebelt sich gerne mal die Birne zu«, sagte er. »Das da drinnen sind jedenfalls keine Karotten.«

Ich schaute hinein und sah die Umrisse von Cannabispflanzen. Robert winkte mir, ihm zum Haus zu folgen. Wir stiegen die Treppe zur Eingangstür hoch und klingelten. Im Haus blieb es still. Robert klopfte. Wir hörten immer noch nichts. Im oberen Stockwerk gingen die Lichter aus. Robert versuchte die Tür zu öffnen, aber sie war abgeschlossen. Auf der Rückseite gab es noch einen Eingang, also gingen wir dorthin. Die Tür hatte sich verzogen und war nicht ganz zu. Robert rüttelte daran und sie knarrte laut, als er sie schließlich aufdrücken konnte. Im Dämmerlicht war eine steile Holztreppe zu erkennen.

»Hallo«, rief Robert die Treppe hinauf. »Hallo, ist jemand zu Hause?«

Ich packte seinen Arm.

»Finden Sie nicht, wir sollten warten, bis ...«

»Nun kommen Sie schon.«

»Ich werde bestimmt keinen Hausfriedensbruch ...«

»Wer weiß, vielleicht ist jemand verletzt. Wir sehen uns nur ein bisschen um, wie ich gesagt habe. Jetzt hören Sie schon auf zu jammern, oder Sie setzen sich ins Auto und warten.«

Mein Mund war ganz trocken, ich wäre am liebsten weggelaufen. Ein leichter Haschischgeruch hing in der Luft. Robert runzelte die Stirn und gab mir ein Zeichen. Wir standen eine ganze Weile unbeweglich und stumm da. Dann war ein schwaches, schabendes Geräusch zu hören.

»Hallo!«, rief Robert wieder.

Abrupte Stille. Wir gingen die knarrende Treppe hinauf. Es war beinahe stockfinster. Ich blieb dicht hinter Robert, hielt mit einer Hand das Geländer umklammert. Wir kamen zu einem kleinen Flur mit einer geschlossenen Tür. Das musste das Zimmer sein, aus dem das Geräusch gekommen war. Robert öffnete die Tür vorsichtig einen Spalt. Der Mondschein, der durch das Fenster ins Zimmer fiel, zerschnitt die Dunkelheit. Ich stellte mich auf die Zehenspitzen und spähte über Roberts Schulter. Im Halbdunkel war ein großes ungemachtes Bett zu erkennen, ein Schreibtisch, Poster mit Rockstars.

Robert schob die Tür mit der Fußspitze etwas weiter auf.

»Hallo?«, sagte er wieder. »Keine Angst, wir hätten nur gern eine Auskunft.«

Robert ging ins Zimmer hinein. Ich blieb in der Türöffnung stehen. Am anderen Ende des Raumes war noch eine geschlossene Tür. Nachdem er sich im Zimmer umgesehen hatte, ging Robert zu der Tür und klopfte. Es war kein Laut zu hören. Langsam drückte Robert die Klinke herunter. Er versuchte die Tür aufzudrücken, aber jemand stemmte sich offenbar auf der anderen Seite dagegen. Robert holte mit dem Fuß aus und trat mit aller Kraft zu. Die Tür flog auf.

»Zurück, Mann, oder ich mach dich kalt«, brüllte eine Männerstimme auf der anderen Seite.

Robert ging ein Stück zurück und hob beide Hände.

»Ruhig. Ganz ruhig. Ich bin von der Polizei.«

Ich sah, wie ein Mann durch die Tür kam. Er hatte einen Baseballschläger in der Hand. Seine Haare hingen ihm wirr auf die Schultern. Ich ging ebenfalls ein paar Schritte zurück. Der Mann war außer sich vor Angst. Als Robert zur Innentasche seiner Jacke griff, hob der Mann den Baseballschläger und ging auf Robert zu.

»Ich mach dich kalt«, brüllte der Mann nochmal.

Robert hob wieder die Hände, die Handflächen dem Mann zugewandt. Als ich rückwärts ging, stolperte ich über eine Gießkanne, die auf dem Fußboden stand. Bei dem Gepolter warf der Mann einen panischen Blick in meine Richtung. Im selben Moment stürzte Robert sich auf ihn. Ohne dass ich genau mitbekam, wie, gelang es Robert, den Mann zu überwältigen. Er setzte sich auf ihn und bog einen Arm des Mannes nach oben.

»Ich hab nichts gemacht«, keuchte der. »Lass mich los. Ich hab nichts getan.«

Robert winkte mir zu, ins Zimmer zu kommen. Das tat ich, aber ich drückte mich an der Wand entlang. Auf Roberts Bitte hin schaltete ich das Licht an. Eine kugelrunde Lampe aus Reispapier verbreitete trübes Licht im Raum. Robert nahm dem Mann den Baseballschläger ab und warf ihn mir zu. Ich verfehlte ihn und der Schläger fiel mit lautem Knall auf den Boden.

»Legen Sie ihn da drüben hin«, sagte Robert.

Ich hob den Baseballschläger vom Fußboden auf, blickte mich um und wusste nicht, wohin ich ihn legen sollte.

»Einfach raus damit«, rief Robert.

Ich ging in den Flur und warf ihn die Treppe hinunter. Er polterte die Stufen hinab.

Als ich zurück ins Zimmer kam, hatte Robert den Mann vom Fußboden hochgezogen, hielt aber seine Arme auf den Rücken gedreht. Der Mann schlotterte am ganzen Körper und schluchzte.

»Ich schwör's«, heulte er. »Ich hab nichts gemacht. Lassen Sie mich los.«

Mit einer Hand fischte Robert seine Polizeimarke aus der Innentasche der Jacke. Es sah aus, als presste er sie dem Mann ins Gesicht.

»Ganz ruhig, mein Junge. Hier, ich bin Polizist. Sie werden sich jetzt schön beruhigen, okay?«

Als der Mann die Polizeimarke sah, sank er in sich zusammen. Robert stieß ihn zu einem Sessel, der in einer Zimmerecke stand. Er stellte sich breitbeinig und mit verschränkten Armen davor.

»Scheiße, verdammt«, stammelte der Mann immer wieder. »Verdammte Scheiße«

Er zitterte am ganzen Körper. Ich stand immer noch in der Türöffnung.

»Ich dachte ...«

Der Mann flüsterte kaum hörbar. Die langen Haare hingen wie Taue auf seine Schultern herab. Jetzt sah ich, dass seine Jeans vor Dreck starrten und das schmutzige T-Shirt unter den Achseln schweißdurchtränkt war.

»Sind Sie Banjo?«, fragte Robert.

»Ja«, erwidert der Mann kaum hörbar.

»Vor wem haben Sie Angst?«, fragte Robert.

Banjo hob den Kopf und musterte uns. Robert stellte sich vor, dann sagte er meinen Vornamen und dass ich Pastorin war.

»Und jetzt beantworten Sie meine Frage. Vor wem haben Sie Angst?«

Banjo hatte sich etwas beruhigt. Er rieb sich mit der einen Hand die Nase. Schüttelte seine Haare. Fragte, ob er rauchen dürfe, und Robert nickte. Banjo suchte in seinen Jeanstaschen, fand aber keine Zigaretten. Er entdeckte ein Päckchen auf dem Schreibtisch und richtete sich auf, um danach zu greifen. Robert herrschte ihn an, er solle sitzen bleiben, und Banjo fiel in den Sessel zurück. Robert ging zum Schreibtisch, warf ihm das Zigarettenpäckchen und ein Feuerzeug zu. Banjo steckte sich eine krumme Zigarette an und nahm ein paar tiefe Lungenzüge. Er schluckte krampfhaft.

»Wenn man auf dem Land wohnt, kann man leicht schreckhaft werden. Als Sie so plötzlich aufgetaucht sind ... es hätte ja sonst wer sein können.«

Banjo blinzelte durch den Rauch zu Robert hoch.

»Reden Sie kein Blech«, sagte Robert.

Banjo sah sich suchend um, mit einem langen Aschenkegel an der Zigarette.

»Geben Sie ihm was, wo er die Asche reintun kann«, sagte Robert zu mir, ohne den Blick von Banjo zu wenden.

Am Bett stand ein voller Aschenbecher. Ich reichte ihn Banjo. Streckte den Arm so weit ich konnte aus, um ihm nicht zu nahe zu kommen.

»Sind Sie wirklich Pastorin?«, fragte Banjo. »Im Knast?«

Ich nickte, aber ein strenger Blick von Robert gab mir zu verstehen, dass ich es dabei belassen sollte. Banjo drückte die Kippe im Aschenbecher aus. Er ließ sich zurück in den Sessel fallen, legte den Kopf in den Nacken und starrte an die Decke.

»Vor wem haben Sie Angst?«, fragte Robert wieder, übertrieben deutlich jedes Wort betonend.

»Wer gibt euch eigentlich das Recht bei Leuten einzubrechen?«

»Die Tür war offen«, kam es postwendend von Robert. »Und ich will nur daran erinnern, dass die kleine Hobbyplantage da draußen noch ganz andere Türen öffnen kann, wenn wir schon beim Thema sind.«

Banjo zupfte seinen Pullover zurecht, als wollte er ordentlicher aussehen. Er klopfte sich Staub von den Knien.

»Das bisschen Gras. Das ist für meinen persönlichen Bedarf. Was ist das schon ...«

»Das zu beurteilen lassen Sie mal meine Sorge sein«, sagte Robert. »Wir sind auf der Suche nach einer flüchtigen Person, von der wir wissen, dass Sie sie kennen. Tanja Holic. Schon mal gehört? Ist sie es, vor der Sie Angst haben?«

Bei Roberts Frage machte Banjo ein so belämmertes Gesicht, als hätte ihm jemand einen Eimer Wasser über den Kopf geschüttet. Als er die Stirn in Falten legte, um Verständnislosigkeit zu demonstrieren, hatte das etwas von einer Schmierenkomödie.

»Sie wissen, dass ich Sie schon allein deswegen festnehmen könnte«, sagte Robert und zeigte mit dem Daumen nach draußen in die Richtung, wo das Gewächshaus stand. »Also geben Sie sich keine Mühe, mir was vorzuspielen. Vor wem haben Sie Angst? Ist es Tanja? Ist sie hier?«

Banjo zwinkerte einige Male. Auf dem Feldweg vor dem Haus näherte sich ein Auto. Als Banjo es hörte, bekam sein Gesicht einen angestrengten Ausdruck. Das Auto fuhr vorbei, und als es außer Hörweite war, atmete er merklich auf.

»Na ja, ich war vielleicht mal kurz verknallt in Tanja. Wir haben uns im Urlaub in Thailand kennengelernt. Von meiner Seite aus war das nichts Ernstes. Sie war mit einem Kumpel von mir zusammen. Später hieß es, dass man sie angeblich wegen irgendeiner Drogengeschichte eingebuchtet hat. Komische Sache das alles. Seitdem habe ich nichts mehr von ihr gehört. Sie ist also abgehauen?«

An Banjos einem Ohr zählte ich drei dicke Silberringe, am anderen Ohr hing einer. Bei seinem faltigen Gesicht tippte ich darauf, dass er mindestens vierzig war. Die Poster an den Wänden, die achtlos hingeworfenen Cowboystiefel mitten im Zimmer und der Fernseher, an den ein Joystick angeschlossen war, erweckten eher den Eindruck, als ob hier ein Halbstarker wohnte. Auf dem Fußboden vor dem Bett lagen Magazine mit nackten Frauen auf den Titelseiten.

»Okay, kann sein, dass Tanja die Sache vielleicht ein bisschen anders gesehen hat«, fuhr Banjo fort, nachdem weder Robert noch ich darauf eingegangen waren. »Ich glaube, sie hatte einfach keinen Bock mehr auf ihren Lover und dachte, ich wär eine gute Gelegenheit für den Absprung. Aber wissen Sie, ein Typ wie ich …«

Banjo machte eine ausladende Geste in den Raum.

»… ist viel zu sehr an ein Leben wie das hier gewöhnt.«

»Wie gut kennen Sie Peter Konradsson?«, wollte Robert wissen.

Banjo räusperte sich. Er sah mich eine Sekunde lang an, als wollte er herausfinden, wie weit ich in die Geschichte eingeweiht war.

»Wir waren ganz gute Kumpel, als wir jünger waren. Aber das ist schon eine Weile her. Sie wissen ja wie das ist, wenn man im Ausland auf alte Bekannte trifft. Eine Zeit lang ist man wieder dick befreundet. Und wenn man dann nach Hause kommt, ist alles wieder genau wie vorher.«

Robert beugte sich blitzschnell über ihn und packte ihn am T-Shirt.

»Jetzt hör mir mal gut zu, Freundchen. Für mich steht fest, dass du lügst. Und ich erwarte, dass du mir die Wahrheit sagst. Wir können einen Deal machen. Es ist schon spät. Wir kommen morgen früh wieder. Ich könnte eventuell vergessen, was ich im Gewächshaus gesehen habe. Aber wenn du mir nicht sagst, vor wem du solchen Schiss hast, wird mir ganz schnell wieder einfallen, was du da draußen anbaust. Ich nehme eine deiner Pflänzchen mit, also bilde dir nicht ein, du könntest das Zeug verbrennen und alles abstreiten. Haben wir uns verstanden?«

Banjo nickte erschrocken. Robert ließ ihn los und rückte seine Jacke zurecht. Er kam auf mich zu.

»Gehen wir.«

»Wartet mal...«

Ein dünner Schweißfilm glänzte auf Banjos Stirn, und das nervöse Zucken stellte sich wieder ein. Er hat Angst davor, dass wir gehen, dachte ich. Er will nichts sagen, aber er fühlt sich sicherer, wenn wir bei ihm sind. Konnte es wirklich Tanja sein, die ihn so in Angst und Schrecken versetzte?

»Kann ich euch nicht was anbieten, wo ihr schon mal hier seid?«

Robert versenkte die Hände in den Jeanstaschen und legte den Kopf schief.

»Du hast die Hosen wirklich gestrichen voll, was?«

»Nee, echt nicht, Mann, wirklich. Ich dachte nur, ihr habt den ganzen Weg hierher gemacht, da muss ich euch doch wohl was anbieten. Ein Glas Wein vielleicht? Oder Gotlandbier? Oder wie wär's mit 'nem anständigen Selbstgebrannten?«

Sein Grinsen und Scherzen lief ins Leere. Robert blickte mich an. Ich nickte, und Robert wandte sich wieder Banjo zu.

»Na gut, meinetwegen«, sagte er.

Wir stiegen die Treppe hinab. Robert ging voraus und sammelte den Baseballschläger auf. Er ließ mich und Banjo passieren und durch die Tür neben der Treppe gehen. Ich drehte mich um und sah, wie Robert den Schläger auf die Hutablage legte.

Wir kamen in eine große Küche. Banjo wieselte an mir vorbei, und ich bemerkte, wie er eine Pfeife und eine Dose unter ein paar Zeitungen schob. Als er fragte, ob wir Tee wollten, sagten Robert und ich beide ja.

»Das nennt sich Gotlandmischung, aber ich hab was ganz Ähnliches auch schon in Stockholm getrunken«, sagte Banjo. »Da heißt das dann Södermischung. Manche Teefirmen bilden sich ein, sie hätten superschlaue Einfälle, was? Könnte wetten, dass das Zeug in Malmö als Öresundtee und in Göteborg als Kålle-und-Ada-Tee verhökert wird.«

Banjos nervöses Lachen klang wie das Gackern eines einsamen Huhns. Er redete wie ein Wasserfall. Erzählte von der Gegend, von den Leuten, die dort wohnten, betonte die Ländlichkeit, die Unbescholtenheit und den Zusammenhalt der Nachbarn.

»Ihr habt doch sicher nichts dagegen, wenn ich mir ein Bier genehmige?«

Er machte ein Stück von uns entfernt eine Dose Bier auf und goss sich ein großes Glas ein. Robert saß mit dem Rücken zu ihm, aber ich konnte sehen, wie Banjo auch noch einen Schuss Schnaps hineintat. Als er sich wieder zu uns umdrehte, begegneten sich unsere Blicke, er wusste, dass ich es gesehen hatte.

»Und Sie sind also Pastorin im Knast?«, fragte er, als er sich an den Küchentisch setzte.

»Ich bin Pastorin und arbeite unter anderem in einem Gefängnis in Stockholm, ja«, erwiderte ich.

»Dann haben Sie Tanja getroffen? Wie geht es ihr?«

Banjo trank mit großen Schlucken und fixierte mich dabei. Er fuhr sich mit der Zunge über die Lippen und beugte sich vor, die Ellbogen auf den Küchentisch gestützt.

»Ich habe sie getroffen, sonst wäre ich jetzt nicht hier«, sagte ich. »Aber Sie werden verstehen, dass ich nicht mehr darüber sagen kann.«

»Wann waren Sie zuletzt in Stockholm?«, fragte Robert ihn, bevor Banjo kommentieren konnte, was ich gesagt hatte.

»Weiß nicht mehr. Ist schon eine Weile her. Um das Wespennest macht man besser einen großen Bogen. Musste mich ja auch um den Hof kümmern. Und um...«

»... das Gewächshaus, nehme ich an«, sagte Robert.

Banjo sank in sich zusammen. Er tat mir leid. Robert war unnötig gemein, was die Cannabispflanzen anging.

»Wenn Sie Angst vor jemandem haben, können Sie doch um Polizeischutz bitten«, sagte ich. »Ich meine, wenn Sie sich bedroht fühlen.«

Roberts höhnisches Lächeln gab mir zu verstehen, für wie naiv er mich hielt. Banjo riss die Augen weit auf, als verstünde er nicht, wovon ich rede.

»Aber ich sage doch, ich hab keine Angst«, sagte er. »Wenn ihr mitten in der Nacht einfach so in mein Haus trampelt, ist es ja wohl verständlich, dass man Bammel kriegt. Sonst ist das hier so friedlich wie... wie...«

Banjos Blick wanderte von mir zu Robert, hin und her, als hoffte er, wir würden ihm helfen, den Satz zu vollenden.

»Na los«, stichelte Robert. »Wie friedlich ist es denn hier?«

»Ach, drauf geschissen«, murmelte Banjo. »Ihr glaubt doch sowieso, was ihr wollt.«

Robert stand vom Tisch auf. Ich tat es ihm nach, schenkte Banjo aber ein Lächeln. Was immer er angestellt haben mochte, er selbst war auch ein Opfer. Jemand, der Hilfe brauchte, aber nicht wagte, darum zu bitten.

Banjo stand auf und streckte die Arme aus, als wollte er uns unbedingt zurückhalten.

»Wollt ihr nicht vielleicht hier übernachten?«

Wieder begann Banjo hektisch zu reden. Dass er auf dem Sofa oder auf einer Matratze schlafen könne. Dass das Bett zu unserer Verfügung stehe. Dass er um Entschuldigung für sein unhöfliches Benehmen bitte, der Grund dafür wäre, dass wir so urplötzlich aufgetaucht waren.

Robert hielt Banjo die Hand hin.

»Danke für das Angebot, aber wir haben Hotelzimmer in Visby. Wir lassen Sie jetzt den herrlichen Frieden hier genießen. Morgen kommen wir wieder.«

Er war wirklich unnötig gemein. Banjo folgte uns in den Flur wie ein ängstlicher Hund. Als wir die Tür hinter uns zuzogen, konnte ich durch die Milchglasscheibe erkennen, wie sein Schatten sich hinauf zur Hutablage reckte.

Robert versuchte, das rostige Schloss in der Hintertür zu bewegen. Als es nicht ging, drückte er die Tür wieder auf.

»Geht die nicht abzuschließen?«

Banjo versuchte, den Baseballschläger hinter seinem Rücken zu verbergen.

»Das war bisher nie nötig ... ich meine, wo es hier doch immer so ruhig ist.«

Banjo presste die Tür fest in den Rahmen, aber sie wollte trotzdem nicht ganz schließen.

Die Nacht war sternenklar. So hatte ich das noch nie gesehen. Der Himmel sah aus wie eine schwarze Spitzengardine. Schweigend gingen wir zum Auto.

»Wollten Sie nicht was mitnehmen?«, fragte ich und sah zum Gewächshaus hinüber.

»Ach, das bisschen Gras«, sagte Robert. »Darum geht's doch gar nicht. Ich wollte ihm nur ein bisschen Feuer unterm Hintern machen.«

20. *Kapitel*

Als wir uns ins Auto gesetzt hatten, legte Robert die Hände ans Lenkrad, ließ den Motor aber nicht an. Er drehte mir sein Gesicht zu und schien gut gelaunt zu sein.

»Mein lieber Scholli«, sagte er grinsend. »Möchte nicht wissen, wie tief der Bursche in der Scheiße steckt.«

Ich klinkte den Sicherheitsgurt ein und verschränkte die Arme vor der Brust.

»Warum waren Sie so grob zu dem armen Kerl«, sagte ich. »Es gehört nicht zu meinen Aufgaben, durch die Gegend zu fahren und Leute unter Druck zu setzen. Das ist das genaue Gegenteil meines Auftrags, seelischen Beistand zu ...«

»Ja, ja, ja, das hatten wir schon«, fiel Robert mir ins Wort. »Alle sollen lieb sein, alle werden gestreichelt.«

Er ließ den Motor aufheulen und wendete scharf. Der Kies spritzte unter den Reifen auf, und kleine Steinchen prasselten gegen das Blech.

»Soll ich lieber fahren? Sie wirken irgendwie genervt«, sagte ich und hatte nichts dagegen, dass er meine Bemerkung als Stichelei verstehen würde.

»So weit kommt's noch«, knurrte er.

Er trat hart auf die Kupplung und hatte Mühe, den Gang einzulegen.

»Wissen Sie, was ich glaube?«, sagte ich. »Ich glaube, dass wir die Dinge unterschiedlich sehen. Was ich gesehen habe, war ein verängstigter Mensch, der Hilfe und Zuspruch braucht. Sie haben jemanden gesehen, der sich eigenartig benimmt, der etwas verheimlicht. Ich würde mir wünschen, dass wir gegenseitig mehr Respekt für ...«

Wieder fiel Robert mir ins Wort.

»Ja, schon gut«, sagte er und rührte in der Gangschaltung herum.

Ich war froh, dass es nicht mein Auto war.

»Manchmal muss man eben Eier aufschlagen, wenn man ein Omelett essen will«, fügte er hinzu.

Zum Glück war mein Gesicht im Dunkeln, sonst hätte Robert mir ansehen können, wie albern ich sein Gleichnis fand. Robert fuhr fort:

»Ich sehe das so. Banjo ist in irgendwas verwickelt, das ist wohl klar, oder? Der macht sich ja schon ins Hemd, wenn es bloß im Gebüsch knackt. Haben Sie seine Reaktion bemerkt, als wir erzählten, dass Tanja geflohen ist? Er wusste das schon, darauf würde ich wetten. Ob er vor ihr Angst hat, weiß ich allerdings nicht. Sie können sich nicht vorstellen, wie das in diesem Milieu abläuft. Sie haben keine Ahnung, was das für eine Welt ist. Keiner traut keinem über den Weg. Man baut sich ein System auf, in dem Angst und Loyalität ein und dasselbe sind.«

Robert wischte sich mit der Hand über den Mund. »Kann ich Sie was fragen?«, fuhr er fort. »Wie stehen Sie eigentlich zu Drogen? Fragen Sie mich mal, was ich davon halte. Fragen Sie mich, der seit zwanzig Jahren verwahrloste Kinder vorfindet, deren Mütter seit Tagen vergessen haben, ihnen Essen und Trinken zu geben, fragen Sie mich, der versucht hat, halbtoten Vierzehnjährigen im Rinnstein wieder Leben einzupumpen, fragen Sie mich, der zahnlose Dreizehnjährige gesehen hat, mit Körpern wie sterbende Achtzigjährige, die wegen diesem verdammten Teufelszeug durch die Hölle gegangen sind ...«

Roberts Stimme brach. Er verstummte. Herr, du weißt, dass das mein wunder Punkt ist. Ich halte daran fest, dass vor dir jeder Mensch gleich viel wert ist. Ich weiß, dass ich in einer privilegierten Situation bin. Ich darf das Gute sehen, von dem ich überzeugt bin, dass es in jedem von uns wohnt. Aber in der Welt da draußen gibt es eine Notwendigkeit zu urteilen, die mir erspart bleibt. Vielleicht auch eine Notwendigkeit, hart zu sein. Wenn jemand mich mit dieser Wirklichkeit konfrontiert, fällt es mir schwer, mich zu wehren.

»Falls Sie glauben sollten, dass es neben Ihrem lieben, edlen Gott einen Satan gibt, dann kann ich Ihnen versichern, dass er Tüten mit weißem Pulver bei sich trägt. Pulver, das alle Menschlichkeit wegätzt, das Menschen dazu bringt, die eigene Mutter totzuschlagen«, fuhr Robert fort und seine Stimme klang, als würde er gleich die Fassung verlieren.

Er räusperte sich. Wir näherten uns einem Kreisverkehr kurz vor Visby.

»Deshalb ist mir jetzt, wo ich glaube, dass Banjo und seine Spezis eine Menge mit diesem Dreck zu tun haben könnten, wirklich nicht nach Samthandschuhen zumute. Verdammt, wie kommen wir denn von hier zum Hotel?«

Mit vereinten Kräften schafften wir es, das »Wisby Stadshotell« zu finden. Wir checkten ein. Es war schon nach ein Uhr, aber ich war überhaupt nicht müde. Mein Gott, Anders, ich hatte vergessen, Anders anzurufen. Jetzt war es zu spät. Ich kramte mein Handy aus der Tasche und sah, dass er viermal angerufen hatte. Während unseres Besuchs bei Banjo hatte das Handy in Roberts Auto gelegen. Allerdings hatte Anders keine Nachricht hinterlassen, weshalb ich vermutete, dass er sauer war.

»Was meinen Sie, sollen wir noch ein Friedensbier trinken, bevor wir schlafen gehen?«

Robert sah müde und resigniert aus. Als ich erwiderte, das sei eine gute Idee, wandte er sich an den Portier. Der meinte, das ließe sich machen, aber wirklich nur eins, denn die Bar sei gerade im Begriff zu schließen. Wir setzten uns in die mondäne Bar und bekamen zwei Bier von einem mürrischen Barkeeper serviert, der wahrscheinlich anschließend den freundlichen Portier zusammenstauchen würde. Ich lehnte mich in dem ochsenblutroten Ledersessel zurück. Robert entschuldigte sich, stand auf und entfernte sich ein paar Schritte, um seine Mailbox abzuhören. Als er zurückkam, machte er ein finsteres Gesicht.

»Wahrscheinlich wurde Tanja gegen acht Uhr heute Abend auf dem Flughafen Arlanda in der Inlandshalle gesehen. Jemandem vom Bodenpersonal fiel eine Frau auf, die sich merkwürdig benahm. Sie trug eine Sonnenbrille und ging immer dicht an der Wand entlang. Erst zwei Stunden später hat er einen Flughafenpolizisten informiert, der zufällig vorbeikam. Als er von ihren bandagierten Handgelenken erfuhr, erinnerte der Kollege sich an die Fahndung. Ihr Name stand nicht auf den Passagierlisten, aber sie kann ja auch einen anderen verwendet haben. Jetzt ist natürlich alles zu spät. Sie ist bestimmt schon hier.«

Robert schlug mit der Faust auf den Tisch, dass der Schaum aus den Biergläsern schwappte.

»Ich hab's gewusst«, sagte er. »Diese verdammten Stümper vom Flughafenpersonal!«

Robert griff nach einer Serviette. Ich hob mein Glas hoch, damit er darunter aufwischen konnte. Er hatte gerade die Pfütze getrocknet, als der Barkeeper mit einem Lappen kam. Die schummrige Beleuchtung in der Bar gefiel mir gar nicht. Eine Schale mit hohen Grünpflanzen versperrte die Sicht und ich reckte den Hals, um nachzusehen, ob dahinter noch jemand saß. Aber soweit ich erkennen konnte, waren wir allein in der Bar.

»Und dieser Jesus ist wie vom Erdboden verschluckt. Anscheinend geht er regelmäßig zur Stadtmission, um dort zu essen, aber die haben ihn heute auch noch nicht gesehen.«

»Glauben Sie, dass Tanja unterwegs zu Banjo ist?«, fragte ich.

»Sieht so aus, oder?«, knurrte Robert. »Mist, verdammter. Die Sache gefällt mir nicht. Hab das Gefühl, dass uns langsam alles aus den Händen gleitet.«

Er öffnete und schloss seine Hände mehrere Male. Dann blickte er auf die Uhr.

»Lassen Sie uns jetzt versuchen, noch ein Auge voll Schlaf zu nehmen. Ich schlage vor, dass wir ganz früh zu Banjo hinausfahren, früher als er denkt.«

»Vielleicht hätten wir dort bleiben sollen«, sagte ich. »Was ist, wenn ...«

»Wir sind ja bald wieder bei ihm. Trinken Sie aus, und dann hauen wir uns aufs Ohr. Ab sieben Uhr gibt's hier Frühstück, dann sollten wir abfahrbereit auf der Matte stehen. Wir essen einen Happen und fahren gleich danach los.«

Ich ließ das Bierglas halbvoll stehen. Als ich in mein pastellfarbenes Zimmer kam, hübsch, sauber und winzig, bereute ich es. Den kleinen alkoholischen Schubs in den Schlaf hätte ich gebrauchen können. Ich kniete mich vor das Bett und betete zu dir, Herr. Normalerweise mache ich das nicht. Aber jetzt vermittelte es mir Sicherheit und betonte den Ernst, mit dem ich um Kraft und Klarheit bat.

Während der Nacht schärfte sich mein Gehör, wie bei einem gehetzten Tier. Ich glitt in den Halbschlaf, schreckte aber immer wieder bei Geräuschen hoch, die ich normalerweise für harmlos gehalten hätte. Ein Auto unten auf der Straße, das losfuhr. Schritte auf dem Gang. Ein Lachen in einem anderen Zimmer. Ein Husten. Um Viertel vor sieben saß ich fertig angezogen und übernächtigt auf dem Bett. Die letzte Stunde hatte ich nur noch darauf gewartet, endlich aufstehen zu können.

Ein kurzer Blick in Roberts Gesicht verriet mir, dass seine Nachtruhe auch nicht die beste gewesen war. Seine Augen waren rot vor Müdigkeit, und er hob nur kurz die Augenbrauen, als er mich sah. Im Speisesaal war ein üppiges Büfett aufgebaut, mit allem, was man sich zum Frühstück nur wünschen konnte. Eine Entscheidung, was ich mir auf den Teller legen sollte, erschien mir unmöglich. Als ich mich Robert gegenüber an den Tisch setzte, hatte ich eine Scheibe Wurst, ein hart gekochtes Ei und einen Scheibe Paprika auf dem Teller. Erst da fiel mir auf, dass ich Butter, Brot und Kaffee vergessen hatte.

»Da glaubt man, dass man endlich mal ein bisschen Schlaf findet«, murrte Robert. »Endlich mal nicht hochgejagt wird, um Fläschchen für den Schreihals zu machen. Und dann kriegt man kaum ein Auge zu.«

Er gähnte herzhaft, und ich studierte nachdenklich Roberts Gaumenzäpfchen. Als ich aus dem Fenster sah, nahm ich einen Rücken wahr, der mir bekannt vorkam. Auch die blonden, wippenden Locken. Der schnelle Schritt. Tanja! Nur ein flüchtiger Schatten, aber es musste Tanja gewesen sein. Unglücklicherweise hatte ich gerade einen großen Bissen vom Brötchen im Mund und konnte nur einen erstickten Schrei von mir geben. Robert sah erst mich an und dann zum Fenster, auf das ich aufgeregt zeigte.

»Was ist?«, rief Robert.

Ich würgte das Brötchen hinunter und krächzte Tanjas Namen. Kaum hatte ich die ersten Buchstaben gestammelt, war Robert auch schon unterwegs nach draußen. Dabei hätte er fast eine Serviererin umgerannt. Als ich meine Handtasche an mich reißen wollte, um ihm nachzulaufen, hatte sie sich am Stuhlbein verfangen. Ich riss und zerrte, und der Stuhl kippelte. Als ich endlich auf die Straße kam, stand Robert ein Stück entfernt und sah in die Richtung, in die ich gezeigt hatte. Er drehte sich zu mir um und deutete fragend in verschiedene Richtungen. Ich zeigte geradeaus und Robert rannte ein Stück, dann blieb er stehen und trat mit dem Fuß nach einem Stein am Straßenrand.

Er kam zurück, und als er nahe genug heran war, sah ich, dass sein Gesicht vor Wut bebte.

»Sind Sie sicher?«, fragte er keuchend.

»Ich ... ich glaube schon. Sie sah jedenfalls aus wie Tanja.«

»Was ist das nur für ein verdammter Zirkus«, schimpfte Robert und ging zurück ins Hotel.

Als wir in den Speisesaal kamen, wurde es still. Während wir unseren Kaffee austranken, waren alle Blicke auf uns gerichtet.

Auf dem Weg zum Auto fragte Robert nochmal, ob ich mir

sicher war, Tanja gesehen zu haben. Wenn er mich in dem Moment gefragt hätte, als ich den Rücken und die Haare gesehen hatte, hätte ich ja gesagt. Aber jetzt, eine halbe Stunde später, fragte ich mich, ob ich es mir nicht eingebildet hatte.

Mein Handy klingelte. Es war Anders. Mit gereiztem Unterton sagte er, dass er gestern mehrmals versucht habe, mich zu erreichen, und sich frage, was los sei. Ich versicherte ihm, wie sehr ich mich über seinen Anruf freute. Ich merkte, wie gekünstelt das klang. Herr, wieso nehme ich dauernd die Schuld für etwas auf mich, für das ich gar nichts kann. Was hatte ich denn falsch gemacht? Mich auf eine Reise begeben, um einen ausgebrochenen Häftling zu suchen. Das gehörte nicht gerade zu meinen üblichen Tätigkeiten, aber es war bisher auch noch keiner der Gefangenen geflohen, die ich betreut hatte. Ich atmete tief durch und versuchte, einen anderen Ton anzuschlagen.

»Du weißt doch, dass eine Gefangene geflohen ist. Sie ist vielleicht gerade dabei, sich in Schwierigkeiten zu bringen. Ich bin mit einem Polizisten aus Stockholm hier, um sie zu finden.«

Ich erzählte ihm auch, warum wir meinten, sie könnte hier sein, und dass ich glaubte, sie gesehen zu haben. Anders schwieg eine Weile. Dann sagte er, dass er wohl keine Einwände dagegen haben könne. Er fand ja selbst, dass wir unsere Arbeit viel zu oft vom Schreibtisch aus erledigten.

»Es ist nur, weil ... ich mir Sorgen mache. Und ich möchte dich endlich wiedersehen.«

»Ich auch. Also, dich natürlich.«

Meine Wangen wurden heiß, und Robert lächelte zum ersten Mal an diesem Tag.

Anders räusperte sich und wurde wieder etwas förmlicher.

»Außerdem hatten wir eine Besprechung angesetzt. Weil du Probleme mit deinem Berufsverständnis hast, wie du neulich sagtest. Darüber wollten wir reden.«

Das hatte ich völlig vergessen. Ich nahm es als ein gutes Zeichen.

»Das ist schon besser geworden. Aber ich rede gerne nochmal mit dir darüber, wenn ich zurück bin. Und über andere Sachen auch.«

Wieder heiße Wangen. Wir verabredeten, dass wir später am Nachmittag nochmal telefonieren wollten. Ein kurzes »Bis nachher«, dann legte ich auf.

»Was denn, kein Küsschen zum Abschied?«, sagte Robert und grinste.

Er nahm sein Handy und wählte mit dem Daumen eine Nummer. Seinen kurzen Fragen entnahm ich, dass er mit seiner Dienststelle in Stockholm sprach. Nachdem er aufgelegt hatte, erzählte er, dass es keine Neuigkeiten gab, weder über Tanja noch über Jesus.

»Und die niedergestochene Frau ist inzwischen wieder in der Anstalt, aber sie weigert sich immer noch, mit uns zusammenzuarbeiten«, fügte er hinzu. »Mein Riecher ...«

Robert legte den Finger an die Nase und machte eine Kunstpause.

»Mein Riecher sagt mir, dass sie etwas damit zu tun hat.«

»Aber Rauschgift ist nicht Kerstins Sache.«

»Wissen Sie, wie man Drogen in ein Gefängnis einschleust? Auf einfachstem Weg? Man sucht den am wenigsten verdächtigen Häftling aus und setzt ihn unter Druck, bis ihm oder ihr keine andere Wahl mehr bleibt, als in den Schmuggel einzuwilligen. Irgendwas ist mit ihr ...«

»Ich habe einmal gesehen, wie sie und Tanja sich unterhielten.«

Robert warf mir einen schnellen Blick mit gerunzelten Augenbrauen zu.

»Wieso haben Sie das nicht früher gesagt?«

»Weil es nicht meine Aufgabe ist, der Polizei zu berichten, welche Kontakte die Gefangenen untereinander haben. Dass sie miteinander reden, muss ja nichts zu bedeuten haben. Ich meine, warum sollten sie nicht miteinander reden?«

»Nein, das ist klar«, sagte Robert und klang ärgerlich. »Aber Sie haben etwas anderes beobachtet, oder?«

»Ich weiß nicht. Vielleicht. Sie taten so ... geheimnisvoll irgendwie.«

Wir waren an der Abzweigung angekommen. Robert parkte an derselben Stelle wie am Abend vorher. Als ich aus dem Auto stieg, waren meine Beine ziemlich wacklig. Ein Trecker fuhr auf dem Feldweg vorbei. Der Fahrer winkte uns zu. Ich winkte zurück.

»Was wollte der denn?«, fragte ich Robert.

»Ach, auf dem Land machen die das so. Die winken jedem.«

Robert ging auf das Haus zu. Ich folgte ihm. Schon am Gartenzaun sah ich, dass etwas passiert sein musste. Die Glasscheibe in der Verandatür war zerbrochen. Die ganze Treppe war voller Scherben. Mit hastigen Schritten, unter denen die Glasscherben splitterten, ging Robert durch die Tür, die nur angelehnt war. In der Diele lag der Teppich zu einem Haufen zusammengeknüllt. Ich hielt mich dicht hinter Robert. Er ging ins Wohnzimmer, das wir am Abend vorher nicht gesehen hatten. Hier herrschte Chaos. Ein großer Blumentopf lag zerbrochen auf dem Fußboden. Geranienblütenblätter lagen wie rote Kleckse zwischen den schwarzen Erdklumpen. Ein Bücherregal war umgeworfen worden. Zwischen den Büchern saß eine schwarze Katze und blinzelte uns an.

»Hallo, hier ist die Polizei«, rief Robert. Er klang besorgt.

Im Haus war es still. Die Katze kam zu uns und miaute. Das plötzliche Geräusch ließ mich zusammenzucken. Wir gingen wieder in die Diele, und Robert bedeutete mir stumm, dass ich mich hinter ihn stellen sollte, bevor er die Küchentür vorsichtig aufstieß. Er spähte hinein und winkte mir, ihm zu folgen. In der Küche war das Chaos noch schlimmer. Alles war aus den Schränken gerissen worden. Mehl, Zucker, Tee, alles war ein einziges Durcheinander. Der Tisch, an dem wir gestern Abend gesessen hatten, war umgekippt. Eine Tür stand offen. Ich schaute hinein und sah eine schmale Treppe, die in den Keller führte. Das Licht brannte. Robert ging ein paar Stufen hinunter.

Ich blieb in der Küche und stellte mich mit dem Rücken zur Wand. Es roch nach Alkohol. Die Flasche Schnaps, aus der Banjo sich gestern Abend einen Schuss ins Bier getan hatte, lag zerschlagen auf dem Fußboden. Es war absolut still, bis auf Roberts Schritte im Keller. Ich richtete den Blick fest auf die Küchentür und umklammerte eine Stuhllehne. Falls jemand kam, konnte ich ihm den Stuhl vor die Füße werfen und in den Keller zu Robert laufen. Es kam mir vor wie eine Ewigkeit, bis er wieder nach oben kam.

»Leer. Aber irgendein Teufel hat da unten gewütet«, sagte er kurz.

Wir gingen zur Treppe, die nach oben in Banjos Zimmer führte. Sie knarrte, als Robert seinen Fuß auf die erste Stufe setzte. Plötzlich hielt er inne und drehte sich zu mir um.

»Wenn Sie lieber im Auto warten wollen, habe ich dafür vollstes Verständnis«, flüsterte er.

Ich schüttelte den Kopf. Obwohl ich Angst hatte, wollte ich dabei sein. Schuld lastete auf mir. Wir hatten Banjo allein gelassen. Ich hatte meine Aufgabe, Menschen zu helfen und beizustehen, vernachlässigt wegen etwas, das Robert für polizeiliche Taktik hielt. Jetzt konnte ich diesen Ort nicht einfach verlassen, nur weil ich Angst hatte.

Wir gingen die Treppe hinauf. Spitzten unsere Ohren. Die Katze ging uns ängstlich um die Beine. Der Flur im Obergeschoss war leer, bis auf einen Läufer, der zusammengeknüllt an der Wand lag. Die Tür zum Schlafraum stand sperrangelweit offen. Der Fernseher lag auf dem Fußboden. Wäsche und Kleidung waren aus dem Schrank gezerrt worden. Mitten im Zimmer lag der Baseballschläger. Unter seinem oberen Ende war ein dunkler Blutfleck.

»Scheiße!«, rief Robert.

Er ließ sich mit seinem ganzen Gewicht aufs Bett sinken. Die Katze sprang rasch hinterher und schmiegte sich mit nervösem Schnurren an ihn.

»Wie konnte ich nur so dumm sein«, stöhnte Robert und legte den Kopf in die Hände.

Die Katze drängelte sich auf seinen Schoß, und Robert streichelte sie zerstreut. Ich stand neben einem Telefon, das mit heruntergefallenem Hörer auf dem Fußboden lag. Robert bat mich zu kontrollieren, ob es funktionierte. Es war tot. Er griff nach seinem Handy.

»Ich muss die Distriktspolizei informieren. Und meine Dienststelle in Stockholm.«

Er hob die Hand, um die Nummer einzutippen, ließ aber das Handy wieder sinken.

»Ich hätte mir denken können, dass es so kommt. Aber... ich hatte gehofft, dass die Angst ihn dazu bringt auszupacken, verstehen Sie?«

Er seufzte und wählte die Nummer. Erstattete dem Polizeirevier in Visby und dem in Stockholm Bericht über das, was passiert war. Dann erhob er sich hastig. Die Katze sprang auf den Boden und verkroch sich unter das Bett. Robert klopfte sich die Katzenhaare von der Hose.

»Ich sehe mich mal ein bisschen um. Und Sie ... ich schlage vor, Sie nehmen das Auto und fahren zurück. Stellen Sie das Auto in Visby ab. Rufen Sie mich an und sagen Bescheid, wo es steht. Ich werde mit den Kollegen zurück in die Stadt fahren. Nehmen Sie die Fähre oder das Flugzeug nach Hause.«

»Aber...«

»Bitte tun Sie, was ich sage«, unterbrach er mich und klang unendlich müde. »Banjo ist nicht hier, das sehen Sie doch. Vielleicht liegt er irgendwo, verletzt oder verscharrt. Und der oder die Täter sind längst über alle Berge. Sie können hier nichts mehr tun.«

Ich verließ das Haus mit schnellen Schritten, ohne mich umzusehen. Als hätte ich beißwütige Ratten auf den Fersen. Nur schnell weg hier, bevor wir was entdeckten. Banjo verschwunden, überall Spuren von Gewalt. Es war etwas passiert, das reichte. Mehr Details würde ich nicht verkraften können.

Der Duft von Frühsommerblumen und frisch gemähtem Gras empfing mich. Auf einem Bauernhof in einiger Entfernung bellten Hunde. Ländliche Idylle. Die täuschte.

Als ich das Holzgatter aufdrückte, dachte ich zuerst, es sei das Knarren des Zauns, das ich hörte. Ein schwacher, klagender Laut. Ich blieb wie angewurzelt stehen und horchte. Nichts. Es war vollkommen still. Ich machte ein paar vorsichtige Schritte, und da war es wieder. Es klang wie ein Hund, der irgendwo eingeklemmt war. Ein kaum hörbares Winseln. Die Katze saß auf der Treppe und leckte sich die Pfoten. Als ich das Geräusch erneut hörte, sah ich, dass auch die Katze reagierte. Sie flitzte die Treppe hinunter und verschwand hinter einer Regentonne.

Neben den alten Autos auf dem Hof war ein kleiner Geräteschuppen. Vielleicht drei Quadratmeter groß, mit einer grünen Holztür. Ich rief nach Robert, aber meine Stimme gehorchte mir kaum. Immerhin reichte es, um einen Vogel in einem Busch kaum zwei Meter entfernt von mir auffliegen zu lassen. Ich ging langsam zurück hinter die Umzäunung und auf den Schuppen zu. Fasste mit dem Zeigefinger in den Türspalt und versuchte, die Tür aufzuziehen, aber sie klemmte. Es war jetzt wieder still, und ich glaubte schon, ich hätte mich getäuscht. Vielleicht hatte ich irgendein Tier gehört. Ich machte kehrt, um zum Auto zu gehen, aber im selben Moment hörte ich wieder das Geräusch, lauter diesmal. Und es kam aus dem Schuppen.

Ich packte die Tür mit beiden Händen und zog mit aller Kraft. Sie gab so plötzlich nach, dass ich beinahe hintenüber gefallen wäre. Da drinnen lag Banjo. Er war nackt und lag zusammengekrümmt wie ein Fötus in einer Ecke. Haare und Nase waren blutüberströmt, die Augen geschlossen. Ein schwaches

Zittern des Brustkorbs war das einzige Anzeichen, dass er noch lebte.

Ich wich ein paar Schritte zurück. Dann rannte ich zum Haus, riss die Tür auf und schrie aus Leibeskräften nach Robert. Die Tränen schossen mir in die Augen, und ich ließ mich auf die Treppe sinken. Robert kam angerannt. Er kniete sich hin und packte mich. Vielleicht dachte er, mir sei etwas zugestoßen. Außerstande, ein vernünftiges Wort hervorzubringen, deutete ich auf den Schuppen. Robert lief hin und wich zuerst beim Anblick von Banjo ein paar Schritte zurück. Er schrie, ich solle den Rettungsdienst rufen. Ich saß benommen da und überlegte, wie die Notrufnummer auf Gotland lautete. Erst als Robert wieder schrie, ich solle doch endlich anrufen, verdammt nochmal, dämmerte mir, dass es dieselbe Nummer wie überall in Schweden war, natürlich 112.

Als die Notrufzentrale fragte, wo wir uns befänden, war ich immer noch so durcheinander, dass es mir schwerfiel, brauchbare Angaben zu machen. Das Einzige, was ich mit Sicherheit beschreiben konnte, war der Weg von der Hauptstraße zum Haus. Der Einsatzleiter in der Notrufzentrale bat mich, an die Abzweigung zu laufen und dem Rettungswagen zu winken. Ich lief ins Haus und holte die Decke von Banjos Bett. Robert hatte Banjo inzwischen vorsichtig aus dem Schuppen gezogen und in stabile Seitenlage gebracht. Er machte Mund-zu-Mund-Beatmung. Ich legte die Bettdecke über Banjos nackten, blutigen Körper.

Die Zeit, die ich an der Abzweigung saß und auf den Rettungswagen wartete, kam mir endlos vor. Als er endlich in Sicht kam, stieg ich aus Roberts Auto und winkte so heftig, dass noch ein anderes Auto anhielt. Der Fahrer, der den Rettungswagen hinter sich bemerkt hatte, drehte die Scheibe herunter und fragte, ob er helfen könne. Ich schüttelte den Kopf und lotste den Krankenwagen hinter mir her.

21. *Kapitel*

Ich begleitete Banjo ins Krankenhaus von Visby. Robert blieb beim Haus und half der Distriktspolizei, die Umgebung abzusuchen. Wir hatten verabredet, dass ich bei Banjo im Krankenhaus bleiben sollte, bis Robert nachkam. Das medizinische Personal in der Notaufnahme gab sich alle Mühe, Banjos Leben zu retten. Ich hielt seine Hand. Sie war kalt.

»Kommt er durch?«, fragte ich.

Der Sanitäter zuckte kurz die Schultern, ganz auf seine Arbeit konzentriert. Als der diensthabende Arzt in der Notaufnahme mich fragte, was mit Banjo passiert war, wusste ich nicht, was ich antworten sollte. Ich sagte, ich könne nur vermuten, dass man ihn mit einem Baseballschläger verprügelt hatte.

Ich sollte in einem Warteraum Platz nehmen, während Banjo auf die Intensivstation gebracht wurde. Die üblichen Stühle aus hellem Holz mit pastellfarben gemusterten Sitzflächen. Zerlesene Zeitschriften und Grünpflanzen in Töpfen mit braunen Tonkügelchen statt Erde. Es kam mir vor, als hätte ich die letzten Tage nur in Krankenhauswarteräumen verbracht. Während in den Zimmern nebenan Menschen um ihr Leben kämpften. Eine Schwester kam herein und brachte mir eine Tasse Kaffee und ein Sandwich.

»Er wird es schon schaffen«, sagte der weiß gekleidete Engel tröstend und verschwand.

Ich aß das Käsebrot mit Heißhunger. Dann lehnte ich mich auf dem Stuhl zurück und schloss die Augen. Mein rechtes Augenlid zuckte. Alles um mich herum begann sich zu drehen, sobald ich die Augen schloss. Ich fiel immer tiefer. Drehte mich immer schneller um die eigene Achse und sank in die Tiefe. Entschwand. Weg von Banjo. Weg von dem Gefühl, falsch gehandelt zu haben.

Tanja und Peter Hand in Hand. Sie kommen mir auf einem Sandweg entgegen. Tanja hält eine Leine in der Hand, und Majken läuft neben ihr. Peter drückt Tanja an sich und küsst ihren Hals. Sie lacht und schmiegt sich an ihn. Die ganze Zeit schauen sie mich dabei an, so als wäre es eine Inszenierung. Als ich den Mund öffne, um etwas zu sagen, legt Peter den Zeigefinger an seine Lippen und runzelt die Augenbrauen.

Ich musste eingenickt ein. Mit einem Ruck wachte ich auf und sah Robert vor mir, der sich auf meinem Bein abstützte.

»Alles okay?«

Das Licht war so grell, dass ich blinzeln musste. Ich richtete mich auf und beugte mich nach vorn, um meine Beine zu massieren. Mein linkes Bein zuckte krampfhaft, ich konnte es nicht beherrschen.

»Was ist los?«, fragte Robert. »Warum machen Sie so ein Gesicht?«

»Ich habe einen Krampf im Bein. Wie war's bei Ihnen?«

Robert setzte sich auf einen Stuhl und erzählte. Sie hatten nicht mehr herausgefunden als das, was wir schon vermutet hatten. Einer oder mehrere hatten Banjos Haus auf den Kopf gestellt und ihn schwer misshandelt.

Ein Arzt kam ins Wartezimmer und berichtete, dass Banjo aufgewacht war, sein Zustand sei aber weiterhin kritisch. Wir dürften kurz mit ihm sprechen, müssten aber unbedingt jede Aufregung vermeiden. Andernfalls werde er uns sofort hinauswerfen.

Banjos Körper wirkte fremd und klein in dem Zimmer, das vollgestopft war mit technischen Geräten, die alle den Zweck hatten, ihn am Leben zu erhalten. Man hatte ihm das Blut abgewischt, aber sein Gesicht sah immer noch schlimm aus. Noch aufgedunsener. Die Lider waren geschwollen und eine Gesichtshälfte war von einem riesigen Bluterguss bedeckt.

Als wir hineingingen, blieb Robert ein Stück hinter mir.

»Hallo, Banjo. Was hat man bloß mit Ihnen gemacht?«, sagte ich und setzte mich auf einen Stuhl neben seinem Bett.

Unendlich langsam wanderte sein Blick zu mir. Er sah mich an, und ich merkte, dass er auch Robert hinter mir erkannt hatte. Sein Mund zuckte, er sah seltsam eingesunken aus. Vielleicht hatte man ihm die Zähne ausgeschlagen. Jetzt begann das ganze Gesicht zu zucken, als ob er versuchte, die richtigen Nerven und Muskeln zu finden, um etwas zu sagen. Schließlich kam etwas, das sich anhörte wie ein flüchtiges Ausatmen. Ich rückte näher und beugte ein Ohr zu seinem Mund hinunter. Er stank. Der widerliche Geruch aus seiner Mundhöhle ließ mich zurückzucken.

»Einbruch«, flüsterte er.

»Einbruch?«, wiederholte ich.

Ich spürte, wie Robert hinter meinem Rücken näher herankam. Banjo machte weitere krampfhafte Grimassen, bevor der Rest kam.

»Weiß nicht, wer. Nie gesehen.«

Ich hörte, wie Robert einen Seufzer ausstieß. Ich drehte mich um und bat ihn, draußen zu warten. Er machte auf dem Absatz kehrt, vermutlich war er wütend. Aber das war mir egal. Ich drückte vorsichtig Banjos Hand. Eine feuchte Haarsträhne hing ihm über ein Auge, und ich strich sie sanft fort. Banjos Blick war ängstlich und bittend. Seine Finger gruben sich in meine Hand, als wollten sie sich darin verkriechen.

»Nicht gut«, flüsterte er.

»Nein, das ist überhaupt nicht gut«, sagte ich. »Aber hier sind Sie in Sicherheit. Kann ich etwas für Sie tun?«

»Ich«, kam es schwach von Banjo. »Ich bin nicht gut.«

»Gott liebt alle Menschen, wie sie sind. Auch Sie.«

»Katze ...«

Banjo schloss die Augen und rang nach Luft. Eine Krankenschwester trat ans Bett und fühlte ihm den Puls. Der Arzt kam herein und sagte, dass Banjo jetzt Ruhe brauche.

Robert stand am Kaffeeautomaten und fütterte ihn mit Münzen. Als er mich kommen sah, fragte er, ob ich etwas aus ihm herausbekommen hätte. Er drückte einen Knopf, und ein Plastikbecher fiel in eine Halterung und wurde mit einer heißen Brühe gefüllt.

»Er stirbt vielleicht«, sagte ich. »Und wir müssen uns um seine Katze kümmern.«

»Ach, die kommt schon klar«, erwiderte Robert und pustete in den Becher.

Er schlürfte laut. Mich packte plötzlich rasende Wut. Am liebsten hätte ich dem Becher einen Stoß von unten versetzt, damit ihm der Kaffee ins Gesicht schwappte.

Aber wie immer, wenn ich solche aggressiven Anwandlungen kriege, rief ich mich zur Ordnung. Der Kaffee ist brühheiß, dachte ich. Es reicht, wenn er auf den Pullover spritzt. Das tut nicht weh, ist aber ärgerlich.

»Geben Sie mir die Nummer der Polizei in Slite, dann kann ich sie bitten, sich um die Katze zu kümmern«, stieß ich hervor.

Er kramte in seiner Jackentasche und zog einen Zettel heraus. Mit übertrieben deutlicher Stimme las er eine Nummer vor, die ich in mein Handy tippte. Am anderen Ende meldete sich ein freundlicher Polizist, der gleich wusste, um wen es ging. Er versprach, einen von Banjos Nachbarn anzurufen, und versicherte mir, dass man sich um die Katze kümmern werde. Ich solle mir keine Sorgen machen.

»Na ja. Das kann genauso gut heißen, dass sie mit der Schrotflinte hinfahren«, sagte Robert.

Er warf den Plastikbecher in den Papierkorb.

»Was ist denn los?«

Wie immer, wenn ich wütend bin, hatte ich Mühe, nicht in Tränen auszubrechen. Ich begann, die Zeitungen im Wartezimmer zu einem ordentlichen Stapel aufzuschichten, um mich abzulenken.

Robert wischte sich den Mund mit dem Handrücken ab und sagte, er habe es doch nicht böse gemeint.

»Wie Sie schon sagten: Wir beide haben unterschiedliche Berufe. Meiner ist vielleicht nicht von da oben geschickt«, sagte er und deutete mit dem Daumen hinauf zur Zimmerdecke.

»Aber da die höheren Mächte sich nur selten die Mühe machen, diejenigen dranzukriegen, die andere Leute zusammenschlagen, müssen ein paar von uns hier unten versuchen, dieses kleine Detail zu erledigen.«

Roberts selbstzufriedenes Lächeln machte mich nur noch wütender. Ich hatte diese Art von Nachhilfe gründlich satt. Als ob mein Glaube an Gnade und Mitgefühl nicht ins »wirkliche Leben« passten. Seiner Meinung nach war Härte das einzige Mittel, um etwas zu bewirken. Das schien eine ungeschriebene Regel in der Wirklichkeit der Polizisten.

»So, nun haben wir ein paar Eier aufgeschlagen und sind mitten beim Omelett«, bemerkte ich bissig. »Darf ich fragen, was wir damit machen sollen?«

Das Lächeln in Roberts Gesicht erlosch. Er sah auf seine Armbanduhr und sagte, er habe für uns Plätze auf der Schnellfähre gebucht, die in einer Stunde ablegen werde. Wir gingen hinaus zum Parkplatz. Die Sonne strahlte von einem leuchtend blauen Himmel. Es hatte mir keine Befriedigung verschafft, Robert mundtot gemacht zu haben. Ich war einfach nur müde.

Als wir beim Auto angekommen waren, schlug ich vor, dass wir künftig versuchen sollten, uns solche sinnlosen Auseinandersetzungen zu ersparen.

»Wir sind beide gereizt, und eigentlich meinen wir es nicht so. Dass wir unterschiedliche Aufgaben haben, muss doch nicht heißen, dass wir gegeneinander arbeiten.«

Robert antwortete nicht, sondern stieg ins Auto, beugte sich herüber und öffnete die Beifahrertür. Als ich mich neben ihn setzte, machte er keine Anstalten, den Motor anzulassen. Er senkte den Kopf und legte die ausgestreckten Zeigefinger aufs Lenkrad.

»Soll ich Ihnen was sagen? Ich fühle mich wie ein Versager. Glauben Sie, es macht mir nicht zu schaffen, dass ein Mensch halb totgeschlagen wurde und ich es vielleicht hätte verhindern können? Objektiv habe ich nichts falsch gemacht, aber trotzdem ...«

Er schwieg und starrte durch die Windschutzscheibe. Es war heiß und stickig im Auto. Ich schob mit den Füßen leere Coladosen und Hamburgerschachteln unter den Sitz.

»Jemand wie ich muss sich ein dickes Fell zulegen, um überhaupt durchzuhalten. Ich dachte, Sie hätten das begriffen. Wenn ich alle Missbrauchsdelikte und ähnlichen Scheiß an mich heranlassen würde, könnte ich nicht mehr arbeiten. Deshalb reagiere ich vielleicht etwas angriffslustig, wenn jemand wie Sie daherkommt und mir Gefühllosigkeit vorwirft.«

Meine Wut und Müdigkeit verschwanden, und ich empfand beinahe Zärtlichkeit, als ich in Roberts zerfurchtes Gesicht blickte, das jede Haftung am Schädel verloren zu haben schien. Seine Daumen waren grau vor Schmutz.

»Ich weiß, dass Sie nicht gefühllos sind«, sagte ich leise. »Bitte verzeihen Sie mir, falls es anders gewirkt hat.«

Robert sah mich an. Er hielt mir seine Hand hin und ich nahm sie. Wir lächelten uns an.

»Okay«, sagte er. »Sehen wir zu, dass wir runterkommen von dieser verfluchten Insel.«

Während der Überfahrt sprachen wir über Banjo und das, was ihm widerfahren war. Robert sagte, er sei überzeugt, dass Banjo in die Drogengeschichte verwickelt sei, wegen der Tanja hinter Gittern saß. Er wusste nur nicht, wie. Vielleicht hatte jemand im Haus etwas gesucht? Geld? Rauschgift? Oder war es nur darum gegangen, möglichst viel kaputtzumachen? War es möglich, dass Tanja ihn so brutal zugerichtet hatte? Sie war geschmeidig und durchtrainiert, aber Banjo war ein großer Kerl und daran gewöhnt, sich zu wehren.

Konnte es Peter gewesen sein? Aber der hatte selber Angst. Vor wem?

Als Robert zur Toilette ging und ich eine Weile allein war, merkte ich, wie die Angst wieder in mir hochkroch.

Die Angst und die Einsamkeit.

Zusammen mit Robert, hier auf der Fähre, fühlte ich mich sicher. Aber bald würde ich wieder allein sein mit den Drohbriefen und den Schmierereien an der Tür. Und mit dem Wissen, dass ein gefährlicher Mensch sich in meinem Umfeld aufhielt. Welche Rolle Tanja dabei spielte, wusste ich nicht. Robert hatte gesagt, dass die gotländische Polizei nach ihr Ausschau hielt. Aber ich glaubte nicht, dass sie noch dort war. Wenn es denn überhaupt Tanja gewesen war, die ich gesehen hatte.

»Glauben Sie, dass Tanja noch auf der Insel ist?«, fragte ich Robert, als er zurückkam und sich wieder neben mir niederließ.

»Nein, das glaube ich nicht. Wenn sie wirklich dort war und etwas mit dem Überfall auf Banjo zu tun hat, ist sie längst über alle Berge.«

Er blickte aus dem Fenster hinaus aufs Meer. Ich auch. Auf mich hat das Meer nie beruhigend gewirkt. Es fasziniert mich, es lockt mich, aber immer habe ich dabei ein sehnsüchtiges Ziehen in der Magengegend. Es ist schön und grausam. Es spiegelt den Himmel und die Sonne wider, aber es ist auch kalt und tödlich.

»Wenn ich nach Hause komme, werde ich wie ein Versager dastehen, der nichts anderes geschafft hat, als dass der Mann, den er vernehmen sollte, halb totgeschlagen wurde. Und meine Frau wird mir vorwerfen, ich hätte sie und die Kinder im Stich gelassen und eine Art Kurzurlaub gemacht.«

»Welchen Schutz habe ich, wenn wir wieder zu Hause sind?«

Die Angst ließ mich nicht los, obwohl ich versuchte, sie zu verdrängen. Robert gähnte und sah mich aus roten Augen beinahe verwundert an, als hätte er vergessen, dass ich bedroht worden war.

»Was wollen Sie denn haben?«, fragte er.

Ein kleines Mädchen von drei, vier Jahren lief an uns vorbei. Sie hatte blonde Korkenzieherlocken und ein hellrosa kariertes Kleidchen an, weiße Kniestrümpfe und weiße Schuhe. Ich folgte ihr mit dem Blick. Sie erschien mir wie aus einer anderen Zeit, einer anderen Welt. Als sie vorbeilief, drehte sie den Kopf, sah mir in die Augen und lachte. Ein schnelles, schüchternes Lächeln.

Herr, ich weiß, dass Robert mich auslachen würde, wenn ich laut gesagt hätte, was ich in dem Moment dachte. Dass das Kind ein Zeichen war. In diesem Augenblick vertraute ich auf deine Vorsehung, Herr. Tanja war mir geschickt worden. Ich hatte Angst, solche Angst, dass mir schwarz vor Augen wurde, wenn ich nur daran dachte, in meine einsame Wohnung zurückzukehren, verfolgt von unbekannten, bösen Augen. Aber auch das hatte seinen Sinn.

»Ich habe ja die Notrufnummer, das genügt«, sagte ich.

»Sicher?«

»Sicher.«

Das war gelogen, ich war mir überhaupt nicht sicher.

22. *Kapitel*

Es war sieben Uhr abends, als wir uns Nynäshamn näherten. Als die ersten grauen Felsen des Schärengürtels wie schrundige Walrücken aus dem Wasser auftauchten, nahm ich mein Handy und rief Anders im Büro an. Er meldete sich mit einem gereizten »Ja bitte?«, aber als er hörte, dass ich es war, wiederholte er meinen Namen mit einem sanften Aufseufzen. Ich ließ mich im Sessel zurücksinken und klemmte das Telefon zwischen Schulter und Ohr.

»Wo steckst du?«, fragte Anders. »Geht es dir gut? Ich muss die ganze Zeit an dich denken. Ich setze Kaffee auf und denke: Ingrid. Ich schalte den Computer an und denke: Ingrid. Ich sehe einen Marienkäfer, der sich in mein Zimmer verirrt hat, und denke: Ingrid.«

Ich war sprachlos. Anders konnte Gefühle abwürgen, und dann wieder drehte er den Hahn voll auf. Ich sah, wie Robert mit entschlossenen Schritten näher kam, und wusste, dass er gleich sagen würde, wir müssen hinunter zum Autodeck. Ich wandte ihm den Rücken zu und kroch ins Telefon.

»Ich bin bald in Stockholm. Kann ich dich heute Abend sehen?«

»Ja! Unbedingt!«

Wir verabredeten uns für halb neun am Imbiss in der Fjällgatan.

Robert war diskret ein paar Meter entfernt stehen geblieben. Als ich mich umdrehte, lächelte er und winkte mir zu, dass wir gehen sollten.

Robert setzte mich vor der Haustür ab. Er musste gemerkt haben, wie nervös mich der Gedanke machte, nach oben in meine Wohnung zu gehen, denn er bot mir an, mich zu begleiten.

»Dann kann ich mir auch gleich mal die Schmierereien auf der Tür ansehen.«

Dankbar nahm ich sein Angebot an. Ich ging voraus. Als wir meine Etage erreichten, schnappte ich überrascht nach Luft. Meine Tür war sauber. Kein einziger Buchstabe war mehr zu sehen.

»Es ... es ist ... alles weg«, stotterte ich.

Robert ging zur Tür, strich mit der Hand darüber und schnupperte an seinen Fingern.

»Vielleicht hat der Hausmeister es entfernt«, sagte er. »Riecht irgendwie nach Chemikalien.«

Ich schüttelte den Kopf. Die Treppenhausreinigung wurde ziemlich nachlässig gehandhabt. Es war höchst unwahrscheinlich, dass jemand vom Reinigungstrupp meine Tür geputzt hatte. Und auch noch den Zettel entfernt, den ich vor kurzem darübergeklebt hatte.

»So wird es wohl gewesen sein«, sagte Robert. »Oder es war jemand, der Beweise vernichten wollte. Sie haben nicht zufällig ein Foto von der Tür gemacht?«

Wieder schüttelte ich den Kopf. Robert kam mit in meine Wohnung. Es roch ungelüftet und nach vollem Mülleimer. Ich hatte vergessen, Brot und Butter wegzustellen. Der Käse stand auch noch auf dem Küchentisch, hartgetrocknet und von Schwitzperlen übersät.

»Entweder hatten Sie es eilig, als Sie gegangen sind, oder jemand war in Ihrer Wohnung und hat sich ein Butterbrot gemacht«, sagte Robert.

Er grinste auf eine Art, die deutlich machte, dass er Letzteres für höchst unwahrscheinlich hielt. Es ärgert mich, wenn Leute mir an der Nasenspitze ansehen, dass ich schlampig bin. Ich öffnete die Tür unter der Spüle, um den Käse und die Butter in den Abfall zu werfen, und ein fetter Brummer flog aus dem übervollen Mülleimer auf.

Ich fragte Robert, ob er vielleicht einen Tee wollte, und er nahm dankend an. Während ich Wasser aufsetzte, ging er ins Wohnzimmer. Es störte mich, dass er sich dort umsah, ohne dass ich dabei war, auch wenn ich nichts zu verbergen hatte.

»Ihr Anrufbeantworter blinkt«, sagte er.

Ich ging mit je einer Tasse Tee in den Händen ins Zimmer. Robert stand neben dem Telefon und starrte auf die kleine rote Lampe, die hektisch blinkte. Stumm zählte ich die Blinksignale mit. Da musste es jemandem sehr dringend gewesen sein, mich zu erreichen.

Robert nahm mir eine Tasse ab.

»Wollen Sie ihn nicht abhören?«, fragte er.

Ich wollte es nicht, solange er dabei war. Ich wollte erst einmal allein hören, wer mich hatte sprechen wollen.

»Mache ich später. Wenn es jemand Wichtiges war, sage ich Ihnen Bescheid«, sagte ich.

Robert setzte sich in meinen Sessel, und ich nahm auf meinem schmalen Bett Platz. Wir tranken schweigend. Zwischendurch warf Robert immer wieder einen Blick auf den Anrufbeantworter. Ich bemerkte wieder einen Schimmer von Misstrauen in seinen blauen Augen.

»Sie tun immer so geheimnisvoll«, sagte Robert. »Sie machen es einem nicht leicht. Aber das wissen Sie, oder?«

»Ich glaube, es ist mein Freund«, sagte ich und merkte, wie ich rot wurde, als ich »Freund« sagte. Es klang pubertär.

Robert stand auf und stellte seine Tasse, die noch halb voll war, auf dem kleinen Tisch neben dem Sessel ab.

»Wir können auch morgen weiterreden«, sagte er.

Ich brachte ihn zur Tür, wo wir uns kurz verabschiedeten. Kaum dass die Tür ins Schloss gefallen war und ich mich davon überzeugt hatte, dass sie wirklich zu war, stürzte ich zum Anrufbeantworter und drückte den Wiedergabeknopf. Jemand hatte vierzehnmal angerufen, aber immer aufgelegt, ohne eine Nachricht zu hinterlassen. Zweimal hörte ich ein deutliches Atmen.

Der Anrufer hatte nicht sagen wollen, wer er oder sie war. Er hatte keine Spuren hinterlassen wollen.

Ich setzte mich in den Sessel und merkte, wie erschöpft ich trotz meiner Angst war. Wenn die Zifferblätter meines Digitalweckers nicht im selben Moment umgesprungen wären, als meine Augen zuzufallen drohten, wäre ich wohl im Sessel eingeschlafen. Ich merkte, dass ich bis zum Treffen mit Anders nur noch eine Viertelstunde Zeit hatte.

Das reichte nicht einmal mehr zum Duschen. Ich riss mir den durchgeschwitzten Pullover vom Leib und wusch mich hastig unter den Achseln. Als ich meine Kleiderkammer öffnete, fiel mir ein, dass ich meine vorgemerkten Zeiten im Waschkeller nicht wahrgenommen hatte. Es hingen nur noch drei Blusen da. Alle zog ich nur im äußersten Notfall an. Ich entschied mich schließlich für eine mit Puffärmeln, die selbst für meinen Geschmack hoffnungslos altmodisch war. Ich konnte nur hoffen, dass Anders noch weniger Ahnung von Mode hatte als ich.

Während ich mit hastigen Schritten die Folkungagata entlang zur Treppe lief, die zur Fjällgata hinaufführt, kämmte ich mich und hoffte, dass der Wind helfen würde, meine Frisur ein wenig duftiger aussehen zu lassen. Die Treppe nahm ich mit wenigen Schritten. Oben angekommen, war ich völlig aus der Puste und musste mich an eine Wand lehnen, um wieder zu Atem zu kommen. Als ich mich einigermaßen erholt hatte, ging ich zu unserem Treffpunkt und versuchte, ruhig und entspannt auszusehen.

Anders saß an einem Tisch neben dem Geländer. Eine Graumöwe hatte sich in seiner Nähe niedergelassen und ich sah, wie Anders ihr einen Brocken Brot zuwarf.

Anders hatte das Tuch um den Hals, das signalisierte, dass er als Privatperson hier war und einen attraktiven Eindruck machen wollte. Als unsere Blicke sich trafen, brachen wir gleichzeitig in diese Art Lächeln aus, das man nicht kontrollieren kann. Ein Lächeln, das größer ist als das Gesicht, das einen überkommt und das man am liebsten hinter beiden Händen verbergen würde.

Wir standen uns gegenüber und wurden verlegen. Wir versuchten beide, etwas zu sagen, aber unser Lächeln war mächtiger und durchkreuzte jeden Versuch einer Unterhaltung. Anders zog mich an sich und ich drückte mein Gesicht an seine Brust. Ich spürte, wie die Atemstöße aus seiner Nase die Härchen auf meiner Stirn zum Tanzen brachten. Lange standen wir so, und unser breites Lachen zog sich zu einem stilleren, in sich gekehrten Lächeln zurück. Einmal versuchten wir, uns voneinander zu lösen, uns anzusehen, miteinander zu sprechen, aber gleich brach das Lächeln wieder hervor und verhinderte jedes Gespräch im Ansatz.

Ich ging zum Tresen, um mir einen Kaffee und ein Eis zu holen. Anders war bereits versorgt. Die Schlange kam nur langsam voran und ich wandte den Kopf, um ihn anzusehen. Immer noch saß ein Rest Lächeln in seinem Gesicht. Als er bemerkte, dass ich ihn ansah, winkte er mir zu und verdrehte die Augen wegen der langen Schlange.

Die Hose zwickte in der Taille. Ich hatte sie lange nicht angehabt, und mein Bauchumfang musste wohl um einige Zentimeter zugenommen haben. In der Auslage standen Teller voll klebriger Makronen, glasierter Karottenschnitten, Schokoladenbiskuits und Mandelecken. Konnte ich widerstehen?

Oberhalb meines Nabels wölbte sich der Magen hervor, und als ich mit den Händen in den Hosenbund fuhr, merkte ich, wie der Speck auch dort wabbelte.

Herr, ich habe nie das Gefühl gehabt, dass deine Liebe deswegen geringer gewesen wäre. Bei dir bin ich frei von solchen Urteilen. Ich schielte zu Anders hinüber.

Natürlich wollte ich, dass Anders mich hübsch fand. Was ich nicht weiß, ist, wo ich hübsch bin. Wann ich hübsch bin. Ob ich überhaupt hübsch bin. Katrin fand das nicht. Während der ganzen Schulzeit gab sie mir das Gefühl unattraktiv zu sein, allein durch die Art, mich anzusehen. Wegen meines Aussehens von einem anderen Menschen begehrt zu werden, erwartete ich nicht.

»Was darf es denn nun sein?«

Die Bedienung hinter dem Tresen wirkte unwirsch. Sie hatte sicher schon einmal gefragt, was ich haben wollte, während ich meinen Gedanken nachhing. Ich bestellte einen Kaffee und eine Kugel Nougateis. Nicht zwei oder drei Kugeln, so wie sonst immer. Gleich darauf ärgerte ich mich über mich selbst. Ich hatte auf etwas verzichtet, was ich liebte, aber doch nicht so richtig. Das war halbherzig.

Anders stand auf und nahm mir das braune Tablett mit der Kaffeetasse und der einsamen Eiskugel ab. Als ich mich auf meinen engen Platz zwängte, merkte ich, dass meine Verlegenheit Anders gegenüber sich in Scham verwandelt hatte. Er sah mich an mit seinem sanften Gesicht, und ich hätte meins am liebsten versteckt. Die Schüchternheit von damals, die daher rührte, dass ich so war, wie ich war und es nie schaffen würde, eine andere zu sein, hatte mich wieder in Besitz genommen. Ich spürte die Wärme nicht mehr, die Anders sonst auf mich ausgestrahlt hatte. Alles, was ich spürte, war eine Hose, die zwickte, Haare, die dünn und strähnig am Kopf klebten, und eine Bluse, die keine Frau bei klarem Verstand freiwillig anziehen würde.

Ich starrte in meine Kaffeetasse und merkte, dass Anders mich beobachtete. Als ich aufsah, blies ich ein paar Haarsträhnen weg, die mir in die Stirn gefallen waren. Anders betrachtete meine Stirn und ich dachte, jetzt sieht er, wie fettig meine Haare sind. Dass ich seit drei Tagen nicht dazu gekommen bin, sie zu waschen.

»Wie ist es dir ergangen? Du siehst müde aus.«

Anders griff nach meiner Hand, und ich zog sie ruckartig zurück. Er denkt: hässlich, dachte ich. Er sagt: müde, aber er denkt: hässlich.

»Ja, ich bin müde. Es war anstrengend da drüben.«

Zu den hässlichsten Dingen, die ich kenne, gehört es, wenn

Menschen lächeln, obwohl ihnen nicht danach ist. Die Grimasse, die dabei entsteht, ist ein unwürdiger Anblick. Ich merkte, wie ich Anders ein solches Grimassenlächeln schenkte.

Anders hatte die Arme verschränkt. Jetzt war ich es, die nach seiner Hand griff. Er überließ sie mir, wenn auch zögernd. Auch sein Lächeln war verschwunden.

»Ingrid, ich ... Verzeih mir bitte. Ich stürme los wie ein ...«

Er sah plötzlich unglücklich aus. Ich entdeckte eine große rote Stelle an seinem Hals. Entweder war es ein Pickel oder ein Barthaar, das eingewachsen war und sich entzündet hatte. Ein loser Faden hing verloren an seinem Halstuch herab. Seine Wimpern waren hell und kurz, wie abgesengt.

Die Unsicherheit, die uns gepackt hatte, war wie hartes, kaltes Neonlicht nach sanftem, weichem Kerzenschein. Die Verzauberung war verschwunden. Unsere Wächter hatten das Licht angeschaltet und auf die Notausgänge gedeutet. Mein Wächter sah aus wie Katrin oder Tanja und zeigte mit dem Finger auf mich, um mich daran zu erinnern, dass ich nicht das Zeug hatte, um mich in ein Abenteuer zu stürzen.

Keine Schwimmweste, keinen Fallschirm. Keine sportlichen Voraussetzungen. Und du glaubst, du könntest springen, du Dummerchen.

Ich vermutete, dass Anders' Wächter ihm seine früheren Erfahrungen vorhielt und ihn verspottete, weil er es schon wieder versuchte. Wieso sollte diese Frau dich wollen, wenn die andere dich nicht wollte? Du bist doch schon einmal als Langweiler und Klammerer enttarnt worden, warum sollte es diesmal anders laufen.

Die Unsicherheit vertrieb unser Lächeln und sorgte dafür, dass wir uns nach der Sicherheit von früher sehnten, weg voneinander.

»Nein, es ist nicht ... es liegt an mir ...«

Ich aß ein paar Löffel Eis. Es schmeckte alt. Als ob es schon ein paar Mal geschmolzen und wieder eingefroren worden war. Anders räusperte sich und faltete seine Papierserviette zusammen, einmal, zweimal, dreimal, bis sie ein schmaler Streifen war.

»Du hattest neulich gewisse Bedenken, was deinen Beruf angeht«, sagte er. »Wie steht's inzwischen damit?«

»Ist besser geworden.«

Es kam mir seltsam vor, jetzt über mein Berufsverständnis als Pastorin zu reden. Ich wollte nicht mehr an meine Zweifel erinnert werden. Jetzt wollte ich wissen, wer mich verfolgte und wo Tanja steckte. Und ich wollte zurück zu Anders. Er saß mir gegenüber und ich wusste nicht, wie ich ihn erreichen konnte, wie ich diese tödliche Unsicherheit überwinden sollte, die mich dazu brachte, den Blick abzuwenden und mit Grimassen und Ausflüchten zu antworten.

»Anders, falls ich vielleicht …«

Anders drückte meine Hand.

»Du brauchst dich nicht zu entschuldigen oder so. Ich finde auch, dass wir uns Zeit lassen und abwarten sollten, wie sich alles entwickelt.«

Er bekam es mit der Angst. Sah sich um und sagte, es sei langsam spät und morgen sei ja auch noch ein Tag. Ich bekam Panik. Begann in rasender Eile zu erzählen, was auf Gotland passiert war, berichtete vom Überfall auf Banjo und von meinem Konflikt mit Robert. Das half ein wenig. Ich erzählte, worüber Robert und ich uns in die Haare gekriegt hatten. Anders und ich hatten beide oft die Erfahrung gemacht, dass wir in kritischen Situationen nicht einbezogen wurden. Anders erzählte, die wenigen Male, die er mit Polizisten zu tun gehabt habe, habe er immer das Gefühl gehabt, dass sie hinter seinem Rücken verächtliche Grimassen machten.

»Ich bin froh, dass du wieder hier bist«, sagte er dann. »Diese geflohene Gefangene und die Menschen in ihrem Umfeld scheinen gefährlich zu sein. Schön, dass du da jetzt raus bist.«

Warum sagte ich ihm nichts von den Drohungen gegen mich? Davon, wie tief ich selbst in der Sache steckte? Wieder war da das Gefühl, dass ich einen eigenen Kampf auszufechten hatte, dass ich eine Aufgabe erhalten hatte, die ich ganz allein bewältigen musste. Ich schämte mich, dass ich tiefer verwickelt war, als Anders glaubte.

»Ja, es ist wirklich schön, von dort wieder weg zu sein«, sagte ich.

Ich stand auf, und Anders erhob sich ebenfalls. Wir gingen zusammen die Treppe hinunter und unterhielten uns über den Sommer, der vor der Tür stand. Anders erzählte, dass er den ganzen Monat Juli Urlaub hatte.

»Du hast doch in der Zeit auch zwei Wochen Urlaub, oder?«, fragte er, obwohl er wahrscheinlich längst wusste, für wann ich meinen Urlaub eingetragen hatte.

Ich nickte und sagte, ich hätte noch keine Urlaubspläne. Anders sagte, er habe auch noch nichts gebucht. Vielleicht würde er seine Eltern in Skåne ein paar Tage besuchen. Etwas in der Art hatte ich wohl auch vor?

»Meine Eltern sind geschieden, wenn ich die besuchen wollte, würde der ganze Urlaub draufgehen«, erwiderte ich und lachte gezwungen.

Die Vorstellung, wie Anders und ich, zwei erwachsene Menschen mittleren Alters, zu Besuch bei ihren Eltern in ihren Jugendbetten schliefen, war einfach lächerlich.

Als wir an die Kreuzung Folkungagatan und Erstagatan kamen, umarmte Anders mich flüchtig. Es ging so schnell, dass ich es kaum mitbekam. Er ging hastig ein paar Schritte rückwärts und winkte.

»Bis bald«, sagte er. Und dann ging er.

Er ging schnell, die Hände tief in den Taschen. Den Kopf gesenkt. Was war passiert? Ein langer Arm aus vergangenen Zeiten hatte mich gepackt, und alles war zusammengebrochen. Ich hatte der Unsicherheit die Tür geöffnet und zugelassen, dass sie sich zwischen Anders und mir niederließ.

Ich musste ihn zurückholen.

An diesem Abend hatte ich keine Lust, mich auszuziehen. Nachdem ich die Wohnungstür abgeschlossen hatte, nahm ich die Wolldecke, die auf dem Sessel lag, und setzte mich aufs Bett. Schüttelte ein Kopfkissen auf und packte es mir in den Rücken. Ich hatte Angst, war traurig und entsetzlich müde. In einer Hand hielt ich mein Mobiltelefon. Im Halbdunkel des Zimmers ließ ich das Handy hin und wieder aufleuchten, während ich daran herumspielte.

Ich blätterte durch die Namen, die ich im Telefonverzeichnis gespeichert hatte. Anders kam als erster. Ich wollte ihn anrufen, wusste aber nicht, was ich sagen sollte. Stattdessen schrieb ich eine SMS, die ich an sein Handy schickte. »Verzeih mir. Ich war gehemmt.«

Als das Handy nach einer Weile piepte, zuckte ich vor Schreck zusammen. Anders hatte ebenfalls eine SMS geschickt. »Und ich hatte Angst bekommen. Verzeih du mir auch.«

Die Worte sahen schön aus in dem grünen Licht. Ich schrieb zurück: »Wollen wir es nochmal versuchen?« Die Antwort ließ nicht lange auf sich warten: »Hundertmal, wenn es sein muss.«

Das Handy fest an die Brust gedrückt, schlief ich ein.

23. *Kapitel*

Die Morgendämmerung legte sich wie ein grauer nasskalter Filz über den Körper. Ein Pflegeetikett hinten am Halsausschnitt der Bluse kratzte, die Socken krabbelten und juckten. Mein Unterhemd war durchgeschwitzt, und die Feuchtigkeit ließ mich frieren. Trotzdem konnte ich mich nicht überwinden aufzustehen, die Kleider auszuziehen und unter die Decke zu kriechen. Ich lag ganz still und sah zu, wie die Schatten an den Wänden entlangschlichen. Mein Leben war gefährlich geworden. Merkwürdig. Unwirklich. Alles hatte in dem Moment angefangen, als Anders und ich unsere Hände nach einander ausgestreckt hatten. Als ob unsere gemeinsamen Bewegungen ein grummelndes Echo weckten.

Wollen wir es nochmal versuchen?

Hundertmal, wenn es sein muss.

Wie oft würde es sein müssen?

Und warum musste die Erinnerung an damals, an die verächtlichen Mädchenaugen, mich einholen, als ich zum ersten Mal glaubte, jemand könnte mich lieben?

Ich kratzte mich im Nacken, wo das Etikett saß. Schweißgeruch stieg mir in die Nase, als ich mich bewegte. Ich hatte nicht geduscht seit – ja, seit wann? Seit irgendwann bevor wir nach Gotland fuhren.

Banjo. Bei der Erinnerung an seinen misshandelten Körper wurde mir unbehaglich.

In den letzten Tagen hatten Tanja und die Menschen, mit denen sie zu tun hatte, mich fast ständig beschäftigt. Ich wollte sie aus meinem Kopf haben. Sie sollten weggehen.

Meine beste Freundin Anita kämpfte um ihr Leben. Und ich schaffte es nicht einmal, mich um ihren Hund zu kümmern.

Der Gedanke an Anita jagte mich aus dem Bett. Die Uhr zeigte halb sechs. Ich ließ ein heißes Bad ein und stieg aus meinen übel riechenden Kleidern. Wieder einschlafen konnte ich sowieso nicht. Da konnte ich ebenso gut den Tag beginnen. Ich hatte das Gefühl, dass er lang werden würde.

Um neun Uhr saß ich in meinem Auto und fuhr zum Gefängnis. Ich wollte mein Leben zurückhaben. Ich wollte zurück in die Anstalt, wollte arbeiten wie immer. Während der Fahrt telefonierte ich mit Robert. Er erzählte, dass Tanja immer noch auf freiem Fuß war. Banjo war ohne Bewusstsein, und Jesus war noch nicht gefunden worden.

Als ich beim Gefängnis ankam, ließ Jörgen Stridh mich ein. Kvarnström hatte frei. Ich beschloss, Majken am Abend abzuholen oder spätestens am nächsten Vormittag. Ganz gleich, was Kvarnström dazu sagte.

Das war es, was ich tun würde.

Während ich hinter Jörgen den Gang hinunterging, schloss ich ab und zu die Augen, und jedes Mal begann sich in meinem Kopf alles zu drehen. Die Müdigkeit nahm langsam beängstigende Formen an. Aber ich konnte keine Ruhe finden.

Als ich in die Abteilung kam, stieß ich mit Laura zusammen, die früher Prostituierte und dann Drogenkurier gewesen war. Sie scheuerte den Fußboden. Die Gefangenen hatten verschiedene, wechselnde Aufgaben zu erledigen. Neben ihrer regelmäßigen Arbeit mussten sie sich um die Reinigung der Anstalt und die Essenszubereitung kümmern.

»Wenn das kein effizienter Strafvollzug ist«, hatte Anita gesagt. »Kosteneinsparung und Resozialisierung in einem Aufwasch.«

Laura unterbrach ihr Schrubben, als sie mich sah. In ein paar Wochen wurde sie sechzig. Ich wusste, dass Anita einiges geplant hatte, um diesen Tag zu feiern. Laura war schlank, gut gewachsen, schön. Ihre blonden Haare waren zu einem schlichten

Pferdeschwanz gebunden, und sie hatte sich die Ärmel der Anstaltsbluse lässig hochgekrempelt.

Laura stützte sich auf den Schrubberstiel und fragte mich, ob es Neuigkeiten gebe. Zuerst verstand ich nicht, was sie meinte, dann wurde mir schnell klar, dass sie nach Tanja fragte. Natürlich war Tanjas Flucht Gesprächsthema unter den Insassinnen.

»Nein, sie ist immer noch verschwunden«, erwiderte ich. »Und bei euch?«

Laura gab sich keine Mühe, auf meine Frage einzugehen.

»Dieses Miststück«, knurrte sie.

Ihre Erregung wunderte mich. Laura steckte tief in ihrer eigenen Therapie mit Ingeborg und zeigte selten Interesse für die anderen Gefangenen. Nach einem harten Leben hatten ihre Augen inzwischen einen neuen Glanz bekommen.

»Was meinst du damit?«

»Ich habe nie mit ihr gesprochen. Aber ich kenne die Sorte. Durchtrieben, schlau und falsch wie sonst was. Die ist lebensgefährlich. Ich sag's dir.«

In meinen Handflächen stach es wie Nadeln, als Laura so über Tanja redete.

»Aber wenn du doch nie mit ihr geredet ...«

»Egal. Ich weiß es.«

Lauras Mund war zu einem abweisenden Strich geworden. Klatsch und Interna an jemanden von draußen weiterzugeben, war unter den Gefangenen verpönt. Laura schrubbte wieder den Boden und kümmerte sich nicht darum, dass ich daneben stand und auf eine Fortsetzung des Gesprächs wartete. Als ich schließlich weiterging und mich noch einmal umdrehte, sah ich, dass Laura mir mit einem unergründlichen Blick hinterhersah.

Eine Frau namens Gertrud Andersson hatte Anitas Vertretung übernommen. Wir hatten uns letzten Herbst auf einer Konferenz flüchtig kennengelernt. Ich klopfte an die Tür von Anitas Büro. Als ich nach einem gezwitscherten »ja bitte« eintrat, schlug mir ein intensiver, blumiger Parfümduft entgegen, der Anitas Zigarettengestank verdrängt hatte. Das gewohnte Durcheinander auf dem Schreibtisch war beseitigt, die Akten penibel aufgeschichtet. Ein blassgrüner Apfel lag neben einer weißen Schüssel mit Löffel und einer karierten Stoffserviette. Gertrud bemerkte meinen Blick.

»Das Mittagessen hier ist nicht ganz meine Kragenweite«, sagte sie. »Ich esse meist nur einen Joghurt.«

Gertrud hatte den Schreibtisch in Besitz genommen. Das machte mich wütend. Ich wollte Gertrud mit ihrem aufdringlichen Parfüm und ihrem grünen Apfel da nicht haben.

Unwillig berichtete ich von der Gotlandreise. Gertrud hatte den Kopf schräg gelegt und machte ein verständnisvolles Gesicht. Anita sah bei solchen Gelegenheiten immer höchst skeptisch aus, und jetzt sehnte ich mich nach ihrem Misstrauen, auch wenn es mich sonst manchmal geärgert hatte.

»Ach, das ist ja grauenvoll«, sagte Gertrud, als ich meinen Bericht damit beendete, dass Banjo ohne Bewusstsein im Krankenhaus lag.

»Na, ich hoffe, wir finden sie bald«, sagte sie. »Diese Frau hat etwas Beängstigendes.«

Viel mehr sprachen wir nicht. Den Rest des Tages ging ich ihr aus dem Weg.

Am Nachmittag ging ich auf die Krankenstation, um Kerstin zu besuchen. Jörgen erzählte, dass sie sich ganz gut erholt hatte, sich aber immer noch weigerte, mit jemandem zu reden. Sie blieb dabei, dass sie nicht wisse, wer sie überfallen hatte.

»Die Ärmste«, sagte Jörgen. »Und immer so allein.«

Als wir fast angekommen waren, meldete sich Jörgens Funkgerät. Jemand wollte, dass er zum Eingang kam. Ich folgte ihm in einigem Abstand, denn ich brauchte Jörgen, um auf die Krankenstation zu kommen.

Am Empfangstresen stand ein Mädchen von vielleicht fünfzehn, sechzehn Jahren. Die schwarze Schminke um ihre Augen war verlaufen. Ich erkannte sie von einem Foto in einer Zelle wieder. Kerstins Tochter. Wie hieß sie noch gleich ... Lisa. Das Mädchen, das nichts mehr mit ihrer Mutter zu tun haben wollte, weil die die gesamten Familienersparnisse mit ihrer Spielsucht durchgebracht hatte.

Die Pförtnerin, Sara, nur wenig über zwanzig, aber eiskalt und unerschütterlich, hatte das Mädchen zurückgehalten. Sie sah uns finster entgegen und zeigte mit einem Stift in Lisas Richtung.

»Ich habe ihr gesagt, dass jetzt keine Besuchszeit ist«, sagte sie mit einem Seitenblick auf Kerstins Tochter, die sich krampfhaft am Tresen festhielt.

»Aber ich muss zu ihr! Jetzt!«, schluchzte Lisa.

Jörgen seufzte tief. Er war ein bequemer Mensch, dem es am liebsten war, wenn alles seinen gewohnten Gang ging. Das hier war eine lästige Unterbrechung der Routine.

»Das ist Kerstins Tochter«, flüsterte ich ihm zu. »Ich kann mich darum kümmern.«

Ich legte meinen Arm um die Schultern des Mädchens und führte sie zu einer kleinen Sitzgruppe im Eingangsbereich. Ihre schmalen Schultern wurden vom Weinen geschüttelt.

»Ich will zu meiner Mutter«, schluchzte sie.

Sie klang wie ein kleines Mädchen, das sich verlaufen hatte. Das Kleid, das sie trug, sah fein aus, geblümt und pastellfarben. Offensichtlich war es gebügelt worden. In einer Hand hielt sie eine Plastiktüte. Das war alles.

»Wie bist du hierhergekommen?«

»Per Anhalter. Ich will zu ihr.«

»Du weißt, was deiner Mutter passiert ist?«

»Ja. Und ich will jetzt zu ihr!«

Ich blickte hinüber zu Sara, deren Gesichtsausdruck die ganze Verantwortung ihres Postens widerspiegelte. Jörgen sah aus, als würde er sich am liebsten möglichst schnell verdrücken. Die Entscheidung musste ich offenbar allein treffen.

»Natürlich kannst du sie besuchen.«

Ich steuerte mit dem Mädchen auf die Krankenstation zu. Hinter meinem Rücken hörte ich, wie Sara Jörgen einen Vortrag hielt, welche schicksalsschweren Konsequenzen es nach sich ziehen würde, wenn die anderen Insassinnen Wind davon bekämen, dass wir auf einmal für gewisse Leute Ausnahmen machten. Ich drehte mich um und mit aller Schärfe, zu der ich fähig war, fuhr ich Sara an, dass aus einem besonderen Grund ein Besuch zu dieser Zeit möglich sein müsse.

Jörgen protestierte ebenfalls schwach gegen Saras bürokratisches Verhalten. Ich wusste, dass Kerstins tragische Geschichte ihn anrührte.

Er schloss mir und Lisa auf. Als uns nur noch eine Tür von Kerstin trennte, packte ich sie bei den Schultern und sah ihr in die Augen.

»Deine Mutter ist sehr schwer verletzt. Bist du darauf vorbereitet?«

Die Tochter sah plötzlich ängstlich aus. Sie biss sich auf die Unterlippe.

Ich öffnete die Tür einen Spalt und sah hinein. Kerstin lag angezogen auf dem Bett. Marineblaue Trainingshosen und ein großes graues T-Shirt. Sie lag auf der Seite mit einem Kissen unter dem Arm. Ihr Gesicht war ausdruckslos und blieb es auch, als unsere Blicke sich trafen. Verband und Pflaster waren aus ihrem Gesicht entfernt. Die Wundnähte sahen aus wie Stacheldraht. Der Mund war geschwollen und rissig. Für eine Sekunde zögerte ich, ob Lisa ihre Mutter so sehen sollte. Dann stieß ich die Tür auf.

Kerstin reagierte wie von einer Nadel gestochen. Sie fuhr im Bett hoch und schlug sich die Hände vors Gesicht. Die Tochter keuchte, als hätte man ihr einen harten Ball gegen den Bauch geworfen. Sie stand wie gelähmt in der Tür. Dann machte sie kehrt und rannte zurück auf den Gang. Ich lief hinterher. Jörgen ging hinein zu Kerstin, die schrie: »Sie darf mich nicht sehen! Ihr Idioten, sie darf mich nicht so sehen!«

Ich erwischte Lisa am Arm, als sie eine der Toilettentüren aufriss. Das Mädchen sank an meiner Brust zusammen und schluchzte hysterisch. Sie zitterte, als sei sie durchgefroren. Ich öffnete ihre Plastiktüte und sah darin eine Jacke liegen.

»Hier. Zieh das an.«

Ich legte ihr die Jacke um die Schultern. Ein schmutziges kleines Schmusetier fiel aus der Tüte. Das Mädchen versuchte etwas zu sagen, aber das Schluchzen war stärker. Schließlich stieß sie hervor:

»Ich will ... Papa ... ich will ... dass Papa kommt ...«

Nachdem sie sich etwas beruhigt hatte, konnte sie mir sagen, wo ich ihren Vater erreichen würde. Ich rief ihn an, und er sagte, er würde sofort kommen. Er hatte sich schon Sorgen gemacht, weil Lisa ohne ein Wort von zu Hause verschwunden war und keiner wusste, wohin.

Als Lisa hörte, dass ihr Vater kommen würde, wurde sie noch ruhiger. Was haben sie mit ihrem Gesicht gemacht, sagte sie immer und immer wieder. Was haben sie mit ihrem Gesicht gemacht?

Jörgen kam vorbei und winkte mich zu sich. Er flüsterte, Kerstin habe sich etwas gefasst und sei nun bereit, ihre Tochter zu sehen, falls diese es noch wolle. Ich warf einen schnellen Blick auf das Mädchen in dem dünnen geblümten Kleid mit der Plastiktüte neben ihren staubigen Sandalen. Wir beschlossen abzuwarten, bis ihr Vater hier war.

Kerstins geschiedener Mann war hochgewachsen und trug einen hellen Sommeranzug. Lisa rannte ihm entgegen und warf sich in seine Arme. Die Tochter fest an sich gedrückt, grüßte er mich kurz und misstrauisch. Lisa hatte wieder angefangen zu weinen, und ich erzählte, wie ich sie am Eingang getroffen hatte und sie mir erzählt hatte, dass sie ihre Mutter besuchen wollte.

»Ich weiß nicht, ob es eine so gute Idee war ...«, setzte der Vater an.

»Ich auch nicht«, fiel ich ihm ins Wort.

Er strich seiner Tochter übers Haar und sagte, sie könnten jetzt nach Hause fahren. Das Mädchen verstummte und sah zu ihm auf.

»Nein, ich will zu Mama! Und du musst mitkommen.«

Der Vater ließ die Arme sinken. Er beugte sich vor und vergrub die Nase in Lisas Haaren. Unschlüssig ließ er den Blick schweifen, dann sah er mich fragend an.

Ich begriff, dass er Hilfe suchte, und nickte.

Er sah auf seine Tochter hinunter und nahm ihren Kopf in beide Hände.

»Bist du sicher, dass du das willst?«

Sie nickte.

»Okay. Also dann.«

Ich bat sie, noch einen Moment zu warten, und ging zu Kerstin ins Zimmer. Sie saß auf dem Bett, das Kopfkissen auf dem Schoß. Von ihrer üblichen Verschlossenheit war nichts mehr zu merken. Ihr Blick war fest und uralt.

»Wo ist sie?«

»Sie ist draußen, und sie möchte dich sehen«, sagte ich.

Kerstin hob die Hände wieder ans Gesicht. Sie fuhr mit den Fingern über die Wunden.

»Ich sehe schrecklich aus.«

»Ja, das tust du. Aber sie will dich sehen. Und sie hat ihren Vater dabei.«

»Johan? Der ist auch hier?«

Kerstins Lider flatterten leicht. Sie ließ die Hände auf den Schoß sinken.

»Ja, natürlich«, sagte sie, den Blick fest auf die Wand gerichtet. »Lass sie hereinkommen.«

Ich ging hinaus zu Lisa und ihrem Vater.

»Jetzt weißt du, dass ihr Gesicht schlimm zugerichtet ist. Es sieht schrecklich aus. Aber unter den Wunden ist sie immer noch dieselbe.«

Lisa ging zur Tür und öffnete sie. Der Vater folgte ihr, und ich hörte, wie er nach Luft schnappte, als sein Blick auf Kerstin fiel.

Lisa blieb mitten im Zimmer stehen.

»Hallo, Mama.«

Kerstin blickte langsam auf, die Hände immer noch vor dem Gesicht. Dann ließ sie die Hände sinken und sah ihre Tochter aus ihrem schwer misshandelten Gesicht an. Zwei Tränen bahnten sich langsam einen Weg über ihre Wangen. Die eine Träne wurde von einer Wunde aufgehalten und folgte der Naht, anstatt gerade herunterzulaufen.

»Hallo, mein geliebtes Kind.«

Vom Vater kam Schluchzen, so stark, dass er taumelte. Lisa setzte sich neben Kerstin aufs Bett. Sie umarmten sich fest und weinten. Der Vater setzte sich auf einen Stuhl daneben. Er hielt die Hände vors Gesicht, und ich hörte, dass er ebenfalls weinte.

Ich flüsterte dem Vater zu, dass ich auf dem Gang sei, falls sie mich brauchen sollten. Er blickte auf und nickte. Dann machte ich die Tür hinter mir zu.

Eine Stunde blieben sie bei Kerstin. Die Trümmer einer Familie. Eine Angestellte bei der Post, die der Spielsucht verfallen war.

Ich hörte die Stimmen von Lisa und ihrem Vater, die auf den Gang herauskamen. Ich ging ihnen entgegen. Lisas Gesicht war rot gefleckt, aber sie war sichtlich erleichtert. Ihr Vater hatte sein Jackett ausgezogen und trug es über dem Arm, seine Haare klebten an der Stirn. Er streckte mir die Hand entgegen.

»Danke«, sagte er.

»Ich komme am Samstag wieder«, sagte Lisa. »Das haben wir abgemacht, Mama und ich.«

Ich gab ihnen meine Visitenkarte. Der Vater steckte sie in seine Jackentasche. Lisa holte ihr Portemonnaie aus der Tüte und steckte die Karte in eines der Fächer. Wir verabschiedeten uns und vereinbarten, in Kontakt zu bleiben. Sie wollten gerade gehen, als Lisa ausrief:

»Oh, ich hab was vergessen.«

Sie wühlte in der Plastiktüte und kramte das schmuddelige Plüschtier heraus. Es war graurosa und sah aus wie »Ferkel« aus »Pu der Bär«.

»Ich möchte gern, dass Mama es bekommt. Würden Sie es ihr bitte geben?«

Ich machte eine Handbewegung zu Kerstins Zimmer.

»Nein, machen Sie das. Bitte«, sagte Lisa.

Sie drückte mir Ferkel in die Hand. Ich versprach, es Kerstin zu geben. Ich sagte nicht, dass man erst untersuchen musste, ob vielleicht Rauschgift darin versteckt war.

»Den hat Lisa schon, seit sie drei oder vier Jahre alt war«, sagte Kerstin, als sie Ferkel sah. »Der musste immer und überall dabei sein. Jetzt findet sie wohl, dass ich ihn besser gebrauchen kann.«

Kerstin legte Ferkel in ihr Bett. Er glotzte starr geradeaus. Das eine Auge war durch einen Knopf ersetzt worden. Ein Bein war aus einem anderen Stoff als der restliche Körper. Ich sagte, ich müsse Ferkel aus Sicherheitsgründen erst einmal wieder mitnehmen. Kerstin gab ihn mir bereitwillig zurück.

»Ich habe ihn bestimmt hundertmal genäht«, fuhr sie fort.

Ich blieb noch eine Weile bei ihr sitzen und wartete darauf, dass sie weitersprach, aber es kam nichts mehr. Kerstin hielt meine Hand und starrte stumm an die Decke. Nach ungefähr einer halben Stunde Stille sagte ich, dass ich jetzt gehen müsse, aber am nächsten Tag wiederkommen würde. Als ich schon fast an der Tür war, hörte ich Kerstin sagen:

»Tanja ist schuld.«

Ich drehte mich um. Kerstin setzte sich noch einmal mühsam im Bett auf.

»Tanja hatte mich gebeten, ihm eine Nachricht zu überbringen. Sie hatte mir Geld dafür versprochen. Viel Geld. Damit ich ... wenigstens ein bisschen von dem zurückzahlen kann, was ich unterschlagen habe.«

Ich ging zu ihr zurück und setzte mich auf den Stuhl, auf dem vorhin Johan gesessen hatte. Kerstin lachte auf, ein bitteres, krampfhaftes Lachen.

»Das war natürlich idiotisch. Ich kann so was gar nicht. Ich hatte solche Angst, dass ich anfing zu heulen. Sie hatte mir eine Adresse draußen in Skärholmen gegeben. Wir hatten hundertmal geübt, was ich sagen sollte. ›Ich habe eine Nachricht von Tanja. Jetzt ist Krieg.‹ Und dass sie es ihm bald heimzahlen werde. Dann sollte ich ihm einen Schlüsselanhänger geben, der aussah wie ein Fuchs. Nur eine kleine Warnung an einen Scheißhaufen. Das hat sie gesagt. Eine kleine Warnung an einen Scheißhaufen.

Zuerst fand ich das ganz verlockend. Meine Gedanken drehen sich ja nur um Geld und wie ich wieder in Ordnung bringen kann, was ich getan habe. Aber dann habe ich nein gesagt. Solche Sachen kann ich einfach nicht.«

Kerstin rang heftig nach Atem.

»Doch dann wurde die Aussicht auf das Geld immer verlockender. Ich würde Lisa Sachen kaufen, von denen sie immer geträumt hat.

Als ich am U-Bahnhof Skärholmen ankam, musste ich mich in einen Abfalleimer übergeben, solche Angst hatte ich. Ich saß bestimmt drei Stunden auf der Treppe und wartete, dass er nach Hause kam. Jedes Mal, wenn ich den Aufzug hörte, klopfte mein Herz so rasend, dass ich kaum Luft bekam. Ich versuchte, in einer alten Zeitschrift zu lesen, die ich in der Tasche hatte.«

Kerstin verstummte. Ich ertappte mich dabei, dass mein Mund halb offen stand. Ich machte ihn zu und schluckte hart.

»Hört sich das nicht krank an? Wie in einem Film. Als er endlich kam, war ich so aufgeregt, dass ich kaum reden konnte. Er sah nett aus, fand ich. Erstaunt. Ich stammelte, was Tanja mir aufgetragen hatte. Als ich ihm den Schlüsselring geben wollte, war ich so zittrig, dass er auf den Boden fiel.«

Wieder stiegen Kerstin die Tränen in die Augen.

»Zuerst war er ganz freundlich. Beinahe liebevoll. Er schloss die Tür auf und sagte, ich solle erst einmal hereinkommen und mich wieder beruhigen. Ich konnte nur noch heulen. Das war wohl die Anspannung, die von mir abfiel. Dann sagte er, dass er mir diesmal noch verzeiht, wenn ich ihm verspreche, niemandem davon zu erzählen. ›Wissen Sie,Tanja bedeutet mir immer noch sehr viel, obwohl sie krank ist‹, sagte er. Wir haben uns dann noch eine Weile unterhalten. Er sagte, wie traurig er darüber sei, dass Tanja in so einer schlimmen Lage ist. Und dann sagte er, dass er mich ins Gefängnis zurückbringt.

Ich wollte tatsächlich nur noch zurück in meine Zelle und dass man mich einschließt. Und den Schlüssel wegwirft. Ich wollte dort sterben. Ich stand da vor diesem Menschen, dem ich drohen sollte, und er war freundlich zu mir... Es war schon so lange keiner mehr freundlich zu mir gewesen. Im Auto redeten wir über dieses und jenes. Wir kamen an einer Art Park vorbei, ich wusste nicht, wo wir waren. Er sagte, dass er mir etwas zeigen wollte. Wir gingen ein Stück. Weit und breit war niemand zu sehen. Da zog er das Messer. Sagte ›schönen Gruß zurück‹ und... und... und dann... hat er es getan.«

Kerstin schlug sich die Hände vors Gesicht. Ich hatte Angst, die Wundnähte könnten wieder aufplatzen.

»Es tat so weh«, sagte Kerstin immer wieder. »Es tat so schrecklich weh.«

Ich fragte, ob sie bereit sei, eine Aussage bei der Polizei zu machen. Sie sagte, dass sie es tun wolle, aber ob ich nicht jetzt die ganze Geschichte erzählen könnte. Ich sagte, ich könne das nicht, aber ich könne den Polizisten anrufen, der sie schon einmal befragt hatte. Ich nahm die Decke von ihrem Bett und legte sie ihr um die Schultern. Dann ging ich auf den Gang und rief Robert an. Er versprach, sofort zu kommen.

24. *Kapitel*

Das Hochhaus, in dem Torkel Kvarnström wohnte, sah heute nicht ganz so trist aus. Die Blumenrabatten im Vorgarten boten leuchtende Blüten über schwarzer Erde. Unmittelbar vor der Eingangstür hörte ich eine bekannte Stimme.

»Majken, lauf. Na komm, Mädchen.«

In einiger Entfernung sah ich Torkel Kvarnström mit Majken näherkommen. Sie liefen über einen Bolzplatz. Torkel fand einen halb luftleeren Fußball und kickte ihn in die Luft. Majken schoss los, sprang nach dem Ball und erwischte ihn. Sie schüttelte ihn wild hin und her, und Torkel lachte laut über Majkens Eifer. Er beugte sich hinunter und griff nach dem Ball. Majken zog knurrend daran und wollte nicht loslassen.

So hatte ich die Hündin noch nie gesehen. Ich kannte sie nur als schläfrige Kreatur, die sich nur bewegte, wenn sie sich nach dem Mittagessen ein Zuckerstück von Anita abholte. Auch Torkel Kvarnström schien wie ausgewechselt. Leichten Fußes, leichten Sinnes.

»Torkel, hallo!«

Er blickte in meine Richtung. Als er mich sah, erstarrte er, und der übliche missmutige Zug um seinen Mund kehrte zurück. Er kam mir nicht entgegen, um mich zu begrüßen, sondern blieb wie angewurzelt stehen. Majken stand mit dem Ball in der Schnauze neben ihm. Sie nieste mehrere Male und wollte, dass er das Spiel fortsetzte.

Ich ging langsam auf die beiden zu. Mit jedem Schritt, den ich näher kam, verschwand ein Stück ihrer Freude darüber zusammen zu sein.

»Ihr scheint ja eine Menge Spaß miteinander zu haben«, sagte ich.

Torkel nestelte an der Hundeleine in seiner Hand.

»Warum sollten wir auch nicht?«

Ja, warum nicht. Ich wusste nicht, was ich sagen sollte. Torkel stemmte die Hände in die Hüften. Majken ließ den Ball fallen und machte Sitz. Sie blickte zu Torkel auf und jaulte ungeduldig.

»Ich weiß nicht«, sagte ich und seufzte. »Aber ich hatte vor, Majken abzuholen.«

Torkel antwortete nicht. Stattdessen nahm er Majken auf den Arm. Sie leckte ihm übers Gesicht, und er ließ es geschehen, ohne mit der Wimper zu zucken.

»Ich tue diesem Hund etwas Gutes«, sagte Torkel ernst.

»Ja, das sehe ich.«

»Sie war unterfordert, verwöhnt und einsam. Mir hat sie immer leid getan.«

Die Sonne stach mir in die Augen. Bisher hatte ich gefroren, jetzt fühlte ich mich plötzlich verschwitzt.

»Es scheint ihr gut zu gehen. Ich weiß eigentlich auch nicht, wieso ich ...«

»Aber ich weiß es.«

Torkel richtete den ausgestreckten Zeigefinger auf mich.

»Sie sind überzeugt, dass Sie, die so herzensgut sind und immer alles richtig machen, es besser können als ich. Für Sie bin ich nur der einsame Kerl, zu dem man nett sein muss. Den Sie auf einen Kaffee einladen, weil Sie ja eine so gütige Seele sind. Frauen wie Sie sind so ekelhaft ... überheblich!«

Es verschlug mir die Sprache. Torkels Worte trafen mich tief. Ich hatte mich für freundlich und umgänglich gehalten. Aber ich hatte ihm nicht einmal zugetraut, einen Hund versorgen zu können.

»Ich schlage vor, dass Sie sich weiter um Majken kümmern, bis Anita etwas anderes möchte«, sagte ich.

Torkel nickte und ging mit Majken unter dem Arm zur Haustür. Mit dem Finger auf der Zahlentastatur drehte er sich zu mir um und rief:

»Sie interessieren sich gar nicht für Käfer!«

Die Tür fiel hinter ihm ins Schloss. Mein jämmerliches »Tu ich wohl!« erreichte ihn nicht mehr.

»Tu ich wohl«, flüsterte ich in mich hinein, während mir ein paar Tränen aufs Kinn tropften.

25. *Kapitel*

Keine Schrift auf meiner Tür, merkwürdigerweise vermisste ich es. Das Schweigen war schlimmer. In einem kurzen Telefonat mit Robert hatte ich erfahren, dass Banjos Zustand stabil, aber immer noch kritisch war und dass er das Bewusstsein noch nicht wiedererlangt hatte. Peter Konradsson war verschwunden. Pernilla hatte keine Ahnung, wo er sein konnte. Und Tanja war auch immer noch weg. Ebenso Jesus. Alle verschwunden.

Seit Kerstins Enthüllung war ich mir immer wieder mit der Hand über den Mund gefahren. Hatte meine Lippen gerieben und gerubbelt, als hätte ich einen Tick. Peter hatte mich geküsst. Ich strich mit den Fingern über mein Gesicht und stellte mir vor, wie es sich wohl anfühlte, wenn ein Messer die Haut zerschnitt.

Es war fünf Uhr, und ich war zu Hause. Stille. Eine stechende Angst erfüllte mich. Ich war beinahe verrückt vor Angst.

Der Wortwechsel mit Torkel Kvarnström hatte mich aus der Fassung gebracht, die Rolle in Frage gestellt, die ich für alle anderen spielte, die nette, patente Pastorin.

Jetzt war mir, als könnte ich überhaupt niemandem mehr begegnen.

Ich legte mich in die Badewanne. Mir fiel nichts anderes ein, was ich hätte tun können. Ein paar Mal hatte ich versucht, Peter auf seinem Handy anzurufen, und war erleichtert, dass ich ihn nicht erreichte. Das war jetzt Sache der Polizei.

Das Wasser war kochend heiß. Trotzdem ließ ich noch heißes zulaufen. Schwindel und Schläfrigkeit überkamen mich, und ich war ganz darauf konzentriert, das heiße Wasser auszuhalten.

Da war mir, als hätte ich ein klickendes Geräusch gehört. So als ob jemand meine Wohnungstür ins Schloss drückte. Hatte ich nicht abgeschlossen? Ich vergaß oft, den Sicherheitsriegel vorzuschieben. Abends, bevor ich ins Bett ging, war es mir zur Gewohnheit geworden, aber tagsüber dachte ich meistens nicht daran. Die letzten Tage war ich sorgfältiger gewesen, aber heute war ich mir nicht mehr sicher.

Ich setzte mich auf. Das Plätschern übertönte eventuelle Geräusche vom Flur und aus dem Wohnzimmer.

»Hallo?«

Meine Stimme klang unwirklich in dem engen Badezimmer. Die Tür zum Flur war nur angelehnt und ich beugte mich vor, um durch den Spalt zu spähen. Ich sah nichts, hörte nichts. Wahrscheinlich hatte ich es mir nur eingebildet. Ich ließ mich wieder in die Wanne zurückgleiten. In dem Moment glaubte ich wieder etwas gehört zu haben. Ein kurzes, knarrendes Geräusch.

Ich stand so hastig auf, dass mir schwarz vor Augen wurde. Ich musste mich mit beiden Händen an der Wand abstützen und die Augen weit aufreißen, um wieder sehen zu können. Mein Körper war rot gefleckt von der Hitze. Ich erhaschte noch einen kurzen, vernebelten Blick auf mich im Spiegel, bevor ich in den Bademantel schlüpfte. Hochrotes Gesicht, die Haare feucht und angeklatscht.

»Hallo!«

Keine Antwort. Langsam und mit kleinen, schleichenden Schritten ging ich ins Wohnzimmer. Der Sessel stand mit dem Rücken zu mir, aber ich sah trotzdem, dass jemand darin saß. Zwei Ellenbogen ragten über die Armlehnen hinaus und auf dem Fußboden sah ich zwei Turnschuhe.

»Du bist verdammt kompliziert, weißt du.«

Tanja.

Ich ging an der Wand entlang und blieb sofort stehen, als ich sie ganz im Blick hatte. Sie trug ein weißes, schmutziges T-Shirt. Hellblaue Jeans. Die Haare waren kurz und struppig. Sie hatte sich ihre Locken abgeschnitten.

Sie machte keine Anstalten aufzustehen. Ihr Gesicht war ausdruckslos. Ich ging langsam rückwärts Richtung Flur.

»Ich habe die Tür abgeschlossen«, sagte sie, ohne mich anzusehen. »Der Schlüssel war in deiner Handtasche. Wenn du raus willst, musst du ihn von mir holen.«

Tanja drehte sich zu mir um und grinste. Sie musterte mich mit ihrer gewohnten Überheblichkeit. Ein bisschen mitleidig, ein bisschen verächtlich. Mir war dampfend heiß. Der Bademantel fühlte sich feucht und schwer an.

»Wenn du mit mir reden möchtest, bin ich nicht bereit...«

»So wohnst du also«, fiel mir Tanja ins Wort und ließ den Blick über meine dürftigen Möbel schweifen. Am Bett blieb sie hängen.

»Das ist das schmalste Bett, das ich je gesehen habe«, sagte sie. »Versuchst du hier ein Privatkloster aufzuziehen oder was?«

Das Bett war mein wunder Punkt. Nur achtzig Zentimeter breit, ich schämte mich dafür. Es war ein Überbleibsel aus einer Zeit in meinem Leben, in der es mir wichtig war, dir meine Keuschheit zu beweisen, Herr. Ich hatte den Kauf schon längst bereut, auch wenn er sich damit rechtfertigen ließ, dass ich wenig Platz hatte.

Ich gab mir Mühe, trotz des Bademantels Autorität auszustrahlen.

»Ich nehme an, du bist nicht gekommen, um dir meine Möbel anzusehen.«

»Jetzt ist die Frau Pastorin aber gar nicht mehr nett. Jetzt ist man ihr ein wenig zu nahe getreten, stimmt's?«

Tanja rutschte tiefer in den Sessel und legte die Füße auf den Tisch, auf dem der Fernseher stand. Ich band den Bademantel zu.

»Setz dich«, sagte Tanja und zeigte aufs Bett. »Ich will mit dir reden.«

Es war ein unangenehmes Gefühl, unter dem Bademantel nackt zu sein. Ich zog ihn so eng wie möglich um mich. Meine

Nase tropfte, und ich rieb sie mit dem Handrücken ab. Ich merkte, dass es Rotz war, und nahm den Ärmel des Bademantels zu Hilfe. In Tanjas Augen las ich Ekel.

»Weißt du, ich will gern mit dir reden. Aber ich denke, ich sollte mich erst einmal anziehen. Und ich will meine Schlüssel zurückhaben.«

Tanja schloss die Augen. Sie schwieg und schien fieberhaft nachzudenken. Dann zog sie den Schlüsselbund hervor und legte ihn vor sich auf den Fußboden.

»Da, hol sie dir.«

Sie lehnte sich zurück, und um ihren Mund spielte ein amüsiertes Lächeln. Vermutlich fand sie die Vorstellung komisch, wie ich auf allen vieren zu dem Schlüssel kroch. Sie hatte ihre Tasche hochgenommen und auf den Schoß gestellt. Was hatte sie da drin? Eine Waffe?

»Ich will wirklich nur mit dir reden.«

Es war, als hätte sie meine Gedanken gelesen. Ich wollte Kleider anhaben. Meine Unterhosen sträubten sich, als ich sie unter dem Bademantel anzog, weil meine Beine feucht waren. Die Tür zu meiner Kleiderkammer stand offen. Ich vergesse meistens, sie zu schließen. Sie ist tief und geräumig, wie meistens in alten Häusern. Außer der Kleiderstange hatte ich ein paar Regale eingebaut. Meine gesamte Garderobe befand sich in dieser Kammer.

Da stand ich nun in Unterhosen und Bademantel und ließ den Blick über die Kleidungsstücke wandern, die ganz vorne platziert waren. Auf einem Bügel hing der geblümte Rock. Ich griff nach der Hose, die ich heute schon angehabt hatte.

Tanja war aufgestanden und schaute in die Kleiderkammer.

»Das sind deine Kleider?«

»Ja, wem sollten sie wohl sonst gehören?«

»Ich meine, ist das alles?«

Ich raffte einen Pullover an mich und machte Tanja die Tür vor der Nase zu.

»Ich habe andere Interessen.«

»Mir ist kalt. Kannst du mir einen Tee machen?«

Tanja hatte die Arme um den Körper geschlungen, sie waren blass und von einer Gänsehaut überzogen.

Mit ärgerlichen Schritten ging ich in die Küche und klapperte laut mit dem Wassertopf. Drehte den Hahn so heftig auf, dass das Wasser auf meinen Pullover spritzte. Anders' Tee. Ich griff nach der Dose und hielt sie fest an den Körper gepresst, während ich darauf wartete, dass das Wasser kochte. Ich hörte an den Atemzügen, dass Tanja direkt hinter mir stand.

»Wo hast du gesteckt?«, fragte ich sie, ohne mich umzudrehen.

»Mal hier, mal da.«

Ich stellte die Tasse auf den Tisch neben dem Sessel, und Tanja setzte sich. Sie legte ihre schmutzigen Finger um die Tasse und bekam blanke Augen. Ich setzte mich aufs Bett, zog die Knie an die Brust und legte meine Arme darum. Sah in den Augenwinkeln den Schlüsselbund und dachte, falls dieses Gespräch aus der Bahn gerät, kann ich mich darauf stürzen und ihn an mich reißen. Ich versuchte zu schlucken, aber mein Mund war trocken.

»So sollst du nicht da sitzen.«

Tanja sah mich an.

»Du bist Pastorin und sollst anständig sitzen.«

Sie lächelte schwach, als habe sie einen Witz gemacht.

»Im Moment fühle ich mich nicht als Pastorin. Ich fühle mich wie eine Privatperson, die in ihrer eigenen Wohnung eingesperrt ist und nicht einmal weiß, warum.«

Tanja trank ein paar Schlucke von dem Tee. Sie legte sich meine Wolldecke um die Schultern und fröstelte. Dann stand sie auf und begann, im Zimmer auf und ab zu gehen.

»Ich brauche einen Zeugen. Du sollst mein Zeuge sein.«

Sie setzte sich wieder mir gegenüber hin. Zuckte nervös mit den Augenlidern.

»Niemand wird verstehen, warum ich tun musste, was ich tun werde. Keiner weiß, wie es war. Du sollst es wissen, damit du es erzählen kannst. Damit die Leute mich nicht für eine Verrückte halten.«

Wieder ließ Tanja ihren Blick über mich wandern. Ich setzte mich ordentlicher hin. Stellte die Füße auf den Boden und nahm eine offizielle Sitzhaltung ein.

»Hörst du zu?«

»Ja.«

Es wurde still. Tanja dachte eine Weile nach, bevor sie fortfuhr. Das blasse Gesicht mit dem struppigen kurzen Haar guckte aus meiner gelben Wolldecke. Sie sah aus wie ein Katastrophenopfer. Wie jemand, der irgendwo weit weg von zu Hause an einen Strand gespült wurde.

»Es war so. Ich war ein Nichts. Peter hat mich zu einem Jemand gemacht. Und dann wurde ich zu einem größeren Nichts, als ich vorher gewesen war.«

Tanja beobachtete mich genau, um festzustellen, ob ich ihr folgen konnte. Ich bedeutete ihr mit einem Nicken, dass sie weiterreden sollte.

»Wenn einer etwas aus dir gemacht hat, dich zu einem Jemand gemacht hat, dann willst du, dass es so bleibt. Man kommt von hier unten ...«

Tanja senkte die Hand bis kurz über dem Fußboden.

»... und steigt bis hier oben ...«

Sie hielt die Hand so hoch sie konnte über den Kopf. Dann ließ sie den Arm sinken.

»Ja, da will man dann immer bleiben. Und plötzlich hat ein Mensch Macht über dich. Du würdest alles auf der Welt tun, nur um da oben zu bleiben.«

Tanja zeigte zur Zimmerdecke.

»Und jetzt reden wir von Fallhöhe, verstehst du? Man wird fallen gelassen, peng, und ist kaputt, viel kaputter als je zuvor. So war das. Plötzlich war ich wieder da unten und war kaputter als vorher. Und ich klammerte und strampelte, weil ich dachte, dass er der Einzige war, der mich wieder nach oben bringen konnte. Er hatte mich in der Hand, hatte mein Selbstwertgefühl als Pfand genommen, das, was mein Ich war.«

Sie schwieg einen Moment.

»Oder von dem ich zumindest dachte, dass es mein Ich war«, fügte sie leise hinzu.

»Vielleicht meint man, dass ein anderer diese Macht über einen besitzt«, sagte ich. »Aber ich glaube nicht, dass irgendein Mensch sie wirklich hat. Du bist doch du selbst, ob mit oder ohne Peter.«

Wieder lächelte Tanja höhnisch.

»So steht es in deinen Büchern, wie? Nur schade, dass nicht alle Leute solche Weisheiten lesen. Was du da sagst, hätte auch in irgendeiner Sonntagszeitung oder Frauenzeitschrift stehen können. Aber das weißt du als Pastorin ja selbst. Alles, was der Mensch nicht tun sollte, tut er. Alles, was man nicht empfinden sollte, empfindet man.«

Peter mit den üppigen Locken und dem weichen Lächeln. Der Kuss. Peter mit dem Messer.

»Zuerst war ich überzeugt, dass er das Beste ist, was mir je passieren konnte. Er hat mich zu einer Prinzessin gemacht. Albern, oder? Man wird auf einen Thron gesetzt und glaubt, dass man dort sitzen bleibt, für immer. Mit hoch erhobenem Kopf, unantastbar. Dann begreift man, dass man da sitzt wie eine Närrin. Jemand, auf den mit Fingern gezeigt wird: Glaubst du wirklich, du jämmerliche Idiotin, das hier wäre dein Platz? Kapierst du nicht, dass man sein Reich nicht preisgibt?«

Ich wünschte, Tanja würde etwas konkreter werden. Sie sprach in Rätseln und ich fragte mich, was sie meinte.

»Erzähl mir, was er getan oder nicht getan hat. Ich weiß nicht, ob ich dir noch folgen kann.«

Tanja seufzte ärgerlich. Sie biss auf einen ihrer langen, orangeroten Fingernägel.

»Nee, du kannst mir nicht folgen. Mal angenommen, jemand behauptet, du wärst wahnsinnig attraktiv. Nur mal angenommen. Einfach phantastisch, die Beste, die Schönste. Und dieser Mensch findet dann irgendwann deine Nase ein bisschen grobporig, deinen Bauch ein bisschen wabbelig, deine Beine ziemlich schief und so behaart! Dein Atem ist schlecht, dein Haar glanzlos, deine Kleider sitzen zu weit oder zu eng, sie sind hässlich, und deine Zähne sind grau. Und die Augen, sind die Augen nicht ein bisschen ... ein bisschen ... wie soll ich sagen? Klein, vielleicht! Oder ist es vielleicht die Gesichtsform, warte mal, nimm mal die Sonnenbrille ab. Nein, setz sie lieber wieder auf, es nützt eh nichts. Wenn dein Mund wenigstens etwas weicher wäre, würde das vielleicht den Gesamteindruck etwas verbessern ...

Und du dachtest, du wärst die Einzige für ihn. Außer dir gäbe es keine andere. Aber dann siehst du zum ersten Mal, wie er einer anderen nachschaut, und ganz plötzlich kommt der Tag, an dem er sagt, dass du *eigentlich* die Einzige bist, und er sieht bedrückt aus, denn auf einmal spuken ihm so viele andere Bräute im Kopf herum und er kann nichts dagegen tun ...«

Tanjas Gesicht war hochrot angelaufen, während sie sprach. Die Worte schossen heraus wie Flammen aus einem Schneidbrenner, wütend, fauchend, scharf. Dann verstummte sie. Atmete heftig durch die Nase, während sie meine Reaktion beobachtete.

»Hat er so über dich gesprochen?«

Tanja röchelte. Es sollte wohl ein Auflachen werden, aber es klang eher wie eine Mischung aus Schluchzen und Husten.

»Nicht so direkt und nicht auf einmal. Oh nein, dagegen hätte ich mich ja wehren können. So etwas kommt unmerklich. Wird nicht ausgesprochen. Die Blicke sprechen, das, was nicht gesagt wird, ist bedeutsam. Nein, verdammt, das hört sich bescheuert an. So als wäre ich zusammengebrochen, bloß weil ich nicht genügend Komplimente gekriegt hätte. Es waren eher winzige Nadelstiche ... der leise kritische Blick, die Augen, die sich verändern, das oberflächliche Lächeln, diese ganzen schmerzenden Kleinigkeiten ...«

Tanja seufzte tief und verbarg das Gesicht in den Händen. Der kritische Blick. Dieser Blick, den ich als Katrins oder Tanjas Blick kannte. Der jeden Impuls im Keim erstickt, sich selbst für wertvoll zu halten. Der Blick, der einen aussaugt, blind macht, nie wieder loslässt. Solange dieser Blick auf dich gerichtet ist, bist du hilflos wie ein Tier auf der Straße, das im Licht der Autoscheinwerfer erstarrt. Zu Tode erschrocken, aber außerstande wegzulaufen, raus aus dem Lichtkegel.

»Ich glaube, ich verstehe, was du meinst.«

Tanja runzelte die Augenbrauen.

»Ach ja, tust du das? Ich kenne deine Sorte. Ich weiß genau, wie ihr seid, du und deinesgleichen. Ihr tut so, als würde euch das alles nicht interessieren. Als ginge euch das am Arsch vorbei, Klamotten, Make-up und das ganze Zeug. Ihr findet das banal. Für solche wie mich habt ihr einen bestimmten Blick. Man kann die Verachtung spüren, das kannst du mir glauben. Dabei seid ihr genauso an all dem interessiert. Ihr seid bloß so verdammt ... scheinheilig ...«

Das saß. Tanja fuhr sich mit den Fingern durch die Strubbelhaare.

»Und kaum landet man im Knast, läuft man gleich einer wie dir in die Arme. Genau das hat man die ganze Zeit schon geahnt, dass ihr die Oberhand behaltet. Wie Lehrer. Man kann sie für so bescheuert halten, wie man will, aber am Ende sind sie es, die die Zensuren vergeben.«

Hass glühte in Tanjas Augen. Hatte sie mit diesem hasserfüllten Leuchten Kerstin dazu überredet, Peter aufzusuchen und ihm zu drohen?

Tanjas Arme, die aus dem T-Shirt herausragten, waren dünn und pfeilgerade. Ihre Hände waren dagegen groß. Die Hand, die sich um den Griff der Tasche auf ihrem Schoß öffnete und schloss wie ein pochendes Herz, hatte dicke, hellblaue Adern auf dem Rücken.

Wenn ein hasserfüllter Mensch vor mir sitzt, vertiefe ich mich oft in körperliche Details. Das gibt mir Sicherheit. Die Härchen auf den Armen, die sich alle in eine Richtung legen. Die angedeuteten Halbmonde an der Wurzel der Fingernägel.

Ich nahm das Bild von Tanjas dünnen Armen und ihrer rhythmisch arbeitenden Hand in mich auf. Ich hätte Tanja gern mit dem konfrontiert, was Kerstin mir erzählt hatte, aber ich war mir nicht sicher, ob ich dazu befugt war. Egal was Tanja sagte, immer sah ich Kerstins entsetzliche Narben vor mir, die sich frisch und rot über ihr Gesicht zogen.

Aufrichten, niederschlagen. Aufrichten, niederschlagen. Die Füße werden weggestoßen, die Unsicherheit nimmt zu. Wie schwer kann ein Mensch den anderen beschädigen, wenn er die Macht hat, dessen Selbstwertgefühl mit einem Blick aufzubauen oder zu zerstören? War Peter ein Sadist? Was Tanja geschildert hatte, konnte ebenso gut das Abklingen einer Verliebtheit sein.

Tanja lehnte sich im Sessel zurück. Ihre großen, geäderten Hände hielten die Armlehnen fest umklammert. Ich setzte mich auf meinem Bett bequemer hin. Es war ganz still in meiner Wohnung. Die Fenster waren zu, und die Geräusche von draußen hatten etwas Fernes, Unwirkliches. Es gab nur Tanja und mich, die hörbar hier drinnen atmeten.

»Hat er dir etwas getan?«

»Was meinst du?«

»Hat er dich geschlagen?«

Mit langsamen, schlafwandlerischen Bewegungen erhob Tanja sich aus dem Sessel. Sie wirkte erschöpft und stumpf. Sie nahm eine zusammengeknüllte Jacke aus ihrer Tasche und zog sie an.

»Du willst eine misshandelte Frau. Das wäre etwas, was du verstehen könntest«, sagte Tanja.

Sie seufzte schwer.

»Hilf mir, es anders zu verstehen.« Ich stand ebenfalls auf.

»Ach, wozu. Da muss ich alleine durch. Wie immer. Du begreifst es ja doch nicht.«

Ich packte Tanjas Arm. Sie durfte nicht gehen. Die Vorstellung, dass auch ihr Gesicht zerschnitten und zerstört werden könnte, ließ mich ihren Arm eisenhart umklammern.

»Tanja, komm zurück in die Anstalt. Ich bringe dich hin.«

»Hast du sie noch alle? Lass mich!«

Tanja riss ihren Arm los und versetzte mir einen Stoß. Ich verlor den Halt und fiel gegen den Sessel. Als ich mich aufgerappelt hatte, war Tanja schon im Flur und hantierte mit dem Schlüsselbund. Sie ließ die Tür hinter sich offen und rannte die Treppe hinunter.

»Tanja!«

Ich lief auf den Treppenabsatz und rief ihr hinterher. Die Haustür unten fiel ins Schloss und ich begriff, dass sie weg war. Im Treppenhaus war es still.

Im Stockwerk über mir wurde eine Tür geöffnet, und ich ging zurück in meine Wohnung. Stimmen waren auf der Treppe zu hören. Scherzend, lachend. Sie gingen an meiner Tür vorbei, Menschen, die nur ein paar Schritte von mir entfernt in einer anderen Welt lebten. Einer Welt, die nicht von Angst beherrscht wurde.

Ich sank auf mein Bett und dachte, ich verliere noch den Verstand, bevor das hier vorbei ist. Ich werde verrückt. Die vielen schockierenden Ereignisse hatten ein Gefühl von Unwirklichkeit hervorgerufen. Ich musste genau überlegen, bevor ich alltägliche Handgriffe ausführte. Ein Butterbrot schmieren. Zuerst den Deckel von der Butterdose nehmen. Nichts war mehr selbstverständlich.

Das Telefon klingelte, und ich nahm zitternd den Hörer ab. Es war Robert. Ich konnte ihm nichts von Tanjas Besuch sagen. Tanja hatte mich als Pastorin aufgesucht und sie hatte ein Recht auf meine Diskretion und meinen Schutz. Andererseits hatte sie mich in meiner eigenen Wohnung eingesperrt. Aber sie hatte mich nicht bedroht. Hatte nur versucht, um Verständnis zu werben.

Als Robert fragte, was los sei, und ich antwortete, es sei alles in Ordnung, hörte ich selbst, wie unecht das klang. Robert seufzte verärgert.

»Sie verheimlichen mir doch schon wieder etwas. Und ich darf nicht fragen, was es ist.«

»Nein.«

»Neue Drohungen?«, fragte er.

Ich zögerte mit der Antwort. Tanjas Andeutungen, dass sie Peter aufsuchen werde, waren unheilverkündend. Schließlich war Peter gewalttätig. Aber ich konnte nicht darüber sprechen, ich war an meine Schweigepflicht gebunden. Am liebsten hätte ich Robert gesagt, dass ich Angst hatte. Und dass ich nicht wusste, was ich machen sollte.

»Etwas an diesem Pärchen ist mysteriös«, sagte Robert.

»Meinen Sie Tanja und Peter?«

»Nein, Sie und Ihren Freund.«

»Wie bitte?«

»Hey, wo sind Sie mit Ihren Gedanken? Um wen geht's denn hier die ganze Zeit?«

»Entschuldigen Sie. Sprechen Sie weiter. Was meinten Sie damit?«

Robert räusperte sich, und ich hörte, wie er sich auf seinem Stuhl zurücklehnte, erleichtert darüber, dass ich jetzt etwas gesprächiger war. Robert war mein erster persönlicher Kontakt zur Polizei, und ich wusste, warum ich bisher keinen hatte. Unsere unterschiedlichen Aufgaben und Methoden machten jedes Gespräch anstrengend.

»Tanja scheint ziemlich wütend auf ihn zu sein«, fuhr Robert fort. »Kerstin hat davon erzählt. Dass sie eine harmlose Spielsüchtige benutzt, um Peter zu drohen, zeigt, wie verzweifelt sie ist. Ich möchte nicht wissen, was die für ein Ding am Laufen haben. So abartig, dass man es sich kaum vorstellen mag. Er ist jedenfalls ein verdammter Psychopath. Wir haben ihn ganz oben auf die Fahndungsliste gesetzt. Ich musste beinahe kotzen, als ich Kerstin heute vernommen habe.«

»Glauben Sie, dass Sie ihn kriegen?«

»Das müsste schon mit dem Teufel zugehen, wenn nicht.«

»Bald?«

»Nur eine Frage der Zeit. Noch ist er jedenfalls wie vom Erdboden verschluckt.«

Wohin war Tanja? Ich musste versuchen, sie zu finden. Sie war zu mir geflüchtet. Sie hatte gesagt, dass sie mich als Zeugin wollte.

Schlagartig wurde mir klar, was sie eigentlich gewollt hatte. Sie wollte, dass ich sie aufhielt. Sie hatte einen Plan, was Peter anging, aber sie hatte gehofft, dass ich sie davon abbringen würde. Dass ich sie von ihrem Hass befreien könnte. Und ich hatte es nicht begriffen.

Ich musste sie finden.

»Rufen Sie mich an, wenn Sie ihn gefunden haben. Oder Tanja«, fiel ich Robert mitten in einem Satz ins Wort.

Ich verabschiedete mich knapp und legte auf. Presste die Finger an die Schläfen. Wo konnte sie sein? Ich musste sie finden. Bei Pernilla, Peters Schwester?

Ich schlug das Telefonbuch auf und fand Pernilla unter einer Adresse in Huddinge. Sie nahm nicht ab. Hatte auch keinen Anrufbeantworter. Der Straßenname sagte mir nichts. Ich riss den Stadtteilplan von Huddinge aus dem Telefonbuch und zog Schuhe und Jacke an.

Ich musste hinfahren. Es war sieben Uhr abends. Bis morgen würde etwas Furchtbares passieren. Da war ich mir sicher.

26. *Kapitel*

Ich rannte die Treppe mit großen Sätzen hinunter, immer zwei Stufen auf einmal nehmend. Legte mir eine Art Tunnelblick zu. Lief direkt zum Auto, ohne nach rechts oder links zu sehen. Als ich im Auto saß, schnallte ich mich an und nahm den Kartenausschnitt zur Hand. Eine ganze Weile tanzten die Straßen vor meinen Augen. Ich sagte die Namen laut vor mich hin, ohne zu wissen, warum.

Ich hob den Blick von der Karte und starrte ins Leere. Reiß dich zusammen. Ich entdeckte Pernillas Straße auf der Karte und fuhr los. Peters Wohnung wurde von der Polizei überwacht. Die von Pernilla war meine Aufgabe.

Sie wohnte in einer Reihenhaussiedlung. Nichts unterschied ihr Haus von den anderen in der Straße. Auf jedem Grundstück ein runder Gartengrill mit einem Sack Grillkohle daneben. Überall fast die gleichen Gartenmöbel. In einem der kleinen quadratischen Vorgärten planschten zwei kleine Jungen in einem aufblasbaren Schwimmbecken. Daneben saßen zwei ältere Männer in ausgebeulten Shorts und tranken Wein.

Pernillas Grundstück war wie ausgestorben. Die Rollos vor den Fenstern waren heruntergezogen.

Auf der Treppe zur Eingangstür standen ein Paar Holzpantinen und ein Paar Gummistiefel in Kindergröße. Auf den Stiefelschäften Klopfer, das Kaninchen.

Ich klingelte. Niemand machte auf. Eine leichte Bewegung an der Gardine hinter dem Flurfenster verriet jedoch, dass jemand zu Hause war. Die Tür hatte keinen Briefschlitz. Nichts, wo ich hätte hindurchrufen können.

»Pernilla! Hier ist Ingrid, die Pastorin! Es ist wichtig!«

Ein klickendes Geräusch war zu hören, dann ging die Haustür

auf. Drinnen war es schummrig. Zugezogene Vorhänge, eine kleine Lampe auf einem Flurtisch verbreitete schwaches gelbes Licht. Die Person, die mir geöffnet hatte, stand jetzt einige Meter weiter hinten im Flur. Ich erkannte Pernilla wieder. Aber sie sah bleich und müde aus, anders als ich sie in Erinnerung hatte. Auf einem Arm trug sie einen kleinen Jungen im Pyjama, vielleicht drei, vier Jahre alt. Der Pyjama war hellblau, die Augen des Kindes glänzten fiebrig. Ein etwas älteres Mädchen umklammerte das Bein der Mutter. Sie lugte schüchtern dahinter hervor, als wäre Mamas Bein ein Baum, hinter dem sie Schutz suchte.

Pernilla bedeutete mir mit einer Kopfbewegung, dass ich hereinkommen sollte. Ich trat ein. Als ich die Haustür hinter mir schloss, wurde es drinnen noch dunkler. Durch den schmalen Spalt unter dem Rollo fiel schwaches Licht auf den Fußboden. Das kleine Mädchen bettelte darum, auf den Arm genommen zu werden. Pernilla schien es nicht zu bemerken.

»Sie sind nicht hier, keiner von beiden.«

Nachdem meine Augen sich an das Dämmerlicht gewöhnt hatten, sah ich deutlicher. Pernilla hatte nichts mehr von der sportlichen jungen Frau auf dem Fahrrad. Stumm und verhärmt stand sie vor mir, mit zusammengebissenen Zähnen und gebeugtem Rücken.

Das Mädchen begann zu weinen und versuchte, an Pernilla hochzuklettern. Der Junge plärrte los und trat mit den Füßen nach den klammernden Händen seiner Schwester. Pernilla blieb immer noch ungerührt. Sie starrte mich an. Ihre Augen waren wie festgefroren, ich sah kein einziges Mal einen Lidschlag.

»Darf ich kurz hereinkommen?«

Pernilla trat einen halben Schritt zur Seite, als versuchte sie, sich in der Türöffnung kleiner zu machen, und ich deutete es als ein Ja.

Ich ging an ihr vorbei in die Küche. Dort war es heller. Zwar waren auch hier die Vorhänge zugezogen, aber sie waren aus einem dünneren, leichteren Stoff als die im Flur. Auf der Spüle stapelte sich schmutziges Geschirr, und der Küchentisch war übersät von Krümeln, klebrigen Marmeladenflecken und einer eingetrockneten Gurkenscheibe. Ich bin selbst kein ordentlicher Mensch, aber mir fiel die Unordnung auf. Vielleicht, weil auch die Kinder schmutzig und ungepflegt aussahen.

Pernilla war auch in die Küche gekommen, ohne dass ich es gehört hatte.

»Sind Sie krank?«

Jetzt schlug sie die Augen nieder.

»Nein.«

Pernilla setzte den Jungen auf den Fußboden. Beide Kinder klammerten sich nun an ihren Beinen fest, und das anschwellende Gebrüll machte es schwer, sich Gehör zu verschaffen.

»Können wir uns setzen?« Ich zog einen Küchenstuhl hervor und setzte mich hin.

Pernilla tat es mir nach, und sofort kletterten die Kinder auf ihren Schoß. Die Haare am Hinterkopf des Mädchens waren verklettet. Sie schubste ihren kleinen Bruder zur Seite und kuschelte sich in Pernillas Schoß, den Daumen im Mund. Der Junge begann wieder zu brüllen. Ohne ihn anzusehen, streichelte Pernilla ihm über den Kopf.

»Sie sind nicht hier«, sagte Pernilla wieder mit leiser Stimme.

»Wissen Sie, wo sie sein könnten?«

Sie schüttelte den Kopf.

»Verstehen Sie, wie wichtig es ist, dass wir sie finden?«

»Ja. Aber ich weiß es nicht.«

Der Junge hatte sich drei Finger in den Mund gesteckt und drehte mit der anderen Hand an seinen Locken. Eine bereits fest verzwirbelte Haarsträhne ließ vermuten, dass es eine Angewohnheit von ihm war. Beide Kinder lagen nun halb auf dem mütterlichen Schoß mit leicht geschlossenen Lidern. Ich beugte mich vor und versuchte, Pernillas matten Blick einzufangen.

»Hören Sie mir jetzt zu, Pernilla. Wir müssen sie finden. Es geht um Leben und Tod. Das verstehen Sie doch, oder?«

»Sie müssen entschuldigen«, sagte sie und ihre Worte klangen etwas undeutlich. »Ich habe seit Tagen kaum ein Auge zugemacht.«

»Wann haben Sie Peter zuletzt gesehen?«

»Vor zwei Tagen, glaub ich.«

Bei der Erinnerung daran wich ihre Erschöpfung, sie richtete sich auf und wippte ruhelos mit einem Bein.

»Wir haben uns gestritten.«

»Möchten Sie mir erzählen, was passiert ist?«

Zu lange, hätte Robert über die Pause gesagt, die jetzt kam. Da wird was zurechtgelegt und hingedreht. Etwas, das sich sträubt, erzählt zu werden.

»Haben Sie Tanja gesehen?«, fragte ich, als es mir zu lange dauerte.

Pernilla schüttelte sofort den Kopf.

»Am schlimmsten ist, dass die Kinder darunter leiden müssen. Aber ich finde keinen Schlaf mehr.«

Ihre Augen waren rot gerändert. Sie wurde noch blasser, und um ihre Nase erschienen rote Flecken. Der Mund zuckte leicht.

Ich sah verstohlen auf die Uhr, es ging auf acht zu. Die Zeit drängte. Ich war mir sicher, dass etwas Schreckliches passieren würde, und stand unruhig auf. Wenn sie nicht wusste, wo Peter oder Tanja waren, musste ich los und weitersuchen.

Ich hatte mich gerade erhoben, als Pernilla sagte: »Wir haben uns gestritten, weil mir klar geworden war, dass er es getan hat.«

Sie blickte bittend zu mir hoch. Ich setzte mich wieder auf den Stuhl neben ihr.

»Was sagen Sie da?«

»Die Drohungen und alles.«

Mit gesenktem Kopf und leiser Stimme berichtete Pernilla, wie Peter ihr erzählt hatte, er sei bedroht worden. Irgendeine anonyme Person wolle nicht, dass er oder jemand anderes sich in Tanjas Nähe aufhielt. Auch sie, Pernilla, nicht. Sonst könnte den Kindern etwas geschehen. Alle sollten sich von Tanja fernhalten.

»Er machte so Andeutungen, dass er ein paar unangenehme Kumpel hat, die uns was antun könnten. Er hat auch erzählt, dass Sie bedroht worden sind und dass er sich Sorgen macht, weil Sie die Drohungen nicht ernst nehmen. Wissen Sie noch, wie ich Sie den einen Abend gewarnt habe?«

»Ich erinnere mich. Ist ja noch nicht so lange her.«

Pernilla biss sich auf die Unterlippe. Sie war trocken und aufgesprungen. Sie knabberte einen kleinen Hautfetzen los und zog den Rest mit den Fingern ab. Darunter war das rohe Fleisch.

»Mir kommt es vor, als wäre das hundert Jahre her. Na, egal. Was ich erzählen will, war vor zwei Tagen. Ich hatte natürlich Angst, richtig Schiss wegen der Drohung, von der Peter erzählt hatte. Aber da war auch noch was anderes. Ich kann es nicht erklären. Irgendwas rumorte in mir. Ich musste einfach mit jemandem reden. Ich wollte mit Ihnen reden.«

Pernillas Augen füllten sich mit Tränen.

»Da sah ich die Schrift auf Ihrer Tür. ›Ich beobachte dich die ganze Zeit. Also nimm dich verdammt in Acht.‹«

»Haben Sie Peters Handschrift erkannt?«

»Nein. Oder doch. Peter ist nicht dumm. Er würde so was nie in seiner eigenen Handschrift schreiben. Aber ich erkannte sie trotzdem. Als wir noch zur Schule gingen, passierte es ziemlich oft, dass wir Benachrichtigungen bekamen, die wir zu Hause unterschreiben lassen sollten. Weil wir geschwänzt hatten oder heimlich geraucht oder so was. Und Peter war mächtig stolz, weil er es drauf hatte, die Unterschrift unserer Mutter nachzumachen. Er ging sogar noch einen Schritt weiter und schrieb uns Entschuldigungen, damit wir nicht am Sportunterricht teilnehmen brauchten und so'n Zeug. Er hat bestimmt nicht damit gerechnet, dass ich nochmal zu Ihnen gehen würde. Oder dass ich oder jemand anders seine Handschrift erkennt. Aber ich könnte schwören, dass es seine war.«

Der Junge presste seine Hand gegen die Schwester, um sie wegzuschieben. Ohne hinzusehen, fing Pernilla sein Ärmchen ab und hielt es fest.

»Als er dann später am Abend hierherkam...«

Pernilla machte eine Pause, um sicherzugehen, dass ich ihr folgte.

»... da sagte ich ihm auf den Kopf zu, dass ich es gesehen hatte.«

Jetzt traten die Tränen über die Augenränder und rannen Pernillas Wangen hinunter. Die Kinder drehten die Köpfe zu ihr hoch und starrten sie mit großen Augen an. Ich beugte mich zur Seite, langte nach einer Rolle Küchenpapier, die auf der Spüle stand, und riss ein Blatt ab. Pernilla nahm es, behielt es aber unbenutzt in der Hand, als wüsste sie nicht, was sie damit anfangen sollte.

»Er ist mein Bruder, verstehen Sie? Ich kenne ihn. Ich habe ihn mein Leben lang gekannt. Er war immer ein bisschen verrückt. Dass es zwischen ihm und Tanja nicht einfach war, habe ich Ihnen ja schon erzählt. Aber das hier...«

»Wie hat er darauf reagiert?«

»Wenn er wenigstens reagiert hätte. Zusammengebrochen wäre. Ich meine, er liebt mich und die Kinder doch. Weil der Vater der Kinder nicht in Schweden lebt, ist Peter wichtig für uns. Aber er wurde nur eiskalt. Wütend, aber vor allem kalt. Er sagte, ich sollte mich einfach da raushalten.«

Pernilla zog die Nase hoch. Immer noch hielt sie das Küchenpapier hilflos in der Hand. Sie wischte sich mit der anderen Hand den Rotz ab und trocknete den Handrücken am Hosenbein. Sie ließ den Kopf hängen, als habe sie nicht die Kraft, ihn aufrecht zu halten. Ich griff nach der Hand mit dem Küchenpapier.

»Pernilla. Jetzt hören Sie mir bitte genau zu. Sie müssen mir helfen. Denken Sie nach. Wo könnten die beiden sein?«

Sie schüttelte den Kopf.

»Jedenfalls nicht zu Hause bei Peter. Das glaube ich nicht.«

Ich seufzte tief. Offenbar kam ich ständig zu spät. Verstand erst, wenn schon etwas geschehen war oder nicht mehr aufzuhalten.

»Glauben Sie, dass man verrückt werden kann, wenn man nicht schläft?«

Pernillas Stimme war kaum hörbar.

»Nein. Es kostet Kraft, aber es macht einen nicht verrückt.«

»Sicher?«

»Ganz sicher.«

»Und glauben Sie, dass man verrückt werden kann, wenn man ganz schrecklich enttäuscht wird?«

Ihre Augen suchten angstvoll meinen Blick. Ich konnte sie nicht anlügen.

»Ja, vielleicht kann man das«, antwortete ich. »Zumindest für eine Weile. Vertrauen ist das Kostbarste, das wir besitzen. Gegen seinen Verlust kann man sich nicht schützen. Wenn man versucht, sich dagegen zu wappnen, ist es kein Vertrauen mehr. Die Schutzlosigkeit gehört dazu. Wenn man jemanden liebt, muss man den Verstand wahrscheinlich ausschalten.«

Das klang so vernünftig, dass ich lächeln musste. Auch Pernilla verzog den Mund. Dann legte sie rasch ihre Hand auf meine.

»Danke«, sagte sie.

Ich musste weiter, aber ich hatte keine Ahnung, wohin. Wir gingen in den Flur. Pernilla machte Licht an. Sie sah schweigend zu, wie ich meine Schuhe anzog. Als ich mich aufrichtete und ihr die Hand hinhielt, nahm sie sie nicht, sondern sagte:

»Peter ist mein großer Bruder. Niemandem auf der Welt habe ich mehr vertraut als ihm. Jetzt bricht alles zusammen.«

Ich ging zu ihr und umarmte sie. Sie fühlte sich steif und hilflos an. Mir wurde klar, dass sie nicht begriffen hatte, dass Peter vielleicht selbst in Gefahr war.

Die Ratlosigkeit lähmte mich, als ich auf der Treppe stand und mich verabschieden sollte.

»Ach, doch«, sagte Pernilla. »Eine Möglichkeit gibt es vielleicht. Ein Lokal nicht weit von Peters Wohnung. Er und Tanja haben Feste dort veranstaltet, eine Art Disco, damit haben sie sich ein paar Tausend Kronen dazuverdient.«

»Können Sie mir genauer sagen, wo das ist?«

Pernillas Blick wurde unruhig.

»Na ja, ich war zwar mal da, aber ...«

Ich packte sie hart am Arm.

»Bitte, Pernilla, es ist wichtig. Versuchen Sie sich zu erinnern.«

Pernilla ging zurück in die Küche und ich folgte ihr. Der Junge rutschte auf dem Boden herum, die Hände in ein Paar Hauspantoffeln gesteckt. Das Mädchen saß daneben und lutschte am Daumen.

Pernilla blätterte in den Straßenkarten im Telefonbuch und fand die Seite, die den Bezirk um Peters und Tanjas Wohnung zeigte. Sie nahm einen rosa Filzstift mit einem kleinen rosa Plastikpferd auf der Kappe.

»Hier«, sagte sie und machte eine Markierung.

»Das ist Peters Haus. Wenn man von hier aus in diese Richtung geht ...«

Sie dachte eine Weile nach und zeichnete dann eine rosa Linie entlang der Straßen, bis sie in einem Industriegebiet anhielt.

»Ungefähr hier ist es, in einem großen, barackenartigen Gebäude«, sagte sie. »Wenn Sie so gehen, wie ich es hier markiert habe, müssten Sie eigentlich gleich sehen, welches es ist.«

Pernilla riss die Kartenseite heraus und gab sie mir. Ich war erleichtert, jetzt ein Fahrziel zu haben. Als ich im Auto saß, sang ich laut zum Radio. Erst als ich mich dem einsamen Vorort näherte, in dem Peter wohnte, wurde mir klar, dass ich es nicht alleine schaffen würde. Ich sank hinter dem Lenkrad in mich zusammen.

Robert.

Ich nahm mein Handy, wählte seine Nummer und landete bei

seinem Anrufbeantworter. Seine Stimme klang energisch und amtlich.

»Ja, hallo, äh ... ich bin es, Ingrid. Ruf mich bitte gleich an, wenn du das Band abhörst. Es ist etwas passiert ... das heißt, noch nicht, aber ... ach, ruf mich einfach sofort an.«

Mehrere Minuten verstrichen. Mein Handy schwieg.

27. *Kapitel*

Als ich aus dem Auto stieg, kam es mir vor, als ginge ich direkt hinein in die Schusslinie eines Krieges, den ich nicht verstand. Ich rüttelte an der Eingangstür von Peters Haus. Sie war verschlossen. Ich spähte ins Treppenhaus. Die Nachnamen von Peter und Tanja standen auf den Schildern des dritten Stocks.

Ich ging weiter und hielt mich genau an Pernillas Beschreibung. Die Gegend, in der das Gebäude sein sollte, war öde. Unter meinen Füßen knirschte es, und ich sah verstreute Glassplitter auf dem sandigen Boden. Bei einem kleinen Haus, das früher einmal ein Wachhäuschen gewesen sein musste, waren alle Fensterscheiben zerschlagen. Fünfzig Meter weiter stand ein großer, grauer Betonklotz. Die Fenster begannen hoch über dem Erdboden, und die glatten Wände waren von Graffiti bedeckt. Ich ging drum herum und suchte eine Tür. Gerade als ich um eine Ecke biegen wollte, hörte ich einen Knall. Als ob jemand eine schwere Stahltür zugeworfen hätte. Ich spähte um die Ecke, und da sah ich sie. Tanja. Sie beugte sich über einen Korb und schien etwas zu suchen.

»Tanja.«

Sie zuckte zusammen und fuhr herum. In der Hand hielt sie ein langes Messer, dessen Spitze auf mich zeigte. Ich ging rückwärts und hielt die Hände in einer abwehrenden Geste erhoben.

Nach einigen Schritten blieb ich stehen. Tanja fuchtelte mit dem Messer vor mir herum. Bloß keine Angst zeigen, sagte ich mir immer wieder. Keine Angst zeigen. Stark sein. Ich hielt die Hände so, dass sie meine Handflächen sehen konnte, und streckte sie nach ihr aus.

»Tanja, ich habe nichts bei mir, um mich zu verteidigen oder dich zu verletzen. Ich will nur mit dir reden.«

Tanja hielt das Messer immer noch auf mich gerichtet. Ihr Gesicht leuchtete weiß von dem Licht einer Straßenlampe in der Nähe. Ihr Mund stand halb offen.

»Wer ist bei dir?«

»Niemand, ehrlich.«

Sie senkte das Messer. Ich machte einen halben Schritt auf sie zu, da hob sie das Messer wieder.

»Komm nicht näher. Was machst du hier?«

So ruhig wie ich konnte, erzählte ich, dass ich das Gefühl hatte, sie habe mir etwas sagen wollen. Dass ich mir Sorgen machte, jemand könnte ihr etwas antun. Oder dass sie jemandem etwas antat.

Tanjas Augen wurden schmal. Stumm kaute sie auf meinen Worten herum. Ihre Jeans waren völlig verdreckt. Es sah aus, als sei sie auf einem schmutzigen Fußboden herumgekrochen. Sie hatte einen dicken Pullover an, der ihr fast bis zu den Knien reichte.

»Okay«, sagte sie schließlich. »Du kannst mit reinkommen.«

Sie deutete mit dem Messer auf eine verbeulte Eisentür.

»Nach dir«, sagte sie.

Ich ging hinein und bildete mir ein, die Spitze des Messers im Rücken und Tanjas warmen Atem an meiner Wange zu spüren. Der Raum war groß und unaufgeräumt. Anscheinend war hier gefeiert worden. Auf dem Fußboden lagen Zigarettenkippen und leere Pappbecher. In einer Ecke stand ein Tresen, der mit leeren Flaschen und anderem Müll bedeckt war.

»Dann wirst du jetzt Zeugin sein«, sagte Tanja. »So wie es von Anfang an geplant war. Du kannst dich da hinsetzen. Na los, setz dich.«

Sie zeigte auf einen Stuhl mit abgewetztem Holzsitz, der an der Wand stand, und gab mir einen Stoß gegen die Schulter. Ihre Bewegungen waren ruckartig und eckig. Ich dachte, dass sie vielleicht unter Drogen stand.

»Ich weiß nicht…«

Sie versetzte mir einen härteren Stoß und hielt mir das Messer dicht unter die Nase. Ich bekam einen solchen Schreck, dass ich aufschrie und mir die Beine zu versagen drohten. Nur mit Mühe schaffte ich die wenigen Schritte zum Stuhl. Er knarrte laut, als ich mich hinsetzte. Es stank widerlich nach Bier- und Saftpfützen, die niemand aufgewischt hatte, nach Zigarettenkippen und Erbrochenem.

»Hast du dein Handy dabei?«

Ich gab es ihr. Ich dachte, sie wollte es sich ausleihen. Sie öffnete es, nahm die Simkarte heraus und steckte sie in die Tasche. Das Handy bekam ich zurück.

»Tut mir leid«, sagte sie. »Aber sicher ist sicher.«

Sie ging zur Eingangstür, drehte den Schlüssel zweimal um und steckte ihn in die Tasche. Ich saß regungslos auf dem Stuhl und ließ es geschehen. Was hätte ich auch tun können? Ich hatte viele Filme gesehen, in denen Menschen in Notsituationen sich clever verhalten. Oder auf einmal übermenschliche Kräfte haben. Bei mir funktioniert das nicht. Wenn ich Angst habe, kann ich keinen einzigen klaren Gedanken fassen, nicht einmal mein Körper gehorcht mir mehr. Ich hätte mich am liebsten auf den Boden geworfen und gebetet. Zu dir, Herr. Oder Tanja angefleht. Bitte tu mir nichts. Siehst du nicht, wie sehr ich mich fürchte? Bitte tu mir nichts.

Tanja ging durch den Raum und holte einen weiteren Stuhl und stellte ihn in die Mitte. Dann kontrollierte sie, ob die beiden anderen Türen verschlossen waren. Sie holte einen Besen und fegte den Unrat um den anderen Stuhl herum beiseite.

Sie drehte sich zu mir um. Ihre Wangen glühten, und mit den kurzen, struppigen, blonden Haaren sah sie wie elektrisiert aus.

»Jetzt wird er wohl bald aufwachen«, sagte sie.

Ihre Bewegungen wirkten gehetzt. Mit der fieberhaften Geschäftigkeit bekämpfte sie offenbar ihre Zweifel an dem, was sie vorhatte.

»Wir werden hier zu Gericht sitzen. Ich denke, er wacht bald auf.«

Sie sah auf ihre Armbanduhr, runzelte die Augenbrauen und zählte an den Fingern ab.

»Er hat lange genug geschlafen. Höchste Zeit, dass er aufwacht.«

Sie ging hinter den Tresen in der Ecke. Ich erhob mich und folgte ihr auf zittrigen Beinen.

»Lass uns doch über alles ...«

»Hinsetzen!«, herrschte Tanja mich an und zeigte mit dem Messer auf mich.

Ich setzte mich wieder auf meinen Stuhl. Tanja legte das Messer auf dem Tresen ab. Ich überlegte, ob ich hinlaufen und versuchen sollte, es an mich zu reißen, aber sie würde auf jeden Fall schneller sein. Mit lautem Ächzen begann sie einen leblosen Körper hinter dem Tresen hervorzuziehen. Ich erkannte die Schuhe und die Jacke. Es war Peter, der auf dem schmutzigen Zementfußboden lag, die Hände auf dem Rücken gefesselt. Er hatte die Augen geschlossen. Ich konnte nicht sehen, ob sein Brustkorb sich hob und senkte oder nicht.

»Tanja, bitte ...«

Tanja zog und zerrte Peter langsam über den Zementboden. Sie hatte ihn unter den Achseln gepackt, sein Kopf hing kraftlos zur Seite. Ich stand wieder auf. Sofort ließ Tanja Peter fallen und machte einen Satz hinüber zum Tresen. Sie riss das Messer an sich.

Ich sank neben Peter auf den Boden. Er atmete schwer. Speichel floss aus seinem Mundwinkel. Ich öffnete seine Jacke. Sein T-Shirt war hochgerutscht und gab den blassen Bauch frei. Die Augenlider flatterten. War er aufgewacht? Schützte er die Bewusstlosigkeit nur vor?

Tanja stieß mich heftig zurück. Ich verlor das Gleichgewicht und fiel auf die Seite. Sie drückte die Messerspitze gegen meinen Oberarm.

»Setz dich hin«, zischte sie.

»Aua!«

Ich presste die Hand auf die Stelle, wo die Messerspitze die Haut geritzt hatte. An meinen Fingern war Blut. Sie ist wahnsinnig, dachte ich. Wahnsinnig. Sie wird mich umbringen. Und Peter auch.

Tanja wartete, bis ich mich wieder auf meinen Stuhl gesetzt hatte. Dann beugte sie sich über Peter und stach ihm leicht mit der Messerspitze gegen den nackten Bauch. Er schrie auf.

»Glaubst du, ich habe nicht gemerkt, dass du wach bist?«, sagte Tanja. »Du hast schon immer gedacht, du bist schlauer als ich.«

Peter versuchte sich aufzusetzen. Tanja hatte seine Hände und Füße mit Teppichklebeband umwickelt. Er schaffte es, sich auf einen Unterarm zu stützen und in eine halb aufrechte Stellung zu kommen. Eine Gesichtshälfte war mit grauem Zementstaub bedeckt.

»Tun Sie was«, zischte er mir zu. »Sie sehen doch, dass sie nicht bei Verstand ist, verdammt.«

»Das wird sie nicht«, sagte Tanja. »Ingrid ist meine Zeugin. Sie wird dort sitzen bleiben.«

Tanja deutete mit dem Messer auf meinen Stuhl.

»Und falls sie das nicht tut ...«

Wieder drückte sie das Messer gegen Peters Bauch. Es bohrte sich in die weiche Haut. Peter schrie auf und rutschte ein Stück zurück. Er rollte sich zusammen, stöhnend und keuchend.

»Aaah ...«

Er zog die Knie an den Bauch. Tanja senkte das Messer und ging zu ihm hin. Sie blieb neben seinen Füßen stehen und beugte sich vor.

»Was ist?«, sagte sie mit dünner, beinahe erstaunter Stimme. »Ich hab doch gar nichts getan ...«

Peter rückte hastig so weit er konnte von ihr ab. Dann trat er mit aller Kraft nach ihren Beinen. Er traf sie an den Fußknöcheln, und Tanja fiel zu Boden. Das Messer landete ein Stück von ihr entfernt.

»Nimm!«, brüllte Peter mich an.

Ich konnte gerade noch drei Schritte vorwärts machen, da hatte Tanja sich auch schon auf das Messer gestürzt. Ich blieb stehen. Tanja rappelte sich mühsam auf und hinkte zu Peter zurück.

»Man sollte doch wirklich kein Mitleid mit dir haben, du Satan.«

Tanja blieb ein Stück von Peter entfernt stehen und massierte sich den Knöchel. Sie zog das Hosenbein hoch und betrachtete die Stelle, wo sein Tritt sie getroffen hatte. Als sie sah, wie die Haut sich rötete, verzog sie den Mund amüsiert. Mit dem neuen, seltsamen Ausdruck wandte sie sich zu mir um. Sie wischte sich mit der Hand, in der sie das Messer hielt, die Nase ab.

»Ingrid, ich muss es jetzt wissen«, sagte sie. »Willst du meine Zeugin sein und auf deinem Stuhl sitzen und zuhören? Oder soll ich dich festbinden?«

Ich ging rückwärts zu meinem Stuhl und nickte.

»Du bist Pastorin, und ich will mit dir reden«, fuhr Tanja fort. »Und was ich zu sagen habe, hat mit dem da ...«

Sie stieß ihre Schuhspitze in Peters Oberschenkel.

»... zu tun. Wahrscheinlich hältst du das hier für eine ziemlich anstrengende Art, miteinander zu reden. Aber ich habe nicht vor, im Gefängnis zu verfaulen, bloß weil der hier mich nicht loslassen kann.«

»Ich bleibe hier sitzen«, sagte ich. »Du brauchst mich nicht festzubinden.«

»Noch ein einziges Mal, und ich verliere die Geduld mit dir. Hast du kapiert?«

»Ja, aber ich will nicht, dass jemand verletzt wird ...«

»So, du willst nicht, dass jemand verletzt wird ...«

Tanja äffte mich mit spitzem Tonfall nach. Sie stellte sich vor mich hin und streckte einen Arm aus. Dann fuhr sie mit dem Messer in der anderen Hand über ihren Arm. Die Schneide hinterließ eine rote Spur. Tanja senkte den Arm, und ein dünnes Rinnsal aus Blut kroch den Arm hinunter und tropfte auf den Boden.

»Wahnsinn, wie scharf das ist«, sagte sie und starrte auf den dunkelroten Schnitt.

Sie streckte mir den Arm entgegen und machte ein triumphierendes Gesicht, als ich zurückwich.

»Wenn Menschen miteinander zu tun haben, ist immer einer dabei, der verletzt wird. Auf die eine oder andere Art«, sagte Tanja.

»Aber ...«

»Sprich mir nach: Einer wird immer verletzt.«

»Bitte, ich kann nicht ...«

Tanja presste das Messer gegen mein Hosenbein. Ich wagte kaum zu atmen.

»Einer wird immer verletzt.«

»Sehr schön. Vielleicht begreifst du es langsam.«

Sie zog die Hand mit dem Messer zurück und ging wieder zu Peter hinüber. Sie kratzte sich an der Nase, und ihre blutigen Finger hinterließen braunrote Spuren.

»Du bist also hergekommen, um mit mir zu reden«, sagte Tanja über die Schulter zu mir, während sie Peter wieder Richtung Stuhl schleifte.

»Ja«, sagte ich. »Ich bin gekommen, um zu reden.«

»Ich wurde auf einmal so müde, als ich bei dir war«, sagte Tanja. »Aber jetzt bin ich froh, dass du gekommen bist. Genau das wollte ich. Dass du Zeugin bist, wenn ich diesen Haufen Scheiße zur Rede stelle.«

Tanja beugte sich hinunter und griff in Peters Haare.

»Und ihn *bestrafe* ...«

»Hau ab, du bist ja krank ... du verdammtes ...«

Tanja ließ seinen Schopf los und schüttelte die Hand aus, so dass ein paar Haarbüschel zu Boden segelten. Sie drehte sich wieder zu mir um.

»Da liegt er nun und ist gar nicht mehr cool«, sagte sie.

Sie beugte sich vor und strich mit dem Messer über Peters Wange. Ein dünner roter Strich markierte die Messerspur. Peter drehte jäh den Kopf zur anderen Seite, wodurch der Strich nur noch länger wurde.

»Lieg still, Blödmann.«

Peter schrie auf. Ein dünner Streifen Blut floss ihm langsam die Wange hinunter. Da seine Hände auf dem Rücken gefesselt waren, konnte er nicht danach tasten.

Tanja starrte ihn an.

»Oh«, sagte sie.

Im ersten Moment wirkte sie aufrichtig erschrocken. Dann zog sich ein breites Lächeln über ihr Gesicht. »Hoppla.«

Tanja machte ein paar Schritte auf mich zu. Ungefähr zehn Meter von mir entfernt blieb sie stehen. Die Hand mit dem Messer hing schlaff herunter. Mit der anderen Hand kratzte sie sich wieder an der Nase.

»War gar nicht schwer, ihn zu kriegen«, sagte sie. »Brauchte nur anzurufen und die Sehnsüchtige zu spielen. Er kam sofort angesprungen, der arme Esel. Und es war die einfachste Sache der Welt, ihm ein bisschen was von dem zu verabreichen, was man im Knast so leicht kriegt.«

Tanja drehte sich langsam wieder zu Peter um.

»Du armer Esel«, wiederholte sie.

Sie ging zu ihm und packte ihn unter den Armen. Ächzend versuchte sie, ihn auf den Stuhl zu hieven. Er machte sich schwer und sperrig. Ließ den Körper durchhängen.

Tanja sah in meine Richtung. »Hilf mir.«

Ich stand langsam auf. Ich war noch nicht weit gekommen, da herrschte sie mich an, ich solle mich wieder hinsetzen. Sie ließ Peter plötzlich los, sodass er auf die Seite fiel. Er blieb regungslos liegen. Verfolgte Tanja mit den Blicken.

»Nein. Wir lassen ihn einfach unten. Wenn er da liegen will wie ein Hund, soll er meinetwegen.«

Tanja ging zur Bar hinüber. Neben dem Tresen waren Stühle übereinandergestapelt. Sie nahm einen Stuhl herunter und zog ihn mit lautem Getöse hinter sich her. Auf halber Höhe zwischen mir und Peter stellte sie ihn ab, etwas seitlich, wie einen Schiedsrichterstuhl beim Tennis. Das Stühlerücken schien Peter nervös zu machen.

»Okay, ich setze mich auf den Stuhl«, sagte er.

»Zu spät. Jetzt bleibst du da liegen.«

Peter drehte den Kopf zu mir. An der Schnittwunde auf seiner Wange klebten kleine Steinchen.

»Da sehen Sie's. Jetzt tun Sie doch endlich was!«

Sein Gesicht lief vor Zorn und Angst dunkelrot an. Ich erhob mich halb auf meinen weichen Beinen.

»Was habe ich dir verdammt nochmal gesagt?«

Tanja kam mit Riesenschritten auf mich zu. Sie hatte das Messer erhoben, und ihr Gesicht war bleich vor Wut. Ich setzte mich hastig wieder hin und hielt die Arme schützend über den Kopf.

»Nein«, flüsterte ich. »Bitte nicht...«

Tanja ging vor mir in die Hocke. Ihre Pupillen waren groß und dunkel. Als sie mich anfauchte, ging ein Sprühregen von Speicheltropfen auf mein Gesicht nieder.

»Das war deine letzte Chance. Das nächste Mal binde ich dich fest. Hast du verstanden?«

Ich kreuzte die Arme vor dem Gesicht und nickte. Tanja erhob sich. Ich hörte, wie Peter auf uns zu robbte, aber mit seinen gefesselten Händen und Füßen kam er nicht weit.

»Lieg still«, brüllte Tanja und drückte ihm das Messer in die Seite.

»Ich tu's, ich tu's«, schrie Peter. »Hör auf!«

Tanja ging wieder hinter den Tresen und kam mit einer schwarzen Handtasche zurück. Sie setzte sich mit geradem

Rücken auf ihren Stuhl und wühlte in der Tasche. Schließlich holte Sie einen Walkman heraus.

»So. Ich hoffe, er geht.« Sie stand auf und legte den Walkman ein Stück von Peter entfernt auf den Boden. Er warf einen Blick darauf, seufzte und starrte an die Decke.

»Tanja. Bitte. Was soll das?«

Er sagte es zur Decke hinauf, als habe er aufgegeben und eingesehen, dass ihm keine andere Wahl blieb, als das Spiel mitzuspielen.

»Jetzt werden wir die Fakten ein für alle Mal klarstellen, Peter Konradsson.«

Sie ging noch einmal zu dem Kassettenrekorder und kontrollierte ihn. Ein flackerndes rotes Lämpchen zeigte an, dass die Aufnahme lief.

»Außer mir, Tanja Holic, ist noch die Pastorin Ingrid Carlberg in diesem Raum.«

Tanja nahm den Walkman auf und kam damit auf mich zu. In ein paar Metern Entfernung blieb sie stehen, in der einen Hand den Walkman und in der anderen das Messer.

»Sag was.«

Ich verstand nicht, was sie meinte. Sie drohte mit dem Walkman, ungefähr so wie vorhin mit dem Messer. Ich öffnete den Mund, aber mein Kopf war wie leer gefegt.

»Sag deinen Namen«, drängte Tanja ungeduldig.

Ich sprach so leise und undeutlich, dass Tanja wieder mit dem Walkman drohte. Ich wiederholte meinen Namen etwas lauter. Als ich mich selbst meinen Namen sagen hörte, wurde mir die Absurdität der Situation bewusst und Angst erfüllte mich.

Tanja begann zwischen mir und Peter hin und her zu gehen, den Walkman in der einen Hand und das Messer in der anderen. Peter starrte immer noch an die Decke. Ich saß mit den Händen unter den Schenkeln auf meinem Stuhl.

»Peter Konradsson hat versucht, mich unter seine Kontrolle zu bringen, und als ihm das nicht gelang, hat er dafür gesorgt, dass ich im Gefängnis lande. Jetzt soll er berichten, wie er das angestellt hat.«

Tanja beugte sich zu Peter hinunter und hielt ihm den Walkman hin.

»Du spinnst doch komplett«, sagte Peter zur Decke hinauf.

»Es war so...«

Tanja drehte sich zu mir um, während sie weiter in das Mikrofon des Kassettenrekorders sprach.

»Ich hatte schon einen Verdacht, aber erst als du mir den Schlüsselring mit dem Fuchs geschickt hast, war ich ganz sicher. Ich saß zur Strafe im Knast. Mein Verbrechen war, dass ich versucht hatte, wie ein freier Mensch zu leben. Peter hatte mir den Schlüsselanhänger zu unserem fünften Jahrestag gekauft, und ich weiß noch, was er sagte. Zur Erinnerung, sagte er. Wenn du jemals versuchen solltest, mich zu verlassen, werde ich dich jagen wie einen Fuchs. Du wirst mir nie entkommen, meine kleine Füchsin. Ich werde dich in deinen Bau jagen und immer davor warten. Und kein anderer wird an dich herankommen.«

Tanja deutete mit dem Messer auf Peter.

»Damals fand ich das süß. Wie sehr er mich doch liebt, dachte ich. Ich wusste es nicht besser. Bis ich tatsächlich im Bau saß und begriff, dass du draußen auf der Lauer lagst. Und dass du es warst, der mich dorthin gebracht hatte.«

Tanjas Stimme geriet ins Stocken. Sie schluckte und hob die Hand mit dem Walkman dichter an den Mund.

»Ich sitze nicht wegen Rauschgiftschmuggel hinter Gittern«, sagte sie mit feierlicher Stimme, »ich sitze wegen Liebesentzug. Er hier, Peter Konradsson, hatte gemerkt, dass zwischen Banjo und mir was lief. Und dafür sollte ich eingebuchtet werden. Aus dem Verkehr gezogen, eingesperrt im Bau...«

»Du bist verrückt«, sagte Peter, immer noch mit dem Gesicht zur Decke. »Ich soll einen Haufen teures Heroin besorgt haben, nur weil du geil auf den alten Hippie warst?«

Tanja blieb eine Weile stumm stehen, als ob sie darüber nachdachte, was Peter gesagt hatte. Dann ging sie zu ihm hin und hielt ihm wieder den Walkman vors Gesicht.

»Wie war es dann?«, fragte sie leise.

Peter antwortete nicht, er lag vollkommen regungslos da. Tanja ging zu seinen Füßen und versetzte ihm einen Tritt gegen die Schuhsohlen. Immer noch keine Reaktion. Da schlug sie ihm mit der Messerklinge auf die Schienbeine. Er brüllte auf und warf sich auf die Seite. An der Stelle, wo das Messer den Hosenstoff durchtrennt hatte, trat Blut aus.

»Dein verdammtes Schweigen«, schrie Tanja, während ihr die Tränen übers Gesicht strömten. »Dein verdammtes, verfluchtes Schweigen! Das war deine schlimmste Strafe! Schweigen, Kälte, nichts geben, gar nichts. So hast du es die ganze Zeit gemacht, bis ich zusammengebrochen bin. Da warst du dann wieder lieb, zwei Stunden lang vielleicht. Aber dann wieder Schweigen, ein bisschen cooler Zynismus, ein paar sarkastische Scherze. Du Arschloch! Du wusstest, dass ich jede Sekunde deines Schweigens in der Luft hing wie ein Hampelmann! Wie ein blöder Hampelmann! Du hattest mich zu dir gelockt mit all deinen Worten, all deinen beschissenen Worten! Aber dann war Schluss! Schluss, aus, nichts mehr. Nur noch Geiz und Schweigen. Das Einzige, was ich wusste, war, dass ich da nicht mehr rauskommen würde. Ich sollte verkümmern in deinem superkontrollierten Teufelsknast! Warum? *Was hattest du mit mir vor?*«

Reflexartig sprang ich vom Stuhl auf und machte einen Satz auf Tanja zu. Ihre Stimme hatte sich zu einem gellenden Kreischen gesteigert. Ich erwischte ihre Schulter, aber Tanja stieß mich zurück und ich schlug der Länge nach hin. Der Kassettenrekorder fiel ihr aus der Hand und krachte auf den harten Zementboden. Es gab ein scheppherndes Geräusch. Tanja sammelte ihn rasch wieder auf und betrachtete ihn.

»Scheiße!«, schrie sie und pfefferte den Walkman durch den Raum.

Peter hatte sich zusammengekrümmt und wimmerte. Ich rappelte mich auf die Knie. Tanjas Augen wurden zu schmalen Schlitzen, als sie mich ansah.

»Du hast ihn kaputtgemacht. Meine einzige Chance, dass man mich versteht und mir glaubt. Du hast sie zerstört.«

»Bitte, Tanja«, flehte ich. »Kein Messer mehr.«

Tanja kam auf mich zu, sie hielt das Messer ausgestreckt wie ein Fechter sein Florett. Sie blieb stehen, als die Messerspitze meine Stirn berührte.

»Der hier soll gestehen, und du sollst es bezeugen. Hast du verstanden?«

»Ja«, flüsterte ich.

»Ich habe keinen Bock mehr, Rücksicht auf dich zu nehmen. Kapiert? Ich stech dich ab, dich auch, ich schwör's.«

Ich erhob mich mühsam und ging rückwärts zu meinem Stuhl. Tanjas Blicke folgten mir. Sie packte das Messer mit beiden Händen und stellte sich breitbeinig über Peter. Hob es hoch über den Kopf und zielte auf seine Brust. Peter schrie. Ich sprang auf und machte zwei Schritte vorwärts.

Tanja wandte sich blitzschnell zu mir um.

»Du hast die Probe nicht bestanden. Du hast es nicht anders gewollt.«

Sie holte eine Rolle Teppichklebeband aus der Tasche, die auf dem Fußboden stand, und warf sie mir zu.

»Du bindest jetzt deine Fußknöchel an den Stuhlbeinen fest.«

Ich rollte das Teppichband ab, es war zäh und sehr klebrig. Wickelte es um den einen Knöchel, konnte es aber nicht abreißen.

»Du musst mir dabei helfen.«

Tanja kam zu mir herüber. Sie brauchte das Klebeband nur mit der Schneide zu berühren, schon war es durchtrennt.

»Das ist so was von höllisch scharf«, sagte sie und hielt es mir unmittelbar vor die Nase. »Geht durch wie nix. Du legst es nur an, und schon geht es durch die Haut. Als ob man aus Butter wäre.«

Sie warf einen raschen Blick über die Schulter.

»War es nicht so, Peter? Bei Kerstin?«

Tanja achtete darauf, dass meine beiden Fußknöchel ordentlich festgeklebt waren.

»Deine Hände können frei bleiben«, sagte sie. »Jetzt kannst du jedenfalls nichts mehr tun, ohne dass ich es merke.«

Tränen rannen mir die Wangen hinunter. In meinem Mund war ein ekelhafter Geschmack. Als hätte ich mich übergeben. Tanja setzte sich auf den Fußboden und nahm den zerbrochenen Kassettenrekorder auf. Nachdem sie daran herumgedrückt hatte, warf sie ihn quer durch den Raum zu Peter hinüber. Er schlug einen halben Meter neben ihm auf den Boden. Sie strich mit dem Messer über den Fußboden.

»Tanja ... Tanja?«

Meine Stimme war tränenerstickt. Sie schien mich nicht zu hören. Peter stöhnte immer noch zusammengekrümmt vor sich hin. Seine Hosenbeine waren dunkel vor Blut.

»Dieses verdammte Messer«, murmelte sie finster. »Das war sein Ein und Alles. Eine japanische Sorte. Er konnte sich ewig lange hinstellen und demonstrieren, wie scharf das ist. Was man damit alles schneiden kann. Wie irgendein blöder Verkäufer in irgendeinem blöden TV-Shop. Hast du geglaubt, das macht mir Angst?«

»Tanja, bitte. Du machst mir Angst. Können wir jetzt nicht damit aufhören?«

Ich konnte nur noch flüstern. Langsam hob Tanja den Kopf und sah mich an. Ihr schmutziges Gesicht war streifig vor Tränen. Sie blinzelte, wie jemand, der kurz vor dem Einschlafen ist.

»Ich will Gerechtigkeit«, sagte sie leise mit weinerlicher Stimme. »Und ich will frei sein ... frei von dem da.«

Sie zeigte mit dem Messer in Peters Richtung.

»Er wird mich nie in Ruhe lassen. Was ich auch anstelle, er wird da sein und mir das Leben zur Hölle machen ...«

Peter drehte sein bleiches Gesicht in unsere Richtung.

»Du redest einen solchen Mist, du verdammte Irre... Ich mache mir einen Scheißdreck aus dir, verstehst du?«

Er hatte sich wieder auf den Rücken gerollt und stieß die Worte stöhnend hervor. Tanja fuhr sich mit den Fingern durch die Haare, immer und immer wieder. Sie standen senkrecht zu Berge.

»Dann sag doch endlich, wie es war«, schrie sie.

Ihr Gesicht war dunkelrot, und an ihrem Hals wölbten sich die Adern blau hervor.

Peter setzte sich mühsam auf, die Beine seitwärts gelegt.

»Okay, wenn du mir auf den Stuhl hilfst. Es ist so hart hier auf dem Boden. Meine Beine ... sie tun so weh. Aah, verdammt.«

Tanja nahm das Messer zwischen die Zähne. Sie stellte sich neben Peters Stuhl und zeigte auf den Sitz.

»Komm her, du Schlappschwanz.«

Peter starrte Tanja an, dann wand er sich auf dem Boden, bis er am Stuhl angekommen war. Tanja beugte sich hinunter und packte ihn wieder unter den Achseln. Sie zog ihn auf den Stuhl. Diesmal half er mit und stemmte die Füße auf den Boden, um sich aufzurichten. Sein Gesicht war vor Schmerz verzerrt.

Tanja stellte sich vor ihn und drückte seine Schultern gegen die Rückenlehne. Peter sah zu ihr auf, wie sie mit dem Messer im Mund über ihm stand.

»Du bist echt...«

»Schnauze!«, unterbrach Tanja ihn. »Verrückt, meinst du, nicht? Das sagst du doch immer. Und weil ich so verrückt und durchgeknallt und hysterisch bin, rate ich dir eins: Merke es dir gut.«

Tanja nahm das Messer in die Hand und setzte es unter Peters Kinnspitze.

»Als Warnung, mein Lieber.«

Sie stand über ihn gebeugt, die Messerspitze immer noch unter seinem Kinn.

»Los jetzt. Erzähl.«

Peter schwieg und schielte zu Tanja hinauf. Sie richtete sich auf und trat einen Schritt zurück. Nachdem sie das Messer von seinem Kinn genommen hatte, begann er zu reden.

»Du hast mich betrogen. Habt ihr gedacht, ihr könnt mir was vormachen? Dass ich nichts mitkriege? Als ich den einen Tag nicht da war. Hast du wirklich geglaubt, ich merke nicht, was los ist? ›Bin ganz früh schwimmen gegangen.‹ War es nicht das, was du sagtest, als du am Vormittag zurückkamst? Und dann diese Blicke. Du warst dabei, mich zu verlassen, obwohl du es mir geschworen hattest. Das hattest du. Geschworen. Für ein ganzes Leben. Wir beide haben uns das geschworen. Hast du etwa geglaubt, ich gebe so schnell auf? Dass ich einfach sage: ›Na denn, mach's gut, vielleicht sieht man sich mal wieder‹? Da kennst du mich aber schlecht.«

Tanja verschränkte die Arme vor der Brust, das Messer immer noch in der einen Hand. Sie versuchte, lässig auszusehen, aber die schnellen Lidschläge verrieten ihre Erregung. Als sie zu reden anfing, tat sie es mit einer überdeutlichen Aussprache.

»Alle, die mir näher kommen, schlägst du tot oder in die Flucht. Banjo hast du beinahe umgebracht. Wenn er nicht schon gestorben ist. Ich darf mit niemandem reden. Ingrid, zum Beispiel. Du wolltest sie verjagen. Warum, kannst du mir das sagen? Warum? Du hast doch schon vor langer Zeit aufgehört, nett zu mir zu sein. Was hattest du mit mir vor? *Was hattest du mit mir vor!!!*«

Das Echo des Schreis schallte durch die Halle. Peter schrie zurück.

»Du hast gedacht, er würde alles für dich tun? Du hast gedacht, er wär der superanständige Kerl. Du hättest ihn mal hören sollen, auf Gotland. Ich mache mir nichts aus ihr, hat er zu mir gesagt. Du kannst sie behalten. Sie ist mir egal. Sie bedeutet mir nichts. Sie ist nichts, sie bedeutet mir nichts, nicht den leisesten Furz.«

Tanja machte einen Schritt vorwärts und setzte ihm die Messerspitze an die Wange.

»Das ist nicht wahr«, schrie sie. »Du lügst! Das hat er nicht gesagt!« Ihre Schultern bebten.

Peter sah plötzlich ganz gelassen aus. Er grinste Tanja an. Ein breites Grinsen voller Zähne. Tanjas Hysterie hatte offenbar eine beruhigende Wirkung auf Peter. Wenn Tanja außer sich geriet, hatte er gewonnen.

»Du weißt, dass es wahr ist«, sagte er mit ruhiger, fester Stimme. »Er mag vielleicht lieb und nett sein, aber er ist ein Waschlappen. Er würde keinen Finger für dich rühren. Du kannst sie behalten, hat er gesagt. Deswegen bist du jetzt so wütend.«

»Nein!«

Tanja schrie und stach mit dem Messer in die Luft.

»Nimm sie. Du kannst sie haben. Das hat er gesagt.«

Peter grinste immer noch. Bis über beide Ohren. In seiner Kehle lauerte ein Lachen.

»Er hat mich sogar angebettelt. Nimm sie, bitte. Ich will sie nicht. Nimm sie.«

In diesem Moment passierte es. Ich sah, wie sie ihren Arm hob, und ich sah in sein Gesicht. Ich wünschte, ich hätte es nicht getan. Diesen Blick vergesse ich nie. Die Verwunderung. Den Schreck und den Schmerz, aber vor allem die Verwunderung. Obwohl er schon eine ganze Weile mit dem Messer misshandelt worden war, schien er fest überzeugt zu sein, dass ihm nichts Schlimmes geschehen würde.

Nicht wirklich.

Seine gefesselten, rot gefleckten Hände zuckten. Am Hals entlang schlängelte sich eine Blutader, dick, pulsierend und verzweifelt lebendig. Ich sah die Poren im Gesicht, die weiter atmen, die Augen, die weiter sehen wollten. Jedes einzelne Organ wollte leben. Gemeinsam mit den anderen überleben.

Wo genau das Messer eindrang, sah ich nicht. Ich sah ihren

Arm, die heftige Bewegung, hörte den Schrei. Sah das Blut Tanja entgegenspritzen. Ich schrie. Tanja wankte. Ihre Augen waren weit aufgerissen. In ihrem bleichen Gesicht rote Blutspritzer.

Das hier war nicht wirklich. Ich weigerte mich, es anzuerkennen. Ich erhob mich von meinem Sitz. Mir wurde schwarz vor Augen. Peters gurgelndes, ersticktes Brüllen war unendlich weit entfernt. Erst als mein eigener Schrei verklungen war, kehrte ich zurück. Peter war von seinem Stuhl gerutscht, sein Pullover war dunkelrot vor Blut. Tanja ließ das Messer auf den Boden fallen. Sie kam auf mich zu, die Hände weit von sich gestreckt.

»Was habe ich getan«, flüsterte sie. »Bitte, hilf mir. Was habe ich getan?«

Sie setzte sich auf meinen Schoß wie ein Kind. Legte den Kopf an meine Schulter. Sie war stumm, die Augen tränenleer. Ich schluchzte hysterisch. Ich wollte etwas sagen, aber es kamen nur krampfhafte Hickser.

»Notarzt ... anrufen ... schnell ... Krankenwagen ...«

Tanja schien nichts zu hören.

»Gib mir die Karte fürs Handy«, brüllte ich sie an. Ich hatte meine Stimme wiedergefunden.

Da schien sie aufzuwachen. Sie fischte die Simkarte aus ihrer Hosentasche. Ich versuchte, sie in mein Handy einzusetzen, aber meine Hände zitterten zu stark. Tanja stand auf, ging zu ihrer Handtasche und holte ihr Handy heraus.

»Hier. Nimm das.«

Ich machte die Fußfesseln von meinen Knöcheln los. Das Zeug klebte unheimlich fest. Trotzdem wollte ich Tanja nicht um Hilfe bitten. Die Vorstellung, dass sie nochmal zum Messer greifen könnte, hielt mich davon ab. Wir knieten uns neben Peter auf den Boden. Der Stich war tief in den Unterbauch gedrungen. Ich presste meine Hand auf die Wunde und versuchte mich zu erinnern, was man sonst noch tun konnte. Tanja saß benommen da. Mit dem Zeigefinger streichelte sie über die Härchen an Peters Arm.

28. Kapitel

Als Robert und drei uniformierte Polizisten um uns herumstanden, war mir, als hätten sie mich aus einem Albtraum geweckt. Wie Mama, die kam und die Nachtlampe anmachte, wenn ich im Traum schrie. Ich sah, wie Robert in etwas hineinsprach. Ein Handy? Oder ein Funksprechgerät?

Einer der Polizisten kniete neben Peter auf dem Boden. Ich sah, wie er seine Finger an Peters Hals legte, und hörte ihn sagen, der Krankenwagen solle sich beeilen. Ein anderer Polizist legte Tanja Handschellen an und führte sie hinaus. Sie wirkte gleichgültig. Teilnahmslos.

Der Krankenwagen kam und lud Peter ein. Dann raste er mit Blaulicht und Sirene davon. Robert kam zu mir und sagte, ich solle mit einem der Streifenwagen zurück in die Stadt fahren. Er selbst werde Tanja ins Gefängnis bringen. Wir gingen aus der düsteren Halle hinaus in die laue Sommernacht. Ich fror so, dass meine Zähne aufeinanderschlugen.

»Banjo ist tot. Das Krankenhaus hat vor einer Stunde angerufen.«

Robert wich meinem Blick aus, als er es mir sagte. Ich sah Banjos angstvolle Augen vor mir und schluckte hart.

»Weiß Tanja es schon?«

Robert schüttelte den Kopf.

»Sagen Sie es ihr«, bat er.

Ich sah zu dem Auto hinüber, in dem Tanja saß.

»Was ist da drinnen eigentlich passiert?«, fragte Robert.

Ich war zu müde, um es zu erzählen. Ich sah, wie Tanja im Fond des Polizeiautos den Kopf gegen die Seitenscheibe lehnte und die Augen schloss.

»Ich fahre mit. Ich begleite Tanja ins Gefängnis.«

Robert zuckte mit den Schultern und sagte, ihm sei es recht. Ich ging zum Auto und setzte mich zu Tanja auf die Rückbank. Sie warf mir einen schnellen Seitenblick zu und starrte dann wieder aus dem Fenster.

»Kommt er durch?«, fragte sie tonlos.

»Ich weiß nicht. Sie bringen ihn gerade ins Krankenhaus.«

»Ich meine Banjo.«

Ich griff nach Tanjas Hand. Sie entzog sie mir und wandte sich ab.

»Also hat er es nicht geschafft«, sagte sie.

Robert setzte sich hinters Steuer. Einer seiner Kollegen nahm auf dem Beifahrersitz Platz. Er starrte geradeaus und nickte nur knapp, als ich seine Augen im Rückspiegel suchte.

Draußen wurde es dunkel. Tanjas Gesicht spiegelte sich in der Seitenscheibe. Eine leichte Übelkeit stieg in mir auf, und ich steckte die Nase in meinen Pullover. Die Übelkeit ließ nach, als ich den Geruch meines Zuhauses einsog, meine Zuflucht.

»Ich bin nicht bis dorthin gekommen«, sagte Tanja leise.

Robert und der andere Polizist warfen beide einen schnellen Blick nach hinten, aber ich glaubte kaum, dass sie verstanden hatten, was Tanja sagte.

»Wohin?«

Sie drehte sich zu mir um.

»Gotland. Ich war schon am Flughafen, aber da haben mich alle so komisch angestarrt. Ich wollte ihn eigentlich beschützen. Solange ich im Knast war, würde Peter ihn in Ruhe lassen. Aber wenn er mitkriegte, dass ich draußen war, würde er versuchen, ihn umzubringen. So war er. Kein Mensch sollte in meiner Nähe sein dürfen.«

Tanja kratzte mit einem Finger an der Scheibe.

»Eigentlich war ich nicht verliebt in ihn. In Banjo, meine ich. Aber er war nett zu mir. Nicht so einschmeichelnd, wie Peter manchmal sein konnte. Es war sicher so, wie Peter gesagt hat. Er machte sich nichts aus mir. Er war feige. Aber lieb.«

Sie kroch wieder in sich zusammen. Rutschte tief in den Sitz hinein.

»Ich habe es wirklich nicht getan«, sagte sie wie zu sich selbst. »Keiner glaubt mir, aber es ist so. Ich weiß nicht, woher das Rauschgift kam.«

Roberts Handy klingelte. Er meldete sich mit einem kurzen, strengen »Ja«. Das Gespräch dauerte nur eine Minute. Er sagte dreimal in neutralem Tonfall »aha«. Danach »okay, bis gleich«. Es wurde still im Auto. Robert machte das Radio an, und leise ertönte Robbie Williams' »Love Supreme«.

»Er wird es schaffen«, sagte Robert plötzlich und suchte Tanjas Blick im Rückspiegel. »Machen Sie sich keine Sorgen.«

Aus Tanjas Ecke erklang ein Aufschluchzen. Sie krümmte sich, als hätte sie Bauchschmerzen. Es war unmöglich zu sagen, ob sie erleichtert oder erschrocken war.

»Peter wird mich niemals in Ruhe lassen. Er wird wie ein Schießhund darauf warten, dass ich aus dem Bau gekrochen komme.«

»Er muss sich jetzt selbst erst einmal vor der Polizei verantworten«, sagte ich.

»Die Sache mit Kerstin wird er so hindrehen, dass es Notwehr war. Und Banjo ... Hat ihn jemand dort gesehen? Gibt es irgendeinen Beweis? Nein. Der kommt so davon.«

»Anscheinend traust du Peter übernatürliche Kräfte zu.«

In dem Moment empfand ich Zärtlichkeit. Tanja erinnerte mich an Katrin, den Quälgeist meiner Jugend. Vielleicht war sie eine Katrin. Aber ich sah auch ihre Angst und Schwäche. Und meine eigene Stärke. Katrin hatte mir einen Opfermantel umgehängt, den ich mir angezogen und all die Jahre hindurch getragen hatte. Dafür hatte ich sie gehasst – und Tanja auch.

»Ich werde niemals frei sein«, sagte Tanja.

»Dein Herz gehört dir.«

»Eben nicht. Niemand versteht das. Ich komme niemals frei, er hält mein Glück in seinen Händen.«

»Du hast dein Glück selbst in der Hand.«

»Begreifst du denn nicht!«

Tanja hatte die Stimme erhoben, und ich sah gerunzelte Augenbrauen im Rückspiegel.

»Er hat mich erschaffen! Vorher war ich niemand! Mit ihm war ich zum ersten Mal glücklich! Vorher war ich nie glücklich! Er wird mich immer zu sich locken können, weil er das da hat ... er hat mich ...«

Tanja weinte, hörte aber wenig später auf. Robert bog auf eine kleine Tankstelle neben der Autobahn.

»Muss tanken«, brummte er und stieg aus dem Wagen.

Im Auto waren Tanjas schnelle Atemzüge zu hören.

»Ich muss pinkeln«, sagte sie.

Der andere Polizist stieg aus und öffnete ihre Tür. Er sah aus, als überlege er, ob er Tanja Handschellen anlegen sollte.

»Keine Panik«, sagte Tanja. »Wo zum Teufel sollte ich hier wohl hin?«

Er musterte sie kurz.

»Wer weiß«, sagte er und legte ihr die Handschellen an. Er hielt sie am Arm fest, während er mit ihr zu den Toiletten ging, die neben dem Hauptgebäude lagen. Bevor Tanja in die Toilette ging, löste er die Handschellen und stellte sich mit einem Fuß in die Tür.

Ich saß im Auto und wartete. Mir war kalt, und ich schlang die Arme um den Oberkörper und rubbelte mich warm. Die Tankstelle sah einladend aus, so hell erleuchtet in der Dunkelheit. Ich mag Tankstellen, sie sind aufregend.

Auf einmal wusste ich, was gleich passieren würde. Vielleicht weil Tanja nicht mehr verzweifelt, sondern entschlossen ausgesehen hatte. Vielleicht war es ihr gedankenverlorener Blick zur Autobahn auf dem Weg zur Toilette.

Alles ging blitzschnell.

Tanja und der Polizist kamen aus der Toilette. Er hielt sie am Arm fest und wollte ihr eine Handschelle ums Handgelenk schließen. Im selben Moment kam Robert aus dem kleinen Laden und hielt zwei Tafeln Schokolade in der Hand. Er winkte damit Tanja und dem anderen Polizisten freundlich grinsend zu. Als sein Kollege eine Hand hob, um zurückzuwinken, riss Tanja sich los. Schnell wie ein sonnenwarmes Reptil rannte sie davon, direkt auf die Autobahn zu.

Ich öffnete die Autotür und schrie.

»Nein, Tanja, nein! Tu es nicht!«

Robert ließ die Schokoladentafeln fallen und rief »Scheiße«. Der andere Polizist rannte Tanja hinterher. Als er sie beinahe eingeholt hatte, stolperte er über einen Eimer und fiel zu Boden. Tanja rannte immer noch auf die Autobahn zu. Robert war einige Meter hinter ihr.

Entschlossen wie eine Hochspringerin sprang sie über den Zaun auf die Fahrbahn. Der Fahrer des heranbrausenden Sattelzugs konnte nicht mehr bremsen.

29. *Kapitel*

Es spielte keine Rolle, wie oft Anita sagte, dass es nicht mein Fehler war und dass ich nichts anderes hatte tun können. Ich fühlte mich schuldig an Tanjas Tod.

Wir saßen in Anitas Garten. Es war Ende Juli und Anita immer noch krankgeschrieben. Sie hatte sich noch nicht entschieden, ob sie auf ihren Posten als Anstaltsleiterin zurückkehren würde.

»Wir werden sehen«, sagte sie, während sie Majkens weiße Brust kraulte. Majkens Lefzen waren bis zu den Ohren zurückgezogen, und ihre Zunge hing ihr wegen der Sommerhitze weit aus dem Maul. Anita hatte aufgehört zu rauchen und beschäftigte ihre rastlosen Finger mit Majkens weichem Fell.

Es freute Anita, von der Anstalt zu hören. Ich fuhr einmal die Woche zu ihr hinaus, und sie wollte alles bis ins kleinste Detail wissen. Wenn ich erzählte, wie ihre Vertretung sich abmühte, glitzerte es in Anitas Augen. Wir waren nicht direkt boshaft, amüsierten uns nur über die kleinen gemeinen Beobachtungen, lachten und verdrehten die Augen.

Anita war auch meine Vertraute bei der Trauerarbeit, die Banjos und Tanjas Tod für mich bedeutete. Es kam mir vor, als hätte ich mit der Hand nach ihnen gegriffen, sie aber nicht erreicht. Als hätte ich ihre Fingerspitzen berührt, bevor sie abstürzten.

»Du weißt, ich glaube nicht daran, dass alles einen bestimmten Sinn hat. Und wenn: Wer hat gesagt, dass du sie retten solltest? Vielleicht solltest du mit Banjo reden, kurz bevor er starb. Oder die Zeugin sein, von der Tanja gesprochen hat.«

Anita wurde immer ärgerlich, wenn ich »den Messias spielte«, wie sie es ausdrückte. Ich verstand, was sie meinte. Ich spreche immer seltener mit dir, Herr. Und ich glaube, das ist in Ordnung. Ich spreche mit Anita oder mit Anders. Mit Menschen, die hier auf der Erde leben und arbeiten. Menschen, die ich gern habe.

Schon während meines Theologiestudiums hatte ich solche Phantasien gehabt. Wenn ich nicht einschlafen konnte, dachte ich mir verschiedene Szenarien aus, die alle darauf hinausliefen, dass ich als rettender Engel auftrat. Die Priesterin, die das erlösende Wort spricht. Den Selbstmörder dazu bringt, nicht zu springen, dem Sterbenden hilft, die Augen in Frieden zu schließen.

»Es ist wie mit Majken«, fuhr Anita fort. »Es war wunderbar für sie, bei Kvarnström zu sein. Er hat sich sogar besser um sie gekümmert als ich. Du glaubst, dass alles von dir abhängt. Hättest du dich um Majken gekümmert, hättest du sie wahrscheinlich im Büro vergessen.«

Der letzte Satz kränkte mich, Anita merkte es.

»Ach, entschuldige, Ingrid. Ich vergesse ... wie soll ich sagen ... ich vergesse, dass du sensibel bist ... ich denke immer, du steckst alles so einfach weg.«

Die Ereignisse der letzten Zeit waren wahrscheinlich zu viel für mich gewesen. Ich schlug die Hände vors Gesicht und konnte nicht aufhören zu weinen. Was sie über Majken gesagt hatte, traf einen wunden Punkt in mir: das Gefühl, untauglich für dieses Leben zu sein. Anita strich mir über die Haare wie einem kleinen Kind.

»Im Grunde bin ich schon ein bisschen böse auf dich. Du solltest endlich lernen, deine eigenen Bedürfnisse ernst zu nehmen. Bevor ich sterbe, musst du in der Lage sein, dich um deine eigenen Kinder zu kümmern.«

Ich wollte protestieren, aber bevor ich auch nur ein Wort herausbringen konnte, fuhr Anita mir über den Mund.

»Ich weiß, es geht mich nichts an. Aber ich bin zu alt, um mich darum zu scheren, was man sagen darf und was nicht.«

30. Kapitel

Es gibt etwas, was ich Anita nicht erzählen kann. Und auch sonst niemandem. Ich denke jeden Tag daran. Fast ständig. Und ich hoffe, dass die Erinnerung daran verblasst, sonst wird sie mich eines Tages noch auffressen.

Nur wenige Wochen nach Tanjas Tod rief ein Pastor aus dem Männergefängnis an. Er erzählte, dass Peter Konradsson mit mir sprechen wollte. Es sei wichtig für ihn, hatte Peter gesagt. Widerwillig erklärte ich mich dazu bereit.

Er hatte die Haare abgeschnitten. Die Locken waren weg. Er trug ein graues Gefängnishemd, und er rauchte. Früher hatte er gepriemt, und ich weiß nicht, ob es am Rauchen lag oder an zu wenig frischer Luft, aber sein Gesicht sah grau aus. Unter den Augen war die Haut durchscheinend lila.

Als er mich sah, stand er rasch auf und gab mir die Hand. Sein Lächeln war schüchtern und entschuldigend.

»Ist nicht gerade ein angenehmer Ort hier, um sich wiederzusehen. Aber unsere letzte Begegnung fand auch nicht gerade in gemütlicher Umgebung statt.«

Er lächelte wieder und erbot sich, mir die Jacke abzunehmen. Dann fragte er, ob ich etwas dagegen hätte, ihn in seine Zelle zu begleiten. Es sei wichtig für ihn, ungestört mit mir reden zu können, sagte er.

Die Zelle war unpersönlich und kahl. Wir setzten uns, ich auf den Stuhl am Schreibtisch und er aufs Bett. Da der Stuhl am Boden festgeschraubt war, musste ich mich verkehrt herum darauf setzen, um Augenkontakt mit Peter halten zu können. Ich stellte ein paar allgemeine Fragen, wie er sich fühlte, ob die Verletzungen mit dem Messer bleibende Schäden hinterlassen hatten, wie er im Gefängnis zurechtkam und ob er Kontakt zu Pernilla hatte.

»Doch, ja, sie kommt manchmal und besucht mich. Es geht ihr gut, sie hat sich erholt ...«

Ich nickte. Peter wirkte verlegen. Er zog die Knie an die Brust und legte die Arme darum. Es war eine Weile still.

»Stimmt es wirklich, dass alles, was man einem Geistlichen sagt, ein Geheimnis bleibt? Sogar wenn ich sagen würde, dass ich Olof Palme erschossen habe? Würden Sie es keinem verraten?«

Wieder nickte ich.

»So ist es.«

Peter setzte sich auf dem Bett zurecht und fuhr sich mit den Händen durchs Haar, als habe er vergessen, dass es kurz geschnitten war. Er sah mich eine Zeit lang an, ein kleines, bittendes Lächeln auf den Lippen.

»Sie mögen mich nicht besonders, stimmt's?«

»Warum glauben Sie, dass ich Sie nicht mag?«

Es gefiel mir, die Frage an ihn zurückzugeben. Unmittelbar vor seiner Frage hatte ich mich gewundert, dass ich Peters dicke Augenbrauen früher attraktiv gefunden hatte. Jetzt fand ich sie hässlich, als ob sie nicht in sein Gesicht passten.

»Für Sie bin ich ein böser Mensch, nicht wahr? Ich weiß nicht, was Tanja über mich erzählt hat, aber ich muss wohl ein übler Schurke sein.«

»Ich urteile nicht über die Menschen, ob böse oder gut oder ob jemand ein ›Schurke‹ ist.«

»Jetzt schwindeln Sie. Aber egal. Ich habe trotzdem das Bedürfnis, mit Ihnen zu reden. Ich habe ziemliche Scheiße gebaut, aber eins sollen Sie wissen: Ich habe Tanja geliebt. Soll ich Ihnen was sagen? Ich habe sie so sehr geliebt, dass ich beinahe erleichtert darüber bin, dass sie tot ist. Meine Liebe zu ihr hätte mich fast durchdrehen lassen. Hätte mich fast dazu gebracht, verrückte kranke Sachen zu machen. Ich konnte einfach den Gedanken nicht ertragen, dass sie mich verlässt. Jetzt kann uns keiner mehr nehmen, was wir hatten.«

»Waren Sie auch erleichtert, als Tanja ins Gefängnis kam?«

Peter schielte mich aus den Augenwinkeln an und schien zu überlegen, ob er etwas Scharfes, Gemeines erwidern sollte. Aber dann seufzte er nur schwer.

»Ich könnte den Bullen erzählen, wie es war, aber Tanja hat die Rauschgiftsache mit in die Ewigkeit genommen. Was sollte es jetzt noch bringen, wenn ich jetzt gestehen würde?

Ich habe es für uns getan«, fuhr Peter fort. »Eine einzige Aktion, danach hätten wir tun können, wovon wir immer geträumt hatten. Eine kleine Bar irgendwo im Ausland aufmachen. Ein angenehmes Leben führen. Nur sie und ich. Weit weg. Es sollte eine Überraschung werden. Alles war organisiert. So ein angefixter Typ aus dem Jugendclub sollte mir helfen, das Zeug zu Hause zu verticken. Ich hatte mir genau ausgemalt, wie ich eines Abends mit all den hübschen Scheinchen nach Hause komme. Sie wie Konfetti über Tanja streue und sage, lass uns packen, wir hauen ab. Ich hatte so was noch nie gemacht und der Arsch ging mir echt auf Grundeis. Bei jedem Blick von einem Bullen oder Zöllner brach mir der kalte Schweiß aus. Aber ich wollte das unbedingt durchziehen. Für Tanja. Für sie und mich.

Aber dann, als wir in London zwischengelandet waren, sah ich es. Da wurde mir klar, was ich schon lange geahnt hatte. Es war draußen vor dem Dutyfree-Shop. Ich wollte pinkeln gehen, aber als ich hinkam, sollte ich eine Münze einwerfen, die ich nicht hatte. Ich ging also zurück, und da sah ich sie. Und ihn. Ihre kurzen, nervösen Blicke. Sein Lachen. Sie haben sich nicht mal geküsst oder so. Es war nur ein Händedruck. Aber ich kapierte. Und ich ging schnurstracks zur nächsten Telefonzelle und rief den schwedischen Zoll an. Beschrieb Tanja und ihre Reisetasche. Danach hielt ich die ganze Zeit ihre Hand, bis zur Landung. Ich wusste, von nun an war für eine lange Zeit Schluss mit Händchenhalten. Aber lieber sie im Knast als sie bei ihm.«

»Ich verstehe nicht ganz, war das Rauschgift da schon in Tanjas Tasche?«

»Ja. Sie wissen, wie Tanja ausgesehen hat. Ein Mädchen wie sie kontrollieren die nie. Ist noch nie passiert. Mich haben sie gefilzt. Klingt vielleicht komisch, ist aber so. Dass ich das Zeug in ihrer Tasche verstaute, war absolut bombensicher.«

Peter war flammend rot am Hals geworden. Sein ständiges Lächeln, das ich noch vor wenigen Wochen warm und charmant gefunden hatte, kam mir jetzt schleimig und berechnend vor. Wie ein Verkäufer, dem ein Geschäft durch die Lappen zu gehen droht.

»Sie denken vielleicht, dass das grausam war«, fuhr Peter fort. »Aber sie hat mich betrogen. Das war ein verdammt harter Schlag für mich. Ich dachte, sie würde bald wieder rauskommen. Und dass ich ihr dabei helfen könnte. Dass der bekiffte Alt-Hippie keinen Kontakt zu ihr halten würde, war klar. Der hatte doch nur Schiss, dass die Bullen seine Haschischplantage auf der Insel entdecken.«

»Sie hatten seit der Sache keinen Kontakt mehr zu Banjo?«

Peter lachte und zwinkerte mir zu, als hätte er mein Vorgehen durchschaut. Noch einmal versicherte er sich bei mir, dass unser Gespräch streng vertraulich war und ich ihn nicht anzeigen würde.

»Tanja rief mich an, nachdem sie abgehauen war. Sie sagte, sie habe begriffen, dass ich hinter der ganzen Sache steckte, und dass sie nicht zu mir zurückkommen würde. Da war ich gezwungen, ihn zu besuchen. Diesen jämmerlichen Scheißkerl. Wir sind als Kinder zusammen aufgewachsen und ich hatte seinen Bruder mal verprügelt. Er hat genau gewusst, wie ich reagiere, wenn man mich ärgert. Wissen Sie, was er als Erstes zu mir gesagt hat?«

Ich antwortete nicht. Peter fuhr fort:

»Ich scheiß auf sie. Das war das Erste, was er sagte, als er mich sah. Tanja hatte ihn angerufen, er wusste also, dass ich kommen würde. Zuerst wollte ich ihm nur eine kleine Abreibung verpassen. Damit er mir sagt, wo Tanja ist. Außerdem hatte er einen Denkzettel verdient. Dann habe ich ihn verprügelt, weil er so ein verdammter Schlappschwanz war. Er hatte sich zwischen mich und Tanja gedrängt, und als es darauf ankam, ließ er sie im Stich. Er hatte es verdient zu sterben.«

Es war stickig in der Zelle, und es widerte mich an, dort zu sitzen. Ich sah Banjos Augen, in denen das Lebenslicht schon fast erloschen war.

»Er war Ihr Freund.«

Es sollte eine Feststellung sein, klang aber wie eine Anklage. Peter zuckte die Schultern und sah auf seine Hände. Vielleicht spürte er immer noch das Gewicht des Baseballschlägers darin. Wie kann man damit leben, einen Menschen umgebracht zu haben?

Ich betrachtete Peter, das graue Hemd, die breiten Hände, die kurz geschnittenen Fingernägel. So sieht ein Totschläger aus.

»Ein Freund war er nicht gerade. Wir hatten ein paar gemeinsame Bekannte. Ich wusste nicht mal, dass er auf der Reise dabei sein würde. Aber tatsächlich hatte er mir den Tipp mit dem Typen in Thailand gegeben, von dem ich das Zeug kaufte. Er hatte mir auch gesagt, was ich anschließend damit machen sollte. Er hatte selber eine Zeit lang gedealt, aber inzwischen damit aufgehört, wie er sagte. Als Tanja aufflog, wusste er, was ihr blühte. Und blieb auf Abstand.«

Peter knabberte an einem Fingernagel. Er zwinkerte mit den Augenlidern, und unter seinen Achseln zeichneten sich dunkle Ränder auf dem Hemd ab. Was er erzählte, ließ ihn offenbar nicht so kalt und unberührt, wie er tat.

»Aber dieses Geräusch«, sagte er.

Er hörte mit dem Nägelkauen auf und sah mich Mitleid heischend an.

»Wenn ich nur dieses Geräusch wieder loswerden könnte. Als ich ihn schlug, war da einmal so ein Geräusch. Manchmal kann ich nicht einschlafen wegen diesem Geräusch...«

Herr, wie sollte ich ihm Trost geben? Ich hasste ihn für das, was er getan hatte. War es meine Pflicht, ihm zu helfen? Die Bruchstücke der Erinnerung an die Tat, die ihn verfolgten und nicht schlafen ließen, vergessen helfen? Am liebsten hätte ich ihm sein blödes Grinsen aus dem Gesicht gerissen und ihn dazu gebracht zu bereuen, zu weinen. Um Tanja. Um Banjo.

Es ist einfacher, einem Täter zur Seite zu stehen, wenn man nicht den Blick des Opfers gesehen hat. Nicht die Hand des Menschen gehalten hat, der gerne weitergelebt hätte, aber dem ein anderer das Leben aus dem Leib geprügelt hatte.

Herr, ich empfand Hass. Von dir werden alle Menschen gleichermaßen geliebt. Das ist mein Glaube, von dem ich spreche, den ich vertrete. Es muss diese bedingungslose Liebe in der Welt geben, anders könnten wir Menschen nicht existieren.

»Glauben Sie das?«

Ich hatte nicht zugehört, was Peter gesagt hatte. Ich nahm mich zusammen.

»Das Geräusch. Glauben Sie, dass es eines Tages verschwindet?«

Das starre, künstliche Lächeln, das er fast die ganze Zeit aufgesetzt hatte, war einem ängstlichen Ausdruck gewichen. Ein kleiner Junge, der wissen wollte, ob das Gespenst unter seinem Bett wieder hervorkommt. Seine Infantilität stieß mich noch mehr ab.

»Ich weiß nicht«, antwortete ich. »Ich weiß es wirklich nicht.«

Peter lächelte mich an, als machte ich Witze. Als müsste ich gleich zurücklächeln und sagen, aber natürlich verschwindet das Geräusch. Natürlich verschwindet es bald wieder, und du bekommst dein Leben zurück.

Herr, es ist meine Pflicht, Trost zu spenden. Ich habe noch nie

Befriedigung darin gefunden, keinen Trost zu spenden. Peters angestrengtes Lächeln erlosch.

»Warum haben Sie mich bedroht?«, fragte ich.

Außer dem leisen Summen eines Ventilators war kein Geräusch zu hören. Peter breitete die Arme aus.

»Mir war klar, dass Sie Tanja zureden würden, mich zu verlassen. Ich wusste es schon nach unserem ersten Telefonat. So einfach war das. Sie sind eine von denen, die finden, dass Frauen unabhängig sein sollten. Also fing ich an, Sie zu beschatten. Folgte Ihnen und Ihrem Freund. Ich hatte eigentlich vor, den ersten Brief in Ihren Briefkasten zu werfen. Aber als ich Sie zusammen in der Sushibar beobachtete, hatte ich eine Idee. Ich dachte mir eine kleine Eifersuchtsgeschichte aus und konnte einen Typen dazu bringen, Ihnen den Brief in die Tasche zu schmuggeln. Ich sagte ihm, ich wollte Sie Ihrem Mann ausspannen. Im ›Gondolen‹ war die Sache ein bisschen anders. Ich stand direkt hinter Ihnen. In dem Gedränge war es kein Kunststück, den Umschlag in Ihre Hosentasche zu stecken. Ihr Freund hat mich angeguckt, aber Sie haben mich nicht gesehen. Falls doch, hätte ich so getan, als wäre ich ganz zufällig da.«

Peter lachte.

»Das mit Ihrer Wohnungstür war ich nicht. Jedenfalls nicht das erste Mal. Aber als Sie davon erzählten, fand ich es keine schlechte Idee. Das zweite Mal geht auf meine Kappe.«

Peter rieb sein Gesicht in den Händen. Er sah wieder zu mir hoch, rot im Gesicht und mit starrem Blick aus den hellblauen Augen.

»Wissen Sie, ich mochte die Gespräche mit Ihnen. Ich habe Sie aufgesucht und gedacht, was legst du nur für ein Schmierentheater hin. Ich spielte den Ehrlichen, um Sie auszuhorchen. Aber irgendwas passierte mit mir, wenn wir uns unterhielten. Im Nachhinein denke ich, dass es mir vielleicht ganz recht gewesen wäre, wenn Sie darauf gekommen wären, dass ich hinter all dem steckte. Dass ich entdeckt werden wollte.«

Wieder das Verständnis heischende, widerliche Lächeln. Er räusperte sich und begann dann mit etwas dunklerer Stimme zu sprechen.

»Ich habe Sie gebeten zu kommen, weil ich mein Leben ändern möchte. Ich will etwas Gutes daraus machen. Ich weiß, dass ich Scheiße gebaut habe, Tanja und Banjo und diese Kerstin. Als ich sie vor mir stehen sah, so lächerlich verängstigt ... Sie hatte etwas Unterwürfiges, das mich an Tanja erinnerte. Sie machte mich rasend. Na, jedenfalls will ich mich bessern. Denn da ist eine Sache, die mich mehr quält als alles andere. Wissen Sie, was ich meine?«

Das wusste ich nicht.

»Das war die Art, wie Pernilla mich ansah, als sie das letzte Mal hier war. Sie und ich ... wir waren immer ein Herz und eine Seele. Unsere Eltern, ich hab jetzt keinen Bock auf das Thema, aber jedenfalls waren sie nie da. Ich habe mich immer um Pernilla gekümmert. Ich war ihr Beschützer. Jetzt ist da etwas Erschrockenes in ihren Augen ... sie sah so verdammt verängstigt aus, als sie das letzte Mal hier war. Und wissen Sie was? Ich hab eine Scheißangst. Dass sie mich verlässt. Das würde ich nicht überleben.«

Peter wollte, dass ich ihn wieder im Gefängnis besuchte. Aber ich bat einen anderen Seelsorger, die Betreuung zu übernehmen. Ich schrieb Peter einen Brief, in dem ich erklärte, dass mich persönliche Erinnerungen mit Kerstin, Banjo und Tanja verbanden und ich ihm deshalb nicht den seelischen Beistand geben könne, den er brauchte. Danach fühlte ich mich besser. Nicht nur, weil ich eine wichtige Entscheidung getroffen hatte. Sondern auch, weil ich das Gefühl hatte, Peter zu bestrafen. Ich kehrte ihm den Rücken zu. Vergib mir, Herr, aber es hat mir eine tiefe Befriedigung verschafft.

Wie Tanja vorausgesagt hatte, kam Peter glimpflich davon. Er wurde wegen des Mordes an Banjo verhört, aber es gab nicht genügend Beweise. Ein Kumpel von Pernilla hatte ihm zudem ein Alibi gegeben. Die Messerattacke auf Kerstin war das Einzige, wofür er verurteilt wurde. Er bekam drei Jahre.

Ich bin wahrscheinlich die Einzige, die von seiner Schuld weiß. Manchmal wünschte ich, ich könnte Robert und seine Kollegen auf die richtige Spur bringen. Aber ich kann es nicht.

Doch eines weiß ich. Das Geräusch, wie der Baseballschläger Banjos Knochen zertrümmert, wird Peter nicht mehr los. Damit wird er leben müssen.

Es gibt einen Menschen, mit dem ich diese Geschichte am liebsten teilen würde: Anders. Er weiß, dass ich Peter im Gefängnis besucht habe, und ich habe ihm eine Andeutung gemacht, mit welcher bedrückenden Last ich von dem Besuch zurückgekehrt bin. Aber ich kann es ihm nicht sagen. Auch das mit dem Kuss nicht.

Jesus hatte die erste Drohbotschaft auf meine Tür geschrieben und die tote Ratte durch meinen Briefschlitz geworfen. Eines Tages saß er wieder auf der Friedhofsbank. Als er sah, wie ich auf ihn zuging, langsam und misstrauisch, machte er ein ängstliches Gesicht. Aber er lief nicht davon.

Ich setzte mich neben ihn.

»Ich kann dich nicht beschützen. Aber ich habe es versucht«, sagte er.

»Warum haben Sie das an meine Tür geschrieben?«, fragte ich.

Jesus kratzte sich mit seinen dreckigen Fingernägeln den Bart.

»Du warst gut zu mir«, sagte er und kramte nervös in dem Abfall, mit dem sein Einkaufsroller vollgestopft war.

»Und wieso haben Sie mich dann bedroht?«

»Es sollte eine Warnung sein. Ich habe gesehen, wie wütend der Mann war, der aus deinem Büro kam. ›Blöde Pfaffenkuh‹, hat er geschimpft und mit dem Fuß den Kies da drüben weggeschleudert«, sagte Jesus und zeigte auf eine Stelle am Friedhofseingang. »›Halt dich bloß raus, sonst bring ich dich um.‹ Das hat er gesagt. Ich schwör's. Ich wollte, dass du siehst, was alles passieren kann.«

Ich blickte den kiesbestreuten Weg hinunter. Stellte mir vor, wie Peter ihn laut fluchend hinunterging und Jesus ihn beobachtete.

»Und die Ratte?«

»Die hatte ich gefunden.«

Jesus vergrub das Gesicht in den Händen. Er sah verstohlen durch die gespreizten Finger zu mir, bedeckte seine Augen aber schnell wieder.

»Ich will dich nicht sehen«, sagte er. »Ich will dich nicht sehen, und ich will nicht, dass mir jemand zu nahe kommt. Man muss sich um die Menschen kümmern, und das kann ich nicht.«

Jesus nahm die Hände vom Gesicht und stand auf. Er stellte sich vor mich hin und legte die Handflächen aneinander wie zum Gebet.

»Aber du hast meinen Segen.«

Er zog ab, den Einkaufsroller quietschend hinter sich her ziehend. Das muss ich Robert erzählen, dachte ich. Ich muss ihm sagen, dass sie Jesus seiner Wege gehen lassen sollen, wenn sie ihn sehen. Er wird mich nicht mehr behelligen.

31. Kapitel

An einem Sonntagmorgen im Spätsommer lagen Anders und ich in meinem neuen breiten Bett. Ich war gerade aus einem Traum erwacht. In dem Traum war Katrin auf die Größe einer Wichtelfrau geschrumpft. Ihre Stimme war schrill und atemlos. Sie sagte etwas, aber ich verstand nicht, was. Sie war zu klein, ihre Stimme war zu schwach. Ich nahm sie in die Hand und legte sie unters Kopfkissen. Dann legte ich mich darauf, ohne mich darum zu kümmern, dass sie ersticken könnte.

Als ich aufwachte, fühlte ich mich zerschlagen. Ich sah Anders an, der auf dem Bauch lag, das Gesicht tief ins Kopfkissen gedrückt. Mir fiel ein, was Anders einmal vor langer Zeit gesagt hatte, Anfang des Sommers. Ich zog die Bettdecke von seinem Rücken und klopfte mit dem Zeigefinger zwischen seine Schulterblätter.

»Mhm.«

Er hob nicht einmal den Kopf. Drehte ihn nur ein winziges Stück in meine Richtung. Seine Augen waren immer noch geschlossen, und seine Wimpern lagen wie zarte schüchterne Sonnenstrahlen auf den Wangen. Ich küsste ihn sanft auf die Stelle.

»Mhmmmm.«

Anders hob einen Arm und streichelte meinen Rücken. Es kribbelte herrlich. Es erregte mich nicht nur sexuell, dass er neben mir lag und einfach da war.

»Bei unserer ersten Verabredung«, begann ich und setzte mich auf.

»Da hast du gesagt, dass du etwas auf einem Grabstein gelesen hattest. Etwas, das dir gesagt hat, dass du mich noch am selben Tag küssen würdest. Damals wolltest du nicht verraten, was es war. Ich würde es eines Tages schon noch erfahren, hast du gesagt.«

»Mhm.«

Ich knuffte ihn mit etwas mehr Nachdruck, und Anders stützte sich auf einem Arm ab.

»Oh, das, ja.«

Er blinzelte mich an und lächelte.

»Ja, und? Was war das?«, fragte ich ungeduldig.

»Ach, nichts Besonderes«, sagte Anders und ließ sich in die Kissen zurückfallen.

Ich hob die Bettdecke hoch, rutschte zu ihm hinüber und bohrte meine Finger tief zwischen seine Rippen. Anders kreischte auf und lachte. Er drehte sich um und hielt meine Hände fest.

»Du bist so anstrengend«, stöhnte er.

Dann küsste er mich sanft auf den Mund.

Er zog mich an sich, und so lagen wir eine ganze Weile da und hörten, wie unsere Herzen um die Wette klopften.

»Okay«, flüsterte Anders in mein Ohr. »Also, da stand: ›Geliebt. Vermisst.‹ Mehr nicht. Aber ich wusste sofort, das sollte einmal auch auf meinem Grabstein stehen. Und dass es nicht nur Worte sein sollten. Sie sollten auch wahr sein.«

Ich erwiderte nichts, sondern drückte mich noch enger an ihn.

Roslund und Hellström

Die Bestie

Thriller

Aus dem Schwedischen von Gabriele Haefs

Band 16566

»Schon lange hat der Kaffee aus dem Kaffeeautomaten im Polizeirevier nicht mehr so bitter geschmeckt ...«

Stockholm City

Nach dem Mord an seiner Tochter nimmt ein Vater das Gesetz selbst in die Hand – und bezahlt dafür einen furchtbaren Preis. Der neue schwedische Bestseller. Packend und provozierend.

Ein psychopathischer Kindermörder, der aus dem Gefängnis flieht. Und wieder mordet. Ein Vater, der den Mörder seiner Tochter aufspürt und erschießt. Eine Stadt, die Beifall klatscht für diese Tat. Ein Richter, der den Vater von jeglicher Schuld freispricht. Ein Freibrief für viele andere, die jetzt selbst richten. Die Saat aus Hass und Gewalt geht auf ...

Fischer Taschenbuch Verlag

fi 16566 / 1

Roslund und Hellström

Blasse Engel

Thriller

Aus dem Schwedischen von Gabriele Haefs

Band 16567

Nach »Die Bestie« ein neuer brisanter und spannender Thriller der schwedischen Bestsellerautoren Roslund und Hellström

Ein Geiseldrama in der Leichenhalle des Stockholmer Krankenhauses Süd endet tödlich. Einer der Toten ist Bengt Nordwall, ein angesehener Polizist. Warum wollte die junge Geiselnehmerin ausgerechnet mit ihm verhandeln? Woher kannte sie ihn? Und warum hasste sie ihn so sehr?

Fischer Taschenbuch Verlag

fi 16567 / 1

Sheldon Rusch

Rabenmord

Thriller

Aus dem Amerikanischen von Irmengard Gabler

Band 16879

EDGAR ALLAN POE

Seine Geschichten hätten nie erzählt werden dürfen. Denn von nun an werden sie Wirklichkeit.

Ein Serienmörder versetzt ganz Illinois in Angst und Schrecken. Die Morde tragen alle eine Handschrift: die von Edgar Allan Poe, dem Meister des Makabren. Special Agent Elizabeth Hewitt und der Poe-Experte Scott Gregory sollen den »Raben«, wie die Medien ihn getauft haben, stoppen. Doch das Szenario für den nächsten Mord wurde schon vor langer Zeit entworfen …

»Ein kraftvoll geschriebenes Debüt,
das unter die Haut geht.«
Publishers Weekly

Fischer Taschenbuch Verlag

fi 16879 / 1

Peter James
Stirb Ewig
Thriller
Aus dem Englischen von
Susanne Goga-Klinkenberg
Band 16872

»Peter James schreibt einfach gut. Seine Story gehört
zur ganz großen Spannungsliteratur.«
Brigitte

Seit Tagen ist Michael spurlos verschwunden. Lebendig begraben. Auf irgendeinem gottverlassenen Acker. Ein kleiner Spaß seiner Freunde beim Junggesellenabschied. Die sich diesen Scherz erlaubt haben, sind tot. Seine Braut und sein bester Freund außer sich vor Verzweiflung: Sie wissen von nichts. Wirklich? Fragt sich Inspektor Roy Grace.

Fischer Taschenbuch Verlag

fi 16872 / 1

Unni Lindell

Spurlos in der Nacht

Krimi

Aus dem Norwegischen von Gabriele Haefs

Band 16300

Ein junges Mädchen verschwindet spurlos. Eine Autofahrerin hat das Mädchen spät in der Nacht am Eingang des Oslofjordtunnels stehen sehen. Einige Tage später wird ihre Großmutter in einer Osloer Gartenstadt ermordet. Kommissar Cato Isaksen glaubt, dass es einen Zusammenhang gibt zwischen den beiden Vorfällen – aber welchen? In einem dramatischen Wettlauf mit der Zeit versucht er, das Mädchen lebend zu finden und den Mörder der alten Frau zu entlarven.

Fischer Taschenbuch Verlag

fi 16300 / 1

Jeffrey Archer

Die Kandidaten

Roman

Aus dem Englischen von Tatjana Kruse

Band 16323

»Archer ist wahrscheinlich
der beste Geschichtenerzähler unserer Zeit.«
Mail on Sunday

Das Schicksal der Zwillinge Nat und Fletcher entscheidet sich in einem einzigen Moment: Noch bevor sie als Säuglinge das Krankenhaus verlassen, werden sie getrennt. Aber ohne dass sie es ahnen, ohne dass sie sich kennen lernen, kreuzen sich in Kindheit und Jugend ihre Lebenswege. Nat muss um den Aufstieg kämpfen, am College, als Soldat in Vietnam, im Haifischbecken der Finanzwelt. Fletcher dagegen will beweisen, dass er nicht nur wegen seiner Herkunft Karriere machen kann. Doch erst als sie beide zu erfolgreichen Männern geworden sind, kommt es schließlich zu einer dramatischen Konfrontation: Der eine Zwilling steht unter Mordverdacht – der andere soll ihn verteidigen.

Englands Bestseller-Autor Lord Jeffrey Archer erzählt eine packende Familiengeschichte, voller Spannung bis zum großen Finale.

»Ein brillanter Insiderroman.«
Focus

Fischer Taschenbuch Verlag

fi 16323 / 2

Elizabeth Corley
Crescendo
Thriller
Band 16327

Die junge Polizistin Louise Nightingale spielt den Lockvogel für einen Vergewaltiger. Die Aktion gelingt in letzter Sekunde; der Täter kommt hinter Gitter. Doch dann wird in ihre Wohnung eingebrochen, und sie erhält bedrohliche Mails von »Pandora« – mit einem Bild ihrer eigenen, grausam zugerichteten Leiche ...

Inspector Fenwicks dritter Fall

»Nichts für schwache Nerven.«
freundin

Fischer Taschenbuch Verlag

fi 16327 / 1